愛呦文創

愛吻文創

非賣品NOT FOR SALE
愛吻文創
愛吻文創
《One Night Stop～不止一夜情2》
黑蛋白◎著、小黑豹◎繪、愛吻文創◎出版

One Night Stop
2
～不止一夜情
黑蛋白／著
小黑豹／繪

目錄

CONTENT

第一章　你真的不當我的大狗狗嗎？.......... 005

第二章　他只是一隻無辜忠誠的社畜拉布拉多，沒辦法抵禦世界的惡趣味啊.......... 041

第三章　脫離單身的自己，可是一隻快樂且擁有全世界的拉布拉多.................. 077

第四章　他也不確定到底算不算在談戀愛，現在這樣絕對哪裡有問題.............. 113

第五章　這個問題的答案很明顯，難道還需要我說出來？........................ 147

第六章　老子不發威，你們是不是都真的把拎杯當倉鼠........................ 183

第七章　潘寧世絕對是他廚藝道路上的絆腳石 . . 219

第八章　他們像是畸形的樹枝，盤纏地生長在一起 257

第九章　他有非常多喜歡的人事物，但那些都不是「愛」. 293

第十章　他們從不見天日的地底破土而出，熱烈鳴叫著找尋生命中的另一半 329

尾　聲　然而他們終究相遇了 361

作者後記　雖然中間有點虐，但希望這是個讓大家看得開心的故事 365

第一章

你真的不當我的大狗狗嗎？

自從夏知書遇上潘寧世後，葉盼南就很害怕接到好友的來電，因為幾乎都沒什麼好事。

他今天難得有空，身為總編偶爾忙裡偷閒摸點魚，還是找得到機會的。

原本他打算在家裡睡到自然醒，下午先去保母家把小女兒帶回來，路上來個父女的悠閒時光，年末鄰近聖誕節，有很多小型遊樂場出現，他可以帶小女兒去坐旋轉木馬、小火車之類的遊樂設施，時間差不多了就去接兒子，然後與妻子會合，與家人共進甜蜜的晚餐。

原本。

所以說，計劃很豐滿，現實很骨感，他現在骨感到宛如昨晚兒子啃得一乾二淨連骨髓都沒留的排骨。

他懷中揣著女兒，另一隻手牽著兒子，商維臨時加班脫不開身，他又沒有兄弟姊妹，雙方父母還一起出國玩了，中年男人一臉疲憊地用眼神示意兒子按門鈴。

商左安看了老爸一眼，拿出掛在脖子上的鑰匙開門。

「你怎麼有夏叔叔家的鑰匙？」葉盼南頭暈目眩地問。

「這是夏叔叔送我的小學入學禮物。」商左安聲音稚嫩，語氣卻很老成：「我覺得很棒。」

葉盼南能說什麼？夏知書家確實跟他家沒什麼差別了，這麼說來，小朋友有夏家的備用鑰匙，當然很正常對吧？

現實上他也沒機會說什麼，門剛推開，夏知書就從門口的小凳子上站起身，露出一種看到天外救兵的笑容。

「你們來啦？」他接過商左安小朋友的書包跟水壺，好好地放在門口的置物櫃上，接著轉身要抱過安安靜靜趴在爸爸肩膀上的葉柚安小朋友。

「小夏叔叔。」

葉柚安伸出手，很快轉為趴在夏知書肩膀上，奶聲奶氣道：「小安安想吃冰淇淋。」

誰能拒絕得了洋娃娃一樣的小女生，甜蜜蜜的請求呢？反正夏知書不行，他用力在葉柚安臉頰上親了一下，問靜靜地把自己跟爸爸、妹妹鞋子整理好的商左安：「左左要吃冰淇淋嗎？」

當然吃！必須吃！而且要吃整整一根甜筒！

兩個小孩被各自的冰淇淋安置好，葉盼南才抓著夏知書問：「怎麼回事？人呢？」

大約半個多小時前，他剛和商維通完電話，想著既然老婆大人今晚加班，要不然乾脆帶小朋友去吃麥當勞好了，偶爾吃點速食也算是年底的獎勵？然後他就接到了夏知書打來的電話，清亮焦急的聲音連語尾都劈叉了：「潘寧世在我家昏倒了！」

葉盼南眼前一黑，要不是懷裡有女兒軟乎乎的身體，他應該會當街吼叫：「什麼叫做潘寧世在你家昏倒了？你又對他下毒了嗎？」

「我沒有。」夏知書委屈：「今天是他要做飯給我吃。」

這麼一提醒，葉盼南也想起來先前潘寧世確實傳了訊息給自己，說今天要去夏知書家做飯，問他家裡有沒有蝦米之類的材料。

「所以他毒倒了自己？」葉盼南冷靜了一點，仔細想想兩個互相看對眼的人都是廚房殺手，也算是門當戶對。

夏知書很不滿，撇嘴：「不要胡說八道，他剛才還在切菜呢……不是，我是想問你，我可以搬動他嗎？感覺叫救護車又有點太小題大作……」

顯然夏知書也是慌了神，才會打電話過來求助。

「我現在過去看看狀況……」葉盼南重重地、深深地嘆了口氣，簡直像要把肺吐出來，「夏知書，我下輩子一定不要當你的朋友。」

這是真心誠意的。

他這輩子過得很平靜，在普通的中產家庭出生，父母恩愛慈祥，他沒什麼特別的興趣就是喜歡看書，從小到大都很乖，中學叛逆時期也只是偷偷裝病翹課跑去網咖玩過兩三次，每次都覺得很有罪惡感，連跟父母頂嘴都很少。

順順利利考上不錯的大學，遇到了自己的老婆，畢業後進入自己有興趣的職場，結婚生子並在前年成為總編，可以說是平淡如水又幸福美滿。

他人生中所有的刺激都來自夏知書。

但抱怨歸抱怨吧！他依然任勞任怨地出現在夏知書家裡，跟他站在客房的床邊，看著床上不知道該算是昏迷還是睡得很好的高大男人。

「說說。」聽著潘寧世微微的鼾聲，葉盼南有種很想掐死某個人的衝動。

「嗯……」夏知書摸摸鼻子，他也知道自己總給好友添麻煩。「我問他要不要跟我交往……」

葉盼南猛抽了一口氣，那聲音就像被掐住脖子的老母雞，聽得夏知書抖了兩抖，不敢再繼續往下說。

「你說你問他什麼？」

「呃……就是……我問他要不要……嗯……跟我交往？」

葉盼南做出一個「停止」的手勢，扶著額頭在客房的單人沙發上坐下，仰頭看著天花板喘氣。

夏知書也拖了一把椅子在他身邊坐下，表情擔憂，「要不要倒杯水給你？」

「不用，你讓我想想……」葉盼南聲音虛浮，他在想自己是不是根本沒睡醒？最近太忙了，他睡覺的時間很少，今天刻意請了個假補覺，睡到宛如昏迷一樣，可能是因此才做了奇怪的夢吧？

肯定是這樣！

「所以你為什麼突然這樣問？」心情平靜了一點，反正夢裡什麼都有什麼都不奇怪，他也是挺好奇為什麼自己夢到夏知書想跟人交往？

要知道，這傢伙壓根不相信什麼愛情，或者更準確地說，夏知書很厭惡所謂的「愛情」。即便有葉盼南跟商維這對恩愛的夫妻，他的阿姨、姨丈據說也是婚姻美滿，但夏知書本人卻覺得這都只是倖存者偏差。

更別說，幾年前夏知書小心翼翼地談了一場戀愛，結果卻遇上了個偏執的變態，讓夏知書對「愛情」的想法更加篤定——這種東西的存在就是要把人拖入不幸。

因此，即使之前葉盼南跟商維都隱隱約約感覺，夏知書對潘寧世的態度有些不一樣，卻完全不敢朝什麼喜歡不喜歡、愛不愛的方向去想。別看夏知書平常笑咪咪的，為人和善又隨和，但踩到他的地雷絕對大家一起死。

他的底線，沒有任何人可以突破得了。

所以提出跟人交往什麼的，根本天方夜譚，只要夏知書是清醒的，打死都不可能說出要跟誰交往這種話。

這麼一想，好像又更安心了，葉盼南繃緊的身體也放鬆了，耳邊屬於潘寧世的輕微鼾聲也悅耳了許多。

「算是……寵物療法？」眼看葉盼南平靜了許多，夏知書也鬆了口氣。他摸摸鼻子不是很確定地回答：「我前幾天跟一個認識的人閒聊，他本來問我要不要去參加社區活動，就順便聊了幾句，提到寵物療法。」

寵物？葉盼南往床上瞥了眼，潘寧世睡覺的姿勢非常規矩，要是沒有呼吸就跟入土的人沒兩樣，直挺挺地躺在床上，雙手自然地放在腰腹上，表情有種憂國憂民的鬆弛感，很衝突但也很符合他的性格。

「哪種寵物？」

「拉布拉多？」夏知書也跟著看過去，彎著眼笑出來，「又大又可靠，還很溫暖。」

至於這個「大」到底是哪裡「大」，姑且不深入討論。

既然是作夢，葉盼南覺得自己也可以說點心裡話：「我覺得寵物療法不是讓你找一個人豢養。」

「我沒有豢養潘寧世。」夏知書微微蹙眉，歪頭思考了片刻：「我是認真想過的。他很溫柔、很好相處，我喜歡跟他在一起，而且他毛茸茸的。」

潘寧世才沒有毛茸茸的。葉盼南翻了個白眼，潘副總編的頭髮不算長，平常還都用髮膠打理，硬邦邦是有可能的，毛茸茸絕對不可能。

「你知道交往是怎麼回事嗎？」但葉盼南沒有想討論毛這個問題，他怕聽到什麼可怕的答案。

「大概知道，就像你跟維維一樣相處。」夏知書回應得漫不經心。

「這個……」猛然被戴了一頂高帽子，葉盼南無話可說，忿忿地瞪著這隻外表純良，實則內心狡詐的小倉鼠。遲疑了半天，他還是問了句：「你能行嗎？」

「不知道。」夏知書聳聳肩，不經意流瀉出一抹冷漠，「我以前沒喜歡上過誰，也沒愛上過誰，但我覺得愛一隻拉布拉多應該是沒問題的。」

這是完全把對方當寵物狗了啊！葉盼南又看了眼床上睡得呼呼作響的潘寧世。這傢伙好像做了美夢，嘴角上揚著，臉上那種嚴肅認真的神情淡了很多。這大概就是「被賣了還幫忙數鈔票」吧？

葉盼南又嘆了口氣，整個人靠躺在沙發上，疲倦地捏了捏鼻梁。

「所以你具體打算怎麼做？」

「等潘寧世醒來後，我要確定他的答案，才能做後面的計劃。但首先，我應該會問他要不要一起住。」

「等一下、等一下……」葉盼南腦殼嗡嗡地疼，就算是作夢這也太殘酷了。「你這個『首先』是怎麼回事？」

「寵物不應該跟主人一起住嗎？如果沒有住在一起，寵物療法不就沒用了嗎？」

雖然是歪理，但邏輯是對的。葉盼南只能看著好友，按著抽痛的太陽穴喘氣。

「你知道嗎？一般來說，剛開始交往不會直接同居。」他試著講道理：「而且，一般人如果是租房子，也不可能說搬走就搬走。」

「你說的也對，那我等他醒來後跟他討論看看？如果是租屋，我可以等他租約到期再搬，或者如果房子夠大，也許我可以搬過去跟他一起住，也幫他分擔一些房租？」

受教是很受教，但重點還是不對。葉盼南心累地捏捏鼻梁。

「其實吧，一般人交往，是從約會開始的。你跟潘寧世約過會嗎？」他本來想詢問當年夏知書跟藤林月見的交往過程，但話到嘴邊還是轉了彎，總覺得會聽到什麼很驚人的回答。

畢竟，分手拿刀抹脖子的人，應該也不會有什麼普通的交往流程。

「我今天跟他逛了超市。」夏知書愉悅地笑起來，「跟他逛超市很好玩，我們買了很多東西，不知道有沒有機會吃到他說的那幾道菜。」

也算是小約一會。

葉盼南點點頭，「很好，雖然他現在應該沒什麼時間，但你可以從跟他聊天開始。每天問他一些生活瑣碎的大小事情……等等，每天太頻繁了，大概隔兩天……呃……隔三四天……每週跟他聊個十幾二十分鐘，分享生活中的大小事情，當然你也可以單方面跟他分享你的生活，先增進你們的感情。」

夏知書拿出手機寫備忘錄，嗯嗯地連連點頭，「如果單方面分享我自己的生活，頻率怎麼抓比較好？一天一次、一天好幾次？幾天一次？」

「這部分我覺得你開心就好。有想分享的事情就傳給他，可以一天兩三次，或者兩三天一次都可以。」

「什麼樣的生活可以分享？」夏同學再次誠懇發問。

「什麼都可以，像是你今天吃了很好吃的布丁，今天煮了一鍋湯沒人喝自己也喝不完，走在路上看到一隻可愛的貓，諸如此類的。」

「那像我今天睡到自然醒發現肚子很餓，本來想泡個麵來吃，卻發現自己根本沒有囤泡麵，點心也吃完了，可是懶得出門，打算餓到明天再說……這也可以分享嗎？」眼看葉盼南表情不對，夏知書連忙補充：「當然我會加工過，不會直接這麼說。我還是會吃東西的，你跟維維不是幫我囤了很多沖泡式麥片嗎？」

深深看了好友一眼，葉盼南不想戳破什麼，那些沖泡式飲品最後到底進了誰的肚子，在場的人除了潘寧世，連兩個小朋友都知道。

「你想分享什麼就分享什麼吧。」最終葉盼南這麼回答，這個夢真的好累啊。「不過我要提醒你，小夏。感情這種事，不管你相不相信，都應該要認真面對，不要抱持著僥倖心理。」

「你放心，我會跟潘寧世說清楚的。」夏知書的回應還是那麼輕巧平靜，讓葉盼南心裡摸不清是什麼滋味。

「也許你可以思考思考，為什麼你會提出這個要求。寵物治療不用找個人假裝拉布拉多，你可以領養一隻真正的拉布拉多。」

夏知書還沒回答，傳來敲門的聲音，一顆小腦袋推開門探進來，輕聲細語著：「爸爸，夏叔叔，我跟小安安吃完冰淇淋了。」是商左安小朋友，他嘴巴周圍濕濕的，應該是剛剛去洗了嘴巴沒擦乾。

「好，爸爸幫你們煮麵吃好嗎？」原本就該是吃晚餐的時間，讓小朋友先吃了點心是有點不應該，但偶一為之不為過嘛！更何況是在夢裡，不用擔心商維發現了會生氣。

「我也要吃湯麵。」夏知書小朋友也舉手應和。

床上還在沉睡的人彷彿被驚擾到了，直挺挺的睡姿扭動了下，翻了個身背對聲音的來源。

「都吃、都吃。」連在夢裡都需要投餵夏知書，葉盼南也是頗感無奈。「今天買的菜可以給我用嗎？」

「可以吧。」夏知書聳肩，「用完了我剛好可以順便再跟潘寧世去逛超市，你不是說交往初期要約會嗎？」

葉盼南感動極了，沒想到夢裡的好友如此聽勸，果然夢與現實是相反的。

「對了，老葉。」夏知書起身拍了拍好友的肩膀，笑得燦爛若星，「你不是在作夢，這些都是真的。」

手臂被狠狠擰了一下，疼痛感打破了葉盼南的自欺欺人，他差點彈出男兒淚。

靠北啊！

潘副總編又一次在工作中恍神了。

他看起來很認真在校對電腦上的稿子，但仔細看會發現他的雙眼是失焦的，而且稿子已經逼近一個小時沒有滑動過了，彷彿他整個人只是種在辦公桌前的仙人掌。

再仔細一點的話，更會注意到潘副總編雖然又穿上了整齊的全套西裝，因為天氣冷連馬甲都沒少，英式風格的西裝修身筆挺，是一種很沉穩又貴氣的深藍色，但襯衫的領口袖口、外套衣襬等等地方，其實是皺巴巴的。

講得好聽叫灑脫不羈，講得直接一點叫做邋遢，而那頭一向都用髮膠梳理得整整齊齊，就連前陣子忙到只穿T恤牛仔褲都依然沒捨棄髮膠的頭髮，現在卻柔軟散落著，看起來與其說年輕了一點，不如說狼狽了許多。

座位在潘寧世旁邊，工作相對輕鬆，而且總是密切觀察他的羅芯虞當然什麼都注意到了。

小女生幾次離開座位去倒咖啡，每次想開口打聽一下又總是欲言又止，她向來是極為熱情，甚至到了有點煩人的地步，她自己很清楚，但她喜歡潘寧世啊！追求喜歡的人熱情一點，應該是可以理解的吧？

可惜潘寧世這個人很像缺少某種情感雷達，不但從未發現羅芯虞在追求自己，更有甚者，還總能閃避掉每一個精心的接近，有時候甚至給一記回馬槍，搞得羅芯虞有一陣子以為他是不是討厭自己，好幾次差點在辦公室哭出來。

所以她有點害怕，如果連日常閒聊都會被打槍，現在潘寧世明顯不對勁，她開口會不會招致更大的挫敗？少女的戀愛熱烈又脆弱，羅芯虞實在很糾結要不要邁出試探的一步。

就這樣座位相鄰的兩人相安無事到午休時間，羅芯虞終於還是下定決心了——失敗不可怕，但懸而不決的狀態太過消耗心力，她豁出去了！

「潘哥。」深呼吸一口氣，羅芯虞用一貫的熱情語調開口：「中午要不要一起吃個飯啊？我看你今天整個上午的狀態不是很好，是不是沒吃早餐？」

「啊？」潘寧世從電腦螢幕上回過神，整個上午他就校了四十頁的稿子，這還是四校呢，工作效率之差可見一斑。「中午了嗎？」

看他發愣的模樣，羅芯虞感覺自己今天搞不好可以成功約到一次人！不禁更加熱情了。

「對呀，都中午了。潘哥今天要不要去附近的烏龍麵店吃午餐？咖哩烏龍麵上市了喔！」冬季限定菜單，非常受附近上班族的喜歡，缺點是很容易弄髒衣服，所以下午如果要開會或接待顧客的話就不適合。但羅芯虞心想，反正他們今天要面對的也只有堆積如山的稿子跟印務，就算吃清蒸臭豆腐也沒關係。

聽見咖哩烏龍麵，潘副總編好像更清醒了一點，他看了眼今天也打扮得很精緻的羅芯虞，突如其來問了句：「妳對狗了解嗎？」

「呃……」羅芯虞眨眨眼，一頭霧水但還是點頭：「算知道一點，我自己跟爸媽都養狗，潘哥打算養狗嗎？」

「我們一起吃個午餐吧！我有點事情想要請教妳。」潘寧世眼睛一亮，熱情地提出邀約：「我請妳。」

羅芯虞開心得要命，心想自己今天的小巴黎風沒白費，很搭潘寧世的英倫風。

雖然咖哩烏龍麵很好吃，潘寧世也非常喜歡，但那間店很窄人又多，不是談話的好地點。想了想，潘寧世找了附近一間有賣商業午餐的咖啡廳，這間店的單價偏高，中午用餐的人也比較少。

找了角落的位置落坐後，潘寧世很隨便地點了商業A餐，總匯三明治、主廚沙拉、主廚湯品加一杯熱紅茶，甜點什麼的都沒點，配菜也都直接選第一個，一看就非常敷衍。

搞得羅芯虞壓力也不小，不好意思花時間仔細看菜單，就乾脆也點了A餐，只是飲料換成了蜂蜜檸檬汁，加了個法式布丁。

被邀請的驚喜之情在點完餐後也消退得差不多了，羅芯虞回到現實，猛然驚覺這場午餐約會跟自己的想象其實差了十萬八千里遠，不禁有點沮喪，又控制不住偷偷抱了一點期待。

因為心情太糾結，導致她沒有聽見潘寧世提出的第一個問題。

「抱歉，潘哥，你剛剛問我什麼？」勉強回過神，反正也不是第一次失利，起碼這次一起吃到飯了啊！

「妳對拉布拉多熟嗎？」

「拉布拉多？」羅芯虞眨眨眼，隨後露出開心的笑容，「潘哥想養拉布拉多嗎？真巧，我爸媽也是養一隻拉拉喔！黑毛的，可愛到爆炸！」

潘寧世聞言也露出放鬆的笑容，「太好了，那可以請問妳，拉布拉多是一種什麼樣的狗嗎？」

這個問題很籠統，也不像是打算養狗的人會問的，羅芯虞忍不住好奇問了句：「潘哥為什麼要問拉布拉多？」

正在喝水的潘寧世梗了下，差點被嗆到。他努力裝作若無其事的樣子，吞下嘴裡的開水，露出一抹工作用的笑容，「是這樣的，我有一個朋友打算養拉布拉多當陪伴犬，說是想嘗試看看寵物療法，所以我想了解一下拉布拉多這種狗……」

當然，他沒說的是，這裡的拉布拉多等於他本人就是了。

這件事要說回到今天凌晨，大概六點多。

潘寧世睡得很好，醒過來的時候人有點茫然，看著熟悉又陌生的天花板發呆了好一會兒。

空氣中的味道是柑橘系的室內香氛，應該是佛手柑混合檸檬之類的，潘寧世對香氛不大懂，雖然可以講出一大套理論，畢竟之前做過一個主角剛好是調香師的系列作品。

但落實到嗅覺就是另外一回事了，他並沒有非常優秀的嗅覺，在這部分也沒有靈敏的感受性。

他只是覺得很好聞，這個味道讓他很放鬆，下意識就想到夏知書。

接著他想起來自己本來要幫夏知書做晚餐，所以還早退了，然後跟夏知書一起購物，回家做飯的時候打算先燉排骨湯，再然後他……潘寧世猛一下從床上彈起來，中風一樣抖著雙手張大嘴倒抽一口涼氣。

他他他！昏倒前是不是聽到了什麼？

一百九的大男人連滾帶爬地翻下床，顧不得身上睡得皺巴巴的襯衫，一把拉開房間門衝入清晨籠罩在最後一點夜色中的起居室。

屋子裡沒有開燈，但門口有一盞聲控燈，因為他開門的聲音而亮起來，很快地就看清楚中央的工作檯上有一份蓋起來的餐點，安安靜靜、孤孤單單，恰如現在的潘寧世。

這裡是夏知書的家，所以他昨天真的昏倒了，連排骨湯都來不及燉，不知道夏知書有沒有好好吃飯呢？

潘寧世搖搖晃晃走到餐盤前，踉蹌地坐下掀開蓋子，木製餐盤上五顏六色非常豐富，一份蛋包飯，用番茄醬畫了可愛的笑臉還有一顆愛心；一份水果沙拉，搭配的應該是自製優格醬，帶著淺淺的鵝黃色；清炒花椰菜，一小朵一小朵像一束花，也像一叢灌木；最後一份糖醋里肌，搭配了罐頭鳳梨。

旁邊有一個木碗，盛著湯，是蘿蔔排骨湯。

因為天氣冷，這些菜早就都涼到不能更涼了，雖然充滿童趣，聞起來卻只有冰冷的味道。

有不少是他昨天跟夏知書一起買的食材，不知道最後是誰燉了這鍋排骨湯呢？

潘寧世心情悶悶的，他也不知道自己明明睡得那麼好，為什麼心情卻這麼差，沉默地拿起餐具把一整份冷冰冰的餐點都吃光了。

啊，排骨湯還撇了油，冷喝也不油膩呢，味道真不錯。

應該是商維做的吧？潘寧世洗碗的時候猜想，畢竟葉盼南現在很忙，應該沒有時間跑來幫夏知書做飯，但這種年末時節，商維應該也挺忙的才對啊？不著邊際地想了很多，最後潘寧世失魂落魄地坐在看得見夏知書房門的沙發上發呆。

他隱約記得自己昏倒前聽到了一個讓他現在回想起來都覺得不可思議的問題，應該就是夢沒錯了，畢竟夏知書不可能會提出交往的要求，他們甚至連砲友都不是，只是偶爾上個床。

唉……他倒是想答應夏知書啊，可惜是場夢……

正當潘寧世在思考自己是不是應該留張紙條離開，還是幫夏知書做了早餐後等對方醒來再離開，順便檢視自己今天的工作清單時，夏知書的房門打開了。

「早安。」嬌小的男人揉著眼睛，蓬鬆捲曲的頭髮睡得亂糟糟的，柔軟得像頂著一頭棉花，對潘寧世一笑，「昨晚睡得好嗎？」

潘寧世悄悄按住自己的心口，他的掌心可以感受到心臟劇烈地跳動，一下一下充滿力道地撞擊左掌心，隨著每一次跳動，好像都汩汩流出某種黏稠、甜美，又夾帶酸苦的情緒，運送往全身。

很複雜，一個人的情緒為什麼可以這麼複雜？

「對不起，我昨天給你添麻煩了……」潘寧世連忙起身，手足無措地道歉：「說好要幫你做晚餐的，結果卻留了一堆爛攤子給你。」

「哪有什麼爛攤子，你不要這樣說。」夏知書擺擺手，目光掃過工作檯時停頓了下，突然笑出聲：「你把晚餐吃掉了？」

「對，謝謝你幫我留飯。」

「是老葉……是盼盼幫你留的，他提醒我睡前要記得把食物收冰箱，但我忘記了。」夏知書無所謂地擺擺手，接著好奇問：「你覺得他的廚藝如何？排骨湯跟我做的誰比較好喝？」

「你的好喝。」潘寧世發誓自己沒有刻意吹捧，他是真心誠意的。「當然，葉學長的排骨湯很美味，但你的湯味道更豐富。」

這話連夏知書自己聽了都赧然，白皙的臉頰泛紅，他羞澀又尷尬地清了清喉嚨，悍然轉移話題：「你等一下要離開了嗎？」

「我本來在想要不要幫你做早餐，剛好你醒了，那……你想吃什麼嗎？」

「我今天沒什麼胃口，現在本來也不是我該醒來的時間……我就是，怕跟你錯過所以還沒睡。剛剛聽到外面有聲音才出來看看的。」

「你……有話想跟我說？」潘寧世的心跳又快了，他緊張又期待的表情完全藏不住，看得夏知書發笑。

「對，我有話跟你說。我們坐著聊？」起碼有人再次昏倒時，可以比較舒服吧？

潘寧世坐姿很拘謹，像個乖乖等點心的幼稚園小朋友，雙腿併攏，雙手放在膝蓋上，明明身高一百九十公分，身材比例是驚人的八頭身，寬肩窄腰長腿，渾身都是精實的肌肉，現在看起來卻一團小小的。

「請說。」他直吞口水，不停地眨眼睛，完全不敢正眼看一下夏知書，卻又不停偷看他。

「我想知道你的答覆，這樣我才知道接下來該怎麼辦。」夏知書也很爽快地直接進入正題，對上了潘寧世一臉困惑的表情，噗哧笑出來，「難道你忘記昨天自己昏倒前聽到了什麼嗎？需要我再問一次嗎？」

潘寧世瞠目結舌，不敢置信地幾乎把眼珠子瞪出眼眶，很快渾身都抖了起來，哆哆嗦嗦求證：「昨天……你真的……咳咳咳咳！」被口水嗆到了，半天說不了話。

夏知書趕忙跑去倒了一杯溫水回來，看見咳得滿臉通紅、淚眼汪汪的潘寧世，沒忍住笑起來。

「來，不要著急，我們可以慢慢聊。」順手拍了拍男人顫抖的肩膀。

「咳咳……謝……咳咳謝謝……」潘寧世嘶啞地道謝接過溫水，一點一點喝掉，總算恢復了正常，就是整個人顯得有點累，靠在沙發上微微喘氣。

過了一會兒，他才再次小心試探道：「所以……那個……昨天你真的，問我願不願意跟你……呃……交往嗎？」

「對，我昨天問了。」夏知書點點頭，隨即端正坐姿，表情誠懇嚴肅，專注地盯著潘寧世的雙眼，「潘寧世，你願意試著跟我交往嗎？」

願意！當然願意！但是……

「為什麼？」潘寧世內心已經尖叫得像個青春期第一次約到心儀男孩的小男生，但他畢竟是個成熟的大人了，有些事情不能靠衝動決定。「我們幾乎都沒怎麼相處過，雖然上了好幾次床，我知道你喜歡的體位跟敏感點，卻不知道你喜歡吃什麼興趣又是什麼……我們根本不算認識對方。」

夏知書訝異地挑了下眉，潘寧世的反應大大超出他的預料，所以他也歪著頭思索了一下，認真回答：「我以為，交往就是一種認識的方式？我們不需要了解對方才交往，我們可以交往後再了解，不是嗎？」

潘寧世若有所思地點點頭，看起來像是被說服了。

「另外，我也不隱瞞你，我想靠跟你交往來試試看寵物治療。」

「寵物治療？所以，你想跟我一起養寵物？」潘寧世雖然有點疑惑，但也並非完全不能接受，情侶間一起養隻小寵物是沒問題，也是一種增加彼此交流的方式。

「不，養寵物的只有我。」

夏知書搖搖頭，輕柔的低語宛如吟唱：「你就是我想養的拉布拉多。」

潘寧世想，他可能還沒睡醒？

「我還是幫你做點吃的，這樣你醒過來就可以熱來吃。」潘寧世最後選擇了拖延戰術，他需要一點時間想想，至少要想清楚拉布拉多到底是怎樣的狗，這樣他才能確定自己是否能勝任。

起碼是大型犬吧？他安慰自己，若夏知書想養個吉娃娃或博美這種小型犬，他就沒機會了。

更重要的是，潘副總編現在的執念就是一頓飯，說好昨天要做的晚餐沒做成，排骨湯還被葉盼南給做了，雖然很好喝但他就是覺得有哪裡不對勁。

所以，早餐他必須想辦法表現一下。

「你喜歡吃什麼？」

看了一眼錶，還不到七點，時間仍然非常足夠。「我可以看一下你的冰箱嗎？」

夏知書做了個「請」的手勢，他好像也不急著聽潘寧世的回應，一隻腳踩著拖鞋，另一隻拖鞋則不見蹤影，大概是出來的時候落在臥室裡了，還好腳上穿著襪子，應該不至於冷到。

潘寧世連續看了幾眼那隻沒穿拖鞋的腳，躊躇著無法下定決心要不要開口關心一兩句。他怕自己要是開口了，會不會過度親密？兩人現在處於一種很曖昧不清的狀況，好像多一點少一點都不對，但不開口提醒他又很介意，擔心夏知書會不會著涼。

大概是察覺了他的視線跟遲疑，夏知書低頭看了看自己沒穿鞋的那隻腳，果斷地把穿著的拖鞋蹬掉，完美解決。

潘寧世能說什麼呢？就算交往了他也只是一隻拉布拉多，這種時候應該怎麼做才對？他糾結得臉都皺在一起了，過了一會兒他下定決心，試探問：「我能進你房間一下嗎？就一下。」

夏知書聳肩，無所謂道：「請隨意。」

鬆了一口氣，潘寧世連忙進了夏知書臥室，但不敢多看，他上次住過一晚，怕自己會回想起什麼不該想起的回憶，像是夏知書的屁股啊、夏知書的小香蕉啊、夏知書的乳頭……夠了。

飛快抓了遺落的拖鞋出來，又撿起剛被踢掉的那一隻拖鞋，最後在落坐於工作檯邊的夏知書身前蹲下，把對方的兩隻腳小心翼翼地放在自己膝蓋上，輕手輕腳地將拖鞋套上去，還順手整理了一下襪子。

「你真的不當我的大狗狗嗎？」夏知書笑盈盈地看著好像完成什麼大工程，嘴角彎起滿足弧度的高大男人，心頭癢癢的，手指也癢癢的，乾脆不受控制地在對方頭頂揉了揉。

髮膠讓手感不是太好，夏知書不大滿意，手滑向潘寧世的臉頰，順著來到耳後，搔了搔，「我們見面的時候，你可以不要用髮膠嗎？我比較喜歡毛茸茸的手感。」

潘寧世沒有回答，也可能他沒有聽清楚，整個人現在被搔得面紅耳赤，眼眶都濕了，腦子裡也嗡嗡迴盪著自己內心毫無章法的興奮嘶吼。

必須冷靜，他是個成熟的大人了，這時候應該要拉開一點距離恢復理性思考，然後再回答夏知書的問題。

於是，潘寧世最後做了一個總匯歐姆蛋，他還想多發揮一點，奈何夏知書明確拒絕他的孔雀擺尾，只能扼腕地帶著一絲不甘，在七點多的時候告別了昏昏欲睡的夏知書。

整個上午，潘寧世都在思考關於拉布拉多的問題。

在去公司的路上，他查了一些拉布拉多的資料，一種很帥很溫和的狗，經常被訓練成工作犬，特別是導盲方面。高服從性，所以非常好訓練……潘寧世思考了片刻，在心裡的清單上打了個勾。

有潘靄明那樣的姊姊存在，他確實是有高服從性與好訓練的特質。

體格健壯，打勾。

活力充沛，打勾。

速度快……這要看哪方面了，有些時候男人不能快，但可以先打個半勾。

貪吃……這也要看狀況，究竟「吃」什麼很重要，所以也先打半勾……

即使是這樣，他還是覺得很茫然，從文字上的敘述來說，自己應該可以當一隻不錯的拉布拉多，夏知書眼光真好。

但是他沒養過寵物，具體上拉布拉多到底是什麼樣的狗，潘寧世覺得自己拿捏不準。

還好，他有羅芯虞這個幫手！

眼下，潘寧世非常慶幸。沒想到羅芯虞家就養了拉布拉多，那他是不是可以近距離觀察一下這種狗？

全然不知道前因後果，以及眼前這個自己暗戀著，但其實心裡已經打算當隻拉布拉多的男人險惡的用心，羅芯虞講到自己家的狗狗，情緒很明顯地開朗起來。

「寵物療法嗎？拉拉確實是很好的陪伴犬喔！我家的罐罐是從小跟我一起長大的，牠媽媽也是我家的狗狗，後來年紀太大過世了，牠是在我十歲的時候出生的，現在年紀也很大了，我本來也想養拉布拉多，可是現在住的是公寓不大合適，拉拉需要足夠的運動量，所以我現在養了一隻混血馬爾濟斯，是從救援機構領養的，很黏人，超可愛的，也是很好的陪伴犬喔！」

「這樣啊……但是馬爾濟斯太小了……」潘寧世搔搔臉頰，他不能想像自己模仿馬爾濟斯的樣子，捲毛又嬌小……怎麼看都更像夏知書，呼吸莫名就有點急促起來，他連忙喝口水降降溫。

「如果潘哥的朋友家裡夠大，也有足夠的時間遛狗，那拉布拉多確實是很好的選擇。我每次回家罐罐都會黏著我，陪在我身邊，我睡覺的時候他也會趴在我身邊，天氣冷的時候超級溫暖的。」

遛狗是沒問題，潘寧世想，他可以自己遛自己，或者兩人可以進行一些其他的運動，不見得要到外面跑。忍不住又喝了一口冰水，他總覺得自己的下半身現在有點危險。

「潘哥？你還好嗎？臉怎麼突然這麼紅？」原本講到狗開心得侃侃而談的羅芯虞，很快發現潘寧世的不對勁，立刻停下講述，關心詢問。

「我很好，就是有點……熱？」潘寧世看了下外面，正值寒流來襲，路上行人都裹得圓鼓鼓的，室內應該有開暖氣，但也沒到熱的地步，他講完自己都覺得很羞恥。

羅芯虞狐疑地感受了下室內溫度，然後打了個寒顫，腳在地上跺了跺，才感覺溫暖了回來。好吧，雖然潘寧世奇奇怪怪，但幾個月的工作相處下來，羅芯虞心目中的潘哥是個老實誠懇不會隨便敷衍別人的可靠男人，也許他有在健身所以體質特別好吧？

「不過，冰水還是不要喝太多。」眼看潘寧世又在放了冰塊的杯子裡倒水，羅芯虞不免又關心了一句。

潘寧世表示感謝，繼續問：「那妳覺得，如果用狗來形容，我像什麼狗？」

這個問題讓羅芯虞當下當機了幾秒鐘，她瞪大描繪精緻的杏眼，眼神裡滿是疑惑跟……也許一點點的興奮？

「我覺得潘哥像杜賓犬。」

「杜賓？」潘寧世雙手環胸，嘟囔：「不行不行，太凶了，而且太帥了。」

「杜賓其實很黏主人、很撒嬌喔。」

黏主人又撒嬌……不行，潘寧世否認自己是屬於這種類型的狗。但是如果夏知書喜歡，好像也不是不行。

「小羅，我知道這個請求有點過分，但是能不能帶我去妳家看一下罐罐？我想跟拉布拉多相處看看，這樣才好答覆我朋友。」

潘寧世是個認真的人，即使他在思考成為另一個人的寵物，也依然一絲不苟、一板一眼。

「當然可以啊！潘哥打算什麼時候去？」羅芯虞開心得臉都紅了，雖然潘寧世是為了朋友跟她家罐罐，但多了相處的機會，萬一呢？萬一他們就這樣有了進一步的交往呢？

「這兩天妳方便嗎？」

「後天下午三點？剛好是我家罐罐散步的時間。」也剛好是假日。

「那就麻煩妳了。」

雖然人類的喜怒哀樂不相通，但此時此刻的兩人，都對後天充滿了期待。

拉布拉多？盧淵然又聽了一次錄音，煩躁地搔亂頭髮。什麼狗屁拉布拉多！他控制不住地用力槌了下桌子，震得桌上擺放的物品都好像彈了起來，有幾樣體積較小的雜物直接摔落在地，喀喀響了好幾聲。

「呵。」同個空間裡，窗邊沙發上半躺著一個裸著身體裹著被單的藤林月見，他露出的肌膚上有許多深深淺淺的紅色痕跡，有些像是被蟲咬的，也有些一看就知道是人咬出來的，甚至還有不少指印。

他冷淡地瞥了眼離自己不遠，正抱著手臂生氣的男人，又冷笑了一聲。

「他不就是條狗嗎？你也訓了他好多年了，不是嗎？」語氣冷淡，每個字卻都彷彿淬了毒，帶著毫不掩飾的幸災樂禍跟嘲諷。

「那你呢？你親愛的小蟬寧可養一隻拉布拉多，也不想再養月亮上的小兔子了。」盧淵然撇唇一笑，簡單的一句話讓藤林月見表情瞬間冷凝，對他投來幾乎是怨毒的眼神。

「小蟬只是暫時搞錯了自己的心意罷了。」藤林月見咬牙切齒，恨不得撲上前撕咬盧淵然。

「三年的暫時。」盧淵然哈哈笑出來，輕柔的語調飽含同情。

藤林月見陰惻惻看著他，也扯出一抹嘲弄的笑：「我至少獲得過小蟬十幾年的歲月，你卻連坦白自己的心意都未曾有過，跟陰溝裡的老鼠一樣。」

碰！盧淵然沒控制住又狠狠槌了桌子一拳，這次的力道更大，原本就放在離桌沿很近的馬克杯被震到桌邊掉了下來，啪嚓一下在磁磚上摔碎了。

一時間，屋子裡只有兩個人粗重的喘息聲，這大概就是所謂的狗咬狗一嘴毛吧。

「懦夫。」藤林月見首先開口，他唇邊帶著淺淺的笑，顯然很樂於看到盧淵然被刺激到的模樣。「你為什麼不敢把用在我身上的伎倆，用在那隻蠢狗身上？膽小鬼。」

「那你又為什麼不敢現在就去見蝸牛，只敢偷偷跟蹤潘寧世？」盧淵然一扯唇角，「我們兩隻老鼠，誰也別嘲笑誰。」

「我跟你才不一樣！我是在等待最好的時機，小蟬值得！」藤林月見難得激動地拉高聲音，他掙扎著想下沙發，卻幾乎動彈不了，只能喘著粗氣，汗涔涔地用像要吃人的眼神瞪著好整以暇看著自己的盧淵然，「我是為了表達我的誠意，我是為了讓小蟬知道我的愛是純粹的，我改了！我改了！我要讓他知道我改了。」

末了，藤林月見深呼吸一口氣，倏地笑出來，原本激動前傾的身體，倒回沙發上，笑得越來越暢快，笑得盧淵然臉色越來越難看。

「不要笑了！」盧淵然煩躁地一抹臉斥喝。

藤林月見卻不理會他，繼續放聲大笑，笑到五官都要抽筋了一樣，猙獰又扭曲，笑到聲音劈裂像破掉的布帛，笑到他幾乎喘不過氣，都沒有停下來，一雙眼睛死死地盯著盧淵然。

盧淵然冷冷地回視他，幾分鐘後起身走上前，直接伸手掐住那根細長帶著一道猙獰疤痕的脖子，把剩餘的笑聲都掐回胸膛裡，沒幾秒藤林月見就掙扎起來，蒼白的臉漸漸泛紅接著泛青，眼看就快要窒息暈厥。

「我說，別笑了。」直到此時，盧淵然才微微鬆開一點力氣，臉上帶著溫和明朗的笑，看著藤林月見一邊咳嗽一邊斷斷續續地拚命呼吸，狼狽得眼淚鼻涕肆流。

被丟下的時候，藤林月見像個毫無生機的骨瓷人偶，臉白得像紙，狼狽又悽慘，倒在沙發上顫抖著喘氣。

盧淵然拿了一條溫熱的毛巾過來，輕柔仔細地替他把臉上的各種痕跡都擦乾淨，完全看不出數分鐘前，他還暴虐地掐得藤林月見差點窒息昏死過去。

「我們的敵人不應該是彼此。」盧淵然開始替藤林月見擦拭身體，彷彿對他身上的痕跡很憐惜，眼神裡帶著憐憫。「我是那個幫你的人，把獠牙對準應該面對的人。」

「你不怕我弄傷你可愛的狗狗？」藤林月見嗤笑。

盧淵然挑眉，親暱地擰了下他的鼻尖。「糖果與鞭子從來都是相輔相成的。」

男人即便穿著一身運動服，依然藏不住鍛練過的好身材。因為腿很長，硬生生把運動褲的寬鬆臃腫，穿出了布料的垂墜感，顯得閒適又合身，跑動的時候彷彿能透過布料，看見底下腿部肌肉的收縮。

他牽著一隻黑亮的拉布拉多犬，任由狗狗拉著自己在公園裡跑圈。今天天氣很好，下午的陽光溫暖又慵懶，灑落下來像鋪了一地的金色薄紗，男人與拉布拉多宛如在金色海洋裡破浪而行。

羅芯虞坐在長凳上，捧著臉頰，雙眼放光地盯著被自家罐罐牽著到處跑的潘寧世，心裡幾乎把自己所知道的溢美之詞都用上了。

千言萬語匯作一句話，潘哥真帥！超帥！就算穿著運動服也好帥！罐罐超可愛！唉呀！罐罐跟潘哥玩起接飛盤了耶！好棒，都接到了！怎麼可以這麼可愛啊！

不枉費自己今天早上六點就起床打扮了，還先在家裡用小零食賄賂過罐罐，雖然一開始潘哥有點怕罐罐不敢碰，但現在他們要好到像一對命中注定的朋友。

黑色的拉布拉多一個飛撲，在空中叼住即將落地的飛盤，漂亮地四肢著地後，尾巴狂甩地衝回正在喘氣的高大男人面前，嗯嗯哼哼地揚著小腦袋要求摸摸。

潘寧世很累……他最近太忙，大概有一個半月沒有好好去運動健身了，雖然有一身肌肉打底，但疲倦加近日疏於鍛鍊實在應付不了一隻精力充沛的拉布拉多……奇怪了，這隻罐罐不是也十幾歲了，應該是隻奶奶狗了，怎麼還這麼活力四射？

所幸，罐罐沒有真的玩很久，六七次後也累了，吐著舌頭喘著氣，乖乖窩在癱倒在樹蔭下的潘寧世長腿之間求摸摸，把不遠處觀察著一人一狗互動的羅芯虞萌得心臟痛。

她先前會喜歡潘寧世是對一個長得不錯、能力又強的年長男性的崇拜，雖然對方大了自己十幾歲，但那又怎麼樣呢？成熟的男人最帥了！成熟又總是西裝革履還很有料的男人，怎麼說呢……反正羅芯虞抵擋不了。

而今天看著潘寧世耐心溫柔地陪罐罐散步、接飛盤，羅芯虞的愛慕之情可以說滿漲到快要爆表了。以後他們可以一起養狗，雖然工作很忙大概還是養不了拉布拉多，但小型陪伴犬還是可以的。

今天真是美好的一天……羅芯虞捧著臉頰，思考著要繼續遠遠欣賞潘寧世與罐罐的互動，還是加入兩人呢？

「要喝點什麼嗎？」男人的聲音突然從身邊插入，打斷了羅芯虞的幸福時光。

啊，她都忘了，今天其實有一個電燈泡。

她側頭看了眼旁邊的男人，露出一抹敷衍的甜美笑容。「盧哥，不麻煩你了啦！今天還讓你特別跑這一趟。」

男人長得溫柔俊秀，不是頂尖的美男子，卻看起來很親切舒服，就算沒笑，看起來卻依然滿臉笑容。

羅芯虞是知道盧淵然的，但也僅限於知道，今天之前並沒有見過，是他們出版社的倉管組長，也是潘副總編的好朋友，先前聯絡不上潘寧世的時候，就是靠盧淵然找到人的。

據說，盧組長是個脾氣溫和的好人，工作能力很強，把書庫管理得井井有條，想找什麼書只要拜託他就一定找得到，還能把這本書的出生源流包含版本更動都給你列出來。這樣的人才對梧林來說無比可貴，畢竟梧林公司小，出版品卻不少，勤勤懇懇經營幾十年，平時的讀者換書、缺頁瑕疵等客服，到書庫大盤點的時候，沒有個對出版品了解足夠多的承辦人，那肯定是一場又一場核爆等級的災難。

但羅芯虞還是個新人，也就沒真的跟盧淵然有什麼工作上的往來，對這人的印象很模糊，直到今天……她想，這人有一股子茶味，她自己就是個有點綠茶的人，同性相斥。

「不麻煩，畢竟是我打擾了妳。」盧淵然也回以笑容，看起來親切但實質上敷衍，依然將手上用保溫杯套裝著的飲料遞過去，「我不知道妳們小女生喜歡什麼，就買了珍珠奶茶，挺有名的一家，半糖少冰。」

一眼瞄到那顯眼的店標，原本想拒絕的話語不小心吞回肚子裡，訕訕地接過飲料來道了謝。

也不是說被收買了，畢竟盧淵然雖然是個電燈泡但也沒幹麼，只有剛見面那時候讓羅芯虞心裡鬱悶了下，畢竟這可是她心心念念的約會。

「盧哥今天怎麼有空陪潘哥過來？」問還是要問的，羅芯虞戳了戳杯裡的珍珠，一臉純善無辜的表情問。

「本來今天約他一起去健身房，他說自己今天要來跟一隻拉布拉多見面，我好奇就跟來了……沒想到，好像打擾到妳了？」

羅芯虞瞥了一臉真誠的盧淵然一眼，有點不確定自己是不是對這個人太有敵意了？確實，她雖然把今天的會面當約會，但對潘寧世來說，主要是來看罐罐的吧？

原本愉快的心情，莫名就低落了幾分，她用力地戳了幾下珍珠，喝得心不在焉。

「也不算打擾……我本來以為，潘哥說的那個朋友是你，所以今天才會一起出現。」說到底，潘寧世一開始說的就是自己有朋友想養拉布拉多，這才跟她約了來見一見罐罐……羅芯虞抖了抖，彷彿被潑了一盆冷水回過神，背上起了一片雞皮疙瘩。

「他說了什麼？」盧淵然一臉好奇。

羅芯虞看著不遠處跟罐罐磨鼻子，混得好像是認識多年好友的一人一狗，臉上不由地露出笑容，但隨即又落寞了起來。

「潘哥說他有一個朋友需要寵物療法，所以想養隻拉布拉多。那天我們吃飯的時候他剛好知道我家有隻拉布拉多，所以想來看看了解一下。」

「喔？他是這麼對妳說的？」盧淵然輕輕笑出了聲音。

這一笑，讓羅芯虞心底莫名萌生出一種堵悶的情緒。

剛從潘寧世嘴裡聽見事情原委的當下，羅芯虞只覺得潘寧世是個好朋友，會把朋友的事情當自己的事情一樣去煩惱，連人家想養寵物都這麼積極去了解，真是個溫柔的男人。

當男朋友一定也會同樣溫柔吧！

可是現在仔細想了想，就覺得好像哪裡都不對勁了，一般人會為朋友盡心盡力到這種地步嗎？

退一千步來說，這時候也該把想養狗的朋友帶過來了吧？這都不算皇帝不急急死太監了，根本是皇帝不生小孩，太監都急著幫忙播種的地步了……羅芯虞用力嘆口氣，晃了晃腦袋把浮現的莫名其妙想法甩掉。

什麼亂七八糟的類比。

「不是這樣嗎？潘哥也沒什麼必要騙我吧？這又不是什麼大事。」應該就是自己想多了，也不知道為什麼盧淵然要這樣引導自己，羅芯虞瞪了眼身邊的男人，她的雷達肯定沒有出錯，這傢伙是個綠茶，而且是個對潘寧世有點不清不楚想法的綠茶。

她倒是對同性戀沒什麼意見，畢竟都什麼時代了，她也不是沒有同性戀的朋友。但卻很不喜歡有些男同喜歡故意去撩直男，那種獵男的態度無關性向與性別，單純就是人品有問題。

盧淵然給她的感覺就是這樣，用同性當擋箭牌，想著要把潘寧世這個直男勾上床，把女人當敵人，天底下的綠茶都是一樣的。

盧淵然笑得更開心，甚至笑出眼淚來，直笑到羅芯虞臉色難看才勉強停下來，舉著雙手道歉：「我沒有嘲笑妳的意思，我就是覺得妳很可愛。」

「你這句話就是嘲笑。」羅芯虞沒半點客氣地回應，她又不是傻瓜，現在已經很確定盧淵然對自己確實有不小的敵意，或者更深入來說，有種高高在上俯看的憐憫……總之讓人很不爽。

奇怪了，為什麼大家都說盧淵然是個好相處的人？她跟對方相處這四十多分鐘的感覺，除了綠茶外就是婊了。

「是我沒表達清楚，我很抱歉。」盧淵然雙手合十，一臉歉然，「作為賠禮，我跟妳分享一些小祕密吧。」

肯定不是什麼好事……羅芯虞謹慎地盯著那張笑咪咪的溫柔好人臉，心裡很糾結。

如果盧淵然不是潘寧世的好朋友，她才懶得跟這個男綠茶虛與委蛇，綠茶碰綠茶，不是互相諷刺別苗頭，就是井水不犯河水。盧淵然都這樣挑釁自己了，當然不能慫一定要反擊回去的。

可是……羅芯虞吸了口珍珠，確實很好喝，甜度剛好也不會太冰，怎麼說呢，盧淵然確實很會做人，也很懂得抓別人的小辮子。

「什麼祕密？」她真的很好奇，畢竟潘寧世不是個愛社交的人，跟辦公室裡的同事也都僅止於泛泛之交，大家對他的了解都不深，害她連想從親朋好友下手打探消息都很難。

好不容易遇上潘寧世的朋友，偏偏還是個心懷不軌的綠茶。但能問到點什麼也總比沒有好，羅芯虞只能啞巴吃黃蓮了。

「妳知道潘寧世真的騙了妳嗎？」一開口就是枚震撼彈。

羅芯虞愣了愣，率先朝正在擼罐罐的潘寧世看去，正好一束斜陽落在男人身上，勾了一圈金燦燦的輪廓，映襯著那張笑臉更加奪目好看，是羅芯虞從來沒看過的。

「我剛不也說了，潘哥沒必要騙我……」雖然自己這樣講很傷，但羅芯虞也知道潘寧世根本沒注意到自己喜歡他，當然也就不存在什麼欺騙感情之類的事情，最殘酷的是，他們根本沒有工作以外的私交。

理智上固然知道，心情上羅芯虞依然大受打擊，小臉都白了，連精緻的素顏妝都遮蓋不了。

「他也不是存心騙妳。」盧淵然語帶同情：「只是，性向方面的事情屬於隱私，一般人不會特別對外說罷了。」

說到這裡，羅芯虞哪還有什麼不明白，盧淵然這是告訴她，潘寧世實際上是個 Gay 呀！小女生顫抖了下，猛然醍醐灌頂。

怪不得，無論她釋放多少訊息，潘寧世就是一丁點都接收不到，從一開始就沒有朝喜歡或示好的方向多想。先前羅芯虞以為潘寧世就是遲鈍，有些直男也會這樣，所以她一直努力著要把愛慕表達得更明確，甚至整個辦公室裡的人都察覺到了。

原來啊……是性別出問題了……羅芯虞眼眶一酸，差點哭出來。但她想到身邊的盧淵然，努力把眼淚忍住了。

「所以，你是潘哥的男朋友？」若是這樣的話，也難怪盧淵然會對自己有敵意了。就算她不是存心的，但也算是對別人的男朋友出手了，被討厭得不冤枉。

道理羅芯虞都明白，但她就是很難過很不甘心，總有種盧淵然在戲耍自己的討厭感覺。

面對羅芯虞的問題，盧淵然沒有回答，反而問了句：「妳猜，為什麼潘寧世會突然想了解拉布拉多是什麼樣的狗？」

羅芯虞的眼眶已經泛淚，她強撐著硬是不肯在「情敵」面前掉眼淚，而是看著沐浴在斜陽下的潘寧世，自己暗戀了大半年的人，還有跟自己一起長大的罐罐。

畫面明明這麼美好，罐罐看起來真的很喜歡潘寧世，已經給摸肚子了，她現在卻想拉著罐罐回家痛哭一場。

「該不會是你想要養拉布拉多吧？」羅芯虞腦子嗡嗡響，語氣也不爽了起來，她側頭很快地眨掉眼裡的水霧，轉頭正面跟盧淵然對峙起來。「那這樣說，騙我的應該是你才對，你剛剛還說是恰好碰到一起來的。」

「不，不是我，是另外一個妳也知道的人。而且，那個人要養的不是妳以為的拉布拉多，他想養的是潘寧世。」盧淵然摸出一包面紙遞過去，語尾嘆了口氣，似乎在為羅芯虞不值得。

養誰？潘寧世？拉布拉多？嗯？羅芯虞怔愣地忘記伸手接面紙，她覺得自己的大腦要燒乾了，為什麼這幾個詞能湊在同一個句子裡？還彼此有因果關係？

「很驚訝嗎？」盧淵然收回手，抽出了一張面紙疊好，塞進羅芯虞手中。「妳崇拜的潘哥，是為了要給別人當拉布拉多，才約了妳今天見面遛狗。所以啊，為什麼欺騙妳？因為他沒有勇氣說實話啊。」

羅芯虞又顫抖了幾下，不可置信地看著盧淵然，捏緊了手裡的面紙，微張著嘴卻半天也說不出一個字來。

「真是過分的男人啊。」盧淵然同情。

是啊……真過分……羅芯虞僵硬地把目光落回潘寧世和罐罐身上，恍惚間好像真的看到了兩隻玩鬧在一起的拉布拉多……潘哥的男朋友品味其實還不錯啊……

門鈴響起時，夏知書正窩在懶骨頭上發呆。

今天天氣不錯，陽光從落地窗照進來灑滿了整個起居室，他本來想看書的，或者看電影也不錯，最後卻只是拖了懶骨頭放在落地窗前，窩在上面看著地上的光影看了好幾個小時，直到夕陽西下，餘暉散盡，房間裡只剩下一片黑暗。

黃昏的時候，他接到一通電話，來自潘寧世，不得不說，潘副總編真的是個禮數很足的人，拜訪前一定會規規矩矩地打電話約時間，目前還沒發生過那種約十分鐘後見面的狀況，起碼都四十分鐘起跳。

今天距離上次見面大概有一個禮拜左右，眼看再兩天就要聖誕節了，今年應該還是跟葉盼南、商維夫妻加兩個小孩一起過吧？記憶裡商維好像提過邀請，夏知書遲鈍地回想，自己答應了嗎？

不管怎麼說，他答應了潘寧世的拜訪，就這樣在黑暗裡坐到門鈴響為止。

第一聲門鈴跟第二聲門鈴隔了三分鐘，夏知書才打開了大門，果然看到一身西裝的潘副總編一臉拘謹的笑容站在門外，舉了下手中的提袋，「我買了蛋糕過來，草莓加白葡萄鮮奶油，夾心有水蜜桃。」

非常豐富的一款水果蛋糕，夏知書眼神一亮，笑容熱烈了不少。

「又讓你破費了，快進來吧！」喜孜孜接過提袋，袋子上的商標他記憶中好像有印象，但又想不起來，不過從包裝盒的精美程度判斷，應該是一間挺有名的蛋糕店才是。

今天還沒吃東西，甜點總是能撫慰人心。

夏知書也不客氣，招呼著潘寧世隨意，就進廚房把蛋糕切了。六吋的蛋糕也不大，他想了想給自己切了三分之一，剩下的再切三分之一給潘寧世，非常完美的分配。

「你要喝茶嗎？」蛋糕是潘寧世帶來的，自己好像也應該要招待點什麼才對，夏知書邊想著，邊打開放著茶跟咖啡的櫃子問。

「不用麻煩，你喝什麼我跟著喝就好。」潘寧世在工作檯邊已經有屬於自己習慣的坐位，他今天也是坐在相同位置，可以將整個開放空間好好納入視線範圍裡。

「那來開老葉的寶貝茶吧。」夏知書自己不大喝茶，但對於葉盼南收藏茶的好壞卻很清楚。

「你喜歡綠茶、紅茶還是烏龍茶？」

「都可以，我都喝。」被這樣招待，潘寧世有點坐立不安，他起身走進廚房道：「需不需要我幫忙？」

「好啊，那你幫我洗杯子。」夏知書對放茶杯的櫃子抬了抬下巴，「看你習慣用茶杯還是用馬克杯都行，我不講究。」

打開櫃子，整整齊齊擺放著十幾個不同種類的杯子，潘寧世選擇困難了十幾秒，果斷拿下兩個素面白色馬克杯，簡單永遠是不敗的。

搭配蛋糕還是紅茶最適合吧？夏知書拿起伯爵紅茶跟錫蘭紅茶翻了翻，其中一個有茶包一個沒茶包，那當然選茶包那款。

第一沖只要水稍微沒過茶包，稍微浸泡一下，挪出茶包後、再用這泡的熱水在杯中滾動一圈溫杯後倒掉，再放入茶包、灌入熱水直到八分滿，等約莫五分鐘後取出茶包，拿個小碟子放用過的茶包，這樣要回沖時也可以再使用。

這是葉盼南教他的方式，雖然不知道正不正確，但泡出來的茶香味濃厚，苦澀與甘美的比例恰到好處，除了好喝之外沒有其他更好的讚美。

夏知書與潘寧世並沒有過多的交談，房間裡安安靜靜卻不令人感到一絲一毫尷尬或不安。耳邊可以聽見另一個人時遠時近的穩定呼吸聲，偶爾還能感受到對方靠近自己的體溫，一切都是那麼舒適平靜。

茶與蛋糕都上桌後，夏知書覺得自己很餓，他許久沒有這種感覺了，眼前的蛋糕色彩繽紛，鮮奶油又白又細膩，飄散著淡淡的奶油混合水果的香氣，還是冰冰涼涼的。

接下來的二十多分鐘，兩人依然沒有過多對話，夏知書是因為餓了，專心致志地吞食蛋糕，不會過度甜膩的蛋糕體與鮮奶油，果香充足的草莓與葡萄，罐頭水蜜桃的口感與滋味增加了一點令人懷念的驚喜與美味，可以說每一口都令人很滿足。

紅茶也很完美，不愧是葉盼南收藏的茶葉，潘寧世應該也會喜歡吧？

三分之一個蛋糕吃完，夏知書有點意猶未盡，但好像也不適合再多吃，可是或許再吃一點點也沒關係？

他捧著紅茶一點一點地啜飲，突然看到眼前又多了一盤只吃了一點點的蛋糕，草莓跟葡萄都還很完整。

「我只吃了一口，沒有沾到口水，你不介意的話可以吃掉。」潘寧世耳垂通紅，羞澀又坦然地凝視著夏知書的雙眼。

夏知書舔舔唇，他確實覺得自己沒吃飽，甚至可以說在看到這個缺了小小一角的蛋糕後更餓了，那是一種說不出源頭來自哪裡的飢餓感，促使他道了謝後，急不可耐地挖起一大塊帶著整顆草莓的蛋糕塞進嘴裡，臉頰瞬間鼓得像一隻進食的倉鼠。

潘寧世替兩人又各自沖了一次茶回來，夏知書已經消滅了第二塊蛋糕，表情是滿足的愉悅。

「所以，你打算給我回覆了嗎？」終於在潘寧世進入夏知書家五十分鐘後，夏知書直接從重點展開對話。

潘寧世拿著馬克杯正打算喝茶，聞言愣了愣，手指關節被燙了下，他發出細微的嘶一聲，連忙放下杯子甩了甩手，看起來有些慌張無措，連連吞了好幾次口水。

「呃……對，我考慮清楚了。」

本來盧淵然建議他可以用簡訊回答對方就好，沒必要百忙之中還特別跑一趟。

用盧淵然的原話來說：那棟房子跟你的八字可能犯沖，你這次去不知道又會出什麼意外，你還記得因為翻譯突然早產來不及交稿，臨時換翻譯的那本書嗎？雖然不是這次國際書展要首賣，卻也是四月的重點書，你還有時間打砲、昏倒或住院嗎？

可以說非常不客氣，潘寧世捂著心口糾結了大概有三分鐘，果斷地打電話給夏知書約時間，差點被盧淵然友盡。

但潘寧世想，這件事很重要，通過電話沒辦法傳達自己的誠意，還是必須得當面說才對，更何況他也確實想夏知書了……不不不，也不是想念或其他什麼糟糕的想法，更不是想上床什麼的，就是單純為了禮貌！對！禮貌！

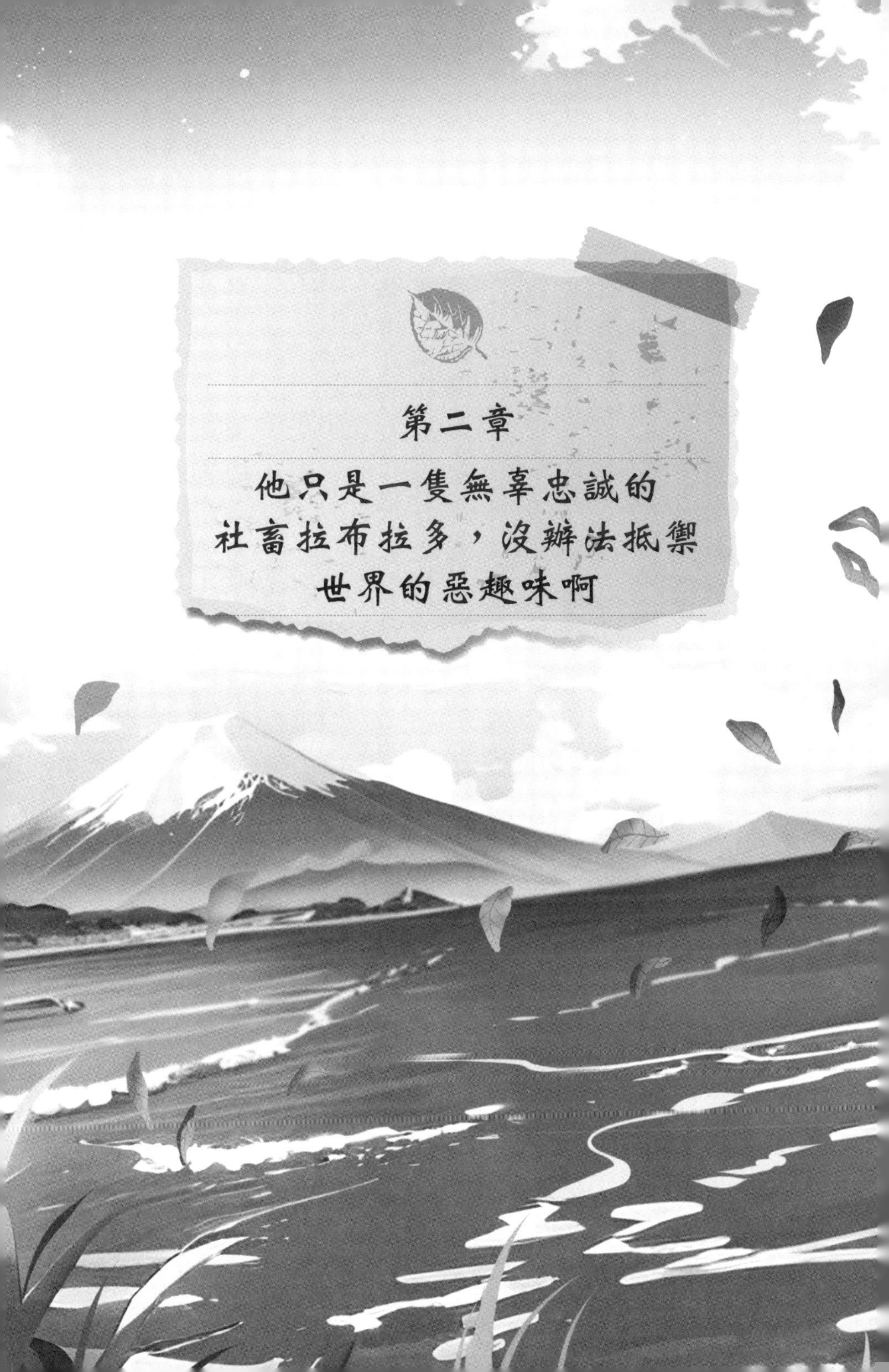

第二章

他只是一隻無辜忠誠的社畜拉布拉多，沒辦法抵禦世界的惡趣味啊

輕易說服自己後，潘副總編整個下午的工作速度可以用飛一樣形容，效率高到驚動總編，對方端著一杯枸杞茶晃過來關心了幾句，都被心不在焉地敷衍了。

好吧，效率高總比發呆好，儘管潘副總編這幾個月的工作狀態起起伏伏很不穩定，還早退了好幾次，跟過去幾年大相逕庭，但總體來說還是很敬業也很有產能的，那也行吧。

「你家是租的嗎？」夏知書突然問。

「啊？呃……不完全是，房子是我姊租給我的，房租很便宜，而且我可以隨意使用。有什麼問題嗎？」

潘靄明女士的喜好之一就是投資房地產。說是這麼說，更適合的說法是，潘女士打算五十歲退休，然後當一個快樂的房東收租金過日子。

但潘寧世覺得自家姊姊異想天開，倒不是買房子當包租婆這點，而是潘靄明最好閒得下來，這位女強人最大的興趣就是征服各種挑戰，不工作她征服什麼？

「我可以征服各種極限運動呀。」潘靄明笑吟吟地回答弟弟。

潘寧世想，還是工作保險一點，他希望自家姊姊可以在職場上攻城掠地，別挑戰極限運動了，對家人的心臟不友好。

撇過潘家姊弟對未來規劃的歧見，眼前的重點是夏知書這麼問的原因。潘寧世莫名緊張起來，思考著對方是不是在考察自己的經濟實力？早知道他就應該要買房子才對，但編輯的收入真的不高，他現在的存款想買在市區很困難，只能買外縣市或者郊區，那離他上班的地方又太遠了。

「哪……你會排斥住進交往對象家裡嗎？」夏知書略一思考繼續問。

「這個……我沒想過，但應該是不排斥……吧？」潘寧世不確定地回應，他可是母胎單身三十八年喔！以前年輕的時候可能想過同居，但那時候他只是個高中生、大學生，想到的都是情侶一起租房子住，眼前一下子跳到雙方都有住所，應該捨棄哪一邊的階段，實在跳得有點太遠了。

說真的，他現在的腦子一團混亂，搞不清楚夏知書的意圖，也搞不清楚自己的想法。

「你現在住的地方住多久了？」夏知書一臉好奇。

「呃，大概十三年吧……」他姊是個賺錢跟喝水一樣快的人，在他二十五歲的時候就已經買了兩棟房子，一棟自己住，一棟就把弟弟塞進去了，甚至為了配合弟弟工作的地點選了房子。

「那還挺久的，東西應該不少吧？」夏知書揉著下巴思索，轉頭看了一圈自己的房子，「我這裡就住了三年，東西不算太多，你也看到了，我喜歡簡約的空間，很多東西都是老葉跟維維塞進來的，我平常也沒怎麼用。」

「呃……這樣嗎？」潘寧世跟著看了一圈沒有隔間的空間，確實很空曠，家具跟擺飾都少，塞得最滿的應該就是廚房了。

另外還有一間書房，裡面也是塞滿了各種各樣的書，應該多數都是蝸牛的工作參考書，先前潘寧世有幸看過一次，被藏書量震撼到了。

「你介意我搬過去住嗎？」

「抱歉？」潘寧世不敢置信地眨眨眼，以為自己聽錯了。

「你介意我，搬去你家一起住嗎？」夏知書笑了聲，一字一字放慢速度，咬字清楚得有點僵硬：「我的東西不用全部搬過去，像書就不用。當然，如果你家有足夠的空間，方便我搬的話，我是滿想把所有東西都搬過去的。」

「空間應該是夠……」潘寧世猶疑，結結巴巴地問：「可是、可是為什麼突然想搬來跟我住？」

「因為我們交往了，你還記得自己是我的拉布拉多嗎？」夏知書坐的位置很輕易就可以碰到潘寧世，他用腳背蹭了蹭潘寧世的小腿，就看見一百九、嚴肅拘謹的男人猛地顫抖了下，很快就從頭紅到脖子去了。

「交、交交交往……咳咳，呃……我、我們嗎？」

「難道，你今天約我見面不是為了答應我？」夏知書訝異地睜大眼，磨蹭著小腿的腳背開始往大腿挪動，像一根羽毛搔得潘寧世心頭狂跳，渾身燥熱，總想做點什麼來舒緩自己的情緒。

「是……我是想告訴你我、那個……呃……願意當你的拉布拉多……」潘寧世用力喘氣平撫自己的呼吸，但依然語尾打顫：「我去拜訪了一位同事，跟她家拉布拉多相處了一個下午，應該、應該可以勝任。」

「那就對啦，你要當我的狗狗，不就應該跟我一起住嗎？寵物療法的基礎概念，寵物得跟主人在一起吧？」

非常正確，但好像有哪裡不對……潘寧世說不上來，更何況他本人並不排斥這樣的走向。是快了一點，但狗狗本來就應該要跟主人一起住的！

「我、我家滿大的，空一個房間當你的書房也沒問題，那、我……呃……」潘寧世深呼吸一口，強迫自己冷靜下來。

兄弟，你是三十八歲不是十八歲，就算是人生第一次交到男朋友，也要有成熟男人的冷靜與穩重才對！

「需要先跟你姊姊說一聲嗎？她會不會不希望有別人住進去？」

「我問問她……」差點忘記還有潘靄明女士需要通知，雖然潘寧世覺得他姊對這件事不會有任何反應，但怎麼說這套房子都是屬於潘女士的，於情於理確實應該告知才對。

「你要告訴她你是我的拉布拉多，還是我的男朋友呢？」看潘寧世認認真真思考著打字的模樣，夏知書忍不住笑問。

潘寧世手一滑，手機差點摔在地上，他滿臉通紅突然驚覺剛剛自己下意識打出「姊，我最近當了拉布拉……」他姊看到肯定會直接打電話來約他出去好好聊一聊。

「咳咳。」清了清喉嚨，潘寧世故作沉穩道：「你介意我說是你的男朋友嗎？」

「可以，無論是男朋友還是拉布拉多，本質上都是一樣的。」

何等狼虎之詞，但潘寧世聽得喜孜孜。

於是幾分鐘後，潘大姊靄明女士先是看到了「姊，我最近當了拉布拉……」這條訊息一秒被收回，很快又傳來一條「姊，我最近當了一個人的男朋友，妳介意我跟他在妳家同居嗎？」

文法很詭異，說不通順但意思倒是能傳達清楚，就是第一條訊息的「拉布拉……」是什麼？

梧林出版社第一出版組的潘副總編最近心情很好。

即使他聖誕節、跨年都在公司裡面對滿桌子的稿子、打樣、贈品樣本等等，還遇上了一個連續一個半月找不到人，讓他把自己手機裡電話簿能聯絡的人及這些人的親友都找遍了還是依然找不到人，最後他都懷疑對方是不是出意外死在某個深山野林無人知曉，稿子注定要開天窗的翻譯，都不能影響他的好心情。

用第一出版組總編的話來說，打從潘寧世進公司的那一秒開始，他就沒見過小潘這麼開心。就算談到了很難談的授權，就算出版了自己做的第一本書，就算被原作者在公開的場合稱讚，潘寧世都沒這麼開心過。

甚至在終於找到那個失聯的翻譯時，潘寧世還哼著歌安撫對方不用緊張——據說那位翻譯是趁冬天跑去滑雪了，就算明知道截稿日迫在眉睫，但是！「看！雪山在呼喚我啊！」這是翻譯的原話，所以他義無反顧地衝了。然後就出了意外，摔斷了兩條腿，在醫院住了兩個月，也因為這是他瞞著所有人前往的旅程，導致最終失聯了一個半月。

潘寧世不是不會生氣，總編見識過他對著電話咆哮十幾分鐘，跟翻譯吵得幾乎摔手機拔電話線，那次是因為翻譯說要交稿說了一個多月還是半個字都交不出來，把好脾氣的潘副總編惹毛了。

所以大家都很好奇，潘副總編遇到了什麼好事，心情竟然好成這樣？

整個辦公室的氣氛多少都被他的好心情帶動，年末年初的忙碌也讓人稍微能忍耐一些了。

相對來說，坐在潘副總編隔壁的羅芯虞小朋友，情緒完全是鏡像呈現。前陣子她還天天開開心心的，上班到一半還偷笑出來，這陣子卻像是換個人一樣，每天都陰沉沉的，彷彿一朵長在潮濕角落的蘑菇。

看著潘寧世一邊校稿一邊哼歌，羅芯虞的心情就更加鬱悶，像被一條濕抹布塞在胸口跟喉嚨裡，吞又吞不下、吐又吐不出，沉甸甸的還無法跟別人分享，整個人都憔悴了，最近連妝都懶得化，直接素顏到公司。

終於，某個下午，羅芯虞跑茶水間泡咖啡時巧遇了也來泡茶的潘寧世，看著那張容光煥發的臉，小女生忍不住了。「那個，潘哥最近心情很好？」

「嗯？」潘寧世手上的動作一頓，臉上的笑容稍微收斂了些，但依然很顯眼，裝模作樣的。「也沒有啦，就是……嗯，最近發生了不錯的事情。」

大概是之前看狗看出了革命情感，潘寧世對羅芯虞沒有之前那麼有距離感了。

羅芯虞心裡咯登一下，某個猜測直接浮現腦海。她知道自己應該要忍耐的，但有時候理性控制不住感性，等她驚覺不對的時候，問題已經出口了：「潘哥的朋友養拉布拉多了嗎？」

「養了。」潘寧世的情緒肉眼可見又美妙了幾分，整個人像要飄起來一樣，轉頭笑咪咪道：「謝謝妳的幫忙，我跟他挑了一隻很棒的拉布拉多。」

羅芯虞表情管理差點失敗，她努力微笑點頭客套：「太好了，拉拉是一種很友善的狗，不過小時候要教好喔，不然牠會拆家。」

雖然知道眼前這隻拉布拉多應該已經步入中年……羅芯虞感覺喉嚨塞著的那塊濕抹布更有分量了，滿嘴都是苦澀。

很好，謎底揭曉，潘副總編的好心情是因為自己終於順利成為心上人養的寵物，四捨五入應該算交往了吧？

「潘哥，你那位朋友是個怎麼樣的人啊？」忍了又忍，羅芯虞這輩子真的沒這麼拚命忍耐過，可惜最終沒成功，在潘寧世端著茶杯準備離開茶水間前，她還是問了。

這個問題從她在盧淵然那邊聽到關於拉布拉多真相的時候就想問，當然直接問盧淵然也可以，她相信那個綠茶男應該很樂意說，他巴不得能再多挑撥離間幾句。

也許羅芯虞有點天真、有點幼稚，還有點戀愛腦，但她又不是笨蛋，想也知道不能從情敵嘴裡打聽另一個情敵的事情，更別說她也清楚盧淵然肯定會藉機再打擊自己幾下。

雖然已經死了追求潘寧世的心，但她還是有點不甘心的，畢竟花費的時間跟心思都是真實的，她就是想知道自己除了性別外，還輸了什麼。

潘寧世停下腳步，轉頭疑惑地看著表情嚴肅的羅芯虞，不理解為什麼她要關心一個陌生人。

「我就是……有點好奇……」羅芯虞握緊了馬克杯的把手，臉上的笑容幾乎要掛不住了。

「什麼樣的人啊……」潘寧世開口了，他微微歪著頭，應該是在思考怎麼回答，又或者只是單純在翻看腦中的那個人。

羅芯虞大大鬆了一口氣，拉長了耳朵生怕自己聽漏一個字。

「站在我的角度來看，是個很可愛的人。」

潘寧世輕輕笑了聲，眼神溫柔得像一汪泉水。「並不是說他長得可愛，當然他確實長得很可愛，像隻老公公鼠那麼可愛。但我說的可愛是指他的性格。」

像繞口令一樣，羅芯虞都快不認得可愛這個詞了。

「他有點壞心眼，會故意欺負我，但我覺得無所謂，他能夠開心最重要。妳應該也知道，我這個人個性不很討喜，有點太嚴肅了，也不大懂得跟人交際，工作又很忙，是個滿無聊的人。」

「我不覺得……我覺得潘哥你很好。」

「謝謝讚美。」潘寧世有些訝異，沒想到自己在小女生眼裡評價竟然還不錯，人也有點害臊起來，輕咳了兩聲繼續：「他會帶我去嘗試很多我沒做過的事情，我以前從來不知道生活可以這樣過……跟他在一起，我會忍不住笑，就算遇到不如意的事情，就算生活其實沒那麼順遂，但只要看到他我就覺得很開心……他是個會讓人覺得開心的人。」話到此處，潘寧世猛然察覺了什麼，臉一下子爆紅，結結巴巴地補充：「當然啦，我跟他只是好朋友，我相信他也能讓他的狗狗覺得很開心的。」

羅芯虞點點頭，有種靈魂出竅的感覺：「聽起來就是很棒的人呢……很適合養ㄆ……狗……」

「我也這麼覺得。」潘寧世想，好像聽到了某個音節的前半段，也許是自己太敏感了吧？

「對了，那隻狗狗叫什麼名字啊？」羅芯虞豁出去又多問了一句。

這次，潘寧世沉默了很久沒說話，幾乎都能看到他內心瘋狂地運轉，好半天才乾澀地開口道：「嗯……好像是叫做長安……」

這次羅芯虞笑出來了，真心實意的。

她想到自己在很多言情小說或者愛情電影都看到過類似的對白：「他能不能給我優渥的生活或其他什麼東西都無所謂，就算窮就算苦，就算他真的其貌不揚又身無分文，但他能讓我笑。」

本來，羅芯虞也找到了一個可以讓自己在他身邊就忍不住心情很好、想笑的人，可惜這個人在自己身邊時卻總是一臉嚴肅。

也許這樣也不錯吧，她看著以喝茶掩飾自己慌張的潘寧世，回想他這陣子經常不自覺面帶笑容的模樣，突然就釋懷了。

心口還是悶悶地很痛，但她從來沒得到過，自然也不存在失去。

「潘哥。」

「嗯？」

「幫我祝福你朋友和長安可以永永遠遠、百年好合。」

回應她的是潘副總編被茶水嗆到的咳嗽聲。

潘寧世真的覺得，這個人間不值得。

他真的怎麼樣都想不到，自己有在家裡被警察先生壓在地上磨擦的一天。

而且，還是全裸的。

事情得從那天跟羅芯虞的茶水間談心說起，原本他因為交了男朋友，心情很好，工作效率異常高，就算突然炸出好幾個需要特別催稿的案子，也都能心平氣和地安排處理。

但在和羅芯虞聊過天後，他突然非常迫切地想趕快看到自己可愛的男朋友。他也說不清楚是為什麼，大概是聖誕節跟跨年都不能約會，累積下來的不滿足，突然被人抓出引線點燃了吧？

總之，離開茶水間後，潘副總編回到位子上時已經沒有了先前哼歌的心情，他呆呆地盯著電腦螢幕接近半小時，直到又收到一封譯者想調整截稿日期的信件後，才終於回過神。

年末年初，大家不是忙過頭就是玩過頭，往年這種時候他不是一邊為書展焦頭爛額一邊盯譯者的交稿日期，就是一邊跟拖稿的譯者線上拳擊互相親切問候對方平安喜樂，一邊跟印刷廠吵各種奇葩的印務問題，願意傳訊息來拜託延期的都是好譯者。

往年他都過得疲勞充實但愉快，可今年不一樣。今年他是有男朋友的人了，他難道不應該跟男朋友偷空約個會嗎？要知道他跟夏知書是聖誕節前兩天正式交往的，然後就幾乎再也沒見到面了……完全不合理！他認真工作應該值得一個短短的甜蜜約會吧！

於是潘副總編又一次請假早退了——夢想中。後來當然沒成，他手上的工作總得告一個段落，離開公司的時候都接近晚上九點了。

一打開家門，印入眼底的就是雖然整齊但因為塞了兩人份鞋子而顯得狹窄的玄關，他長得高大鞋碼自然也大，這就把夏知書的鞋子對比得很是小巧可愛。

鞋櫃上擺著幾小盆多肉，生機盎然得很繽紛，跟他以前單調沉悶的風格差距頗大。

「你回來啦！」夏知書從剛好遮擋住玄關的書櫃旁探出毛茸茸的腦袋，表情很驚喜。

「我回來了。」潘寧世手指一抽，忍住了沒伸過去搓揉那頭蓬鬆的捲髮，但呼吸重了一些，偷偷深呼吸屬於夏知書的味道，簡直跟個變態一樣。「你吃晚餐了嗎？」

明明同居卻接近一週沒見到面的兩人，莫名有種尷尬窘迫又害羞的氣氛，當然這種氣氛主要來自潘寧世，夏知書倒是一如既往地自在，手上拿著看了一半的書，走到正在脫外套的潘寧世身邊，臉頰貼上自家寵物狗的肩頭，磨蹭了幾下。

潘寧世是個幾乎沒有任何不良嗜好的人，除了喜歡閱讀外，他不菸不酒還不泡夜店，唯一比較放縱的就是先前為了破處到處約砲，可惜每次都沒成功。

他身上的味道就跟本人一樣，清爽沉穩，即使從人群中回來，也沒沾染到什麼很複雜的味道，更多的是一股混合了冷空氣的紙張及油墨香味。

夏知書非常喜歡潘拉拉的味道，不小心就多蹭了幾下，鼻子直接埋進男人的頸窩裡去了。

「我今天下午點心吃多了，晚餐就沒吃……你呢？你吃過了嗎？」雖然這種問候聽起來很不熟，可是夏知書就是覺得心裡很踏實，他挺喜歡潘寧世每次回家都這樣問自己。

「還沒……」潘寧世不好意思說自己趕著回家，所以完全忘記肚子餓，拚命把手上的工作告一段落，就像脫韁野馬一樣衝回家了，現在被一問才發現自己好像真的有點餓了。「你要不要順便吃點？我煮個湯麵。」

「我要溏心荷包蛋。」夏知書用手指比出個很小的空隙，表示：我只要吃一點點。但點起菜來依然沒有在客氣。

「好。」潘寧世看著那細細一條縫，笑著點頭應下。他知道夏知書不是很愛吃正餐，除了早餐吃得比較積極，午餐、晚餐常常可以不吃就不吃，總是用很多甜點零食墊肚子。

挺可愛的，但不健康。

潘寧世一邊掛西裝外套一邊想，等忙完之後，要好好幫自己的主人調整飲食習慣。也不用多健康，起碼三餐要正常吃，甜點分量要減少一些，對了，他還可以拉著主人多出去散步啊！

畢竟，拉布拉多需要遛，不是嗎？

那是一碗看起來就很好吃的麵，顏色偏白的湯、青翠的小白菜、肥厚的香菇、飽滿的餛飩跟粗細適中的白色關廟麵。大骨湯是本來就熬好的高湯，油撇得很乾淨，濃郁又清爽，最後加了稍微多一些的白胡椒調味，味道稍稍辛辣很刺激味蕾。

餛飩的皮很薄，個頭不小，可以看到裡頭有一個粉粉的蝦仁，皺縮的皮看起來像握緊的拳頭，一咬下去就會爆出肉汁來，鹹鮮的滋味好到令人吃得停不下來……本來應該是這樣的。

到底為什麼他們會從餐桌跑到被窩中呢？

夏知書已經想不起來，也沒有精力去想了，他仰著頭喘息著溫熱的氣息，眼前是白色的天花板，搖搖盪盪的……不對，搖盪的是他……

被拽掉的褲子隨便丟在地上，夏知書一雙修長的腿被用力打開，一顆黑色的腦袋埋在他腿間，身下的被子又厚又軟，讓他想掙扎都使不上力，搖搖晃晃地癱倒在寢具的海洋中，喉嚨深處發出高昂曖昧的呻吟，「嗯啊……不行……等等……嗯嗯！」

「不要……」含糊的男中音拒絕，很明顯嘴裡塞著東西，夾雜簌簌的水聲，弄得夏知書渾身抖得更厲害了。

淺色的陰莖筆直秀氣，分量也不算小應該在平均值上下，被潘寧世一口含到底，擺動著腦袋吞吞吐吐，舌頭還順著莖幹滑動，時不時游移到頂端的馬眼位置，用舌尖戳頂，掃掉分泌出來的前列腺液等體液，水聲在房間中簡直震耳欲聾。

「你……不要這樣玩……」夏知書努力撐起上半身去推潘寧世的腦袋，但凡是個男人的馬眼就很敏感，實在經不起過度針對性的玩弄。

就算夏知書是約砲 APP 上赫赫有名的倉鼠老公公，他也很少被人按在床上口交，而且潘寧世不知道是喜好還是怎麼了，特別喜歡吸吮他的龜頭，並用舌頭去頂他的馬眼，刺激感特別強烈。

要命了……到底為什麼會變成現在這樣……

夏知書喘著氣控制不住地呻吟，雙目略為失神，癱軟在前幾天趁天氣不錯的時候曬得香香的被子裡，整個人都像飄浮在半空中。

此時此刻，他的大腿根不知道什麼時候被偷咬了好幾下，雖然沒有留牙印卻遍布吻痕般的紅點，還有幾個明顯是手指掐出來的痕跡。

龜頭又猛地被吮了下，夏知書不禁哆嗦了起來，掙扎地用手去推腿間的人，可惜手指最後反而像愛撫般勾纏著男人難得沒上髮膠的髮絲。

「不要這樣……太刺激了……嗚嗚啊……拜託不要再……再繼續吸了……壞狗狗……啊——」

夏知書不知道自己到底是呻吟還是哭出來了，這還是兩人成為「主寵」後第一次上床，感覺他忠厚友善的拉布拉多好像解放了某種天性，動作都放肆本能了起來。

可惜就算他想掙扎，奈何潘寧世跟他的身材差距太大，兩隻手像鐵鉗一樣扣著他兩條腿，就算只埋著腦袋也宛如一座小山，壓制得夏知書掙脫不了，任憑男人一下子用口腔吸吮龜頭，一下子用舌頭把玩陰莖，大腿內側不時被順便啃咬兩下，偶爾薄薄的敏感肚皮，還會被親暱地蹭兩下，彷彿真的是條大狗似的。

向來在床上游刃有餘的倉鼠老公頭一次在開始就被逼得丟兵棄甲，他仰著頭困難地吞嚥口水，身上浮起一層因為興奮而產生的薄汗，大口大口喘著氣，過度的興奮讓他眼眶泛淚，天花板變得模糊一片。

他試著去扯叼著他陰莖不放的男人腦袋，可是潘寧世的頭髮並不長，髮質還該死得好，扯不開也就算了，甚至連一根頭髮都沒扯掉，反而還被藉機用力吮了幾下當報復，差點就高潮射出來。

「潘寧世……你、你不要……啊——不要再繼續……讓我、讓我……呼呼呼啊啊——」

被撐開的雙腿控制不住地夾住腿間的腦袋，大腿內側跟小腿的肌肉都在微微抽搐，麻癢如火燒的感覺從腰椎往上往下分頭衝擊，夏知書雙唇微張，舌尖在白色整齊的牙齒間顫抖，拚命喘氣又喘不過來，眼淚流得睫毛都被沾濕了。

男人厚軟滾燙的舌頭小心試探著，一點點舔進他敏感得不行的馬眼裡，雖然只進去了一點舌尖，但那種被頂開舔到身體隱密處的感覺，還是有些過度刺激了。

「啊——好舒服……不行太深了……嗯唔唔……好癢……好爽啊啊——等一下等一下！輕一點

不要再進去……嗯！」夏知書都不知道自己到底在叫喊些什麼了，他一方面有種被玩弄的羞恥與恐懼感，另一方面卻又感受到強烈的愉悅快感。

兩股力量不相上下、互相拉扯，把他的腦子搞得一蹋糊塗，抽搐著小腿、腳趾內扣，既想拒絕又想射精，又忍不住在心裡偷偷吐槽自家的拉拉果然放開天性就沒人性了。

不知道可愛的倉鼠主人正在心裡吐槽自己沒人性，潘寧世很沉醉在玩弄口中及手裡的小東西。這真的不能怪他，要知道他好不容易結束母胎單身，明明有男朋友，過的日子卻跟以前沒有兩樣，連想稍微放縱一下都被社畜本能壓制住，今天好不容易突破理智展現本能，腦子裡有過的黃色廢料都跟洩洪一樣全部出閘了。

更別說，性愛上潘寧世雖然害羞，卻偏好稍微粗暴一點的方式，從他先前與夏知書的幾次性愛就知道了，這傢伙一旦進入狀況，就沒想過要當個人了。

現在，他無師自通地玩弄著夏知書的陰莖，任憑自己的喜好去吸吮、舔咬，用舌尖磨蹭頂弄對方脆弱敏感的馬眼，舌尖點上細嫩的部位時，略有些苦澀的體液在味蕾上泛開，好像還帶點甜……肯定是因為甜點吃多的關係吧？

「啊啊——潘、潘寧世你輕一點……太刺激了……等一下太刺激了啊啊！好舒服！我要、我快要……唔——」

夏知書挺起脖子，喉結上下滾動，雙眼失神微微翻白，馬眼被舌尖玩弄得痠軟無力，高潮的衝擊感猛然襲來，他弓起腰渾身顫抖，感覺馬眼又被戳開了些，輕微的疼痛被包裹在更加強烈的快感裡，終於還是控制不住地射了出來。

男人一手緊緊壓住他上浮扭動的平坦小腹，另一隻手則扣著一條白皙大腿的根部按在床墊上，放鬆了喉嚨直接給整根高潮中不斷抽搐射精的肉棒來了個深喉，把帶點澀味的精液全部吞下肚。

粗重的喘息夾雜吞嚥的聲音，迴盪在溫度滾燙到幾乎要燒起來的臥室中。彷彿寒流帶來的冷空氣都被加熱到沸騰。

咕啾咕啾幾聲，潘寧世試圖把殘精從夏知書的馬眼中吸出來。

「不要了……沒有了……」夏知書才剛高潮，馬眼正是最敏感的時候，被啜得又抽搐了起來，氣若游絲地掙扎。

好像真的沒有了……潘寧世有些不滿足，他沒有什麼特殊飲食偏好，但卻挺喜歡夏知書的味道，有種把對方吞進肚子裡的滿足感。

又用舌頭把半硬的陰莖上下舔了一回，最後啵的一聲總算吐出了被玩弄得充血泛紅的肉莖，馬眼似乎有些闔不上，微微張著一個明顯的小孔。

「接下來換我了。」潘寧世扯開領帶，笑得像一隻準備拆家的拉布拉多。

「哈啊……嗯嗯……壞、壞狗狗……你、輕啊……一點……」

黏膩淫穢的聲音從門縫中傳出，從玄關就可以聽出來房間裡到底在幹什麼，男人原先清亮的聲音已經喊得嘶啞，可憐兮兮地帶著顯而易見的哭腔，他似乎拚命拒絕過，卻被迫不斷接受，最後被逼得回應對方。

當然現實不是這麼回事，倉鼠老公叫床的時候聽起來總是很可憐，讓身上的男人控制不住愈發野性，大香蕉哥哥就是其中之一。

對方哭喊得越慘，潘寧世的理智就越淺，現在已經完全不存在於他腦子裡了。做人需要考慮很多事情，可是當一隻壞狗狗，那就什麼都可以幹。

標準雙人床上兩具汗涔涔的身軀緊貼在一起，舔拭、親吻、擁抱糾纏，被子床單都濕了，不知道沾了哪些液體，也不清楚誰才是那個罪魁禍首，大概是兩個人都要負責吧？

「……啊唔……」夏知書抽了口氣，滿臉通紅，迷茫地看著撐在自己身上的男人……他現在能看到的主要是一對鼓脹性感的胸肌，分量十足、線條精悍俐落，汗水滑過光滑的肌膚，小麥色澤在床頭燈的照射下宛如希臘雕像般迷人。

所以自己永遠無法抵抗潘寧世……一部分的夏知書很冷靜，大概是高潮過頭，他有種自己好像瀕臨死亡的感覺，靈魂出竅了所以可以用第三方角度審視這場性愛。

一百九十公分的高大男人，死死地壓在他身上，上半身是倒三角形的，非常漂亮的等腰三角形，明明渾身肌肉，但都練得恰到好處，顯得腰窄緊精實，看得人眼睛都冒火了，喉嚨　陣乾澀。

夏知書舔舔唇，可惜他現在看不到，但能看著同樣誘人的胸肌跟修長頸子上滾動的喉結，還有剛毅俐落的下頷線條，說真的，跟這樣的男人上床，起分就是八十分。

他的腹部被戳得又深又痛又爽快，三十公分長的陰莖竟然能全部插進來，攪動著他的肚子，在肚皮上頂出一條明顯的陰莖痕跡，直指肚臍下方，乙狀結腸都被頂開了。

潘寧世的力道很不客氣，胯骨用力地撞在夏知書圓潤挺翹的臀肉上，發出黏膩的啪啪聲，猙獰的肉莖直接頂到了根部，只剩兩個囊袋擠壓在已經被撐得邊緣發白，又因為使用過度而紅腫的肉穴摺皺上，時而粗暴地抽插狂操，時而頂著腸肉裡的敏感點攪動揉搓，伴隨而來的是夏知書歡愉又痛苦的呻吟哭喊。

「啊啊啊……太、太快太……用力了！不要、不要這樣……太粗了……啊——」

頭頂雖然有一隻手護著，但夏知書還是被幹得在床單上滑動，好幾次都頂到了床頭上，床架也因為兩人的動作不斷發出「嘰嘎嘰嘎」好像隨時會散掉的聲響。

儘管上床的次數還在兩隻手可數的範圍裡，但大概是潘寧世天賦異稟，早就把對方的身體探索得徹徹底底，順便將夏知書的肉穴操成自己的形狀，緊緻又柔軟，恰到好處地吞吃吸吮著這根分量驚人的大屌。

咕啾咕啾、噗滋噗滋等各種聽了人臉紅心跳的聲音，混雜在男人的喘息與抑止不住的哭喊尖叫聲中，夏知書很快就腦袋空白，什麼都無法想像、無法觀察了，只能隨著潘寧世的操幹沉淪在高強度的性愛快感中。

粗長的肉莖又猛力抽插了幾下，突然拔出來，房間裡響起開瓶般「啵」的一聲，被操得大開的肉穴中不斷噴出黏膩的透明液體，當中還混著一些上一輪射在屁股上，被幹進腸子裡，又流出來的絲絲白濁。

拔出來的肉屌上套著一層薄薄的、幾乎快撐破的套子，沾著黏糊糊的體液，潘寧世用手調整了下，這是他第一次用保險套，大概是尺寸不大對，他被勒得有點難過，感覺就沒有先前那麼敏銳，總有種搔不到癢處的煩躁感，導致他今天的動作稍稍有些失控。

將汗濕的頭髮往後扒梳，他低頭對著眼神渙散，不斷微微打顫的飼主道：「主人，套子太小了……可以拿掉嗎？」

夏知書茫然地看著男人一半躲在陰影裡，而流洩出一股別樣陰鷙氣息的大狗，直到被人用粗硬的陰莖又頂了下屁股，才哆哆嗦嗦回答：「不、不可以拿……今天、今天不准射進來……」

男人聞言可憐兮兮地垂下眉眼，帶著點咬牙切齒：「好吧，我是乖狗狗，我不拿掉……」

說著，再次抓緊飼主的腰，一口氣幹進深處，直接頂開結腸口，大開大闔地抽幹起來。

「啊啊啊──」猛一下被肏得差點昏過去，夏知書渾身抽顫痙攣，腸肉緊緊地吸咬住肆虐狂戾的大屌，直接被幹到高潮，半軟陰莖前端的馬眼抖了幾下，淅淅瀝瀝流淌出一些接近透明的精液。

「放過我！拜託放過我！」夏知書拚著不多的體力哭著求饒，他已經高潮到害怕了，今天晚上也不知道為什麼，潘寧世玩得特別瘋狂，簡直打算把他幹死在床上啊！

看著身下人哭得滿臉通紅的模樣，潘寧世粗碩的大屌又硬了幾分，幾乎要把尺寸不對的保險套撐破。高大壯實的身軀猛地壓在纖細白皙的身軀上，潘寧世一口咬住夏知書的肩膀，緊窄的腰擺動得又快又重，直接肏得身下人高潮停不下來，翻著白眼幾乎暈厥過去。

啪啪啪！啪啪啪啪的聲音響成一片，恨不得把人肏死一樣，每一下都進得又深又快，完全不給夏知書一丁點喘息的機會，肉囊拍打在濕漉漉的臀肉上，下身被緊緊擠壓在床墊與潘寧世的身體之間，絲毫無法動彈，只能承受狂爆猛烈的抽幹。

太深了……真的太深了……夏知書意識模糊，他死死地扣緊潘寧世的後背，雖然指甲都是修剪過的，還是因為太過用力在男人背上留下混亂的抓痕，明天肯定都會紅腫起來。

但無濟於事，些微的疼痛只會讓發狂的男人更加失控。

潘寧世低下頭，把嘴唇貼上夏知書半張著無聲呻吟的唇上，勾出對方哆嗦的柔軟舌頭，吸吮啃咬，交纏著不肯鬆開，之後也把自己的舌頭塞了對方滿滿一嘴，幾乎舔到小舌。

呼吸不了了……真的好像要死了……

「別……唔唔！別再……」親下去了！拜託！讓他呼吸吧！夏知書努力掙扎，擺動著腦袋，卻還是怎麼樣都躲不開男人深到彷彿要吞了他的吻，咽喉處似乎都被舔到了。

又是狠狠地數十、數百下抽幹，到最後潘寧世突然有種原本緊繃的陰莖突然被鬆開的舒爽感，那種被限制住的快感猛地解放開來，他粗喘著結束親吻，按著飼主開始最後一輪的衝刺。

「啊啊啊啊——我會死！不要再繼續了……拜託！放過我！拜託！」快感過載，導致夏知書完全不知道自己在喊叫什麼，只是緊緊地抱著男人的手臂，配合著操幹的動作挺腰。

一股熱流猛地灌進夏知書痙攣的腸道裡，燙得他又尖叫了幾聲。

嘰嘎嘰嘎的床架搖動聲終於停下了，潘寧世錯開身體倒在夏知書身邊，粗重地喘著氣，滿足地看著近乎昏厥的飼主，滿心都是喜悅。

正想湊過去再親親對方溫存一下，房間門突然被用力踹開，隨即是一片嘈雜混亂的腳步聲。潘寧世還沒搞清楚發生什麼事情，整個人就被粗暴地扯下床壓制在地上。

「警察！不許動！」

什麼！

潘靄明突然心血來潮想去看一下親愛的弟弟。

自從上次那條奇怪的訊息後，潘寧世又再次消失，算算時間應該正忙得焦頭爛額，潘靄明不想打擾到弟弟，雖然對於弟弟突然交到男朋友這件事有點好奇，不過仔細想想也能猜到對方是誰，那就不急著現在跟對方認識。

感情初期嘛，是需要一點空間去成長茁壯的。

不過有時候心意是好的，卻難免發生點意外狀況。

今天有個追求者送了一鍋補湯過來獻殷勤，據說是補充血氣解除疲勞的、很香的人蔘雞湯。可惜，這個追求者功課做得不夠仔細，潘靄明討厭任何一種藥膳，她連四物湯都不喝。於是，這鍋人蔘雞湯就失去了它的作用，還成為一個負分記號，也不知道追求者知道後會不會失聲痛哭？

看著湯盅上那低調奢華，有錢人都知道的私廚商標，原本打算把湯倒進廚餘桶的潘靄明停下了手，決定拿去投餵給自己的弟弟，借花獻佛。

畢竟這是好東西，她可憐的弟弟最近應該很需要補氣血跟解除疲勞。

送去公司還是太顯眼了，所以潘女士決定送去弟弟家，人在家就可以直接熱來喝，不在家留冰箱裡也可以。

於是當她按了五分鐘門鈴，發現沒人開門後，便掏出鑰匙自己開門進去了。

迎接她的就是一耳朵慘烈的尖叫哭喊跟求饒，還有床架亂響的聲音……這是做愛？潘靄明拿著鑰匙提著湯，人生第一次愣然地呆在門口，連大門都忘記關了。

那真的是非常激烈的奮戰……潘靄明瞪著眼，有種進退兩難的尷尬。

也許先離開好了……正這麼想，裡面突然傳來一陣哭到嘶啞的求饒：「拜託！放過我！我會死！我真的會死啊啊啊——」

報警。

潘靄明發誓，她一輩子掌控自己的人生，從未做過什麼出格或者脫離計劃的行為，但今天，等她回過神的時候，已經打電話報警了。

真的不怪她，實在是房間裡的人叫得太慘了，她真的怕會出人命。而且因為叫聲嘶啞，她也分辨不出來到底屬於誰，也可能是她弟弟的……那，為了安全，還是得報警，對吧？

這間公寓的地理位置非常棒，交通便利又安全，警察局就在五百公尺外而已，不到十分鐘就有兩位警察上門了。

那是一老一年輕兩位男性警察，老警察約莫五十多歲，年輕警察可能才畢業不久還在實習，原本一臉嚴肅的表情，在聽見傳到門口的各種劈劈啪啪嘰嘎聲後，都空白了好幾秒，微微扭曲。

「請問是您報的案？」老警察神色還算平靜，好像聽不見那些做愛的聲音。

「對，是我。」潘靄明也很冷靜，她點點頭，指了指門內，沒有想進去的意思。「我聽見有人喊了好幾次救命，還在哭。」

「這裡是您家裡？」老警察又問，可能是懷疑潘靄明要抓姦。

「不，這裡是我弟弟家。」雖然房屋是在潘靄明名下，不過住在這裡的一直都是潘寧世，所以戶主應該算潘寧世沒有問題。

一聽見眼前的女性並非屋主，老警察的表情就嚴肅了幾分，正想再問些什麼，又是一陣悽慘的呼救聲傳來，門外的三個人同時表情身體都一震。

年輕警察畢竟經驗不夠，脫了鞋直接衝進去了。老警察也連忙帶著潘靄明跟上去，依照 SOP 先敲門示警，詢問屋內情況，回應的都是哭喊求饒跟呼救，還有床架感覺快要垮了。

沒辦法，五分鐘後聲音突然全部消失，三人面面相覷了幾秒，年輕警察乾脆踹門了。

房間內只有兩盞床頭燈亮著，照著床上兩個人影，其中一個白皙瘦小，從門口可以看見那個人的臉，沐浴在燈光下，是一張……很年輕很年輕，看起來不知道成年了沒有的漂亮小臉蛋……

下一秒，高大的男人被年輕警察扯下床，壓制在地上。

「警察！不許動！」

顯然才剛高潮不久的男人愣愣過後變得驚慌失措：「警察？我、我只是在家裡……咦？你們為什麼會……」

「你竟然對未成年人出手！」

「我不是！我沒有！這到底……姊！」潘寧世百口莫辯，這件事好像先前也發生過？話說回來，他乖乖在自己家跟主人上床，為什麼還會出現警察！

「小弟你……這到底是怎麼回事？」潘靄明沒有進房間，實在是味道太過強烈，她摀著口鼻，露出的漂亮眼眸滿是不可置信。

「我只是跟主人上床而已啊！我們都是成年人了！」潘寧世被按在地上，地板是大理石面的，很冰涼很光滑，他臉被擠成「孟克的吶喊」，拚命想解釋清楚。

跟「主人」上床？兩個警察與潘大姊腦子同時被這句話塞滿，全部一言難盡地皺眉看潘寧世。

「不是！相信我！我只是……很普通地跟人上床啊！」潘寧世簡直要汪汪一聲哭出來。

他只是一隻無辜忠誠的社畜拉布拉多，真的沒辦法抵禦世界的惡趣味啊！

也說不準到底是兩位警察先生受到的傷害比較大，還是身為合法住戶的潘寧世受到的傷害比較大，總之在搖醒昏昏沉沉的夏知書，看對方揉著雙眼一臉疲倦卻饜足的模樣，笑咪咪地摸出證件證實自己的年齡後，整起事件在兩位警察的例行告誡後，勉強算是結束。

潘寧世總算沒被抓去警察局，但原本和主人親親密密做愛的滿足感也蕩然無存，那天，他帶著滿身的滄桑，送走了警察和姊姊，暗自擔心自己會不會因為這次打擊以後在家裡硬不起來？

畢竟寵物療法的重點之一就是親密接觸，他以前養過倉鼠很清楚。跟主人蹭蹭摸摸抱抱，卻差最後一步進行不下去，潘副總編很怕自己剛到手沒多久的寵物身分被取消。

責任到底該算誰的呢？

算潘靄明嗎？但他姊姊也只是盡了公民應盡的責任。

算警察嗎？可能警察才覺得自己是受害者，畢竟大費周章出勤了，卻遇上一樁大烏龍，也不知道這件事會不會成為年輕警察職業生涯中不可被觸及的陰影之一。

肯定不能算在夏知書身上，主人不管做什麼都是對的。

於是最終，潘寧世苦澀地潤了一頁稿子後，抓出了最應該負責任的那個人——他自己。

對呀，他就不應該那麼衝動，明知道兩人做愛的動靜很大，為什麼沒在做愛前傳訊息告訴姊姊今天別來找他？或者，寫張小紙條貼在門口通知一下，就像當初讀大學時，他和幾個同學分租一棟公寓，每當有人帶女朋友或男朋友回來時，都會在門口貼紙條跟大家說一聲。又或者，他早就該把房間的隔音做得跟錄音室一樣好才對。

沒錯，都是他的錯。

於是，潘副總編更滄桑了，就算可愛的主人抱著他的頭揉了好久安慰他，收效也微乎其微，這讓潘寧世很過意不去，明明他才是那個該安慰夏知書的人，怎麼還反過來了？就這樣在新的一年到來，春節開始之前，各行各業最為忙碌的時節，潘副總編進入了漫長的憂鬱。

「可見你還不夠忙。」潘靄明評價道。

她今天約了弟弟吃飯，難得不是在常去的那間店，而是隔壁一家有獨立包廂的俄羅斯餐廳。

距離那場烏龍事件剛好過了一禮拜。

潘寧世用死魚眼盯著正在翻菜單的姊姊，千言萬語都塞在喉嚨裡說不出來。

怎麼說呢，可能他也覺得潘靄明沒說錯，最近他手上的稿子完成進度很好，忙還是很忙碌的，印務也要去盯。

其中有本書還因為老闆突發奇想打算用特殊紙張印刷，搞到目前印刷廠那邊調紙調不到，正在打電話跟老闆吵架，他這個負責人就成為夾心餅乾，正在努力安撫兩邊並同時想辦法解決。

要知道，這本書可是二月書展的重點書籍之一，同樣邀請了作者前來舉行簽書會，當初搶活動場地的時候可真是搶到頭破血流，幾乎替代方案都計劃好了，萬幸最終搶到了一個不錯的時段，與藤林月見的座談會遙相輝映。

萬一，為了紙張的問題搞到書來不及趕上，那他們要面對的可就不是什麼可以哈哈笑著帶過的嚴重失誤了。

即便如此，潘寧世確實比先前要清閒許多，大概也跟羅芯虞不知道怎麼突然開竅，分擔了很多工作有關吧。

「這間店的菜很正宗，你想吃什麼？」問是這麼問，菜單卻沒有遞過來。

善於察（自己姊姊）言觀（潘靄明女士）色的潘副總編立刻明白這代表對方已經選好了想吃的食物，絕對夠兩個人分，再多就要打包了，潘女士不喜歡打包。

「我都可以。」反正他對吃本來也沒多少執著。

點好菜，等著上菜的間隙，潘靄明開口問：「所以，你對最近不夠忙的鬱悶，有什麼結論？」

「我很忙。」潘寧世底氣不足地反駁，手上擺弄了藍色玻璃水杯好一會兒才回答：「我打算升級房間的隔音。」

這應該算最一勞永逸的辦法了吧？

潘靄明噗哧笑出來，狀似無意道：「我也是很意外，原來你在床上可以這麼粗暴的嗎？你那位嬌小可愛的主人，竟然都沒受傷？」

畢竟之前在眾目睽睽下，潘寧世露了他的小潘潘，潘靄明才知道自家弟弟的發育有點過度驚人，下意識對比了一下夏知書的身材，感嘆人體的奧妙。

潘寧世哀怨地瞥了姊姊一眼，要說人生最尷尬的事情之一，大概就是私密處在意外的狀況下被兄弟姊妹看到了，然後還被拎出來當閒聊的談資。

「好啦好啦，我不嘲笑你了。我們說點正經的事情。」潘靄明擺擺手，她隔了一週才約弟弟見面，主要就是顧慮對方的臉皮不夠厚，也是給潘寧世一個喘息的機會。

從小就是這樣，潘寧世不是那種遇到事情能很快反應的人，或者說，他會很快想到解決辦法，甚至能果決得當斷則斷。然而情感上卻沒辦法跟上，導致小小的情緒障礙累積成嚴重的問題。

身為姊姊，潘靄明當然不能放任弟弟又重蹈覆轍，所以給了他一週時間去排解自己的情緒。目前看起來成效還可以，至少能對自己表達出一些喪氣或不愉快的情緒了。

「什麼正經的？」潘寧世才不相信能從姊姊嘴裡聽到什麼讓人安心的答案，他怕自己會安息。

「過年要不要帶主人……我是說你的男朋友回家拜年？」潘靄明是個雷厲風行的人，控制欲極強，雖然不大合法，但她還是在那天的烏龍事件後，找人稍微調查了一下夏知書。

先不論接近四年前有過幾個月的空白，夏知書被好友葉盼南從日本帶回臺灣的時候，整個人狀況非常糟糕。

蒼白、瘦弱，彷彿像快要消失的泡沫，在醫院跟療養院裡待了九週才恢復過來。

接著就買了一套房子，用的是從日本匯過來的一筆不小的金額，匯款人姓藤林，應該是他的阿姨，主要是父母留下的遺產，大半都投入了，幾乎瞬間掏空所有現金存款。

蝸牛這個筆名也是從那時候就不用了，而是另外用別的筆名開始接工作，把自己偽裝成一個新人翻譯，初期全靠著葉盼南跟商維夫妻介紹工作，並照顧他的生活。

如今，雖然夏知書已經被宣告可以停藥，也不用經常回診，但那也不過是去年的事情罷了。

能有葉盼南跟商維這樣的好朋友，潘靄明判斷夏知書是個好人，應該不會隨便傷害自己的弟弟。雖然前任似乎很危險，至今還潛伏在潘寧世身邊，自家大狗還傻傻的什麼都不知道，但潘靄明也並沒有過度干涉的意思。

她更在意的是，弟弟是否在這段關係裡感覺到了愉快與幸福……起碼，床上沒什麼大問題，成年人的愛情只要床事順利，通常多數的問題都解決了。

下一步，就要試探潘寧世打算跟夏知書的關係進行到哪種程度了。

聞言，潘寧世在座位上猛地抽搐了下，桌子都被帶動得差點翻掉，潘靄明連忙伸手按住桌面，挑起眉看著對面的弟弟，一張臉又紅又白，五顏六色。

這應該是抗拒的意思？

「太、太快了吧……我跟他才剛剛交往……」潘寧世抓起水杯咕嘟咕嘟灌完，再幫自己重新斟滿，喘著粗氣囁嚅：「他跟我之間的關係有點……不那麼主流。」

「容我提醒一下，你是同性戀，本來就非主流。」潘靄明伸手拍了拍潘寧世放在桌上的手，安撫道：「我只是好奇問問，想說你這個年紀難得交到男朋友，說不定有想結婚的打算？」

結婚兩個字讓潘寧世愣住了，他好像從來沒想過這個選項，傻傻地看著潘靄明，一直到菜上齊了，都沒有對這件事回答哪怕一個字。

桌上都是俄羅斯特色的菜餚，色彩濃艷的羅宋湯，用的是正宗的食譜，並非用番茄醬，而是用甜菜根，裡頭的配料肉眼看不大出來，大概有馬鈴薯跟一些肉塊，還附上了一小碗酸奶油可以和進湯裡增加風味。

金黃油亮的皮羅什基，也就是所謂的俄式小餡餅，外表看起來就像芋泥麵包。他們點的是磨菇豬肉酸菜餡的，一端上桌就滿是油炸物特有的香氣，混合著酸鮮鹹的味道，非常刺激食欲。

一盤多姿多采的奧利維耶沙拉，色澤明亮的煙燻鮭魚，圍繞在中間如塔狀的馬鈴薯沙拉周圍，底下墊著清脆的生菜葉，擺盤可以說很有地方特色又非常好看。

儘管只有三道菜，但分量都很驚人，附餐的麵包則是無限量供應的，可選用的抹醬有五六種，一字排開來更加令人目不暇給。

「先吃吧，你可以邊吃邊思考，肚子餓不利於動腦。」潘靄明貼心地招呼道，動手幫弟弟分了一盤食物，還有一碗羅宋湯。

「喔……」潘寧世愣愣地接過餐點，埋頭吃了起來。確實，他覺得自己的腦子現在是空白的，姊姊說的每個字他都認識，卻好像沒辦法在腦子裡串聯起來。

應該是低血糖。

仔細想想，他今天為了協調老闆跟印刷廠的爭執，中午根本沒時間吃飯，一整天就早餐吃了份三明治跟一罐冰奶茶，還有下午羅芯虞看到他臉色不大好推過來的三顆水果糖，晚上還被「意外被從小敬畏的姊姊看到小潘潘」這個事實寸拳連擊……

潘副總編真的覺得自己人生很困難……他只想當個社會上合格的螺絲釘罷了，有個可以上床的男朋友，填補生理或許還有一丁點心理的情感需求，等忙完國際書展後帶主人去放鬆一下，也許能出國玩？四月初日本的櫻花都開了吧？不知道夏知書想不想賞櫻呢？雖然忙完再訂機票住宿可能很難也很貴，但沒有關係，人生有夢嘛！

啊，甜菜做的正宗羅宋湯真好喝啊……

「對了，爸媽也想問，你最近是不是應該找個時間，去探望一下療養院裡的那位？」

潘寧世手一頓，突然深刻感覺到「味如嚼蠟」原來是一種白描法啊。

食物的分量很夠，味道也很棒，即使整個用餐時段潘副總編都在神遊物外，對姊姊說的話聽了一半忘了一半，整體來說還算是美好的晚餐聚會。

「還有不到一個月的時間，你可以好好思考一下過年那件事。」等計程車的時候，潘靄明不經意地交代：「爸媽會很樂意接待你的朋友，過年他一個人也太寂寞了，年夜飯應該要跟多一點人一起吃。」

會這麼說，是因為商維跟葉盼南夫妻都要回老家過年，這三年的年夜飯夏知書都是自己吃的，愛屋及烏的潘靄明看到報告的時候，難免代入到自己弟弟身上，不由得有些心疼。

「我會問他的……」提到一個人吃年夜飯，潘寧世心裡就難過，雖然不清楚為什麼姊姊知道這麼多夏知書的訊息，但他也不敢多問，打算著盡量對自己的主人好才是真的。

計程車很快就來了，潘靄明今天想說的事情已經全部說完，最後也得到了弟弟的正面回應，自然沒什麼想再多囉嗦的，爽快地掰了聲坐上車，不等潘寧世叨念安全問題，碰地關上門跑了。

乍然剩下自己，肚子飽得有點不舒服，潘寧世思索了下，打算走段路到附近的公園逛逛，就當飯後散步消消食，順便去公園附近有名的蛋糕店買幾個小蛋糕帶回家投餵主人。

走到一半，電話突然響了，他連忙找個不妨礙人的角落停下，這才拿起電話接聽。

『小潘啊！現在方便說話嗎？』來電的是印刷廠老闆，從潘寧世進入梧林就帶著他一步一步了解印務的大前輩，雖然已經半退休了，依然經常被接班的女兒拉出來救急。

潘寧世聽見對方中氣十足的聲音，就有點胃痙攣，都不用想就知道要找他談什麼事情了。

「施大哥，怎麼突然打電話給我？」很虛偽，但人情世故嘛。

那頭傳來幾聲大笑，施大哥沒有多客套直接進入正題：『你也知道我為什麼打這通電話，小潘啊，不是施大哥不肯配合，實在是你們要的紙現在調不到，鳳老闆不能妥協一下嗎？』

「施大哥，我能問問為什麼調不到紙嗎？今天施小姐說了，紙是有的，就是數量不夠，有一批在海關那邊，我查貨櫃已經到港了，不能盡快拿到那批紙嗎？」

施大哥重重嘆口氣，語氣聽起來也挺疲憊的：『小潘啊，如果能拿到那批紙，今天我又何必打這通電話呢？現在的問題就是，海關這些日子都卡關，很多貨櫃都卡在港口進不來，現在最快也要兩個月才能排到這批紙的貨櫃。這種東西放不壞，也不容易出問題，會不會臨時被往後挪也難說，我們也很心急啊！紙大家都看得到，但是拿不到就是拿不到，你看能不能幫幫老哥一點忙，說服鳳老闆換別的紙，我優先幫你挑一下類似的紙出來給你選。』

從施大哥的語氣來看，先前應該已經跟梧林的老闆打過好幾次電話，可能都吵過了，還是沒辦法說服彼此，才會又找到他身上來。

潘副總編覺得剛吃飽的胃隱隱作痛，早知道今天就拒絕姊姊的餐聚邀請了，搞得現在他有種吃撐又身心俱疲的無力感，幸福指數跌破了人生平均值，並且正在不死心地探底中。

「施大哥，真的完全沒有辦法嗎？」他也不想這樣糾纏不休，可想到大老闆，潘寧世還是寧願從印刷廠這邊下手，起碼可以溝通。

『沒有辦法，拿不到就是拿不到。』施大哥回應得斬釘截鐵，語尾都染上了冷肅，顯然不可能有任何轉圜餘地了。

事已至此，潘副總編也無計可施，只能硬著頭皮答應會想辦法說服鳳老闆換紙，也約好明天去印刷廠選紙，才在施大哥鬆了一口氣的道謝中掛了電話，然後獨自站在仍有著寒流尾巴，冷得要死的深冬街頭發愣。

下一步就是要打電話給鳳老闆了，一個愛書成癡而且因為愛得深沉所以很難溝通，說得好聽叫做有藝術家息氣，講得難聽叫固執說不通的傢伙。

啊，好想逃避……好想回家埋在主人軟軟的懷抱裡磨蹭，想讓主人摸自己的腦袋親親自己，然後甜甜蜜蜜到床上滾幾回……

潘寧世用力嘆口氣，挺拔的背脊略顯佝僂，抓著手機翻來覆去，一時凝聚不出勇氣打電話給大老闆。可能因為他剛吃太飽了，現在血液都流到胃裡，所以腦子空白著組合不出什麼有用的句子去說服人，於是他只能繼續在冷風瑟瑟的街頭，站在角落裡繼續發呆。

肩膀這時候突然被人拍了下。

潘寧世抖了抖，以為自己妨礙到別人了，連忙轉頭要道歉，卻在看到一張熟悉又陌生的臉時，驚訝到什麼話都說不出口，瞪著眼不敢置信地看著對方。

「好久不見。」那是個身材纖細的男人，看起來年紀大概接近三十歲，還很年輕，但笑起來的時候眼尾卻有明顯的皺紋，增添了一種歲月洗禮過的成熟魅力。

「好……好久不見……助教……」潘寧世結結巴巴地回應。

對方又噗哧笑得更開心了，他點點頭又搖搖頭，「很高興你還記得我，不過我現在不是助教，已經是副教授了。」

「抱歉，副、副教授……」也對，他們都多少年沒見到面了，自己現在都混成副總編輯了，當年的助教自然也應該是個副教授了。

「你又不是我的學生，幹麼這樣稱呼我，好奇怪。」清瘦男人笑著做了個尷尬的表情，「叫我的名字就好，你還記得我叫什麼嗎？」

老實說忘記了，在潘寧世的記憶中，助教就是助教，他稱呼對方的時候甚至沒有帶上過對方的姓氏，但身為社會人當然不能這麼直接了當地回答，那也太不禮貌了。

「鄭、鄭大哥。」好歹把姓想起來了，叫上大哥通常不會出大問題，潘寧世掌心都是冷汗，萬分希望對方不要繼續糾結，對他這個社恐來說實在太過不友好。

顯然也在社會上洗禮過，很懂得掌握人與人之間的分際，鄭副教授果然沒有糾結名字的問題，而是掏出自己的名片遞了上去，「既然都是社會人了，交換個名片如何？」

果然如同當年一樣，身段靈活非常懂得說話的藝術。

潘寧世慌慌張張地收起手機，掏出自己的名片遞上去，順便收下對方設計得素雅大方的名片，上面印著學校、學系跟頭銜，還有名字：鄭秀松。

總算，一切都回想起來了。

在潘寧世還是單純可愛、嚮往愛情的純情大學生時，他是帶著滿滿的期待展開大學生活的。

總算成年了，他有很多色彩繽紛的夢想，包含最顯眼的黃色。

過去，他只能偷偷在網路上看各種影片或漫畫、小說滿足自己對性愛的幻想，可以說知識儲備非常豐富，加上自己有三十公分的關係，潘同學的隱密資料夾裡，以及網路的最愛收藏中，多數都是 funsize 關鍵字的影片。

沒辦法，男人在性愛上很專情，不是永遠喜歡一樣的年齡，就是喜歡一樣的身材，他就喜歡嬌小可愛又甜美的。

大一時，潘同學積極參加各種校內聯誼會跟同志社群，在脫下衣服前，他絕對是每個場子裡最炙手可熱的那一個。

超過一百九的身高、鍛鍊過的身材、比同齡人要成熟一些的長相，雖然不是個第一眼帥哥，卻很耐看又親切，笑起來的時候可愛得讓人心頭蕩漾，最重要的是，他是個少見的純一。

老天，根本天選之人啊！

於是在入學第三個月的社團活動結束後，他就與一個看對眼很久，也緊密接觸了一個多月的學長，在吃完飯後的散步中，在九份的燈火間，偷偷地來了個羞澀的初吻。

吻都吻了，後面要幹什麼自然都順水推舟，開了房間，然後洗澡上床——原本。

慘烈的結果無須贅述，潘寧世的人生在遇到夏知書前，就是各種花樣的求愛失敗史，寫成書搞不好可以當心靈雞湯書來賣，標題就是：三十公分的處男與他的那些過客。

總之到了大二下學期，潘寧世已經基本找不到學長、學弟或同學可以約會試探了。三十公分的哀怨無人懂，他開始思考是不是該把觸手往校外試探的時候，當時還是助教的鄭秀松因為一場校外演講，跟他有了交集。

所謂一見鍾情可能有人不相信，但對潘寧世來說，那是種非常真實且強烈的情感，真的是在見到第一面的瞬間，他就覺得自己心動了。

鄭秀松個子不是特別嬌小，也有個一百七十多公分，身材纖瘦但卻是個衣架子，是那種即使穿麻布袋都能穿出高訂輕奢風格的人。

更重要的是，他有一張好看的臉，非常非常好看，可以用人間凶器來說也不算過分。除非臉盲，否則沒有人不是看過一次就印象深刻。

當然，潘寧世不只是那種看臉的膚淺鬼，他還是個看身材的膚淺鬼。

他跟鄭秀松的相遇跟少女漫畫差不多，總之就是意外撞了個滿懷，柔軟、纖瘦的身軀帶著清爽好聞的味道撞入潘寧世的懷中，也撞入了多次破處沒有成功，傷痕累累的潘同學的心中。

剛剛好盈滿了懷抱的身軀，帶著溫暖的體溫，像一枚拼圖對上了另一枚拼圖，形狀恰恰好。

起碼對當年的潘同學來說，他們就是兩片最合適的拼圖。

因為有那麼多失敗的經驗堆疊，潘寧世這次可謂小心謹慎，仔仔細細地寫了流程表，還給了當時就已經很要好的盧淵然檢查給建議，等一切計劃都完備了才開始追求鄭秀松。

雖然盧淵然對這段感情完全不看好，毫不客氣地說鄭秀松只是在玩弄潘寧世。

「別忘了他是個老師，你是個學生，這牽扯到權力不對等的問題。」這是盧淵然的原話，即使如此盧淵然還是勤勤懇懇地當潘寧世的軍師，把原本計劃中的三個月曖昧期縮短成一個半月。

潘寧世算是頭一次跟人正式約會，他特意選修了鄭秀松的通識課，兩門都選了，課後留下來問問題，順便爭取跟鄭助教在學校中散步的機會。會在假日約對方出門玩，或者去咖啡廳喝個茶之類的，每天都會用訊息聊天，樂此不疲。

他想，這次應該可以成功吧？他可以好好跟對方培養足夠深的感情，這樣床笫間的困難就不會造成他們的衝突與分開……可惜……

潘寧世揉了揉後頸，把慘淡的往事暫且拋到腦後。

「鄭大哥最近好嗎？」收起名片，潘寧世露出社會人的笑容開始客套。

唉，下班後還要社交，好討厭……還要打電話給老闆談換紙的事情，也好煩……但隨便敷衍打發掉過去的熟人，好像也不對……他想蹭主人……

「還不錯。你公司在附近？」顯然鄭秀松遇見故人很開心，沒有要輕易道別的意思。「這麼久沒見，有沒有空跟我敘敘舊？我看你好像，有什麼心事？」

潘寧世張口想打哈哈過去，但話到嘴邊卻突然轉個彎，提議道：「我剛吃飽想散散步，鄭大哥願意陪我走一段嗎？」

「有何不可？要不要去便利商店買杯熱飲邊走邊喝？」鄭秀松眼神一亮，指了指一旁便利商店問，這副神情總讓潘寧世想起大學時代。

那時候，鄭秀松也很喜歡這樣問他。兩人畢竟是老師跟學生，雖然學校沒有明令禁止師生戀，但也不好意思太過張揚，他們也一直沒有交往，就是曖昧著而已。

所以兩人最常相處的時間，就是課後潘寧世幫鄭秀松拎東西，從通識教育大樓走回鄭秀松的辦公室，那段路有點長，教學大樓一樓有間便利商店，鄭秀松總會藉機買飲料，一人一杯邊走邊聊。

其實肚子真的很撐，潘寧世的西裝是合身的，褲子現在有點緊，照理說他婉拒就好，可他還是點頭贊同了。

一杯熱美式跟一罐熱烏龍茶，跟當年一模一樣。

手掌被溫暖了，潘寧世才發現自己在冷風中站太久，指尖被凍過頭，現在有微微的刺痛感。

他們並肩走了一小段路，天冷的關係公園裡沒有往常運動的人，也沒有小孩子，石板鋪成的道路蜿蜒，周圍冷冷清清的。

「那個……」潘寧世試圖打開話匣子，卻沒想到可以聊什麼，難道還要繼續乾巴巴地問對方現在工作怎樣？住在哪裡？身體健康嗎？

「我一直想問你一個問題，可惜這麼多年來都沒能當面問你。」實際上當年送醫事件後不久，鄭秀松只待到學期末課程結束，接著就被另外一間學校錄取，乾脆地換了職場。

「什麼問題？」潘寧世很自然換了位置，擋住吹來的風。

鄭秀松抿了一口熱美式，接近二十公分的身高差，讓他要略仰著頭才能看到身邊人的雙眼。

潘寧世的視線很習慣往下，就這樣對上了鄭秀松的目光。

「當年，你為什麼不見我一面？」

第三章

脫離單身的自己，
可是一隻快樂且擁有
全世界的拉布拉多

這是個好問題，但潘寧世無法回答，因為他壓根不明白這個問題從何而來。

當年那個晚上，救護車呼啦呼啦地衝進寧靜的校園，那是個天氣很好的冬天，助教的辦公室離圖書館不遠，附近還有個學生經常使用的大廣場，原本有個挺好聽的名字，但幾乎沒人使用，大家都直接叫圖書廣場。

和煦的夜風中，廣場上有練舞的社團、三三兩兩散步閒聊的學生，還有幾對親親熱熱的小情侶，一片閒適熱絡的氣氛。

所以鄭秀松在眾目睽睽中被送上救護車，潘寧世的大學生活從此陷入慘澹的色彩中。

他害怕跟鄭秀松見面會尷尬，潘寧世外表看起來有點遲鈍，內心卻是個纖細的大男孩，立刻退修了所有課程，並躲了鄭助教整整一個學期，直到聽說對方另尋高就了，這才鬆了一口氣。

但事後想想，當年的他真的想太多了，鄭秀松根本一次都沒來找過他，雖然校園不小學生也不少，但他們的生活軌跡其實是有重疊的部分，能做到整學期都沒碰到對方，一定是雙方都刻意躲避才有可能。

所以潘寧世默默認定，那次事件鄭秀松應該比自己更尷尬、更丟臉，別說見他了，沒私底下動用老師的權力報復他都算為人寬和。

如今，久別重逢的他們，卻在寒風中聽到了這個超出認知的提問，忙了一天腦力趨近於零的潘副總編，停頓了好久才遲疑地回答道：「不……呃……鄭大哥當年應該也不想見我吧？」

「我去找過你。」鄭秀松手裡轉動著咖啡紙杯，神情裡隱隱有些不甘心。「我在醫院其實只住了一晚，沒什麼大礙，所以想著也許可以跟你再好好聊一下那件事……但你一直沒有來找我，甚至退修了我的兩門課，我當時很羞恥又很憤怒，所以就跑去找你，想著一定要當面甩了你才行。」

話說到此處，鄭秀松笑出聲來，懷念似地嘆了一口氣，眼神溫柔地看著明顯侷促不安又茫然的潘寧世，「那時候我也還年輕，從小到大沒遇到什麼挫折，又總是受人喜歡，心高氣傲得要命，覺得自己跑去找你很丟臉，還遇不到你，最後罵了你室友一頓……我記得他好像叫盧淵然。」

「阿淵嗎？」潘寧世腳步一頓，看起來更訝異了，「他沒有跟我說過這件事，所以呃……我給他還有你都添麻煩了？」總覺得好像有什麼念頭猛一下閃過腦中，但很快就消失無蹤。

潘寧世也沒有精神去探索，應該不是什麼重要的想法。

「他果然沒有跟你說過。」鄭秀松笑了笑，說出一個更令潘寧世傻眼的消息：「我跟他後來交往了一段時間，直到我轉職後還持續了半年。」

潘寧世不敢置信地看著身邊的人，訝異地張大了嘴，但很快就露出了然的表情回答：「大概是他不知道怎麼跟我說吧！」

這也很合理，畢竟誰有辦法對好兄弟說：「欸，我睡了你曾經喜歡的人耶！」這樣不就連兄弟都做不成了？盧淵然不說是正常的，特意說出來才是反常。

不過仔細想想，盧淵然好像真沒特別跟他聊過自己的感情生活，即使他們從國中開始就是好朋友，考上同一所大學選了同一個科系，還當了四年的室友，然而每次聊戀愛相關的話題，甚至一些亂七八糟的性幻想，主要都是潘寧世在講，盧淵然不是附和就是嘲笑或者安靜地聽，幾乎沒提過自己的狀況。

最近好像聽誰說盧淵然可能交男朋友了，對方還是一丁點消息都沒透露給他……這麼一想，潘寧世就覺得挺不是滋味的，明明他們是最好的朋友不是嗎？他連自己跟夏知書的主寵關係都沒瞞著盧淵然，對方卻連有約會的對象都不說，真不夠意思。

鄭秀松盯著潘寧世看了一會兒，突然嘆了口氣，好像有點頭痛的樣子。這時候兩人正好走到了一張長凳前，他停下腳步問：「要不要坐著聊一聊？」

沒什麼不行，潘寧世直接坐下了，一雙過分長的腿彎曲著，看起來略顯侷促，又不敢伸長，整個人看起來緊張又小心。

「你還是跟以前一樣。」看了他的姿態，鄭秀松感慨不已，也在他身邊拉出個友善又不過分親近的距離坐下。

公園裡的路燈是溫和偏黃的燈光，照在身上給人一種溫暖的錯覺，兩人隔著大概半隻手臂的距離，各自靜靜地喝著手上的飲料，看起來像不期而遇的陌生人，也像親近的朋友。

「我本來很遲疑要不要跟你打招呼。」鄭秀松還是那個打破沉默的人。

「呃……這樣啊……」這讓人怎麼回答？潘寧世真的很苦惱，他都懷疑自己當年怎麼有辦法那麼樂此不疲地跟鄭秀松聊天，好像都還是聊些無關緊要的話題。

他先前就應該藉口有事跟鄭秀松道別的，到底為什麼會突然決定跟對方聊過往呢？他們之間其實沒什麼好聊的不是嗎？

焦慮感像泡沫般不斷噗哧噗哧從心底往上冒，屁股下坐的明明是木製長凳，現在對他來說卻彷彿燒紅的鐵塊，很想跳起來離開，又苦於不知道找什麼藉口，所謂的坐立難安大概就是這樣吧。

「但你的表情讓我有點介意，所以還是跑過來跟你搭話了。」

表情？潘寧世側頭疑惑地看著鄭秀松，他知道多數人對自己的評價，其中面無表情肯定是最常被拿出來說的特徵之一，鄭秀松這麼厲害可以看出他有什麼不同尋常的表情嗎？

「因為我看起來特別疲倦嗎？」也只能這樣推測了，畢竟他今天確實身心俱疲。

「謝謝你，我只是今天工作上特別不順利，等一下還要打電話給我老闆講點工作上的事情，大概是這樣表情才不好吧？」

「不是。」誰知道鄭秀松搖頭，語氣篤定：「你這個表情我看過，雖然是十幾年前的事情了，但在我被送上救護車前，我看過你露出這個表情。」

潘寧世無言以對，他都不知道自己是什麼表情了，為什麼鄭秀松可以講得這麼信誓旦旦的？

「當年我一直很介意你的態度，老實說我以為我們就是鬧了點小彆扭，跟一般曖昧期沒什麼兩樣，互相試探然後慢慢磨合，最後水到渠成在一起。那個晚上，我們既然已經決定要上床了，當然代表下一步是要交往的，沒錯吧？」

潘寧世點點頭，他確實是這麼打算，也做好了告白的準備，花跟餐廳都訂好了。雖然師生交往應該要低調，但確認彼此感情還是應該要有點儀式感才對——這也是盧淵然說的。

老實說，那晚的衝動才是掙脫計劃的，原本只想親吻一下，沒正式交往前受過多次打擊的潘寧世哪敢輕舉妄動？萬一又把鄭助教嚇跑了呢？但年輕人的性慾真的很不可理喻。

「我對你有好感，也感受到你對我有好感，在我的經驗來說，那種程度的爭執跟尷尬是可以解決的，也許需要一點時間，也許還需要再拉長一點磨合期跟曖昧期，但總歸我們應該是有交往的共識才對，所以我才會對你的避不見面感到憤怒跟挫折。」

潘寧世詫異地看著鄭秀松，彷彿聽不懂他在說什麼。

見了這副表情，鄭秀松不禁苦笑，「我竟然一點都不意外你聽到我這麼說會感覺驚訝……潘寧世，姑且不論我們曾經的曖昧過往，單純站在曾經是朋友的這個立場上，你能不能告訴我，為什麼你的直覺反應是我們不會在一起？為什麼你沒想過解決這個問題，而是直接斬斷所有可能性？」

為什麼？這不是理所當然的嗎？潘寧世皺起眉，神色嚴肅地斟酌該怎麼解釋比較好。

鄭秀松又嘆了口氣，手指在咖啡杯上的蓋子上敲了敲，發出沉悶的兩聲細響，引來了潘寧世的注意。

「你是不是覺得我的問題很詭異？你是不是想說，我們那天結束得那麼尷尬，救護車都來了，我還在眾目睽睽之下被抬上救護車，校內論壇上講這件事的帖子還蓋了幾千層樓，所以認為我跟你本來就不可能再有什麼後續發展了……因為你認為，我一定會討厭你、會對你生氣、會埋怨你、會抗拒你，甚至會說出什麼讓你很難堪的話？」

「不是嗎？」潘寧世困惑地反問。

他當初確實是這麼想的，所以才會當機立斷退修課程，並且躲避一切與鄭秀松見面的可能性，絕口不再提這件事情。大概因為這樣，盧淵然也才沒將自己後來跟鄭秀松交往的事情告訴他。

「你是不是對每個人都這樣？」

都怎樣？潘寧世眉頭皺得九彎十八拐，恍然中有一種自己回到大學面對老師提問的感覺，他不由得開始回想自己曾經有過的幾次曖昧經驗，從大一那個學長開始，確實都在關係遇到第一個挫折後無疾而終，他總是快速縮回，連盧淵然都問過他為什麼可以斷得這麼乾脆。

「我只是想降低爭執的成本。」潘寧世斟酌道：「既然對方已經表現過抗拒了，甚至表現出明確的拒絕，我認為應該要尊重對方，也給彼此留一點空間，避免不必要的爭吵。」

儘管他的每一次曖昧都終結於上床這一步驟，但潘寧世也知道，即使不是因為床事不合，但凡他與對方有了第一次爭執，結果也會是一樣的。只要對方表現出對他的抗拒，潘寧世就會很配合地遠遠躲開，再也不跟對方有交集。

唯一的例外好像……就是夏知書？心頭微微一突，胸口好像在想到這個名字還有這個人時，暖了起來。

「尊重對方啊……」鄭秀松將紙杯在手掌中轉動著，誇張地吐了一口氣，「你在工作上，如果遇到想爭取的合作方表現出抗拒，你會立刻放棄嗎？」

潘寧世被問得啞口無言，因為他立刻想到了藤林月見，他是如何一次又一次地拜訪，一次又一次地被拒絕，然後拚命努力展現自己的誠意，飛了多少次日本，甚至還幹過連續一個月住在日本當藤林採購專員照顧他生活起居的事情，就為了爭取一本書的出版代理權。

「可是……感情跟工作不一樣……」張口結舌了半晌，他才好不容易結結巴巴地回應道，卻莫名地心虛。

果然，鄭秀松開口問：「不一樣在哪裡？」

不一樣的地方可太多了！工作不是他一個人的事情，他要為公司、為其他同事負責，要創造自己的價值，因為他喜歡那個故事所以想介紹給其他人，所以他願意付出不相等的代價爭取……但感情不一樣……感情……感情……

潘寧世揉了揉太陽穴，幾乎整張臉都皺起來了，整個人明顯地煩躁起來。

「鄭大哥，我們好像沒有這麼熟。」向來溫和的聲音，這會兒乾硬冷肅。

他難得對人這麼抗拒嚴酷，因為有個強勢的姊姊以及個人本性的原因，潘寧世從來都是個隨遇而安的好好先生，就算被人冒犯也不會有什麼強烈的反應，可以說是個對抗性並不高的人，對很多事情都不怎麼放在心上，配合度極高。

現在的他真的很後悔，為什麼沒在第一時間跟鄭秀松敷衍幾句後道別？那當下，他為什麼突然很想跟對方聊聊天？根本沒道理。

被突然這樣強烈地抗拒了，鄭秀松卻沒有任何尷尬或生氣的反應，甚至還露出一抹淺淺的笑，點點頭，「嗯，我確實有點交淺言深了。你知道嗎？我並不是想從你嘴裡聽到道歉或者解釋，我只是想確定自己的一個猜想而已。」

「什麼猜想？」

「潘寧世，你是不是覺得，根本沒有人會愛你？」

並不知道自己的拉布拉多今天會經歷人生的震撼彈，夏知書趁著下午陽光正好，決定去附近的小公園散散步，公園入口旁有個非常好吃的車輪餅攤子，不知道今天會不會出來擺攤？

一身休閒打扮的夏知書拎著屁桃圖案的小手袋出門，他最近心情很穩定，雖然沒有了兩位好友的照顧，潘拉拉在家的時間也很短，但就是莫名地讓他有種心終於放進肚子裡的安心感，也開始能正常進食了。

潘寧世真是個奇妙的人啊……夏知書好幾次在心裡偷偷感歎。

認真說起來，潘寧世不是隻盡責的狗狗，畢竟他多數時間根本不在家，這個家主要是拿來睡覺的，有時候甚至連睡覺的功能都被剝奪。

當然，這應該是特殊時期的狀況，從房中的擺設來看，潘寧世是個很宅的人，他會把自己長待的地方布置得很舒適，整體空間都是開放式的，跟夏知書家的格局類似。

不過，潘寧世有個小的家庭健身房，幾個啞鈴、跑步機還有一些夏知書不知道的小道具，通常只要潘拉拉還有體力，回家後、洗澡前會稍微跑個步，舉幾次啞鈴，保持身材。

怪不得那身肌肉鮮活堅實，摸上去的手感好到不能更好。

除了身材之外，潘寧世也不是什麼性情很活躍熱情的人，跟那種想像中能把人從情緒障礙中解救出來的、陽光開朗的人完全不同。但他就是讓人覺得各方面都很舒服，待在一起時情緒能夠獲得緩解。

儘管寒流來了，陽光還是很舒服……夏知書滿足地喟嘆，站在陽光直射的地方，等著車輪餅攤老闆新的一輪車輪餅。

麵糊的香味隨風傳開，混雜著許多甜甜的氣味，夏知書挑了地瓜、奶油、花生各一個，還破天荒買了一個高麗菜跟一個菜脯試吃看看。

反正不喜歡就留下來，晚上剛好可以給潘寧世當宵夜。

計劃非常美好，直到他正準備拿出熱呼呼的地瓜車輪餅咬第一口時，有個高䠷的身影在他身邊坐下為止。

食欲瞬間消失無蹤。

夏知書面不改色，他還是咬了一口車輪餅，軟綿綿的餅皮中間濕潤外側則烤得乾脆噴香，中間的地瓜餡略甜，帶著恰到好處的黏性，深橘紅色的香氣濃郁，他之前十分鐘可以吃一個。

「好久不見。」身邊的人先開口打招呼。

「我們應該才見過一次吧？」夏知書慢慢地吞下嘴裡的食物，喝了口水，才笑吟吟地回答。

身邊的人還算挺眼熟的，畢竟潘寧世家裡擺設了幾張跟對方合影的照片。但論起接觸，只有先前潘寧世食物中毒送醫在急診吊點滴時，他們才見了那麼一次。

「也對。我應該好好跟你介紹一下自己，你好啊！蝸牛老師，我是阿寧的好朋友，我叫盧淵然，你可以叫我小盧。」說著，男人伸出手，乾淨寬大的手掌骨節分明，是一雙非常好看的手。

夏知書挑了下眉，也不扭捏，伸手回握，「你好，我知道你是寧寧的好朋友，家裡放了好幾張你們的合照。我是夏知書，你可以叫我夏哥。」

短短兩句話，隱隱有種劍拔弩張的火星四濺。

用了點力氣握著夏知書的手上下擺動，盧淵然很快抽回自己的手，歪著腦袋問：「這個時間別吃太多點心，小心晚餐吃不下喔。」

「那你要來一個嗎？」夏知書大方地打開袋子，介紹道：「我還有奶油、花生、高麗菜跟菜脯各一個，你喜歡什麼口味？」

盧淵然也不客氣，伸手在塑膠袋上猶疑了片刻，挑起高麗菜絲口味的車輪餅，道謝。

兩人分別啃著手中的車輪餅，溫暖又美味，跟漸漸強烈起來的冷風，及橫亙在兩人間的沉默格格不入。

「對了，我有個問題想請教蝸牛老師，不知道方不方便？」兩三口就把車輪餅消滅掉，盧淵然用面紙擦著手，似乎是順口一問。

「請。」夏知書只吃了半個，每一口都小心翼翼似乎捨不得一口氣吃完。

「我很好奇，你在翻譯藤林老師的新作時，對最後那個案子，有什麼想法？」

盧淵然口中「最後那個案子」，指的是貫穿整本故事，兇手身上謎團的根源。

故事裡，那個沉默又安靜的連環殺人犯，挑選的對象通常是二十五歲到三十五歲之間的年輕男女，而且一定是情侶或夫妻的其中一人，兩人的感情在親朋好友間都是有名的恩愛。

主角蟬衣跟竹間卯雖然是一對同性愛人，卻也是一對有血緣關係的表兄弟，他們偷偷相愛著，享受著只有彼此的溫情，對抗整個不懷好意又冷漠的世界。

他們只有彼此，也因為只有彼此，而被兇手盯上了。

故事中，竹間卯從暗無天日的地下室中，救出了被監禁了許久的蟬衣，那時候的蟬衣形銷骨立，瘦弱得彷彿風都能將他的骨頭吹得斷裂。

他與竹間卯已經有三年沒見了，在那場車禍中，竹間卯被卡在車裡，鮮血淋漓，眼睜睜地看著蟬衣被全身上下裹在黑衣裡，宛如隱匿在黑暗中如影子般的兇手帶走。

周遭是混亂的各種聲音，但在竹間卯耳中全部化成尖銳的嘰嘰聲，像故障的機器。他傷得很重，鮮血從頭頂、額際、眉心等等地方湧出，流進雙眼中，然後像淚水般繼續往下流淌。

所以對竹間卯來說，蟬衣的離開是一片血紅色的。

整整三年，竹間卯從一個無憂無慮，想著要帶男朋友出國結婚的有為學者，成為頹廢陰鬱，比當年蟬衣出現前更加隔絕在世界之外，心裡只有找到兇手、找回愛人的私家偵探。

《夏蟲語冰》（暫譯）這本書其實是一個系列的最後一本，系列第一本寫於三年前，那時候的蟬衣並沒有正式出場，而是藏在很多小細節裡，到處都有隱隱綽綽的影子，卻沒有名字、沒有明確的形象。

但讀者都能猜出來竹間卯跟那個不知名的男人，有很深的連結，才會進而推測藤林月見有個祕密的戀人。

救出蟬衣後，兇手並沒有被警察抓到，他躲了起來，暗中想再次奪回蟬衣。他對於竹間卯的痛苦有著深深的迷戀，對蟬衣本人也有一種扭曲的愛慕，可能是三年陪伴轉變的愛情，也可能是一個惡魔對人類情感的模仿。

最後一次，兇手又抓到了蟬衣，萬幸這回竹間卯很快追了上去，將兇手與蟬衣堵在一棟荒廢的鄉下農舍裡。

兇手在這個只有三個人的破敗空間裡，講起了自己的過去。

他說，自己的父母是一對相愛的伴侶，他們一見鍾情，才認識三個月就步入婚姻的殿堂。即便他們要面臨的問題很多，來自不同文化背景的兩人也有很多需要磨合的地方。

但，一切的困難在他們的愛情面前，都是能輕易解決的。

然後，他們生了一個孩子。

從小，孩子就是在雙親的愛意中成長的。他一直認為，他有個幸福的家庭，父親愛他，母親也愛他，而且更難能可貴的是，雙親深愛著彼此，應該沒有比他們更幸福、更有愛的家庭了吧？

孩子想，等他長大了，他也要像父母一樣，把這樣的愛延續下去。他會找一個自己愛的人共度餘生，並孕育出有著雙方血脈的孩子，一起愛著這個孩子，讓愛繼續傳遞。

如果沒有遇到那場車禍，也許孩子永遠不會注意到，他以為的「愛」，實則有多虛無縹緲又有多扭曲。

兇手說道：「我那時候才只有小學三年級，因為身體很小所以從安全帶的縫隙中擠了出去，才沒被卡死在車子裡。安全帶的卡扣都壞掉了，我拚命伸長手，彷彿要把自己撕成兩半那樣努力，終於碰到了爸爸的安全帶卡扣……直到今天我都想不起來，那時的我是怎麼用那麼細小又無力的手指，把壞掉的卡扣打開，讓爸爸脫離了安全帶的束縛。」

「爸爸那時候滿臉都是血，他有一隻眼睛受傷了，眼皮被劃開，我好像可以從鮮血與皮肉間看到轉動的眼珠子。爸爸還活著，我想把他拉出車子，但他推開了我。」

兇手說到此處，嘻嘻笑著，像個十歲惡作劇成功的孩子那樣笑，嘻嘻嘻、哈哈哈……

「你們是不是覺得我爸爸在救我？他覺得自己走不了了，不遠處汽油正在往外流，更遠一些的地方有燃燒的火焰，若汽油流過去，可能會引發爆炸。他愛我，所以希望我離開……是嗎？」

兇手又笑了，他扼著蟬衣的脖子，那截纖細白皙的脖子脆弱得像隨時可以被捏斷，上面有兇手留下的深深指印，他用力掐了掐後放鬆開來，等蟬衣喘過氣後，再用力掐幾下。

「你說，如果是你，為什麼那時候要推開你的孩子？」兇手指著竹間卯問。

竹間卯看著孱弱的蟬衣，面無表情地回答：「因為我嫌棄他礙手礙腳，我需要救出我的愛人，不需要他的妨礙。」

兇手愣住了，似乎從來沒想到會聽到這個答案，趁著這短短的空檔，竹間卯衝上前，跟兇手扭打起來，把蟬衣的脖子從兇手寬大的手掌中拯救出來，遠遠地離開死神的鐮刀。

警察還要一陣子才會到，竹間卯心想，他是不是乾脆把兇手殺了？避免對方之後繼續威脅自己跟蟬衣。

然而，兇手沒有給他這個機會，這個男人點燃了自己……

「我拜讀了你的譯稿，這段你處理得非常精彩，我認為甚至比原文還要更加深情，更讓人觸動。」盧淵然說著，從背包裡拿出一疊裝訂成冊的稿子，解釋道：「這是打樣，我透過關係拿到的，你想翻翻看嗎？上面還有阿寧修改的痕跡喔。」

夏知書臉上笑容不變，他收起吃了一半的車輪餅，欣然接過打樣翻了翻。

梧林的排版一向很簡潔大氣，版面閱讀起來非常舒服，沒有過多的設計干擾閱讀，卻又處處透露著小心思，讓人在閱讀之外還可以享受到一種毫不刻意的氛圍感。

因為是打樣，有些漏字或者排版出錯的地方、沒抓出來的錯字等等，都被特別圈出來標註。

那是一手好字，不像特意練過的，而是經年累月時常書寫成就的飄逸率性字體。跟潘寧世這個人一樣，規規矩矩的。

夏知書也看過一些打樣上的標註文字，通常都寫得比較潦草，比如葉盼南吧，他的標註有時候很難判讀，也不是說字醜，而是太過寫意了，可能也跟他很忙有關。

相較之下，潘寧世的標註就很工整，透過那一個一個間距適切的文字，清楚明晰的一筆一畫，彷彿都能看到潘副總編皺著眉頭一臉嚴肅地坐在辦公桌前，拿著紅筆認真書寫的模樣。

「寧寧的字真漂亮。」夏知書與有榮焉地讚歎，將打樣遞回給盧淵然，「我不大明白你希望我回答什麼。」

聞言，盧淵然低低笑了，他將打樣小心地收回牛皮紙袋裡，再放進自己包裡，手指在背包的扣子上摸了摸。

「其實，我從來沒有特別喜歡藤林的作品，也並沒有特別喜歡你的譯筆。」

「喔。」夏知書點點頭，尊重個人喜好。他又不是錢，更別說就算是錢也不是人見人愛。

「可是阿寧喜歡，他從藤林月見的第一本作品就喜歡，當初還沒有中譯本，他就自己買了原文回來閱讀，至今為止每一本都沒有錯過。所以，我不清楚他是因為藤林而喜歡蝸牛，還是你的文字呈現方式真的吸引了他。」

「為什麼不能兩者皆是？」夏知書輕笑著反問。

「小盧，你今天特別跑來找我，應該不只是為了聊月見這本新書吧？我們可以坦承一點，天氣太冷我不想在外面待太久，希望跟著太陽公公一起回家。」

似乎不意外夏知書會這樣回應自己，盧淵然也沒有花工夫假裝自己只是巧遇，他咧嘴笑得很陽光親切，是那種會讓人心生溫暖，不自覺就會信任他、喜歡他的笑容。

夏知書撐著自己的下巴，歪著頭在心裡感嘆：笑容果然是最好的裝飾品，免費還無價，投資報酬率超高。

「我只是很好奇，這個兇手的故事到底是屬於誰的？那個被父母拋棄，察覺自己其實並不是真的被愛的人，到底是誰呢？」

「也許只是個虛構的故事，不屬於任何人。」夏知書依然回答得溫柔，他又拿出那半個車輪餅開始啃了，甜食可以讓心情變好，澱粉也可以。

「所以，你能不能告訴我，到底你的父親為什麼要推開你？」

對於這個問題，夏知書一點都不意外。應該說，當他看到盧淵然的時候，就知道今天的會面注定不會有任何好事發生了。

他能從盧淵然身上感受到一種曾經在藤林月見身上感受到的氣息，疏離冷漠、倨傲涼薄、傲慢且自我中心，他沒有學過心理學相關知識，也還不到久病成良醫的地步，但翻譯過幾本心理學相關的著作，這兩人在他眼裡，都是有病態人格的人。

並且，夏知書瞄了眼盧淵然的手腕，戴的並不是錶，而是一條裝飾了一塊藍色寶石的編織手鍊——皮革的，簡單卻很精緻，一看就是手工做的。

這條皮革手鍊的作工讓他想到一個人，那顆藍色寶石也讓他很眼熟，如果他沒記錯的話，好像叫做丹泉石？切割得宛若一顆藍寶石，藍紫的色澤沒有藍寶石那樣端莊穩重，反而透出一股纖細與神經質的脆弱美感，鑲嵌在一塊銀色素面的底座上。

夏知書不動聲色地摸了摸自己左邊的耳垂，以前那裡有個耳洞，但三年多沒用，現在已經封起來了，幾乎看不到任何痕跡。

之所以會打耳洞，是因為有人曾經用丹泉石做了一對耳釘送他，說是一對，其實他只用了一邊，另一邊則在送禮的人的耳朵上。

『你是我的半圓，我想讓所有人知道。』澄澈冷冽的聲音有著只給他的溫柔，至今回想起來，仍然宛如湊在耳邊般清晰。

嘴裡的車輪餅索然無味，夏知書嚥下最後一點食物，把剩下大半的車輪餅收回袋子裡，打了個結放在自己與盧淵然中間的長椅上，手指也在木製椅面上敲了敲。

「我們來玩個遊戲吧？」突然興起的念頭究竟從何而來，夏知書自己也不知道。他是想早點回家的，不知道潘寧世今天是否也要加班呢？如果沒有，也許他們能一起吃晚餐？

最近他試著做過幾次牛肉麵，全部規規矩矩照著葉盼南給他的食譜做的，一點創意都不敢添加。怎麼說呢，成品不能說好吃，但起碼可以入口，扣除前五次……好吧，他也就試了五次，說不定第六次會成功呢？

本來葉盼南跟商維都勸他不要一下子就嘗試這麼高難度的料理，葉盼南甚至用　種心力交瘁的老父親，看著冥頑不靈孽子的眼神對著他說：『你至少先把剝皮辣椒雞湯做成功吧？』

『但是，寧寧說他喜歡牛肉麵呢。』一切盡在不言中。

啊，思緒跑遠了，夏知書晃晃腦袋，看了眼夾雜在水泥高樓中間，以橘色為主，混著紫色、灰色的霞光。雲朵遼闊顯得很高很輕，如絹絲般在空中編織成絮。明天應該也會是個好天氣吧。

「如何？」夏知書又問了一次。

「可以。」盧淵然挑眉同意，嘴邊的淺笑看起來很親切，夏知書卻覺得像是森林裡欺騙小紅帽的大野狼。「什麼遊戲？」

「真心話真心話。」夏知書歪頭對他瞇著眼笑得可愛，解釋道：「很簡單，你一個真心話換我一個真心話。」

確實簡單，但……盧淵然也歪頭笑回去，神情誠懇：「我怎麼知道你說的一定是真心話呢？」

「我都願意賭你的真誠，應該足夠表現出我的誠意了。」不得不說，夏知書深諳語言的藝術，盧淵然臉上的笑彷彿僵了半秒。

「當然，你不願意我也不勉強，今天很高興認識你，下次有機會來家裡吃個飯吧？我正在學著做牛肉麵，成功了請你。」說著，夏知書拿起裝車輪餅的袋子就要起身。

「你想問什麼？」盧淵然沒給他起身的機會，臉上陽光開朗的笑容，淡了幾分。

再次將袋子放在兩人中間，夏知書抬頭看著橘色愈發濃豔的天空，過了一會兒才開口：「你能不能告訴我，為什麼不向潘寧世表達你的喜歡？」

盧淵然哼地笑了聲，提醒道：「你先回答我的問題，我再回答你的。既然是遊戲，總該遵守遊戲規則吧？」

夏知書點點頭，接受了這個說法，半瞇著眼似乎進入沉思。也不知道是想說謊躲避問題，還是在整理思緒真要來個坦白局。

「那天，我父母帶我去動物園玩，那時候圓山動物園才遷徙到木柵沒幾年，我一直想去看林旺爺爺到底有多大，所以拜託我父母很多次。但因為我們住在中部，上去一趟不簡單，所以一直以來都沒能成行。」

「那一年我記得自己三年級，期末考考了第一名，還成為了學校模範生代表，我真的很努力喔！雖然我覺得會當選最重要的還是因為，我長得太可愛吧。」夏知書輕笑了，側頭對盧淵然眨眨眼，「你看我現在這樣就能猜到，我小時候到底有多可愛了吧？大家都說我是挑父母最好看的地方長，像我爸也像我媽，把優點都挑過來長了。」

盧淵然臉上的笑容更僵，似乎努力不要白眼夏知書，最終只聳了聳肩，做了個「我也不知道」的表情。

「啊，我又跑題了。總之，因為我表現很棒，我父母決定獎勵我，所以開車載全家人北上去逛動物園，看林旺爺爺到底有多大。」夏知書的表情帶著淺淺的懷念，似乎又回到那一天，他拉著父母在動物園裡開心地撒野。

他一向是個乖巧安靜的孩子，雖然因為父母的寵愛稍稍有點任性，但哪個被愛寵大的孩子沒有這種任性跟自信呢？他往前跑的時候，從來不會回頭看，也不擔心腳下遇到顛簸或坑洞害自己跌倒，他的人生像包裹在一個滿是光采又溫暖的泡泡裡，被兩雙大手環繞著。

「那天我們玩得很盡興，我跟長頸鹿就離這麼近。」夏知書眉開眼笑地伸出手臂滑出個距離，信誓旦旦道：「我確定自己跟長頸鹿搶同一片空氣呼吸，很神奇對吧？」

盧淵然沒有回答，靜靜地看著夏知書，心中有股難以壓下的黏稠期待情緒幾乎要控制不住。

「我爸爸說，如果沒有你就好了。」夏知書臉上依然帶著笑，一個無憂無慮，彷彿十歲孩子見到了自己心心念念的林旺爺爺跟那麼多動物，心滿意足的笑容。

盧淵然微愣了幾秒才反應過來夏知書說了什麼。

「所以他推開我。」夏知書聳聳肩，漂亮的眼睛依然閃耀著光芒，就這樣定定地看著盧淵然，「你滿意我的答案嗎？」

他確實得到了自己想要的答案，盧淵然本來應該要開心的，卻反而有種胸口煩悶的不爽，連帶著他的笑容也消失了，面無表情地回視坦然與自己四目交接的眼神。

「你不生氣嗎？」盧淵然問。

「換你回答我的問題，為什麼不向潘寧世表達喜歡？」

「沒有為什麼，我對他的喜歡跟你以為的不一樣，我只是把他當成朋友，一個很重要的朋友。」盧淵然捏了捏後頸，回應得漫不經心，表情中有種藏不住的煩躁。

「所以，為什麼你不生氣？」

夏知書沒有回答，他的眼神在盧淵然的手鍊上又轉了轉，「手鍊上的寶石是丹泉石對吧？」

盧淵然皺了下眉，隨意抬手瞄了眼手錶，語氣厭厭：「是不是又怎麼樣？」

「你知道海洋之心用的就是丹泉石嗎？」

「知道。」盧淵然抖了下手腕，外套的袖子往下遮住了手鍊。「你該回答我的問題了。」

「說起來也很有趣，我跟前男友的分手很慘烈，我相信你多少也知道一些。」

過分篤定的語氣，還有游刃有餘的表情，讓盧淵然心頭的煩悶更強烈。他原本的計劃是打亂夏知書的情緒，從藤林月見那邊得到的訊息可知，與父母的關係是夏知書很難跨越的一道心理傷痕。

他見過很多種應對心理創傷的方式，但夏知書的反應一直超出他的意料，反倒讓他有種自己被迴力鏢打中的焦躁感。

「所以呢？」

不過，對於藤林月見跟夏知書分手的狀況，盧淵然倒是真的不知道，他沒能從藤林月見嘴裡撬出來，對方寧可被自己折磨到狼狽不堪，也不肯說一個字。頂多能猜到的，就是跟脖子上那道猙獰的傷疤有關。難道是夏知書動的手？不對，如果夏知書這樣傷人，不可能安安穩穩地回臺灣躲起來，那道疤痕的深度應該可以殺人了，怎麼樣都是個殺人未遂。

嘖，如果真是夏知書動的手多好，今天就沒有這麼多麻煩了。

「我一直以為自己對跟他有關的一切都會避之唯恐不及，會害怕跟他有更多的牽扯，我一直小心翼翼地躲著跟他有關的人事物……」夏知書嘆了口氣，很無奈地搔搔臉頰，「但我發現自己其實被他影響得很深，你想知道是什麼影響嗎？」

盧淵然興致缺缺地不回答。

夏知書也不在意他的反應，繼續溫和地提供答案：「我學到了他某些偏執的部分。雖然知道這不是一個好習慣，但是我可以理解為什麼月見會想盡辦法、透過各種管道去監視我、掌控我，這真的會上癮。」

「所以你監視了阿寧？」盧淵然明顯很不爽。

「沒這麼嚴重，我還懂得基礎的道德底線。」夏知書頗有深意地看著盧淵然笑道：「我就是問了幾個認識的編輯。你也知道，出版界的圈子說大不大，說小不小，大家來來去去出不了六度分隔理論，剛好我一個好朋友又是個人脈特別廣的人。」

「葉盼南」這個名字猛一下出現在盧淵然的腦子裡，瞬間就讓他的心情更不爽了。

「我一直不能理解，為什麼你總是想方設法排除掉接近潘寧世的人？我聽說，大學時代有個助教原本跟潘寧世有曖昧，但後來卻跟你交往了一陣子。當然，這個例子比較極端，或者比如跑來找我聊我的過去，我不大明白為什麼你要這麼迂迴。」

「我不明白你是什麼意思。」盧淵然聲音冷硬，已經全然沒有先前那種陽光開朗、溫和親切的模樣了。

「我從前男友身上還學到一個技巧，就是特別擅長共感跟解析旁人的情緒，也可以說是寄人籬下養成的技巧。」

「喔？你想說，你可以共感我、解析我的情緒嗎？」

「不，我只是察覺到，你今天主要不是想跟我聊我父母的事情，你想藉這件事情，把我從潘寧世身邊排擠走。傷害我不只是附加的樂趣，你更重要的目的是讓我離開潘寧世。」

話到此處，夏知書流洩出些許困惑的表情，似乎真的很傷腦筋。

「但我猜不到你想怎麼做，也不理解為什麼你要這麼做。」

「你知道為什麼我總可以從阿寧身邊除掉那些喜歡他的人嗎？他一直很傻，覺得自己單身至今是因為身體上的『缺陷』導致的，我也總是這樣跟他說，要他小心不要傷害到喜歡的人。」盧淵然猛地笑起來，語調溫柔得讓人毛骨悚然。

夏知書靜靜地看著他，兩人又再次四目相交，宛如一場角力，誰都沒有錯開的意思。

「阿寧不相信有人會愛自己，他也不相信自己可以愛人。這種愛很狹隘，親情友情他都有，也很豐富，唯獨愛情……不，這麼說也不對，他一直都是充滿質疑的，我只是無條件地支持他，讓他確定自己做得沒有錯。」

盧淵然低低笑著，很滿足、很滿意，即使他心裡對夏知書仍有強烈的煩躁厭惡感，但提起潘寧世的時候，那種掌控的安全感又回來了。

「夏知書，與其當那個注定要被拋棄的人，你不覺得自己離開會好一點嗎？」盧淵然的眼神陰暗，帶著毫不掩飾的惡意。

「還是說，你已經被拋棄習慣了，這場關係，你就是在等這最後的結果到來？」

天邊橘色的霞光已經幾乎消失殆盡，深深淺淺的紫與灰散布在天空中，公園裡的路燈發出一串細弱的滋滋聲，亮了起來。

夏知書看了眼手機上的時間，竟然已經五點多了。晚風吹拂得越來越冷，隱隱約約夾帶著比前幾天要重的水氣。

「我會參考你的建議。」沒什麼聊下去的心情了，這段時間兩人分別用語言跟情緒的刀刃劈砍捅刺對方，很難說誰占了上風。「等我牛肉麵做成功了，再邀請你來家裡吃飯吧！寧寧應該也會很樂意的。」

盧淵然陰沉著臉不回答，光聽到夏知書用「家裡」講潘寧世的家，就讓他噁心到想吐。

「對了，幫我跟月見問好，我很期待跟他見面。」拎著車輪餅起身，夏知書擺擺手，盧淵然的表情讓他心情好了一點，笑容更真誠了幾分，「也許，我們可以找一天來個四人約會？趁著我還沒從寧寧身邊離開，應該會很有趣，對吧？」

盧淵然皮笑肉不笑地彎了下嘴角，率先掉頭離開。

車輪餅攤子已經收了，夏知書目送盧淵然遠去後，看了眼手上才吃了一個半的車輪餅，掙扎了片刻還是整袋扔進垃圾桶。

可能，有很長一段時間他都不會想吃車輪餅了。

回家的路上，有一間連鎖超市，夏知書看了下時間，又看了眼張貼在門外的特價資訊，上頭寫著「國產黃牛腱肉大特價」的訊息。

說不上為什麼，他走進去買了三盒特價牛肉，還補充了先前試煮時用光的香料，順手買了小白菜跟綠色花椰菜還有紅白蘿蔔，準備放進湯裡一起燉。

他在洋蔥前站了很久，雖然食譜上有洋蔥，可以增加湯的鮮味，但他並沒有很喜歡洋蔥，那還是……算了吧。買個韭菜應該也可以？所以他拿了韭菜，最後看到高湯塊跟日本進口的昆布調味粉，也放進了提籃中，一不小心就滿載而歸了。

於是，當潘寧世從前曖昧對象身邊落荒而逃回家時，迎接他的是一屋子牛肉湯香氣。

是的，潘寧世是逃回家的，他回答不了鄭秀松的問題，那個問題太過私人了，可以說他甚至都沒問過自己那個問題，實在沒想到會在一個久不見面的熟人嘴裡聽到這個問題。

這其實很奇怪不是嗎？潘寧世換鞋的時候仍然不自覺地想這件事，他怎麼可能認為沒有人會愛自己呢？要知道，他對自己的定位可是純愛戰神，面對愛情他可是有著極高的追求跟幻想的。

廣泛點來說，他也是個在愛中長大的孩子。雖然潘靄明這個姊姊控制欲略高，對他造成很強烈的壓迫感，但關愛卻一點不少，更別說他還有一對溫柔寬和，對小孩子耐心愛護的父母。

可以說，若不是一個充滿愛意的環境，也養不出潘寧世這種隨遇而安的人。他的人生光明比晦暗多，人生最大的挫折是母單了三十八年，一個總想著跟人在床上劈劈啪啪的人，偏偏到今年才終於破處。

但，三十九歲生日前，潘寧世的人生已經圓滿，他不僅破處證明了自己在性愛方面有點天賦，還找了個跟自己在性上面很合拍的男朋友，更重要的是，這個男朋友符合他對戀人的一切幻想——可愛、纖細、看起來溫柔靈動，最重要的是，他覺得夏知書喜歡自己。

所以，他才不覺得沒有人會愛上自己！對，一定是鄭秀松有什麼誤解，可能二十歲的自己因為失敗多次有點不自信，但現在長大了也成熟了的自己、破處了的自己、脫離單身了的自己，可是一隻快樂且擁有全世界的拉布拉多啊！

他就算拆家——當然他不會拆，這可是他家，拆了要重新裝潢很貴，他的薪水要拿來帶主人出國旅行——就算他真的拆了，相信夏知書也會包容，可能還會跟他一起拆。

哼哼，有主人的拉布拉多無所畏懼。

加上回家的車程，一共花了四十分鐘，潘寧世把自己安撫好了，才回過神發現自己站在玄關，一隻腳穿著鞋，一隻腳已經把鞋脫了，姿勢彆扭而且小腿快要抽筋了，肯定站了有十分鐘。

還好沒驚動到夏知書，他鬆了口氣，連忙換好鞋，把外套跟背包都掛在走廊上的置物架跟衣架上後，用力搓了搓自己的臉。

走進了牛肉湯香味的起居空間裡。

「你回來了？」看到潘寧世，夏知書訝異地連眨了幾下眼，他本來以為對方今天不會這麼早回來，甚至可能不回家，才打算再來試做一鍋牛肉湯的。「吃過飯了嗎？」

「今天跟我姊吃過了。」潘寧世走進廚房，探頭看了下火爐上咕嘟咕嘟冒泡的鍋子。燉鍋是強化玻璃材質，很漂亮的橘褐色，可以看到鍋中的內容物，是鍋色彩繽紛的紅燒牛肉湯。

「那就好。」夏知書鬆了口氣，他還沒有準備好要把今天的牛肉湯拿給潘寧世品嚐，雖然聞起來跟看起來都很安全，甚至還很香，但沒嚐過之前他也不好說會怎麼樣。

都這個時節了，可不能再害潘寧世進醫院。

「我能嚐一點嗎？」但顯然潘拉拉沒感受到主人溫暖的良苦用心，他直勾勾地看著那鍋好像很美味的湯，心中無比渴望。怎麼說都是主人親手做的東西，就算是毒藥，潘拉拉都絕對要喝一口才肯罷休的。

夏知書如臨大敵，他繃著臉、握著湯杓，嚴肅僵硬地看著對自己搖尾巴，垂著眉眼可憐兮兮撒嬌的大狗狗，想斷然拒絕，又擔心打擊到對方的熱情，而且本來他學牛肉湯就是為了潘寧世……就很糾結。

「那個，我不確定有沒有成功。」夏知書試圖說服積極熱情的潘拉拉：「我之前試做過五次，都不大成功……那個，你等我成功了再喝？」

潘拉拉明顯不大樂意，原本準備搖的尾巴鬱悶地垂下。

「但是我聞起來很棒啊，顏色也很漂亮。」雖然好像有不屬於紅燒牛肉湯應該有的綠色在裡面，但無所謂，感覺還是很好喝。「我不喝多，我就喝一點點，一碗……半碗就好？」

雖然這隻拉布拉多有一百九十公分高，渾身都是精壯結實的肌肉，長著一張正氣凜然又嚴肅的臉，但夏知書完全無法招架。

他握著湯杓的手微微顫抖，臉上隱約泛紅，有點氣惱對方竟然把寵物的優勢利用得這麼淋漓盡致，但是……半碗應該……還可以吧？他也覺得自己這次離成功很接近，畢竟第五次的時候已經做出可以喝下去的湯了。

「還要半小時，你先去洗澡吧。」夏知書終於還是妥協了，不妥協又能怎麼辦？他不主動給潘寧世嚐味道，潘寧世難道不會自己偷喝嗎？肯定是會的。

有他看著，好歹安全點，對吧？

反正在面對潘寧世的時候，夏知書也知道自己的底線很容易動搖，既然他們現在算是主寵而並非傳統意義上的男朋友，那對寵物溺愛一點也很正常對吧？

潘寧世表情一亮，整個人都散發出喜悅的氣息，應答的語調歡快得像唱歌一樣，腳步輕盈地走進臥室裡，準備把自己洗乾淨，用最虔誠的心意來品嚐主人親手做的料理。

三十分鐘後，火關掉，燉鍋裡還在冒著泡泡咕嘟咕嘟的，潘寧世已經拿了一個碗站在鍋邊，跟夏知書一起盯著那鍋看起來理論上很安全的湯。

隔著半透明的蓋子，可以看到牛肉跟紅白蘿蔔在湯鍋中翻滾起伏，在鍋子內壁上有一圈細細的類似浮沫的東西，應該是血水沒有焯乾淨造成的，這是小問題，等一下撇掉就好。

「我先嚐嚐看，沒問題再給你喝。」

夏知書臉色嚴肅，他知道自己的廚藝是災難等級的，但他大致上都遵循了葉盼南給的食譜，對照前五次的成果來看，應該不會有太嚴重的問題才對……大概。

蓋子被掀開，一抹濃厚的香料味道湧出，夾帶著霧白的水蒸氣，兩人眼前都被模糊了。即使如此，潘寧世依然熱情高漲，也不管蒸氣燙不燙，湊到鍋邊用力吸了口氣。小茴香、八角、月桂、豆蔻、丁香、草果等等香料味道中，還有豆瓣醬炒過後的香氣，混合在一起後清爽又濃郁，非常標準的紅燒牛肉湯味道，雖然好像有混了一點菜腥味，不過小問題不嚴重。

「味道真棒！」潘寧世不吝惜讚美，他是真的很有喝一碗的興趣。且不論先前的兩次喝湯經驗有多少困難險阻，但他不也都好好生存下來了？這次肯定沒有問題的。

夏知書也跟著湊過去嗅了嗅，確實比之前五次都要好聞，跟葉盼南做的成品聞起來幾乎一模一樣，心裡的不安立刻少了很多，臉上的笑容也回來了。

他側頭對潘寧世笑道：「還好你是今天回來，不然前面幾次我就不敢答應讓你喝了。我先嚐嚐味道。」

巴掌大的白瓷碗中盛了一杓深褐色的湯，潘寧世看得很認真，然後他發現湯勺邊緣掛了一條長長的類似蔬菜的東西，夏知書的手腕一抖，就跟著湯一起落入碗中。

緊接著他發現，湯裡浮著一層細細密密，他以為是浮沫，看起來卻更像小花苞的東西，非常眼熟，但一時間想不起來是什麼東西，整碗湯的賣相瞬間變得有些一言難盡起來。

但潘寧世絲毫不在意，不管那兩樣是什麼東西都無所謂，鍋裡的食物肯定都是能吃的，那就一點問題都沒有。

夏知書用湯匙舀了一口湯喝下。

嗯……稍稍有點辣，這也難怪，因為他放了兩根辣椒進去，這是葉盼南在食譜裡標註的：如果想讓口味更有層次，可以加兩三根生辣椒下去一起燉。

他想，潘寧世好像挺喜歡味道重的食物，那就加吧。

所以沒問題，過關。

尾韻隱約帶點苦味跟澀味，類似燒焦的味道，夏知書皺著眉又喝了一小口，思考著為什麼會有這麼讓人不愉快的尾韻？啊，好像是炒豆瓣醬的時候火太大了，剛下鍋那時候有點焦掉的樣子，不過還好苦澀味不算重，勉勉強強可以入口吧？

當然不行，夏知書微微垮下肩，儘管有心理準備但還是失望，更別說身邊還有一道熱切滾燙充滿期待的視線看著自己。

「失敗了。」他宣布，正想著要怎麼說服潘寧世放棄今天的試喝，對方卻很迅速地拿起湯勺幫自己舀了一大碗湯，生怕被阻攔連吹都沒吹就啜了一口，臉色扭曲。

燙！真的很燙很燙！潘寧世不敢直接吞，就含在嘴裡用舌頭去攪動，試圖讓溫度稍微降下來，才在夏知書不敢置信的眼神裡小心翼翼地吞進肚子裡。

很好喝，香料的味道與豆瓣醬的味道，混合得非常完美，雖然隱約夾雜了一點海鮮跟菜腥味，整體依然瑕不掩瑜。

想想先前的兩鍋湯，雖然也很棒但缺點也同樣明顯，今天這鍋牛肉湯簡直堪稱頂上佳餚！

潘寧世連忙對夏知書比了個大姆指，又過了幾十秒才終於把湯都吞完，整個人都暖洋洋的，尤其是口腔更是溫暖得發燙。

「這是我喝過最棒的紅燒牛肉湯！」他當然也注意到主人的臉色不對，連忙搶在對方開口前讚美，完全沒注意到自己說起話來有些大舌頭。「真的很好喝。」

夏知書幾乎要翻白眼，他簡直要氣得跳腳，湊上前捧著潘寧世的下巴，拉著人彎腰，「嘴巴給我張開！」

潘拉拉乖乖地張大嘴，隨即手機手電筒的光照進嘴裡，他瞇起眼一臉疑惑，但動都不敢亂動，任由夏知書藉由手電筒的光盯著自己的口腔看。

「起水泡了……」夏知書眉心緊皺，用力嘆口氣，「先別喝湯，我倒杯冷水給你降個溫。」

起水泡了？潘寧世愣愣地似乎沒聽懂夏知書的意思。

「那麼燙的一碗湯，你吹都沒吹就喝，潘寧世，你腦子放冰箱裡了嗎？」夏知書人翻白眼，看起來非常生氣，搶過潘寧世手中的湯碗，忍耐著沒砸進水槽裡。

他手指都被湯碗的熱度燙得微抽，可想而知剛剛潘寧世喝進嘴裡那口湯的溫度有多高。

手中很快被塞了一杯水，微涼的溫度不會太低，拿來降溫口腔、緩解症狀是最好的。

「在嘴裡含十秒後吐掉，再含一口，直到嘴巴不痛了才可以停。」夏知書交代，語調冷硬得潘寧世什麼話都不敢說，乖乖地照做。

口腔確實燙傷了，潘拉拉這時候也終於感覺到那令人難受的腫脹及疼痛感，涼水入口，那股灼燒的痛感獲得緩解，但要不了一會兒那種火辣辣的疼痛就捲土重來，讓潘寧世不得不吐掉嘴裡的水，再含一口新的。

就這樣，連續用了三杯冷水，那種刺辣的疼痛感才終於減輕了，隱隱約約讓人心情也跟著毛躁起來。

但潘寧世不敢抱怨，他現在乖得不得了，雖然可惜自己沒能多喝幾口湯，但上顎那塊微微腫起的水泡，也提醒他最好不要再挑戰身體極限，最重要的是不能讓夏知書更生氣。

「張嘴我看看。」

潘拉拉聽話地張開嘴，為了方便夏知書檢查，他高大的身體幾乎縮在一起，彎著腰曲著腿，也虧他肌肉力量足夠，竟然也能這樣彎曲著半蹲，還站得很穩，身體一點都沒有搖動的跡象。

仔仔細細檢查了一番，被燙出水泡的地方發白，看起來很顯眼，讓夏知書心裡挺不是滋味的，但倒是比先前好了一些。

他收起手機，拍拍潘寧世的肩膀讓對方站直，眼見這隻笨狗還偷偷瞄那鍋湯，似乎打算趁他不注意再喝一碗……哼！壞狗狗。

「你明天要是還很痛，記得去看個醫生拿藥。」

「喔。」潘寧世點點頭，垂著腦袋看起來很受教。

「難得你今天比較早回家，想不想跟主人蹭蹭？」夏知書盯著用頭頂髮旋對著自己的潘寧世，沒有錯過對方又一次偷看那鍋湯。

狗狗犯錯了就要懲罰，要溫和但足夠令對方學懂教訓。

一聽到蹭蹭，潘寧世猛地抬起頭，如果他真是一隻狗，現在尾巴肯定搖得跟螺旋槳一樣。

「來，我們去床上吧。」夏知書伸手摟住潘寧世的脖子，順著健壯高大的男性軀體，把雙腿盤到對方腰上，兩條手臂立刻環抱上來，兩隻寬大的手掌直接扣住他肉乎乎的臀部。

「主人請你喝了牛肉湯，你是不是應該回請我香蕉牛奶呢？」

滾燙的氣息噴在耳側，接著耳垂被輕輕啃了下，潘寧世瞬間忘記自己口腔燙傷的痛，也忘記那鍋滾燙的牛肉湯。

他眼裡是夏知書笑吟吟又璀璨的雙眸，還有那兩片飽滿帶笑的潤紅嘴唇。

潘副總編咕嘟吞了口口水，任由公事包裡手機發瘋一樣地震動，都完全沒辦法吸引到他一丁點的關注，畢竟他下班了不是嗎？

正想吻住那張柔軟的唇，夏知書卻躲開了，還摀住他的嘴，「你口腔有傷，所以今天不可以接吻，也不可以舔我、不可以咬我……要當一隻乖狗狗，知道嗎？」

潘寧世並不是很想當一隻乖狗狗。

雖然他自己都不清楚這性癖從哪裡來，畢竟他唯一上過床的對象也只有夏知書。但他就是很喜歡親吻啃咬對方，總愛在對方的脖子上、胸口上、下腹跟大腿根部還有小腿，偶爾加上手指，留下自己的咬痕或吻痕……認真說，咬痕出現的頻率比吻痕更高。

大概也是因為這樣，他才會有幸被選為夏知書的寵物吧？

想想，還有點得意。

儘管沒有真的被套上口枷，行動卻已經被枷鎖控制住，畢竟被潘靄明女士訓練多年，潘寧世一直是個合格的乖孩子。

這也導致他一瞬間茫然失措，不知道怎麼開始下一步，只能把主人抱回臥室裡的大床上，不停用鼻尖去蹭夏知書白細頸側的細嫩肌膚，蹭得對方發出一串輕笑。

「不吻我，就不知道該怎麼辦了嗎？」夏知書笑問，歪過頭，也用自己的鼻尖在潘拉拉的髮間蹭了蹭。因為洗過澡，髮膠都洗乾淨了，略有些粗硬的頭髮摸起來還真的很類似狗毛，帶著清爽的木質調味道，非常適合潘寧世。

「也不是完全不知道……」這話說得有些心虛，要知道潘寧世所有的性愛知識都是從正版但非正式的管道學習到的，也不知道是近年的片子特別看重交流還是怎麼樣，就算是一些 SM 片子，都會有接吻跟啃咬的場面，甚至還占到影片過半的時間。

要如何跳掉這些前戲完全不動用嘴巴，潘寧世是真的一拍兩瞪眼，彷彿有人叫他吃飯不能動手的感覺。

「你可以撫摸我。」

身為主人，夏知書向來有不少壞心眼，他不許潘拉拉咬自己舔自己吻自己，可舔咬親吻對方，他倒是做得比平常還要更綿密熱情。

柔軟的嘴唇帶著靈活濕軟的舌頭，從潘寧世髮際開始親吻，細細密密的吻蔓延到男人臉頰、鼻間還有唇角，在聽見可憐狗狗喉間發出忍耐的吞嚥聲，以及那副微微張著嘴卻不敢回吻，只能不停舔嘴唇的模樣，都讓夏知書心癢得不行。

怎麼可以這麼聽話？他在心裡感嘆，原本只摩挲嘴角的唇，壞心地在被潘寧世自己舔得濕漉漉的嘴唇上，蜻蜓點水地磨蹭了下。

壓在身上的男人猛地抽了一口粗氣，渾身肌肉都因為忍耐而微微顫抖，喉頭音也因為渴望過度發出類似野獸威嚇時的那種低沉咕咕聲。可即使到了這個程度，很乖的潘拉拉還是遵守主人的規定，連偷偷趁著舔嘴唇的時候，回蹭一下夏知書的嘴唇都不敢。

這讓人怎麼忍得住不欺負他呢？

「你難道希望我一步一步教你怎麼玩我嗎？」

男人高大的身軀又猛震了一下，嘶啞的聲音近乎顫抖道：「你……不要咬我的喉結……那樣很癢……」

是的，夏知書的唇這會兒已經滑到了男人的頸部中央，順著突起的喉結舔了一圈後，含進嘴裡微微吮著，還不忘用牙齒啃了幾下，感受著吞嚥口水時，那塊脆弱的骨頭在自己齒間浮凸一下，又縮回去。

也許潘寧世完全沒自覺，但夏知書真心覺得這個男人是個賀爾蒙製造機，那種青澀又野蠻的情慾氣息薰得他恍如醉了一般，不由得又用力吮了兩下那顆不安分的喉結。

「哪裡癢？」夏知書含糊地問，一邊輕啃著在自己口中鼓動了一下的軟骨。

「全身都癢……」這絕對不是謊言，那種酥麻癢的感覺從喉結往外擴散，胯下巨物從半硬已經全硬了，在棉褲上撐起一大塊，也蹭在夏知書的腿側，滾燙得要命。

「我也癢……你要不要幫我脫掉衣服？」不捨地把嘴唇從那顆被吮得濕漉漉的喉結上離開，夏知書姿態輕鬆地靠在床墊中，眉眼含笑。

男人的喉結外有一圈淺淺的牙印，在他咕嘟吞嚥唾沫時，喉結就會從那圈痕跡中往外鼓一下，夏知書近乎癡迷地看著那塊自己製造出來的痕跡。

「你不要這樣看著我……」潘寧世害臊了，平常在床上他沒有這麼害羞，也沒有現在這種好像隨時會被人咬著脖子、吞進肚子裡的感覺。

夏知書好像很喜歡他的喉結，幾次做愛都會舔咬那塊軟骨，只是這次的眼神好像特別炙熱，剛才咬著他的動作也特別用力，嘴唇跟口腔都很柔軟，卻也滾燙得像一簇燃燒的火焰。

「主人能不盯著自己可愛的狗狗嗎？」尤其拉布拉多還是那種特別會拆家的，不多盯著點怎麼可以？

潘寧世被看得渾身燥熱，三十公分的大香蕉現在硬得要死，棉褲前端幾乎能看到被前列腺液沾濕的痕跡。

「不行，你這樣看著我，我怕我還沒開始做就射了……先別看……」潘寧世整個人幾乎都紅了，耳尖更是紅到像要滴血。他躊躇著似乎想用手去遮擋夏知書的視線，但又怕自己會弄痛對方而遲遲不敢下手。

「那你把我的眼睛擋起來吧？」夏知書眨眨眼，曲起膝蓋在男人精壯的腰側蹭了蹭，把人蹭得一哆嗦，呼吸又粗重了幾分。

棉褲這下真的被撐得很緊繃，彷彿下一秒就要被撐破了。

「不要開玩笑……我、我沒那種興趣……」一段話說得斷斷續續，看起來就很言不由衷。

夏知書挑了下眉，視線從在牙印中滾動的喉結，一路看到被拘束在棉褲中很不爽的大香蕉，耳中都是男人粗重性感的呼吸聲，緊繃的腹肌好像也抖了抖，上面浮了一層細汗，在氛圍燈下油亮亮的手感一看就好得不行。

「你覺得用什麼擋比較好？用你的手？又大又寬還很溫暖，我覺得會很舒服。對了，我記得你的手上有筆繭，除了中指上，虎口其實也有薄薄的繭，可惜你用手掌捂我的眼睛的話，那兩個地方的繭都碰不到我。」

隨著講述，潘寧世看向自己的手，他的慣用手上確實有筆繭，這兩天看了幾個印樣，所以手指上還沾到了一點修改時還沒乾的墨水，層層疊疊的有些已經快洗掉了，有些還很顯眼，大概要停留個三五天。

「而且我也喜歡你手上有紙跟筆墨的味道，以前我很喜歡我爸的書房，他的房間裡跟身上也都會有紙的味道。」

在床上提到父母，正常來說應該是打算讓對象痿掉吧？潘寧世果斷地把手收到身後，完全不打算用手掌去捂那雙亮晶晶的眼眸。

夏知書噗哧一聲笑出來，他不是故意的，就是不小心想起來——都怪盧淵然啊！讓他久違地想起自己的父母。

不過，潘拉拉精力還是很旺盛的樣子，棉褲下的大香蕉抖了下，好像是快要忍不住了，再不進去該進去的地方，可能就要一瀉千里了。這不是好事，身為合格的主人怎麼能讓小寵物這麼空虛地高潮呢？

「那……用領帶？」

這簡直是惡魔的低語。潘寧世瞪大眼，看著對自己言笑嫣然的主人，資深編輯很擅長把文字轉化為畫面的能力，在這時候發揮了高效過頭的功能，害他差點噴鼻血。

潘寧世狼狽地轉過頭，一時不敢繼續盯著那張自己愛到心癢的臉。他真的怕自己會忍不住幹出什麼打破下限的事情。

因為平時都穿西裝打領帶，所以他有非常多領帶，各種顏色款式都有，他姊跟爸媽也經常送他領帶，所以……一條純黑的絲綢領帶突然彈現在腦海中。

那是一條窄版的領帶，比一般的領帶要長，上好的絲綢看起來有流水般的光澤，乍看是純黑色的，其實在領帶內側有個銀色的忘憂草刺繡，很難能看到，偶爾會隨著動作閃動出一絲乍現的銀光，奢華而低調。

但潘寧世沒用過。首先，他的體格雖然不特別壯碩，但畢竟是練過的，肌肉在西裝下藏得很安靜，體格卻還是看得出很好。這就顯得窄版的領帶有點太細，比例沒那麼好看。

其次，忘憂草跟金針花是同屬的，廣泛來說甚至可以等同，雖然寓意很好，但潘寧世總會想到金針花湯。

他真的沒辦法用。

可是現在，他找到很適合使用的地方了……口乾舌燥地嚥了嚥唾沫，他發誓自己原本真的沒想這樣的，但是！夏知書的皮膚那麼白，配上黑色絲綢製品一定很漂亮，而且他只是希望對方不要一直盯著自己看……

權宜之計，沒事的，不用多想……

第四章

他也不確定到底算不算在談戀愛，現在這樣絕對哪裡有問題

夏知書好整以暇地躺在床上，看著潘寧世走向衣櫥，打開來在放領帶的那塊區域翻了翻，很快拿著一捲光澤絲滑的布料回來，在他面前滑開來，像是一束黑色的流水。

隱隱約約的銀光在燈光下閃耀，搭配著純黑的領帶，神祕又奢靡，完全不是潘寧世平常的風格，但細想其實還挺合適的。

「我不會綁太緊，不舒服就跟我說……」潘寧世捏著領帶兩側離頂端約三分之一的地方，繃了繃柔軟的布料，撐出一個平面來。

黑色的絲綢果然很適合夏知書，他安安靜靜地任由潘寧世把領帶綁上自己的雙眼，一張巴掌大的小臉顯得更小、更蒼白，脆弱得像是一場夢境，隔著柔滑的絲綢依然看著潘寧世。

大狗終於還是沒能忍住，他真的很努力了，一個似有若無的吻擦過眼睛上的布料，呼吸跟嘴唇的熱度透過輕薄的布料染在眼皮上，幾乎燙進夏知書的心裡。

「說好不能親的……潘副總編真不聽話……」他一伸手撈住男人的脖子，嘴唇不知道擦過哪裡，黑暗中其餘感官被放大，又在男人的體溫及味道下像踩在夢中。

懷裡的人很明顯地瑟縮了一下，從他的懷中掙脫出來，乾咳了兩聲道：「我、我幫你潤滑一下……」

衣服被脫下，夏知書放鬆地躺在淺色的被褥中，他微微側著頭，用一邊的耳朵對著潘寧世，大概是想聽清楚他的動作，蓬鬆捲曲的頭髮散在枕頭上、臉頰上，還有黑色的領帶上。

潘寧世的喉結滑動了下，鼓出那圈細密的牙印，又縮回去。

他伸手撫摸上夏知書光滑的小腿，因為身下的人被剝奪了視覺，潘寧世也好像解開了某些束縛，動作又下流大膽了起來。

夏知書有一雙漂亮的腿，又長又白又勻稱，在氛圍燈光下呈現奶油色澤，腿毛屬於比較稀疏的類型，摸上去手感令人著迷。

男人先用手掌從膝彎往下撫摸到纖細的腳踝，虎口的薄繭隨著圈握住腳踝的動作磨蹭在肌膚上，一陣麻癢讓夏知書控制不住地輕顫，咬著唇呼吸急促，抽了抽腳卻沒掙脫掉。

「主人，舒服嗎？」

黑暗中，男人的手掌貼著他肌膚遊走的觸感尤其清晰，先從小腿到大腿，越過胯部後撫上腰，夏知書哆嗦著，發出細弱壓抑的呻吟，扭動著想閃避男人的撫觸，卻被一把扣住了腰。

「主人你真過分，明明知道我在忍耐，還一直引誘我……」大狗可憐兮兮地低語，手上的動作卻半點都沒客氣，身體擠進了主人微微顫抖的雙腿中，抓著對方的腰擺到自己膝蓋上，臀部直接毫無遮掩地展現在眼前。

渾圓的臀瓣間隱約可見色澤豔麗的後穴，潘寧世再次沒控制住湊上前落了一個吻。

「啊嗯……」長腿繃緊地顫了顫，這個姿勢完全無法掙脫，卻能很明確地感受到男人盯著自己私密處的滾燙視線。

床頭櫃的抽屜被拉開，翻找東西的聲音在耳邊響了片刻，應該是找到東西了，抽屜被關上，接著是蓋子打開的聲音，然後是凝膏被擠出來的細微聲音……夏知書知道接下來會發生什麼事，忍不住踢了下腿，但很快被男人的大手緊緊扣住，而另一隻手則帶著濕涼的潤滑液探進了菊穴中。

「潘……潘寧世……嗯……」

這個當下，夏知書也沒臉叫對方什麼暱稱、愛稱或玩鬧的稱呼，剝奪視線後的感官實在過度敏銳，明明這些流程每一次上床都差不多，卻唯有這次讓他有種飄浮在半空中的不確定緊張感，聲音都帶上了點討好的哭腔。

修長且粗的手指在菊穴中擴張的動作比往日要粗暴許多，分明的骨節在柔軟的肉道內摩擦，很快就發出咕啾咕啾的水聲。

夏知書聽見男人粗重地喘氣，兩隻大手捧住他臀肉，微微抬高了點後一股壓力隨之抵上因為潤滑微微張開的穴口。

「潘寧……哈啊啊——」

粗壯的龜頭狠狠挺入了濕滑的肉道裡，被緊緊地包裹著吸吮，兩人同時發出了舒爽的呻吟。

「主人，你要加油。」

黑暗中，男人的聲音溫柔帶笑，夏知書卻不受控制地打了個冷顫。

咕啾咕啾的水聲響起來，夾雜男人粗重的喘息以及另一個人微微顫抖的呻吟，雖然寒流來襲，但臥室的溫度不斷升高，彷彿著了火一般。

「嗯啊……太、太大了……太用力了……壞、唔！」呻吟帶著哭腔，屬於被剝奪了視線並被按在床上操幹的夏知書，他嬌小的身軀幾乎要被吞沒在柔軟蓬鬆的被褥中。

也不知道潘寧世怎麼辦到的，他的被子總有一股乾燥溫暖類似陽光曬過的氣味，雖然有人說那是微生物被曬死的味道，但完全動搖不了這個味道給夏知書的安心感。

圓翹豐腴的臀肉被左右掰開來，露出其中熟艷的濃紅色肉穴，吞嚥著巨大的龜頭與半根粗長的肉莖，剛剛的抽插竟然還是沒能插到底，青筋浮凸的陰莖濕漉漉的，也不知道是潘寧世分泌的前列腺液，還是先前拿來擴張夏知書用的潤滑液溶化的結果，又更甚者是肉穴分泌的汁水。

潘寧世仰著頭重重地喘息了幾聲，他被夾得頭皮發麻，不管上過幾次床，他每回都會被這緊致柔滑的感覺興奮到幾乎喪失理智。他伸手，用手指將濕透的、被他撐得皺褶幾乎平滑的肉穴拉開了些，接著狠狠往內一頂。

「嗯啊啊——」夏知書倒吸一口涼氣，只覺得肚皮似乎被頂起，熾熱的溫度深深灌入自己腹中，燙得他全身哆嗦。

「抱歉，再一下子，快全部進去了……」男人結實溫熱帶著汗水的胸膛覆蓋下來，貼在他的肌膚上，幾乎能同時感受到對方急促又有力的心跳聲。

安撫的低語隨著幾個輕柔的吻落在頰側與耳垂上，夏知書縮起肩膀抖了抖，有點承受不住這種溫柔又情慾滿滿的氣氛。

不過就他的經驗來說，這點溫柔也持續不了多久，他的乖狗狗很快就會變成一頭失控的野狼。

果不其然，夏知書因為失去視覺而微微畏縮的神態大大刺激了潘寧世屬於男人的劣根性，慾望本來就瀕臨潰堤，現在直接一發不可收拾，雙腿被大大地拉開，男人燙得像火鉗般的手掌扣住他的腿根，硬燙粗脹的肉莖猛地大力撞開瑟縮的肉道，又重又凶狠地直戳到底，肏得身下人呼吸一窒，整個人像瞬間被撞昏了似的。

就看原本應該皺褶緊密的肉穴被用力撐到極限，裹著巨物的最內一圈肌肉稍稍泛白，隨著男人的力道往內凹陷，嬌嫩的肉道也被猙獰的陰莖搗開，前列腺更被堅硬的龜頭狠狠擦過，澎拜的快感從那一處炸開，接著蔓延全身。

夏知書發出尖銳的哭叫，竟然就這樣被肏上了高潮。

淅淅瀝瀝的汁水被操得噴濺出來，噴溼了被褥跟男人緊貼的胯部，把粗硬茂密的毛髮都噴濕了，而後順著腿根往外漫流，簡直像一顆多汁的水果，稍微插幾下就會噴濺個不停。

潘寧世似乎覺得面對面有點不好發揮，他靠在夏知書肩窩上喘著氣，親了幾下汗濕的頸側與鎖骨凹陷，隨即挺起身就著深深插入的姿勢，握著夏知書的細腰，輕易把人翻了個身變成背對自己的姿勢。

「別夾……鬆開點……」男人連連吸氣，色膽包天地伸手在那濕滑挺翹的臀肉上拍了一巴掌。

夏知書悶哼一聲，人微微縮成一團，臀肉也跟著往裡夾，再次把壞狗狗夾得額上青筋微露，眼神凶狠了好幾分，抓在他腰上的手指狠扣，顫抖的臀肉又被寬大的手掌甩了幾下。

「放鬆點……免得你後悔，主人……」

不理會他，夏知書把臉埋進枕頭裡，他自己也興奮得要命，彷彿都能感受到男人陰莖上浮凸的血管，好像自己只是對方手中的一個加熱飛機杯似的。

脫去了革履西裝的男人，沒有了往常的溫柔害臊，一絲不苟的頭髮也變得凌亂，表情因慾望的烘托顯得有些猙獰扭曲，緊盯著身下渾身泛紅微微顫抖的人。

這絕對是叫他往死裡幹，對吧？身為乖狗狗，一定會滿足主人的所有願望。

大掌扣緊了細腰，把人稍稍提起貼近自己，隨著夏知書顫抖帶著哭腔的聲音，潘寧世滿足地粗喘，一下一下頂入那軟滑的肉穴裡，用自己超出規格、又硬得青筋暴起的巨大陰莖，在痙攣的腸肉裡盡情戳刺開拓。

緊致滑膩的感覺也給了潘寧世極大的快感，猶如被一張張小嘴吸吮般的快感讓他完全控制不住自己的力道，狂暴得幾乎是用蠻力在操幹，每每都是狠狠地插到根處，抵在結腸口磨蹭搓揉一番後再抽出到只剩龜頭，又再一次用力操到深處，反反覆覆。

夏知書藏在被子裡的肚皮被幹得微鼓，高高翹起的臀部在男人胯部撞上時劇烈地顫動著，肉體拍打的聲音綿延迴盪，腿間雖無人撫慰卻已經高潮數次的陰莖，在柔滑的布料上蹭來蹭去，將所有射出或分泌出的各種體液沾了滿床。

他死死扯著床單，大腿連同腳背都緊緊繃著，雖然被套是蠶絲的，應該宛如流水般絲柔軟滑，但對高度敏感且射到馬眼微張的龜頭來說，還是太過刺激。

更別說他肚子裡還有個在肆虐的粗大肉莖，無論他如何痙攣抽搐，潘寧世規格外的肉棒就是能毫不客氣地頂開縮在一起的腸肉，一直到結腸口為止的所有敏感點，一次次被摩擦頂弄，在一片黑暗中快感更加敏銳，讓他哭叫得聲音都沙啞了。

「壞狗狗……輕點！拜託你輕點！潘寧……啊啊——」

插到深處、搗弄、狠狠撞擊，每一下都戳在深處最柔軟的那塊軟肉上，原本難以進入的地方，已經稍稍鬆開，似乎已經默許對方再進得更深一些。

潘寧世提著夏知書的腰，大幅度操入抽出，帶出一連串的水聲與肉體拍打聲。聽在夏知書耳中，這些淫靡黏膩的聲音被放大到極致，他雖然什麼都看不到，腦中卻可以勾勒出兩人肉體交纏的靡亂畫面來。

說不上是羞恥更多還是興奮更多，夏知書咬著枕頭，悶哼哼地哭著，歪掉的領帶垂落在臉頰邊，也被不知是淚水、汗水還是口水的液體弄得亂糟糟的。

「主人真壞……如果嫌力道太重，為什麼還要夾我？」潘寧世喘息著，壞心眼地在結腸口用力磨蹭幾下。

夏知書頓時全身上下的骨頭肌肉都酥軟了，甚至因為男人太粗他又縮得太緊，膀胱也被擠壓到，有種快要尿出來的羞恥感。他死死蜷縮著腳趾，小腿肚甚至也因此緊繃顫抖，悶悶地哭道：

「不要這樣……我、我今天不想……唔！」

拉著遮光窗簾的臥室內只有兩盞昏黃的夜燈亮著，大床上雪白纖瘦的人背上壓著赤裸精壯的男人，野獸一般交媾，沒有什麼過多的技巧，潘寧世本來也不會，只有滾燙的肉體彼此碰撞。

床鋪被搖晃得發出不堪重負的聲音，潘寧世身下的撞擊力度也越來越劇烈、越來越快，粗硬的肉棒帶著股凶狠的勁道反覆插入抽出，根盡時連兩顆鼓鼓的囊袋都拍打在肉嘟嘟的臀瓣上，發出黏膩的聲音。

被貫穿的飽脹感不斷累積，夏知書現在的身體十分敏感，碰一下都能讓他進入小高潮，小腹被操得不斷鼓起，他試圖抓著床單往前爬，想擺脫肚子裡不斷入侵搗弄的龐然巨物，也想稍微喘口氣。然而，潘寧世沒有給他機會。

才挪了幾公分出去，夏知書整個人就被掐著腰抓回來，男人騎在他臀上直直往下狠幹，精壯的腰身帶動三十公分的巨物，凶悍地沒入在汁水氾濫的肉穴中。

夏知書幾乎痛哭出來，他真的很爽，可是快感太密集，他實在承受不起，更別說在視覺被剝奪的狀況下，所有感官的敏感度都大大提升，真的有種自己要死掉的畏懼感油然而生。

潘寧世握著他的腰，又把人翻回正面，粗硬的陰莖再次在濕軟到幾乎被操成他形狀的肉穴中轉了一圈，夏知書四肢抽搐地張著嘴連哭都哭不出來了。

身下的人一張巴掌大的小臉，被領帶遮去了三分之一，即使領帶是黑色的，依然能看出眼眶的地方有兩團顏色更深的痕跡，襯得夏知書白皙的臉龐更是白得宛如會透光般。

真的很好看……潘寧世感歎，低下頭在主人半張的嘴上親吻，像隻貪吃不知節制的拉布拉多，勾弄出主人軟滑美味的舌頭，拉進自己嘴裡吸吮嚼弄，嘖嘖出聲。

「快了……再一下下就好……」他含糊地安撫，雙手捧住夏知書的臀部，十指深深陷入臀肉中，動作絲毫沒有放緩，一次次深入，一次次狠狠剮蹭，搗開所有縮緊的腸肉，直到硬碩的肉莖頂開了早就快要把守不住的小口裡。

龜頭用力地輾壓研磨，將身下的人脅得尖叫出來，噴得亂七八糟。

「啊啊！不要這樣！放開我……啊啊！」夏知書的腰不受控制地在男人掌下抽彈，動作大得幾乎要滑出潘寧世懷中，但他被控制在床與塊壘肌肉間，最終只剩下劇烈的顫抖。

不行了……真的要不行了……老是這樣他一把老骨頭真的要承受不住啊……

已經到了最終關頭，潘寧世沉默著沒回應他，如同狂風暴雨般衝撞操幹著，碩大的肉莖狠鑿夏知書的肉道，他今天沒有進太深，龜頭雖然插進了結腸口，沒有順勢插入卻也已經足夠令夏知書瘋狂，捂著鼓起陰莖形狀的肚子幾乎翻白眼。

「壞狗狗……壞狗狗……」他嗚嗚哭著連自己說了什麼都不知道，另一隻手攀上男人的肩膀，勉強用最後一點力氣把人拉下來，仰起脖子胡亂地在男人間頸上啃咬，最後咬在滾動的喉結上。

這上面還有他的牙印，緊緊地圈著那塊突起的軟骨。

潘寧世的動作一僵，他吞了吞口水，就感受到柔軟的嘴唇隨著喉結滑動的鼓起輕輕吸吮，呼吸一瞬間紊亂沉重了不少。

「主人……我喜歡你……我ㄞ……我喜歡你……」他低頭吻上那張唇，輾磨舔吮，勁瘦的腰也挺動得越來越狂野過分，恨不得把自己與夏知書揉合成一個人。

又一波高潮襲來，夏知書有種要被快感滅頂的恐懼與滿足，他胡亂地咬著吻著自己男人的口舌，嗚嗚地哭叫著，然後被男人死死按在肉棒上幹，怎麼推都推不開。

狂亂地抽插後，肚子裡的陰莖又脹大了幾分，接著滾燙的精液噴灑進肉穴深處，夏知書所有崩潰的叫喊都被潘寧世吞下，抽搐狂顫的身軀也被男人緊緊抱在懷中。

粗重雜亂的呼吸聲漸漸平息，夏知書眼睛上的領帶也被解開了，他雙眼無神地看著天花板，潘寧世的臉在他視線中有些模糊，像一隻拆完家後一臉無辜的拉布拉多。

潘副總編今天的精神狀態很奇妙。

要說他神清氣爽嘛，偏偏黑眼圈大到熊貓都自嘆不如，臉色還有點泛青，感覺像是晚上沒睡覺，被妖怪給吸了精氣。

在這種前提下，他跟同事們打招呼的神態又那麼愉快有活力……要不是大家熟悉潘副總編的人品，搞不好會懷疑他吃了什麼管制性藥品。

不知道同事們竊竊私語討論自己異常的精神樣貌，潘寧世今天是隻幸福的拉布拉多，一隻把主人從昨天晚上拆到今天天亮的、備受寵愛的狗狗。

他還記得遮光窗簾沒拉好的邊緣透入陽光的時候，他正覆蓋在夏知書身上，床上的被子跟床單已經毀了大半，浴室的水還噴到外面，腳踏墊濕得踩上去就會噴水，完全失去止滑的功能，空氣中瀰漫的味道複雜又靡亂，不能說很好聞，但潘寧世挺喜歡。

夏知書已經完全失去意識了，他中間曾短暫清醒過，那時候大概是凌晨吧？潘寧世勉強抓回理智，想著自己還要上班，要帶老闆去印刷廠針對紙的事情互相輸贏，必須養精蓄銳才行。

要知道，這三方博奕他甚至上不了牌桌，頂多就是一旁的服務生兼警衛，負責維持秩序跟安撫另外兩方的情緒，必要的時候還得幫忙賣身還債，精神不夠好他怕自己會當場發瘋，那事情就更難處理好了。社畜的自我修養達到滿級的潘副總編，這麼想著，在射了主人一肚子精後，把人撈進浴室裡清洗。

夏知書睏倦地瞇著眼睛從昏迷中醒過來，乖乖地任由自家拉布拉多擺布，連肚子裡的精液都被小心翼翼地弄出來清乾淨。

但不知道是因為微微張著闔不起來的靡紅肉穴觸發了潘寧世的情慾，還是精液往外流的樣子引發了男人的獸性，總之後來兩人就在浴室裡做了兩次，夏知書真的差點以為自己要被幹死了。

熬夜是不好的，熬夜運動更是一點好處也沒有。

白天要上班的社畜，還不怕死地熬夜運動，基本上跟慢性自殺也沒什麼兩樣。

潘副總編在捷運上打瞌睡的時候反省了自己的行為，他年紀也不小了，講真的沒本錢這樣搞，入睡的時候都七點多了，他今天可以晚點進公司也得趕九點半，總共才瞇了一個小時，醒過來的時候嘴角都睡出口水了，簡直比九十歲的老人還不如。

沒關係，午覺睡半小時就能補充體力，他加倍睡了肯定也有點效果吧……他靠在車窗上點著頭安撫自己。

「小潘啊，老闆找你。」總編端著他那個用慣的保溫杯走過來，笑咪咪地拍了拍神遊物外的潘寧世肩膀，「要是印刷廠那邊還是搞不定，就打電話回來給我。」

「謝謝總編。」潘寧世慎重地點頭致謝，帶了必要的東西後衝去敲老闆辦公室的門。

「你昨天為什麼沒有接電話！」梧林的老闆有個很獨特的姓，姓鳳。之所以把公司取名梧林，就是取「鳳棲梧」的含意，他自詡是隻自立自強的九天玄鳳，世界上沒有梧桐樹他就幫自己種出一片梧桐樹林來。

也因為他自認是隻傲然於世的鳳凰，梧林的成績都是他龜毛計較不惜工本換來的，換句話說，他不算慣老闆，因為他給錢很大方，但他非常難搞到大家有時會寧願放棄福利換個慣老闆的地步。有錢沒命花，跟沒錢也沒得花相比，後者比較不會有悲傷的落差感，反正都沒有，沒著沒著也就習慣了。大概。

「我需要下班時間。」潘寧世語調溫和，但寸土不讓。

主要是他昨天很需要跟主人貼貼，再說了昨天晚上跟老闆談任何方案都是無用的，還不如今天直接去印刷廠把事情搞定，施老闆比他這個小社畜更有能量對付鳳老闆。

鳳老闆頓了頓，表情糾結但也沒再說什麼，一肚子氣瞬間沒地方也沒道理發作，整張臉都氣紅了。五十幾歲事業有成的中年人，被逼出鼓著臉頰生悶氣的樣子。

「老闆要出發了嗎？」問的是前往印刷廠的行程。

「走。」好，鳳老闆打定主意，要把這股子氣宣洩在印刷廠身上！畢竟，一切的問題不都是那些紙嗎？

於是，他氣勢洶洶地帶著潘寧世跟司機小王殺到了印刷廠。

就看見一身訂製西裝、身材不錯、比例勻稱還頂著張經過歲月歷練依然俊美的臉的鳳老闆，旋風一樣衝進印刷廠辦公室，不到十秒就傳出拍桌子吼人的聲音了。

潘副總編根本都還沒來得及下車，但也算見怪不怪，慢悠悠地依照自己的步調跟小王打過招呼，檢查好公事包裡的資料，確認今天的行事曆，才下車往廠區走。

整個印刷廠的員工也彷彿沒聽見二樓辦公室傳來的爭吵聲，這都是日常風景了，來就衝二樓辦公室的客戶，九成都是來吵架的。反正機器運轉的聲音也夠大，本來就什麼也聽不見。

迎接潘副總編的是印刷廠第二代老闆施小姐，她一身方便行動的套裝，把及肩長髮束成馬尾，輕快活潑地甩動著，對潘寧世打了個招呼後直接進入正題。

「潘哥，紙的事情讓我爸跟鳳老闆吵，我們先看你家另一套書的封面。」施小姐笑得很開心，畢竟能把燙手山芋丟給爸爸煩惱，她昨晚難得睡了好覺。

「麻煩了。」潘寧世也不想現在就介入爭執中，總要等老闆把心裡那股火氣撒乾淨了，後面才能好好溝通。

「這次的兩套書都挺大手筆啊。」施小姐帶著潘寧世往一樓的小辦公室走。

「是啊，好不容易談下來，我們老闆興奮得不行，就打算在這次書展大辦了。」連攤位都不像以前只有兩攤，而是一口氣搶了六攤下來，打算隔出一個小空間搞沙龍。

辦公室中央的長桌上，是一張封面的打樣，鬱鬱蔥蔥的樹林氛圍寧靜，有種童話故事般的清新，設計得簡約又精緻，一落入眼中彷彿可以看到書中描繪的、位於東京近郊湘南的山林與天空。

書名最後確定為《蟬鳴》，因為日文原名有蟬鳴終將停止的意思，因此「鳴」字宛如夏天的幻景，由上而下水紋般融入了封面圖的森林與天空中。

潘寧世伏案仔仔細細地看，彷彿拿著放大鏡檢視每一顆色粒夠不夠完美漂亮，眉頭是鎖著的，嚴肅的表情更增加了一絲肅殺的氣息。

站在一旁的施小姐看得都有些心慌，也跟著檢查起打樣的封面有沒有哪裡出現問題。

過了大概二十分鐘，潘寧世用各種角度遠近審視過打樣後，捏了捏鼻梁道：「把燈關了，我想看看夜光效果。」

施小姐比了個OK的手勢，拉上所有窗簾，關了日光燈，不多久一抹瀅瀅如水的螢光在幾乎伸手不見五指的空間裡浮現出來。

率先浮現的是書名，先前的《蟬鳴》在夜光效果中呈現出「鳴蟬」兩個字，其中「蟬」字上覆蓋了一層網格紗狀翅膀，應該是蟬的翅膀，與日光下的封面一樣，蟬字與翅膀都從中段往下開始破裂變成細碎的光點飄散，光點落下的地方，也浮現出一些故事裡出現過的關鍵證據或命案線索，整體的氛圍從寧靜平和，變得詭譎又怵目驚心。

螢光封面檢查的時間用了幾乎半小時，中間還開燈補充了一次光源，最終潘寧世沒說什麼，只是靜靜地盯著亮起的辦公室內，寧靜的森林與天空還有融化的那個「鳴」字。

施小姐不敢打擾他，他們也算是合作多年的老熟人了，潘寧世這人在工作上有種嘔心瀝血追求完美的執著，尤其是他特別喜歡的作品，龜毛起來有時候連鳳老闆都得甘拜下風。

差別大概在於鳳老闆脾氣火爆會拍桌子罵人，潘寧世安安靜靜地思考，這過程中你就能明確感受到他的不滿意，接下來就會是漫長的磨合跟嘗試了，非得搞出一個自己滿意的結果。

所以真要說，印刷廠這邊更怕遇到潘寧世這種人，他脾氣好也好溝通，但這也代表他有耐性跟你好聲好氣地溝通到天荒地老。

幸好潘寧世很少出現這種狀況，施小姐這麼多年來只碰過三次，但就是這三次，每次都讓她不堪回首，這時候回想起來忍不住打了個寒顫。

「色差有點大。」過了十幾分鐘，潘寧世終於開口了。

「沒辦法，我們已經盡力了。一般的封面也都是這樣的。」

「紙的上色度不夠好……跟我原本挑的紙落差還是有點大。」

「一樣的問題，不管是鳳老闆想要的紙，還是你原本想要的紙，臺灣都沒有。鳳老闆的紙，硬調還能調到一些，其他的卡海關沒辦法。至於你原本想用的紙，全臺都沒有，海關也沒有，不知道什麼時候才叫得到貨。」

潘寧世聞言沉默，像座雕像般站在長桌邊，彷彿要將桌上的打樣盯出洞來。

「潘哥，說真的，這幾年海運和製造業的情況都不好，你也是知道的，有些東西叫不到貨就是叫不到貨，也不是只有你們家想用，別家也拿不到啊！目前我手上吸墨跟顯色最漂亮，又適合當書封面的紙就是這張了，待會兒也是要推薦給鳳老闆的，這張封面已經比很多市面上的書都漂亮了。」施小姐苦口婆心地勸，她真的沒想到原本打算讓潘寧世看成果後，可以說動他幫忙勸鳳老闆妥協。結果，現在看起來梧林過來的兩個人就要站到同一陣線去了啊！

「夜光效果我也覺得可以再更好……」潘寧世彷彿沒聽見施小姐的勸說，自顧自又表達起對夜光封面的失望：「顏色太黯淡，有些地方的油墨斑駁不夠光滑，吸色跟顯色也不行。」

「潘哥，你知道的，臺灣的現有機器跟印刷技術就擺在這裡，我也知道你想要的效果是什麼，如果有六色機確實可以達到你要的效果，但四色機我能印的已經是最好的了，以前你們家的書不也印過嗎？那時候你也沒說不滿意啊！」

而且那時候的紙還沒有現在這張用得好呢！

施小姐聲音都急了，她不敢想像等一會兒她爸勉強說服了鳳老闆，結果下來卻被潘寧世給背刺後會多抓狂，鳳老闆肯定也會因為找到盟友更加難搞了……奇怪了！她今年沒有犯太歲啊！現在是怎樣！

潘寧世又不回話了，半垂著腦袋不知道在思考什麼。施小姐莫名覺得，他應該在想，要不要把眼前的打樣燒掉。

「潘哥，你要想清楚，這套書是要在國際書展上首賣對吧？今天打樣確定不了，後面的進度一定趕不上，別忘了二月有過年啊！」

一番話讓雕像般的潘副總編震了震，似乎才想到時間已經不夠了，年底一堆印刷品排隊，施家的印刷廠也跟另外幾間出版社有合作，國際書展前那簡直是印到機子要起火的程度。

可是……潘寧世露出痛苦掙扎的表情，他盯著封面想說服自己那偏黃的森林還是很鬱鬱蔥蔥，那片天空也足夠澄澈透亮，而「嗚」字的水紋感也模糊得很清晰……

「再關一次燈我看看。」趕不上時間是最嚴重的，如果藤林月見來書展參加活動，現場卻沒有書可以賣，這個失誤就太致命了。

啪一聲燈關了，過了幾秒後螢光緩緩在黑暗中浮現，施小姐看不到潘寧世的表情，卻隱約能感覺出對方散發出來陣陣失望跟煩躁的氣息，感覺比之前還要更不滿意了。

「妳說六色機可以達到我要的效果？」黑暗中，潘寧世的聲音搭配上隱隱約約的螢光，宛如鬼魅，施小姐縮起肩非常想抱緊自己。

「對，六色機可以達到你要的效果，臺灣雖然目前有兩臺六色機，但排程都是滿的，你肯定插不了隊，也不可能趕上你要的時間。除非你想飛日本，那邊就多數是六色機了，特殊印刷的工藝也比我們更精緻。」施小姐欲哭無淚，她家也想要一臺六色機啊！要知道十幾年前，日本曾法拍過一臺六色機，最後被中國買走了，成交價是兩億啊！

當年她家跟別的認識廠家集資都搶不到，現在她家依然沒有兩億也還是買不到，後來那臺六色機被用在印酒標與酒盒上，據說一年就把兩億賺回來了，簡直慘無人道！她也有很多想印的效果跟顏色，但巧婦難為無米之炊，六色機多棒啊！簡直就是神仙教母給的玻璃鞋！

但話說回來，就算真讓潘寧世搶到時間了，依照他這次的龜毛程度，也不知道要跟對方磨多久，時間還是趕不上的。真是的，也不知道他這次為什麼這麼難搞，站在施小姐的角度來看，這張封面已經可以甩市面上九成封面兩個太陽系遠了好嗎？

日光燈突然亮了，打斷施小姐的滿腹吐槽與抱怨，也喚回了沉思中的潘副總編，兩人同時瞇著眼往門口看，施老闆跟鳳老闆兩個中年男人站在門邊，表情都很嚴肅，凶巴巴地看著兩人。

「怎麼樣？」施老闆率先開口，問的是自己的女兒。

施小姐不知道怎麼回答才不會掃到颱風尾，也可能她就在颱風暴風圈中，颱風尾這種優待她是沒資格享受的。

「就……我正在跟潘哥聊六色機的事情……」嗚嗚，老爸瞪她了，但她也沒辦法啊！她不正在試圖說服潘寧世妥協嗎？

「我打個電話，先失陪一下。」不知道想到什麼，潘寧世突然告了聲罪，也不等在場任何人反應，逕直走出了辦公室後，遠遠地離開轟隆作響的作業區打電話去了。

被留下的三個人大眼瞪小眼——主要是鳳老闆跟施老闆對瞪，像兩頭公牛一樣恨不得用犄角撞死對方。

施小姐則盯著被嫌棄的打樣看，好像越看越覺得確實不怎麼樣，也不是不好，就是這邊那邊都欠缺了點，累積起來就讓人失望了。

所幸，大概是在二樓吵完了，直到潘寧世打完電話回來，辦公室裡沒人說話也沒人吵架，安安靜靜地看著面露喜色的男人。

「施小姐、施大哥，如果，我過年前能把封面拿過來讓你們裝訂加包裝，趕得上國際書展嗎？可以不用第一天就到，二月二十四日當天有藤林月見的簽名見面活動，還有沙龍活動，那天早上送到就行。」

施家父女對視一眼，神情不解地點頭，「趕一下是沒問題，但你打算去哪裡印封面？」

得到確切的答案，潘寧世更加眉飛色舞了。

「老闆，我有個老同學在日本經營一間中等規模的印刷廠，我問過了，他有時間排給我，而且他們也有你想用的那種紙！所以我想，不如我們把藤林老師的書跟荒川老師的書封面都送日本印，印完寄回來裝訂吧！我願意去日本跟對方討論簽約還有盯進度！」

施小姐控制不住地倒抽一口氣，這得花多少錢啊！雖然可以用六色機，但有必要嗎？

這個問題，鳳老闆給出了解答：「很好，就這麼辦！」

雖然夏知書沒談過正常的戀愛，畢竟他跟藤林月見那一段戀情，無論從開始還是結束，甚至中間的過程，都很扭曲到他無法回憶的地步。而他也不確定自己到底算不算在跟潘寧世談戀愛，總覺得現在這樣絕對哪裡有問題。

先不說他可愛的拉布拉多很少在家，他可以理解工作很忙，所以家裡變宿舍的狀態，他也還在適應再次與人一起生活的感覺，因此循序漸進地來，是件好事。

但所謂的循序漸進，應該不包含早上起床收到訊息，才發現自己的男朋友搭了紅眼班機殺去日本的事情吧？他甚至不確定潘寧世昨晚有沒有回家整理行李，因為他還在前一天過度性愛的疲倦中，睡得很早。

夏知書愣愣地看著訊息半天沒回神，難得回想起當年跟藤林月見談戀愛時的點點滴滴。

要說他們兩個怎麼從表兄弟進展成戀人，細節已經記不大清楚了，反正某一天，藤林月見告白了，說不想再繼續當他的哥哥，希望兩人能成為更親密的關係。

夏知書當下有種「果然走到這一步啊」的感嘆，以往與藤林相處時那種隔著一層紗窗紙的曖昧失重心情，瞬間就安定了下來。

他笑著對藤林月見點頭，主動吻上了對方——這並不是他們之間的初吻，第一個吻早在他們都還是稚嫩少年的時候就失去了。可以說，藤林月見承載了夏知書人生中許多的第一次。

他第一次想嘗試所謂的「愛情」是什麼，第一次親吻、第一次性愛、第一次與人親密得不分你我，第一次知道什麼是吃醋、什麼是被吃醋後的甜蜜、什麼是心癢的感覺……對了，還有第一次看到大動脈的鮮血是如何噴濺出來。

房間很溫暖，夏知書還是打了個寒顫。不管他現在到底還害不害怕，想到藤林月見的某些時刻，依然令他控制不住地發抖，這是生理反應，可能還需要一些時間排解，或者一輩子都無解。

但令他困擾的是另外一件事情，沒錯，他今天才赫然驚覺，潘寧世跟藤林月見簡直像是光譜的兩極。

身為暢銷作家，藤林月見經常會在國內外跑一些見面會、簽名會之類的行程，其實藤林本身並不喜歡這種行程，可以的話幾乎不會答應，即使如此那些推拒不了的行程，也足夠排滿他願意擠出來的時間。但無論去哪裡，藤林月見都一定要帶著夏知書，從不考慮夏知書願不願意、有沒有空、工作是否安排得過來。

甚至有一次，夏知書記得自己明確拒絕了，因為那時候他剛在翻譯界站穩腳步，接到了藤林以外的一個前輩大作家隔了三年才出版的話題之作。那套書會到他手上完全是個意外，原本的翻譯譯到一半跟出版社起了齟齬，鬧到最後擺爛，後半本都亂譯，你讓他改他改，但就是不改好隨便來，偏偏作品內容中有牽扯到專業領域的劇情，需要大量查找資料。

搞到最後，出版社那邊也是煩得要死，編輯勉強還是把書潤得能見人，就算讀者有意見，但怎麼說呢，大家也真的有心無力沒辦法了，出版社打算乾脆硬著頭皮出版了，如果要修改到好就會影響出版進度，乾脆大家一起擺爛算了。

然後這一擺爛就遭到讀者群起抵制，鬧到前輩作家面前，翻譯品質令看不懂中文的作家氣得想殺人。

前輩作家有看得懂中文的朋友，把網路上的消息翻譯成日文轉達，作家當場想反悔不賣版權，寧願出違約金。出版社最後把負責團隊帶去當面謝罪才勉強獲得一次改正的機會。最後這個案子才輾轉落到夏知書手裡，給他的時間卻很緊急，出版行程就在那裡，拖延也拖延不了太久。

所以夏知書打算花費所有時間精力在這本書上，畢竟他對前輩作家也是久仰大名，是藤林月見的少數朋友，能接下書稿也是因為藤林月見的推薦。

但本質上藤林月見不喜歡夏知書接別人的書稿，即使是他推薦的工作也不能妨礙到兩人相處的時間。所以，那天趁著夏知書忙了一天腦袋當機昏睡時，直接把人打包上了飛機。

夏知書是在頭等艙的椅子上醒過來的，整個人嚇到差點慘叫，把正打算問他早餐要吃什麼的空姐也嚇了一大跳。

類似的事件發生過很多次，他們在一起的那幾年，夏知書差點連葉盼南這個朋友也沒保住。

回過頭來，潘寧世就完全不一樣，仔細想想，他好像從沒告訴過夏知書自己的行程跟安排。即使住在一起了，潘寧世也沒有因為他們剛交往，理論上是熱戀期而減少工作時間。這個月以來他們見面的次數偏少，難得有時間相處還總往床上跑，好像除了做愛他們兩個不知道該怎麼跟對方相處一樣。

訊息倒是還算多，潘寧世有空的時候會跟夏知書分享自己的工作、生活還有心情，但怎麼說呢……夏知書往上拉了拉訊息，最新一則訊息是：我要去日本出差大概三週到一個月，可能會在這邊過年，你有什麼安排都不用顧慮我，抱歉啊！過年不能陪你。等我回去會帶禮物給你的！喜歡什麼記得告訴我。

後面加了一個道歉的可憐兮兮香蕉貼圖，還有一個飛吻的香蕉貼圖……夏知書看著卡通香蕉，不由自主笑了。

再往上的訊息是說明他對印刷廠的封面不滿意，跟他分享了一下自己對油墨、色彩還有紙張的失望，然後交代他要好好休息，不要忘記吃東西。

隻字未提要去日本的事情，夏知書還安慰了幾句，封面設計他是看過的，感覺臺灣的印刷廠應該也能印出很漂亮的成品。

然後他們還聊了幾句，他拍了昨天的下午茶給潘寧世看，雖然牛肉麵還不成功，但他順利做出了漂亮的格子鬆餅，就是不知道為什麼吃起來泛苦，澀味也很重，大概是小蘇打放太多了吧？

仔細想想這樣真的很奇怪不是嗎？為什麼潘寧世沒跟他說過自己要去日本的事情？雖然因為是

工作，當然不會問他要不要同行，可是所謂的「事先通知」應該不是指上飛機前才傳訊息告知吧？

接下來他們有三週到一個月的時間不會見面，在熱戀期的狀況下，難道不應該起碼昨晚要跟他溫存一下嗎？不說做愛，親親抱抱也該有點吧？出門前的道別呢？

而且現在這個時間，夏知書看了下手機上顯示的數字，除非潘寧世飛到世界盡頭去了，否則應該早就下飛機了，為什麼沒有傳訊息來報個平安呢？

莫名患得患失的心情讓夏知書整個人都不好了，腦中回想起先前跟盧淵然的對話。

盧淵然說過，潘寧世對感情很遲鈍，或者更準確地說，潘寧世對愛情很遲鈍，他不覺得自己適合這種情感，也不知道該怎麼處理這種關係，甚至是畏懼害怕的。

雖然嘴巴上說著想談戀愛，但他的選擇卻是上網找人約砲。被拒絕後，潘寧世總是縮得特別快還特別果決，對方想再找他聊聊是不可能的，唯一的例外大概就是夏知書了。

總覺得好像抓到了什麼想法，但一眨眼又跑掉了，夏知書嘆口氣，他自己也不是懂這種感情的人，更別說愛情這玩意兒在他這邊，向來跟悲劇畫上等號。

所以他跟潘寧世應該不是愛情吧？他支著下巴，仔仔細細把這段時間跟潘寧世聊天的內容都看了一回，與他先前跟藤林月見曖昧的時候完全不一樣，更遑論在一起後那種處處透露著濃烈情感的對話。

他跟潘寧世的聊天很平淡也很日常，也不是說不甜蜜，但真的沒有太多傳統上情侶間愛來愛去的對話，頂多偶爾打趣說點「主人想念小狗狗了，今天是不是隻乖狗狗啊？」之類的調戲，潘寧世就會回他「汪汪」然後分享自己今天的生活，多數都跟工作有關，比如誰拖稿了、誰失聯了、哪個廠商的樣品出問題了、老闆又任性了、主編喝了三杯枸杞茶等等。

怎麼說呢，突然有點想自家的狗狗了……

——你順利到達日本了嗎？在忙嗎？

一條訊息出去，等了幾分鐘還是沒讀，應該是正在忙碌吧……還是根本忘記開漫遊了？

一股說不出理由的煩燥突然湧現心頭，夏知書把手機扔在床上，還是看不順眼，抓起枕頭狠狠砸了幾下，這才有點喘吁吁地趴回床上抓回手機，遲疑著要不要再發一條訊息出去。

但要說什麼呢？

你為什麼昨天沒跟我說要去日本出差的事情？不好不好，感覺太過無理取鬧，這是潘寧世的工作，他不是一定要跟自己報備的。

你離開前為什麼沒叫醒我跟我道別？好像可以……不好不好，潘寧世肯定是擔心吵醒他讓他睡不好，這是對方的體貼，他應該坦然接受才對……

下次離開前可以把我叫醒，我想跟你說再見，不然很寂寞……嗯……夏知書撫了撫胸，根本也沒到這種程度，他只是很訝異，畢竟跟他以前的經驗不一樣，說寂寞也沒到這種程度……大概啦。

希望你出差順利，有空給我打電話吧？我很擔心可愛的狗狗在沒有主人的地方會不會寂寞呢？

夏知書很滿意，他可以想像潘寧世看到這則訊息時，會露出怎樣的表情，耳朵肯定會紅透，搞不好會紅到臉上跟脖子上，然後會告訴他自己也有點寂寞，想主人了之類的……也可能會跟他分享一些工作上的事情，搞不好還會打電話給他。

心情變好，夏知書哼著歌，爬下床決定再挑戰一次格子鬆餅，這次的小蘇打粉一定要嚴格依照食譜，他連電子秤都買回來了！一公克都秤得出來。

今天的格子鬆餅很成功，廚房殺手夏知書終於做出了味道正常的食物，雖然偏甜而且麵糊沒有真的膨起來，整體口感有點像餅乾，但搭配鮮奶油還是很好吃的。

他還加了一整盒的草莓跟一管煉乳，有油跟糖，就不會出現難以下嚥的食物。

晚餐他吃了第九次試作的牛肉麵，竟然也成功了！每一種香料的味道都恰到好處，不過鹹、不過甜、不會苦也不會澀，連手桿麵都……廣泛來說是成功的，只要把麵疙瘩也算麵的話。

但不管怎樣，牛肉湯成功了，等潘寧世從日本出差回來，他就能做一碗牛肉麵幫對方洗塵。想想就非常期待。

儘管麵疙瘩有點糊掉，導致放進牛肉湯裡後，湯變得又糊又鹹，但還是可以吃的，夏知書吃了一大碗。

吃太撐，他下樓散步，走了四十分鐘後回家，帶了宵夜的食材——雞蛋、肉鬆、火腿跟麵粉。古早味粉漿蛋餅好像沒有很難，他想試試看。

跟著網路的教學完成粉漿後，據說要靜置十二小時，這樣會變成明天早餐，他今天的宵夜沒有了，也許改成法國吐司？剛好他前幾天買了法國麵包，現在孤零零地躺在廚房一角，乾枯又滄桑，牛奶跟雞蛋應該可以讓它重獲新生吧？可惜，牛奶只剩一點，遠遠不到食譜推薦的數量，那……加豆漿下去？夏知書看著還有半罐的豆漿，咖啡廳都能用豆漿代替牛奶，法國吐司肯定也可以。

一切都順利得不可思議，雖然成品看起來有點殘破，鍋子稍微燒焦了，正泡在水裡等明天搶救，空氣裡瀰漫著奶油的香味跟糊味，複雜且層次豐富，稍微擺個盤倒是挺能唬人的。

夏知書得意得不行，拍了張照發上了IG，還傳給葉盼南夫妻炫耀。

現在是半夜兩點四十七分，他在撒了糖粉的法國吐司上淋上金黃燦爛的蜂蜜，還點綴了聖女番茄、黃金奇異果跟兩大坨鮮奶油。

喀嚓，他又拍了一張照，捨不得吃難得第一次就成功的食物，他甚至沒有燒壞任何一把可憐的鍋子，只是燒焦了一點點。

今天的一切都很順利，幾乎實現他所有的心願，只除了……

打開手機拉開訊息，夏知書送出剛剛那張照片，上一則訊息是：希望你出差順利，有空給我打電話吧？我很擔心可愛的狗狗在沒有主人的地方會不會寂寞呢？

他的拉布拉多，沒讀也沒回他的訊息。

潘寧世是突然從睡夢中驚醒的。

用一種彷彿謀殺現場屍體的姿勢醒過來。

身上的西裝被壓得皺巴巴的，連最合身的馬甲都是皺的，棉被在他臉上擠壓出錯綜複雜的痕跡，唯一巍峨不動的大概就是他的髮型，不得不說髮膠真的任重道遠。

因為醒過來的時候脖子挺得太猛，發出喀擦一聲，日常與推理小說相伴的潘副總編一瞬間想到的就是——被扭斷脖子的人死前一秒應該就是聽到這種聲音吧？

至於為什麼會突然驚醒，一則是他鼻子埋在棉被中，窒息造成的痛苦讓他醒過來。另一則就是他突然被某件自己還沒想起來的未盡事宜驚醒，心頭慌慌的，還因為抬頭的同時打了個大噴嚏，導致脖子扭得更嚴重了。

好痛……潘副總編再次屍體一樣倒回床上，雙目失神地看著陌生房間的某個角落。

這裡是哪裡？他為什麼沒有在自己家裡？主人呢？

嗯……

靠北！潘寧世再次從床上彈起來，他想起來自己未盡的到底是哪件事了！

顧不得應該已經扭傷了脖子，他伸著歪一側的脖子姿勢詭異地拉開自己的行李箱，拿出筆記型電腦跟手機。沒有開漫遊，因為是長期出差，他在日本有專用的手機，自然聯繫不到臺灣的親朋好友跟公司。得開電腦才能聯絡到大家——主要是他的主人。

一上線，訊息排山倒海一般襲來，有工作上的、有家人給的，有其他商家的廣告等等，一整排未讀的紅圈圈。

最上面的訊息框來自於他親愛的主人夏知書，發訊息時間是三點五十二分，距離現在約莫十多分鐘前。

潘寧世連忙點開看，落入眼底的是一張色彩繽紛的照片，那是一盤看起來很美味的法國吐司？這個時間點哪來的店吃法國吐司？潘寧世不自覺微微蹙眉，這盤法國吐司看起來沒有多好，乍看之下賣相不錯，擺盤很清新又豐盈，聖女番茄的紅、黃金奇異果的黃、蜂蜜的琥珀色在燈光下都浮現一層璀璨的光澤……嘖！

是葉盼南或商維做的嗎？潘寧世按捺下心頭的煩躁推測，能出現在夏知書訊息中的食物照片寥寥可數，有此殊榮的除了大牌蛋糕店外，就只有葉盼南商維夫妻的料理了。

但這個時間點……潘寧世眉頭皺得九彎十八拐，心情更加煩燥了幾分，隔著電腦螢幕都快把那張照片瞪穿。

自從他跟夏知書在一起後，他與那對夫妻就沒再見過面，頂多就是跟葉盼南有在最開始聊過幾句LINE，對方說：打擾熱戀中的情人會被馬踢，雖然臺灣沒有馬，但我家小孩有兩臺鐵馬。為求平安，放心我跟我太太短時間內都不會去打擾兩位，請好好過你們的兩人世界吧！

潘寧世用自己十五年資深編輯的敏感度發誓，雖然葉盼南沒有用任何貼圖跟表情符號，甚至沒有用波浪號，但他還是感受到那顆驚嘆號已經長出翅膀飛起來了，宛如葉盼南飛翔愉快的心情。

在這個前提下，肯定不會是葉盼南夫妻去做的，更別說在半夜三更的時間點做什麼法國吐司，這對夫妻基於對夏知書的照顧，這個時間點最可能端上桌的宵夜不是粥就是雞湯。

彷彿有一隻爪子在潘寧世胸口跟胃部亮出尖銳的指甲抓撓，搞得他胸悶又想吐。

先冷靜一點，看看主人在貼照片前說了什麼吧？潘副總編畢竟是個成熟的大人，他閉上眼想深呼吸，結果發現因為脖子扭傷歪著頭無法順利深呼吸，整個人又暴躁了幾分。

希望你出差順利，有空給我打電話吧？我很擔心可愛的狗狗在沒有主人的地方會不會寂寞呢？

你順利到達日本了嗎？在忙嗎？

兩條訊息進入眼中，潘副總編歪著腦袋，露出一抹傻笑，心裡一邊自責沒有早點看到訊息、回應訊息，主人肯定等得很焦急吧？一邊糾結著到底回文字訊息就好，還是打個電話回去？

畢竟照片張貼時間在二十分鐘前，理論上夏知書還沒睡，對方也說了等自己有空打電話過去，他也真的想聽聽主人的聲音了。

畢竟今天……不對已經是昨天了，他為了搭乘紅眼班機到日本出差，留在公司處理手上的工作，能交接給別人的交接，不能交接又來不及完成的整理好帶走，到日本繼續處理，所以等他回家拿行李的時候，已經接近凌晨兩點了。

飛機是五點的，他必須要盡快出門才行。

潘寧世還記得，打開門的時候迎接自己的不是伸手不見五指的黑暗，遮光窗簾是拉著的，以前他家除了臥室並不用遮光窗簾，但夏知書搬進來後把窗簾都換過了。

可能是在日本養成的習慣？潘寧世沒問，他也真的有心無力，搬入後所有的布置調整都是夏知書跟商維，偶爾還有兩個小朋友一起完成，他負責讚歎跟分擔費用。

一盞落地燈亮著，暖黃的燈光雖然昏暗，卻讓人覺得溫暖，照亮了從玄關到臥室門口這段路。這也是夏知書的習慣，通常身為夜貓子夏知書會等門，一邊處理自己的工作。雖然翻譯的工作暫時休息，酒吧那邊的工作主要靠店長跟合夥人負責，但他也還是有些文件跟報表要看的。

有時候夏知書睏了先睡時，就會留一盞燈給潘寧世，像現在這樣。

原本這個時間點夏知書都還醒著，猜到應該是昨天通宵做愛還沒休息過來，才會睡這麼早，潘寧世就更小心放輕自己的動作，深怕吵醒對方。

他們現在睡同一間房，臥室裡飄散著屬於夏知書的味道，輕緩柔軟又帶著點清凜的甜蜜，因為天氣很冷，嬌小的人整個埋在被窩裡，只露出一頭柔軟捲曲的頭髮，還有半張臉。

夏知書睡得很熟，潘寧世整理衣物的動靜完全沒有驚擾他，甚至連個哼哼聲都沒發出來，中間就翻了一次身，細弱的鼾聲像小貓咪的肉墊，靈巧地踩在潘寧世心頭。

大概只花了十五分鐘的時間，潘寧世就整理好接下來一個月的行李。他是去工作的，除了幾套換洗衣物外就是工作要用的東西。老闆在東京近郊有棟小公寓，專門用在出差時暫住，有錢人真的毫無人性。

機場接送車還要二十分鐘左右才會到，他乾脆在床邊席地而坐，盯著睡夢中的夏知書看，幾乎捨不得眨眼。

其實，他想過問夏知書要不要跟他一起去日本，但考慮到自己這次肩負嚴峻的任務，除了跑印務外，還有個困擾出版社好幾年的問題要順便解決，後面這項任務才是真正的大麻煩，他搞不好完全沒精力陪伴夏知書。

雖然夏知書人生過半時間都住在日本，自己肯定也能過得開開心心，他記得夏知書的阿姨、姨丈就是日本人，應該可以藉機拜訪一下長輩。

但是……腦中回想起《蟬鳴》的內容，他還是沒辦法不把蟬衣跟夏知書重疊。

藤林月見不愧是暢銷作者，文筆好得可怕，加上他最擅長的就是人物塑造，筆下的每個角色即使獵奇怪誕，也像是生活中會遇上的某個人，加上這兩人先前的淵源，就是潘寧世再遲鈍也不可能發現不了，書裡的情節某程度上影射了藤林月見跟夏知書的過往。

故事最後，蟬衣離開自己生活了二十年的地方，他什麼也沒帶，處理掉了曾經充滿回憶的東西和住所，帶著一身還沒痊癒的傷痕，近乎逃難般孑然一身地踏上幼年生活過的土地，那片送走他父母的地方。竹間卯陪著蟬衣離開了，他們一起把過往遠遠地丟掉，身邊依然只剩下彼此，迎接屬於他們的新生。

閱讀起來確實暢快淋漓，蝸牛的譯筆也令中譯本在原著的基礎上，增添了一絲柔軟親和，既保留了藤林的凜冽濃豔筆調，又讓人不至於被相輔相成的緊湊獵奇劇情壓迫得喘不過氣。

但同時，潘寧世也不禁想，身為角色原型的夏知書，在翻譯這本書的時候，是什麼感覺呢？

被窩裡的人不知道是感覺到凝聚在自己身上的視線，還是單純覺得冷，往軟呼呼的羽毛被裡又縮了縮，剩下一雙緊閉的眼睛還露在外頭。

眼睫毛真長啊……潘寧世沒控制住，用手指撥了撥長而翹的睫毛，指尖觸感茸茸癢癢的，一路癢到了心底。

「你想跟我去日本嗎？」他小聲問熟睡中的人，大概是篤定對方聽不見自己說的話，潘寧世難得大膽起來：「帶我去看你生活過的地方，可以嗎？那些寫在書裡的地點是不是你都跟藤林去過？我可不可以也去看看？主人……夏知書……夏夏，我很想去看看。」

回應他的是柔軟的細微呼吸聲，夏知書的眼睛好像彎了彎，不知道是夢到了什麼開心的事情，表情透露著明顯的愉快。

潘寧世不是沒想過叫醒夏知書跟他道別，畢竟這一離開就是三週到一個月，雖然這段時間他因為忙碌，也並沒有天天跟夏知書見面說話，但總是隨時可以傳訊息聊天的。

可是……指尖從眼睫毛撫向鼻梁再往上挪到額頭，輕揉了下落在額上的捲髮，觸感真的很好。還是別吵醒主人了，畢竟潘拉拉可是押著人做了一個通宵，對十幾歲的少年來說可能睡個幾小時就生龍活虎了，他們這把年紀如果想活到九十九，最好還是多休息點，回復體力。

直到登機前，潘寧世擔心自己到日本一忙起來會忘記跟主人報備行程，這才緊急在最後關頭傳了訊息道別。

果不其然，一落地潘副總編就忙得腳不沾地，出關時間接近九點，他隨即開始工作，搭車前往老友的印刷廠，地點在埼玉縣與東京接壤的郊外，附近都是些小工廠，單程電車要兩小時接近三小時，還不巧遇到有人跳軌……怎麼說呢，這條路線本來就是跳車熱門路線，每個月好幾起。

因為算急件，雖然有時間排給他們，但這兩三天就要把細節溝通好，打樣後沒問題就要開始印刷，起手無回。一路忙到下午六點，被久沒見面的老友抓去吃飯喝酒，回到東京宿舍的時候已經快要十二點了。

潘寧世打開房門前想著，先洗個澡然後拿電腦出來處理一些訊息跟郵件，最重要的是得跟主人聯絡，他這麼突然離開，主人一定很掛念的，不知道有沒有傳訊息給自己？

然後他不小心被地毯絆倒摔在床鋪上，意識直接就斷線，連一秒的掙扎時間都沒有。

所以回到現在，到底是誰做了那盤法國吐司？為什麼有人會在半夜，在他跟夏知書生活的家裡，製作一份刻意擺盤過的法國吐司投餵他的主人？

順帶一提，那三片還是四片法國吐司看起來讓人一點食欲都沒有，破爛得像牛的反芻物。

潘寧世惡毒地在心裡評價，終究還是忍耐不住打了語音訊息過去。

熟悉的鈴聲響了幾秒後，被接通了。果然，夏知書還沒有休息。

『誰家的拉布拉多半夜偷玩電話？』帶笑的調侃傳出耳機，在潘寧世耳中像羽毛般搔著。

「夏知書家的。」潘拉拉真誠回答。

對面停頓了一下後，傳來了一串愉快的笑聲。

『果然是拉布拉多，做完壞事後就知道擺無辜臉討好主人。』夏知書笑著嘆口氣，語調柔軟問：『乖狗狗是不是想主人了？』

是，想得要命，更想知道那盤法國吐司到底是誰做的。

「很想，對不起，今天太忙了，剛剛才想到回你的訊息。」

『沒關係，工作重要，你本來就是這樣的人。』聲音聽起來確實毫不在意，似乎能接到這通電話，夏知書已經很滿意了。

潘拉拉控制不住地感到內疚，可即使如此，他還是想知道主人身邊到底還有哪隻不知天高地厚的狗？

『對了，你看到那張法國吐司的照片了嗎？覺得怎樣？』夏知書詢問的語氣很高昂，這讓潘寧世立刻警覺起來。

「看到了，擺盤……很漂亮。」不能一開口就批評，潘寧世安撫自己，就像教育新人一樣，多鼓勵多讚美，等對方卸下心防後再講正事，和平友善的工作環境就靠這一招了。

『對吧？我還是第一次做法國吐司，沒想到這麼成功！』夏知書興高采烈地回應，完全沒意識到他心目中乖巧坦率又真誠的拉布拉多，竟然想對主人耍花招。

第一次做？潘寧世要是有尾巴，現在已經搖成螺旋槳了。

所以沒有其他需要咬死的狗，只有他親愛的主人！

「很棒，我從來沒看過賣相這麼好，看起來這麼好吃的法國吐司。」潘副總編有一把好嗓子，低柔溫和猶如中提琴的聲線，聽起來總是特別真誠、特別有說服力。

『那你要不要跟主人分享這份難得的宵夜？』

「好……」

『那麼，打開視訊吧。』

原本他們確實只是開視訊聊天。

夏知書吃東西很慢，法國吐司在兩人打開視訊的時候看起來像還沒動過一樣，不知何時被換成黃光的室內燈落下，氣氛美好又靜謐，搭配原木系的家具，不說還真的挺像身處在某個充滿設計感的文青咖啡廳。

他們聊著今天發生的大小事，潘寧世說起自己跟老友的過往，兩人是大學校友，老友一開始對日文毫無興趣，甚至對漫畫小說都沒興趣，喜歡的是老電影，讀的是工業設計，當初是為了追女孩子才加入了日本推理小說社。後來女朋友沒追到，卻迷上了日系推理小說，成為一個比潘寧世、葉盼南等人還要狂熱的日本文化迷，畢業後就找了間日商公司工作，不知不覺就跟個日本女孩結婚，入贅到對方家繼承了印刷廠。

今天他們吃飯的時候朋友才說到，他會迷上日本推理小說的契機跟潘寧世有關，一開始他是真的完全沒興趣，每次參加社團活動只是為了看喜歡的女孩，直到某次他參加了潘寧世的朗讀會後才漸漸被吸引住。

「你真的應該聽聽看你自己的朗讀，當年社團裡有多少人都是因為你的朗讀會迷上那些作品的。」老友喝著酒感慨：「要不是有你，我都想像不到自己現在會在日本生活，還娶了日本老婆，在日本搞印刷業。」

潘寧世只是笑笑，他當年只是想分享自己喜歡的作家跟作品，大家會喜歡跟他的關係不大，單純是因為作者很棒。

「所以你會成為編輯，我倒是一點都不意外。」老友繼續感嘆：「當年大家都猜，你要不是幹翻譯，就絕對會進出版社幹編輯，像你這麼喜歡書還愛把書推薦給別人的不多了，更別說你還特別有說服力。」

聽潘寧世說到這裡，夏知書笑出來，他嘴巴上方沾了一點糖粉跟蜂蜜的痕跡，搭配著彎彎的眼眸，潘寧世突然覺得這個世界最美好的一秒，大概就是現在。

「我很認同你朋友說的。」他點點頭，眼中是燦燦的光芒，「當初我願意接下月見這本書，主要是因為你。」雖然一開始只是因為潘寧世的長相剛好符合自己喜好，但接觸過後卻是被對方的熱情感動了。

「我其實不懂你們為什麼都這麼說，我會成為編輯只是因為梧林叫我去面試，給的薪水也不錯，剛好又是日系推理翻譯為主的出版社，才決定入職的。」潘寧世眉心微皺，一臉困惑不解。

夏知書挑了挑眉，不在這件事上多費時間，而是轉頭說起自己今天從廚房裡獲得的三場勝利，得意得不行。

「等你回來了，我就可以煮一碗好吃的牛肉麵給你吃了。」手工麵可能無法成功，但機器麵到處都有，只要湯成功就夠了。

潘寧世耳尖發紅，雙目亮晶晶的，不用說什麼就足夠讓人感受到他的興奮與期待。

第五章

這個問題的答案很明顯，難道還需要我說出來？

法國吐司最後沒能吃完，到底事情是怎麼發生的？潘寧世扯著領帶，眼眶發紅，腦子已經差不多失去思考了。

好像是，夏知書問他想不想舔一口鮮奶油試試？

隔著電腦螢幕，怎麼可能舔得到？這應該只是一種情侶間的調情，潘寧世從耳尖一路紅到脖子，整張臉也泛紅了，他呼吸微亂地點點頭，對接下來的事情滿是期待。

事態完全超出他大腦可以想像的極限。

原本他的想像中，夏知書會用自己泛粉的指尖沾著鮮奶油，在他面前一點一點舔掉，然後露出笑容說：「甜甜的，很好吃。」諸如此類，接著用舌尖舔掉嘴唇上殘留的鮮奶油。

光這點想像，潘寧世合身的西裝褲就鼓起好大一塊，幾乎要撐破彈性沒那麼好的布料，憋得他隱隱發痛。

殊不知，發生在他眼前的景像，是他連作夢都不敢想的。

夏知書把視訊角度降低，臉在螢幕之外，只露出一點小巧的尖尖下巴，修長的脖子在暖黃燈光下柔軟又脆弱，隨著呼吸，喉結不時地滾動一下。

胸口、腰腹一直到胯部，潘寧世才發現，原來對方今天只穿了單薄的短褲，版型很大，布料現在皺皺的擠在一起，夏知書似乎覺得不舒服，乾脆俐落地把短褲脫掉，露出了裡面的合身四角褲。

『你想看嗎？』聲音從螢幕外傳來，帶著笑意與魚鉤般的引誘，潘寧世咕嘟嚥了一口唾液，頓時感覺口乾舌燥起來。

已經是隻成熟大狗狗的潘拉拉不會愚蠢到問主人要看什麼，但是……雖然房間裡沒有其他人，潘寧世還是控制不住掃視了房間一圈，典型的日式單身公寓，1DK的大小，因為臥室門沒關，所以幾乎可以一覽無遺。

通往陽臺的落地窗窗簾是拉上的，臥室裡的大窗也是拉著窗簾的，他想了想還是從床上起來，關上臥室門後上鎖，才又回到床上扯鬆自己的領帶，解開了最上面的三顆扣子，露出了乳溝最上面那一片，還有凌厲的鎖骨。

先前帶著涼意的空氣滾燙了起來，隔著螢幕似乎也能感受到對面的夏知書呼吸也急促沉重了不少，四角褲可明顯看到撐起一個鼓包。

男人的生理反應向來都是那麼坦率又迅速，在時差僅有一小時的兩個地點，隔著一片海與冰冷的螢幕，他們卻都彷彿可以聞到專屬於對方的味道，感受到對方升高的體溫，似乎連喘息的熱氣都噴在心口上，掃過敏感的耳畔。

「主人，我想看。」

夏知書輕輕顫抖了下，呼吸又重了幾分。他的手指在內褲邊緣勾了勾，隨後一點一點往下扯，很快就被鼓起的部位卡著，手指脫離鬆緊帶，反彈回去後發出啪的一聲。

即使只看得到側面，潘寧世還是覺得自己好像看到渾圓有彈性的臀肉因為這一下顫抖的模樣。咕嘟。他有種自己明明什麼都還沒看到，卻已經快要燒起來的感覺，呼吸燙得他腦子也跟著發燙，眼神死死地盯著將露未露的部位，牙齦都癢了起來，想啃點什麼軟軟又硬硬的東西。

『可惜你不在主人身邊，沒有人幫我脫……』夏知書嘆息了一聲。

潘寧世不受控制地朝螢幕伸手，指尖觸碰到堅硬的液晶顯示幕後才回過神，不甘心地咬牙。

「主人，拜託，我很乖，請讓我看。」潘寧世要真是一隻狗，現在耳朵應該都是垮的，哼哼唧唧地裝可憐。

但即使他不是一隻狗，而是一個身高超過一百九、表情嚴肅的高大男人，夏知書還是被一擊擊中，動了動手只恨不得把人拖出螢幕抱在懷裡揉。

養這隻狗真的不虧……他感慨，自己的寵物自己寵，不能總是釣著不給好處，要時不時給點甜頭才行。

『那接下來無論主人做什麼，狗狗都不能碰自己的陰莖，可以嗎？做不到，主人就不給你看了。』但，該懲罰的時候也不能手軟。

夏知書可還沒有忘記，潘拉拉沒跟自己道別就出差，還一整天沒回自己消息的鬱悶。雖然潘寧世不是存心的，工作忙碌也是正常的，大家都是成年人了本該互相體諒。

但是，表達一點不滿，難道不是主人的權利嗎？

潘寧世立刻皺眉，他心情燥熱又焦躁，很想一口答應但又怕自己會後悔，整個人糾結得要命。思索片刻，他果斷把視訊螢幕往下調整，並伸手把自己的襯衫釦子全開了，抽掉皮帶扯出衣襬，褲頭的釦子也解了，拉鍊拉下一半，鼓脹的陰莖硬得差點綳裂半開的拉鍊，夏知書恍然地伸手抹了下螢幕，彷彿看到熱氣氤氳的畫面。

「主人捨得嗎？」潘寧世略為壓低了聲音，他對自己的長相沒有什麼自信，頂多算得上完整。可對身材跟聲音卻很有自信，要知道每一次約砲只要沒露陰莖，對方都會被他的身材跟聲音迷得暈頭轉向，多少人見面十分鐘內就會想方設法地摸他胸肌跟腹肌呢？

他親愛的主人肯定不會是例外。

果然，螢幕那頭的夏知書臉色潮紅，有些氣急敗壞地瞪著若隱若現的腹肌跟胸肌，日本宿舍的燈光也是暖黃的，光影下竟有種雕像的美感，但隨著呼吸起伏的肌肉，又沒有雕像那種冷淡的距離感，反而另有種滾燙的、肉慾的美感，讓人幾乎想湊上前去舔。

太可怕了……他的拉布拉多竟然懂得使壞了！

「壞狗狗……」夏知書呢喃聲，深深喘了一口氣，「那主人不能給你看，壞狗狗應該要被懲罰不是嗎？」

潘寧世也抽了一口氣，因為說著要懲罰他的夏知書把內褲又往下拉了拉，眼看挺起的陰莖就要掙脫出布料的束縛時，鬆緊帶又啪一聲打在肉上，擋住了一片春光。

累了接近四十八小時，才睡了短短兩小時的潘副總編輯，眼眶充血，近乎狠戾地盯著那片單薄的布料，恨不得自己就在主人身邊，伸手就可以扯掉多方便！

但是不行，他不能答應主人的要求，他知道自己一定會後悔，後悔到忍不住到健身房讓沙包打自己。

所以潘寧世清了清喉嚨，嘶啞著聲音問：「主人不是問我想不想舔鮮奶油嗎？我想舔……」換個話題應該可以吧？

「喔。」夏知書淡淡地應了聲，輕笑道：「我原本是打算把鮮奶油抹在那裡，讓你更有舔的感覺……可惜……」語尾一聲嘆息。

抹在哪裡？更有舔的感覺？潘寧世大腦當機了兩秒後一陣暈眩，不可置信地粗喘起來，兩片厚實的胸肌起伏劇烈，那一條溝時深時淺，看得夏知書也跟著喘起來。

空氣好像一點就會燃燒起來般熾熱，兩人隔著螢幕分別盯著對方的胸肌跟鼠蹊部看，這種看得到吃不到的感覺簡直慘無人道。

誰都沒想退一步，僵持片刻後率先動作的是夏知書，他突然扯下了自己的內褲，修剪整理過的毛髮間，挺立的陰莖形狀顏色都很好看，筆直筆直的，長度粗度都符合平均值，帶著點粉色。

潘寧世還沒反應過來，直覺而貪婪地盯著那根誘人的東西，喉結大大地滾動了下，從還沒完全褪去的牙印中突起。

隨著一聲似有若無的輕笑，視訊的角度又動了動，這會兒更往下移，已經看不到夏知書的下巴及脖子，單薄柔韌的肌肉舒展了下後，地點好像也從餐桌轉換到另外的地方，從臀下露出的布料來看，是客廳的沙發。

呈現在潘寧世眼前的，是足夠讓他喪失理智的美景。

夏知書曲起一雙腿，露出了臀間殷紅的肉穴，這個角度雖然陰莖被遮擋了大半，但同時臀部跟囊袋卻是一覽無遺的。

泡沫被擠出罐子的細微聲音傳來，潘寧世還在疑惑怎麼回事，下一秒就眼睜睜看著一團蓬鬆甜膩的鮮奶油抹上了還緊緊縮著的肉穴，指尖泛粉的手指輕柔靈巧地沾著這些滑膩甜美的玩意兒，塗抹開來並一點一點揉開了肉穴的摺皺，很快就有一根手指塞了進去。

潘寧世覺得自己要瘋掉了，他緊緊抓著電腦螢幕，臉貼得很近，拚命吸氣好像這樣就能聞到螢幕另一頭的氣味，那種甜中帶著淫靡的味道。

『不許碰自己。』夏知書的聲音距離有點遠，聽在耳中宛如隔著一層紗，隱隱約約的：『否則我就不讓你往下看。』

潘拉拉咬牙切齒，牙關幾乎要發出咯咯聲，呼吸在銀幕上呼出一片霧氣，又被他粗魯地抹掉。

「好，我會乖。」喪權辱國，等他回去一定要幹死主人。

滋啾滋啾的水聲透過電腦傳出擴散在整間臥室裡，潘寧世一手放在膝蓋上，死死捏著，手臂上的肌肉都因為過度用力而微微顫抖。

另一隻手則抓著筆電的螢幕，仔細聽可以聽見細微的喀喀聲，也不知道會不會下一秒就把螢幕抓到故障。

他目光牢牢地，連眨眼都捨不得地，盯著螢幕中的人。

白皙的肌膚在暖黃的燈光下隱隱浮現一層蜜蠟金的色澤，錯落的陰影中，臀肉間的肉穴及沾染其間的奶白油脂都變得更加顯眼，修長帶粉的手指動作略有些急躁，已經伸入兩根，一下子抽出一下子插入，偶爾成剪刀狀撐開肉穴，露出裡頭嫣紅細膩的腸肉，濕漉漉滑溜溜的。

夏知書的手指雖然沒有潘寧世的粗長有力，加上姿勢的關係只能插入一半左右，但這不妨礙他把自己玩弄得腸液分泌，鮮奶油很快就化開，油亮亮地混著腥甜的體液沾濕了整個臀部與墊在底下的短褲。

「嗯……啊啊……好舒服……潘寧世……我、我好舒服，嗯嗯……」

甜膩的呻吟喘吁吁的，沒有平日兩人上床是那種崩潰與快感過載後的崩潰，叫得潘寧世下腹疼痛，粗長的陰莖憋在西裝褲中，一點一點撐開形同虛設的拉鍊。

「我好想你舔我……用你的舌頭，在這裡……你會怎麼舔？」手指撐開微微收縮的肉穴，摺皺還是很緊密漂亮的形狀，不同往常總撐得緊繃，看起來柔軟得要命。

潘寧世咕嘟吞了口唾液，張口想回答什麼，這才發現自己的嗓子乾燥得發不出聲音，他煩躁地用手捏了捏自己的咽喉，喉結都被捏得鼓起，又縮回牙印的包圍中。

捨不得從電腦前離開，他隨意彎身掏了掏被扔在腳邊的公事包，記憶中好像有瓶礦泉水還是啤酒？他記不大清楚了，反正是回來的路上順手買的，胡亂抓了一抓後拿出一瓶礦泉水，他一把擰開蓋子，仰頭咕嘟咕嘟直接灌掉半瓶。

因為喝得太急躁，有些水從唇角溢出，順著下頷線滾落，滑過繃緊的頸部，有一部分繼續往下滾進胸肌間的溝壑，一部分留在鎖骨的凹窩中……

夏知書覺得自家養的拉布拉多跑出去後真的學壞了，都懂得勾引主人了！這不是逼他去舔掉那些溢出來的水嗎？

舌頭舔了舔潤紅的嘴唇，他有點後悔了，隔著螢幕什麼也不能做，手指也根本不夠粗，他已經很習慣潘拉拉全身上下的粗度與長度了。

兩人的喘息聲相互交纏，又彼此暗暗較量。

『乖狗狗，你想怎麼舔主人？』兩根手指變成三根，肉摺被撐開了，周圍泛著濃紅，越往中央越粉，穴口有一圈白沫，隨著手指抽插的動作化開又出現，潘寧世又狠狠灌了一口水。

「我會先舔主人的會陰，在那邊咬幾口留下我的牙印。主人的會陰部分很敏感，口感也很好，我喜歡親它舔它咬它……主人喜歡嗎？」男人的聲音嘶啞帶著狠戾，在夏知書耳道中低低地鳴響，泛出一股麻癢。

兩人都看不到對方的表情，卻能從陰莖的抖動跟呼吸的起伏感受到彼此的情緒。潘拉拉顯然已經憋到極限了，他的西裝褲完全被頂開，拉鍊不知道是被撐壞了還是怎樣，內褲也掩藏不住三十公分的巨物。

即使大半都藏在陰影裡，但直指肚臍的角度還是看得出那根肉莖到底有多硬。

夏知書咬住嘴唇，早就沒有了一開始的從容。他臉頰嫣紅，額頭上都是汗水，抽插著後穴的手指微微發抖，心裡硬憋著一股不甘心，總覺得好像輸給了害臊的潘寧世……

沒等他回答，潘寧世又繼續說：「我會把主人的會陰又舔又咬得紅腫，明天會連褲子都沒辦法穿，一走路就會磨到被我咬腫的地方，好像我還藏在主子腳下，繼續吸你、舔你、咬你……」

螢幕中泛紅的身軀猛地哆嗦了下，插在後穴裡的手指也停了，粗重的喘息中帶著隱約的嗚咽呻吟。這種事不是沒發生過，夏知書很快就回憶起那種興奮到極致、爽到極致，彷彿腦子都蒸發掉的快感。

『然後呢……』他咬著唇詢問，聲音顫抖。

「然後……」潘寧世把剩下的水都喝光了，手指把空掉的寶特瓶捏得變形，眼眶泛紅粗喘道：「然後我會順著會陰往下舔，在你肉洞外仔細地舔，每一片摺皺我都會舔過，直到它們再也縮不緊，我的舌頭就可以舔進去你的身體裡……我知道，主人的G點很淺，一定可以舔得到對不對？」

當然舔得到，夏知書又哆嗦了下，眼泛淚光，鼻頭泛紅地看著幾乎要用眼神吞掉自己的男人，一隻很乖的壞狗狗……

『像這樣嗎？』主人輕柔地問。

原本幾乎停下來的手指猛地往肉穴裡插，曲起的兩條腿猛然緊繃，腰部也跟著抬起，死死靠在沙發椅背上顫抖了片刻，才發出一聲似哭似愉快像尖叫又像呻吟的長長喉音。

潘寧世愣了愣，緊接渾身繃緊，他知道發生什麼了，夏知書剛剛直接戳頂了自己的G點！他說要舔的地方！

「主人……主人你不可以這樣……你不可以這樣對我！」他滿腦子都是自己頂在主人G點上磨蹭時，柔軟腸肉會怎麼吸吮自己、擠壓自己，懷裡的身軀會怎麼抽搐顫抖，滾燙的呼吸噴在自己的耳側頸側，汗水中夾帶著屬於夏知書的微甜氣味……

目露凶光的拉布拉多握緊雙拳，目眥欲裂地看著螢幕中恢復過來後對自己挑釁一笑的主人，再次一下又一下地刺激自己的G點，每一回都露出爽快到極致的呻吟尖叫，身軀抽搐著扭曲著，後穴噗嗤噗嗤噴出水來，手指抽插的聲音更加響亮。

「夏知書……你、你等著……」即便陰莖已經硬到快撐破內褲布料，雙手握到快摳破掌心，潘拉拉還是不敢伸手幫自己打手槍，只能惡狠狠又可憐兮兮地貼在電腦螢幕前，哼哼唉唉地放狠話。

『好，我等著……啊啊嗯……』夏知書笑答，下一秒手上的動作加快，即便是自己玩弄自己，他還是彷彿能感覺到潘寧世噴在自己穴口的熱氣，仰著腦袋、梗著脖子發出綿長愉悅的呻吟。

螢幕被噴出的水混著鮮奶油的液體噴濕了，變得霧濛濛一片，潘寧世都不知道自己是怎麼忍住沒舔上去的……

『乖狗狗，下次要記得當面跟主人說再見，知道嗎？』

「知道……」潘拉拉恍然回答，他每一塊肌肉每一條神經都浸泡在濃烈又發洩不了的慾望中，眼神凶狠但發直，根本不確定自己回答了什麼。

『那就休息吧，明天還要工作不是嗎？』夏知書喘著氣，緩緩地把手指抽出肉穴，隱約發出啵的一聲，可見腸肉縮得有多緊，更多高潮後的體液隨之漫流而出。

「對……明天還要工作……」潘寧世覺得自己宛如踩在雲端，身處夢境似地：「可是我還沒有……我能摸自己嗎？主人。」

『可以啊，你自己打出來，我想看。』螢幕畫面回到夏知書因高潮而透著懶洋洋與未散情慾的臉龐上，他雙眼微瞇，語調纏綿。

如獲大赦，潘寧世終於扯掉自己的西裝褲與內褲，手掌握上已經被前列腺液沾濕的粗長陰莖，用力地上下磨擦起來。

沒什麼技巧，也沒什麼挑逗地互動，他只是機械地握住自己的分身，一邊上下滑動，另一隻手則揉著鼓脹的囊袋，男人動情的粗啞喘息傳入夏知書耳中，他承受不了般輕輕縮起肩膀，眼眶發紅地不停舔唇。

大概是前面憋太久，潘寧世的自慰只持續了十幾分鐘就射了，濃濁的精液飛濺在電腦螢幕上，夏知書下意識地伸手去抹，又觸電般縮回手。

除了兩人的粗喘聲外，沒有人說話……

『晚安……』夏知書最後率先逃跑，他草草道了晚安後不等回答，直接下線掛了視訊通話。

潘寧世還沒回過神，愣愣地盯著黑了的螢幕，身體跟腦子都在高潮的餘韻中微微顫抖。

好……他應該要去洗個澡，然後清理掉不該存在的痕跡……對……應該……

潘副總編進入了夢鄉。

潘副總編感冒了。

他額頭貼著退熱貼，戴著可以遮住半張臉的口罩，西裝外罩長版羊毛風衣，口袋裡裝著四個暖暖包，手上還戴了加絨的皮手套，脖子上是英倫風羊毛圍巾，最後不倫不類地戴了一頂毛帽。

身高腿長的優勢在穿長版風衣的時候表露無遺，即使整個人頹然地縮在凳子上，駝著背曲著脖子活像個八十歲的老頭，那雙交疊的腿還是又長又筆直到連男人都忍不住要吹口哨的地步。

出門前潘寧世量過體溫，勉強卡一個三十八度二，喝點熱水跟感冒藥，貼個退熱貼應該可以撐過去。

所幸，印刷廠打樣需要時間，他不用一大早出門，可以睡到下午兩點接到電話後再出發。

但這也對他的感冒沒有任何幫助，應該說，他就是被兩點那通電話吵醒後才發現自己感冒了，而且應該是重感冒。畢竟，昨晚他就這樣接近全裸地癱在暖氣不夠溫暖的臥室裡，睡到差點要直接抽天堂入門號碼牌。

喉嚨痛、頭痛、眼睛痛而且視線還模糊，他把雙手都塞在大衣口袋裡搓揉著暖暖包，修長的脖子藏到半點肌膚都看不到，頭像直接長在肩膀上似的。

「怎麼樣？」老同學走過來拍了拍潘副總編的肩膀關切。

「還行……」聲音嘶啞得像破布，語尾一陣悶咳，眼眶都咳紅了。

「看起來不像還行，要不要再量一下體溫？」老同學問，遞出帶過來的耳溫槍。

潘寧世不是很樂意，他也不是沒燒到四十度還在趕書稿跑印刷廠的經驗，當務之急是趕快看到打樣。

眼見他想拒絕，老同學不由分說撕掉他額頭上的退熱貼，耳溫槍對準後嗶了一聲。

「三十九度……六。」

「我還有零點四度可以掙扎。」社畜得很徹底的潘副總編垂死掙扎：「而且我人都來了，打樣沒確定前我是不會走的。」

藤林月見的新書封面的前一份打樣潘寧世不是很滿意，倒是荒川老師的書封打樣已經沒問題了，四天後就可以排入印刷行程。

「隨便你，但新的打樣沒這麼快出來，起碼要再等四小時。」身為社畜國家的工廠老闆，老同學也是個會頂著四十度高燒工作的人，所以他只塞了一杯沖泡式的感冒藥給老友，也拖著一張板凳在他旁邊坐下。

「說真的，你帶來的打樣我也看過了，沒有差到需要跑來日本印。」昨天他拜見過隨著潘副總編飛越大海過來的封面打樣，當然以專業的眼光來看，在日本這種水準還差了些，但也並不是真那麼糟糕。

起碼以CP值來說，他這邊可以印出很漂亮的封面不假，但算起總價卻是完全不划算的。

「我記得你很喜歡藤林月見的書，還有那個翻譯叫蝸牛對吧？所以你才這麼介意嗎？」

潘副總編沉默地吞嚥著感冒藥，甜中帶酸的味道挺好喝的，讓他刺痛的喉嚨舒緩了許多，鼻塞也好了不少，眼前發昏的感覺也減少了。

「對了，我聽說你那個國中就認識的好朋友，叫盧淵然是吧？現在跟你怎麼樣了？」奧老闆不好把病人一個人拋在旁邊，乾脆留下來繼續聊天。

「就那樣……他在梧林管倉儲，我們還是好朋友。」總算能嗓子不那麼痛地說完一段話，潘寧世心情輕鬆不少。「怎麼突然問起他？」

「因為我聽說你終於脫單了，該不會是跟你那個好朋友內部消化了吧？」奧老闆八卦地用手肘頂了頂身邊還縮成一團的人。

「當然……」潘寧世一臉疑惑地正想否定。

突然有人跑進來叫奧老闆：「有位盧先生在會客室，說是來找潘先生的。」

盧先生？潘寧世腦子還很遲緩，第一時間竟然想不出來是誰找自己。倒是奧老闆雙眼一亮，從凳子上站起來。

「我就說嘛！你們終於還是在一起了！」說著興沖沖地抓著還在狀況外的潘副總編往會客室衝，「太好了，你這種時候有戀人陪在身邊照顧，應該可以好得更快吧！你們先聊聊，等打樣好了我再叫你來看啊！」

什麼戀人？什麼照顧？嗯……

潘寧世被推進會客室後，身後的門就直接關起來了，奧老闆並沒有跟進來。

不寬敞但布置得很舒適的房間中，有一組小巧的沙發，其中雙人沙發上坐著個穿著灰色大衣的男人，他姿勢悠閒地靠在椅背上，架著長腿、歪著頭，不知道在思考什麼，直到聽見關門聲後才抬頭看來。

潘寧世眨眨眼，不可置信。

「唷，兄弟，驚不驚喜？」抬手打招呼的人露出一臉笑意，竟然就是先前奧老闆問到的人——盧淵然。

原本想盡忠職守、蹲在印刷廠裡等打樣的潘副總編被明明是出版社倉儲大主管，卻在春節前最忙的時間，拋下少少四名屬下，頂著老闆的壓力，硬是請了七天年假，跑到日本來打擾自己工作的好友拖走，硬帶到走路二十分鐘遠的一間咖啡廳聊天去了。

潘寧世一臉菜色，額頭上的退熱貼已經因為汗水的關係脫落了，二十分鐘走下來感覺體溫也退了大概兩度，圍巾跟毛帽也都脫掉了，一頭偷懶沒有用髮膠的短髮亂糟糟的，彷彿是在床上打滾後直接被人拉出門，像個不修邊幅的邋遢鬼。

咖啡廳是那種很傳統的昭和年代風格裝潢，桌上還有當年盛極一時的星座占卜投幣機，外表圓滾滾的，上半部是半透明蓋子，罩著賭場輪盤一樣的裝置，下半部則是畫了十二星座圖樣的投幣孔，跟一個拉桿。

和看店的老奶奶點了飲料跟食物後，盧淵然興致很好地打量占卜機，似乎很有興趣玩一把。

「你怎麼知道我在這裡？」大概因為已經退燒的關係，潘寧世的腦子靈活了起來，困惑也在心中生起。

「我問的。」盧淵然笑答，摸出個百元硬幣問：「你要不要玩一把？」

「不用了，我不相信星座。」潘寧世擺擺手，人有點心不在焉，顯然還在掛念《蟬鳴》這本書的封面打樣。

盧淵然聳聳肩，既然好友不陪他玩，自己玩也可以。他找到了自己的星座後把硬幣投入，接著扳了下拉桿，隨著喀答輕響，一個捲得密密實實的小紙捲掉出來，輪盤也轉動起來，銀色的小鋼珠畫成一條銀線，幾秒後落在9這個數字上。

「你覺得是凶還是吉？」盧淵然拿起紙捲問，並不急著拆開來看。

「吉吧……」潘寧世思索片刻才給出答案。

「喔？你這麼好，還祝福我？」

「也不是祝福，我是理性判斷。畢竟，這個時間你還能從老闆那裡請到假，運氣真的太好了。」就事論事向來是潘副總編的優點，更別說他現在還有點不爽好友打斷自己的工作。

「怎樣？氣我打擾你工作了？」盧淵然挑眉嗤笑，攤開紙捲迅速閱讀完後，隨便折起來塞進錢包裡，「確實是吉，而且是大吉，說我長年的願望終於可以實現了。」

真的假的？潘寧世挑起一邊眼皮，不是很相信地睨了眼好友，正想回答什麼，飲料跟甜品恰好端了上來。

大概是看兩個人都是外國人，看店的奶奶沒有上來攀談，送完飲料甜品後回到櫃檯裡繼續編織毛衣。

「我猜你中午根本沒吃。」盧淵然把雞蛋三明治推到潘寧世面前催促：「快吃，生病了需要營養，你要是在日本過勞死就太搞笑了。」

因為生病真的沒什麼胃口，但面對好友的關心又不好意思推拒，潘寧世端起柳橙汁抿了抿，才無奈拿起三明治咬了一口。

「既然都凹到年假了，不去玩跑來找我幹麼？」

千辛萬苦吞下第一口食物，腸胃跟著縮了下，應該是因為太久沒吃東西，說不上是變得舒服點了還是更難過，潘寧世放下三明治沒打算動第二口，連說話的速度都比平時要慢了許多。

「我就是好奇，為什麼會提議來日本印封面。」盧淵然在黑咖啡中加了牛奶跟方糖，一手支著下巴一手不斷攪拌，在杯子裡製造出個深深的漩渦，卻還是沒有停下來的打算。

潘寧世看了眼咖啡漩渦，感受到好友心情似乎也沒有很好，心裡對盧淵然來找自己的疑惑頓時消除了不少，猜測也許好友是來找自己談心的？但到底發生什麼嚴重的事情，光靠語音通話不行，非得面對面聊嗎？

「怎麼了？」不過，面對好友潘寧世從來都很包容，更別說盧淵然幾乎是他唯一的朋友，兩人的交情十幾二十年了，肯定有什麼大事情需要他的支持。

聽著潘寧世突然溫和關心起來的語氣，盧淵然笑了笑，總算停下手裡攪拌咖啡的動作，端起杯子啜了一口。

「為什麼這次對藤林月見的書這麼認真？」帶著咖啡與牛奶香氣的問題很突兀，潘寧世皺起眉歪了下頭，明顯不理解。

盧淵然盯著好友看了幾秒，放下只喝了一口的咖啡，杯底與盤子碰撞發出輕響，潘寧世莫名有種背脊發涼的感覺。

「雖然這是梧林第一次代理到藤林月見的書，你們也在爭取出版他這整個系列，但我知道老闆更看重的其實是荒川老師那套作品，畢竟已經把整個系列談下來了。」

「你的消息還是一樣靈通，到底都是誰跟你說的？」潘寧世不禁困惑，有些消息不同部門間並不會相互流傳，他也沒有跟盧淵然談太多工作的習慣，頂多就這次邀請到蝸牛並出版藤林的書讓他很興奮，所以多跟盧淵然分享了一些。

但很奇妙，他們部門的消息總是會自己長腳跑進盧淵然的耳朵裡，甚至有些小祕密連他這個副總編都不知道。

過去他不大把這種事放心上，但這次就是覺得哪裡有種彆扭不舒服的感覺，潘寧世自己也說不大上來為什麼。

「我有小精靈。」盧淵然俏皮地眨眨眼，「所以，我真的很好奇你這次的決定，過去也不是沒在施大哥那邊印過夜光封面。」

潘寧世拿起三明治又咬了一口，緩慢咀嚼著，眉頭皺得很緊，不知道是在思考要怎麼回答，還是覺得同樣一件事解釋太多次很煩，或者單純不理解為什麼盧淵然比總編跟老闆還介意這件事。

「聽說，早上給你的打樣你還是不滿意，有這麼糟嗎？」但顯然盧淵然這次沒打算輕易收手，咄咄逼人得很。

潘寧世瞥了他一眼，勉強吞下嘴裡的食物，喝了口柳橙汁，又喝了口開水，才總算開口回答：「也不是糟糕，就是我認為可以更好。」

早上的打樣比起施大哥那邊的成品來說，色彩更鮮豔，飽和度沒那麼高，但細節特別細膩，乍看之下就覺得很舒服。紙、油墨跟特殊工法的搭配堪稱完美，夜光效果宛如玻璃工藝般纖細絕美。

但，潘寧世還是不大滿意，因為夜光下有幾塊蟬翼碎片的邊緣不夠乾淨，稍稍有一些滯礙感，在其他俐落漂亮的線條中，突兀得讓潘寧世完全無法妥協。

普通封面書名漸層水波一樣融入背景的效果，也沒有電腦上看到的驚艷，顏色融化的地方色彩顆粒偏大，不夠像水的波紋。他看過奧老闆家以前的作品，知道他可以做到完全絲滑到幾乎沒有顆粒感，當然不願意妥協。

聽潘寧世解釋完，盧淵然也喝完了手中的咖啡，表情有種很難言述的微妙，很難說是不以為然還是覺得自己的好友走火入魔瘋掉了。

「我看荒川老師的書封面顏色也有些顆粒感啊。」

「不一樣，荒川老師這次的封面是復古風的，特意做舊的狀況下，顆粒感明顯一點反而比較好，也符合故事內容，老闆之前不滿意的是紙沒能展現那種老照片的質感，換過紙後就沒問題。並不是我對荒川老師的書不夠認真。」

聽著潘副總編的解釋，盧淵然只輕輕哼笑了聲。

「我說的哪裡不對嗎？」潘寧世交抱雙臂，用一種防禦姿勢面對好友。

大概是人生病了耐性就會減少，加上他總覺得盧淵然這次出現的時機很奇怪，心底慌慌地沒什麼底，態度就有些不友善了。

「難道不是因為藤林這套書的翻譯是蝸牛，所以你才特別關注嗎？」說到最後，盧淵然的表情也冷淡了下去，沒了向來親切的笑容。「你摸著自己的良心說，如果今天藤林那本書的翻譯不是蝸牛，你是不是早就接受施大哥給的打樣了？」

潘寧世張了張嘴，本來想辯解，卻發現自己一個字也說不出口，訕訕地拿起柳橙汁喝了一口。

「也不完全是……我也很喜歡藤林老師的書……」

他的辯解，又換來盧淵然的嗤笑。

「你是喜歡藤林月見沒錯，但他不是你最喜歡的作家。荒川老師你難道不喜歡嗎？我如果沒記錯，荒川老師這個系列是你在週會上推薦的吧？雖然後續的接洽不是你負責，但過程中你也出力不少，沒有你的幫忙，不可能直接簽下整個系列。而且，當年你會選擇梧林，除了薪資讓你滿意、企業文化你也喜歡外，不就是因為你想出版自己最喜歡的那套書嗎？而梧林是有名的不看銷量跟作者名氣，願意出版一些冷門大眾文學的出版社。」

潘寧世訝然地看著好友，耳垂一點點地泛紅，可能是又發燒了吧。

「我不是……我沒有……我就是剛好……」他結結巴巴地辯解，耳垂上的紅暈往臉龐跟脖子蔓延開來。

盧淵然又嗤笑一聲，「最好是。你都說自己是個隨遇而安的人，對任何事情都不執著，好像怎樣都可以，當翻譯也好、當編輯也好、談戀愛也好、找人一夜情也好，全都順其自然……你真的相信自己是這種人？」

潘寧世茫然無措地看著好友，腦子嗡嗡響。他不懂為什麼話題突然從封面跟書扭到對他的人生價值判斷了，也不明白盧淵然怎麼突然攻擊性這麼強，好像非逼著自己給出什麼答案不可。

「你為什麼不當翻譯當編輯，不就是因為編輯某種程度上多少可以決定要出版什麼書嗎？尤其是翻譯作品為主的出版社，很多時候都是依賴編輯推薦的，翻譯卻不行，只能被動接案子。」

潘寧世發現，自己好像無法辯解。確實，當初畢業前，大姊問過他，是否要走翻譯這條路？她手上有不少資源可以提供給潘寧世選擇。或者要進入一般企業當白領，日系公司潘靄明也有不少人脈可以推薦。

最後他是怎麼回答的？他說，自己想先投履歷給出版社試試看，他沒有當翻譯的想法，翻譯的薪水不穩定，他想要穩定平靜的生活。

他只投了三間出版社，梧林是其中他最希望入職的出版社，也是因為梧林難得開了職缺，他第一時間就迫不及待衝了。

「你試用期結束後，第一次週會就推薦了那套你在社團裡口頭上翻譯完的書，我還記得整個大學時期，你一直很扼腕沒有出版社願意出那套書，因為真的冷門，連在日本都算偏冷門的作品，臺灣根本不可能有出版社會主動代理，梧林大概是唯一的希望。你還記得我陪你做了多久的資料蒐集跟數據比對嗎？」

從確定入職的那一天開始，潘寧世就興沖沖開始做那套書的各種分析比對跟推薦，簡直比寫畢業論文還認真用心。盧淵然一直到進入梧林倉儲部門，依靠天生的親和力跟出版部的人打好關係後才聽說，那一場簡報驚掉所有人的下巴，從來沒有新人第一次就能在週會上拿出這麼完整的資料跟

PPT，鳳老闆當下熱血澎湃，直接拍板推進跟日方討論那套書的代理。

「但即使是那套書，封面設計你也沒跟得這麼緊。」盧淵然一臉無奈地笑著搖頭。

「不能這麼比較，當年我沒有現在的能力，才剛開始學著跑印務，但當時也是……」

「我就問你一個問題。」盧淵然打斷了潘寧世的辯解，見好友脹紅著臉緊皺雙眉，表情很嚴肅眼神卻很飄忽，忍不住笑出來，「我就問你，如果是現在，你要出版那套書，你也會把封面拉到日本來印嗎？」

當然不會。

潘寧世張口結舌，腦袋卻很誠實地運轉。

首先，成本就不行，雖然藤林的書確實銷量很高，但再怎麼高，跑日本印封面最終都是不符合成本的，雖然不會虧，但利潤很明顯是會縮水的，就算日幣現在很便宜，都比在臺灣印好裝訂好來得貴得多。

再來，時間成本太高，不光是印刷廠的成本，他這個副總編出差三週就是個沉重的時間成本了，就算他可以在日本繼續工作好了，但最終還是會增加其他同事的工作壓力。

更多三四五六七的不合算，通通不受控制地跑過潘寧世的腦子，他彷彿可以看見報表上血淋淋的紅色數字，簡直太令人窒息了……

「所以，你為什麼非要把《蟬鳴》這本書拉到日本來印呢？甚至不惜拿荒川老師的作品當成煙霧彈？」

啞口無言，除了沉默外，潘寧世也不知道要回答什麼，才得以讓自己的行為顯得合理一些……最終只能滿臉通紅地看著好友，一股惱羞成怒冷不防衝上來。

「你跑來找我就是為了質問我這件事？但這跟你又有什麼關係？」

盧淵然沒有立刻回答潘寧世，只是用一種潘寧世看不懂的眼神看著他，然後轉頭查看了下店主奶奶的位置，也確認了一圈店內是否有其他客人。

不知道是幸運或不幸，整間店現在只有一位彷彿打毛線打到瞌睡的店主奶奶，跟盧淵然與潘寧世兩人，即便他們的位置臨窗，外頭的小路上也連一隻貓都沒走過。

潘寧世還在疑惑盧淵然的行為，就看對方突然對自己招招手。不明所以的潘副總編基於對好友的信任，半點遲疑都沒有就傾身靠過去，隨即後頸一燙，覆蓋上一隻有點粗糙的手掌，下一秒嘴唇上也一燙，柔軟的觸感讓潘寧世整個人瞬間腦中一片空白。

「欸，張個嘴。」盧淵然的聲音很近，近到可以感受到他的呼吸有多滾燙。

操！現在是怎樣！

由枝婆婆今年已經八十多歲了，她年輕的時候經營一間咖啡廳，不知不覺結婚生子有了孫子，街坊鄰居也從帶著男女朋友來約會，到帶著小孩來吃點心或晚餐，現在則是帶著孫子或寵物繼續光顧她的小店。

她最喜歡的一套書是《メタモルフォーゼの縁側》（春心萌動的老屋緣廊），因為她從故事裡的主角看到了自己，是的，雖然由枝婆婆看起來是個毫不起眼的鄉下老太太，年輕時也會做很多時髦的飲料跟甜品，即使放到現在已經被稱作是懷舊昭和風的老骨董了。

但她卻是個藏得很深的腐女，從她還是個中學生的時代就是了，這也是她一開始經營咖啡廳的主因。那個年代，會喝咖啡的都是些文化人士或時髦白領還有學生。

雖然她家在比較鄉下的地方，但時髦這點也是毫不欠缺的。她想，開咖啡廳應該就能看到很多文藝風美青年、美少年、美中年在她店裡聊些太宰治、夏目漱石、川端康成、三島由紀夫的作品，或乾脆就是像這些文豪那樣的客人，彼此間的互動……啊嘶嘶嘶，即便由枝婆婆已經八十歲，回想起來還是覺得很蕩漾。

可惜她的店畢竟在鄉下地方，她的夢想最終沒有實現，頂多就是有些運動社團或文藝社團的可愛男孩子們，在她店裡喝飲料吃甜點的時候有點……啊嘶嘶嘶，其實婆婆還是很滿足的。

在她上了年紀之後，已經不大在店裡幫忙，都交給兒子跟媳婦經營，但偶爾還是想到店裡跟客人們聊聊天，感受感受年輕人的活力。

比如今天。

原本是公休日，幾個月前就計劃好家族旅行，可她前兩天摔了一跤拐到腳，不得已留在家裡，乾脆就開店營業比較不無聊。上午陸陸續續有幾位熟客來店裡喝咖啡吃早點，一路忙到午餐時間結束後，整間店就跟街道一起安靜下來。

由枝婆婆索性織起毛衣，估算著下午放學後應該會有學生來店裡光顧吧？

正這麼想著，門叮噹一聲被推開，兩個高大的男人走進來，看起來三十幾歲還很年輕，比她的孫子都小的感覺，前面那個比後面進來的稍矮一些，臉上笑吟吟的很親切，長得也很好看，是那種很容易讓人放鬆警戒的相貌。

後面更高大的男人看起來有點狼狽，戴個歪掉的毛線帽，額頭上的退熱貼快掉了，臉頰潮紅感覺上應該還在發燒，五官很嚴肅，眉頭緊緊皺著，一臉無奈，是被朋友拖著走進店裡的。

哎呀！由枝婆婆靈敏的神經感應到了一絲不尋常，她的注意力立刻從毛衣上挪到兩個年輕男人身上。

要論她的喜好，由枝婆婆喜歡所謂的強受，就是充滿男人味的那一方當受，長得漂亮又比較矮的那個當攻……不行不行，她不應該隨便揣測客人的隱私才對。

但，這兩個年輕人實在令人有種……很難不想歪的氣氛。

由枝婆婆偷偷觀察著，連泡咖啡、做三明治的時候都在偷偷觀察。從口音上，她知道兩個人是外國人，但就不知道是哪一國人了？兩人對話的聲音很小，八十歲的婆婆再怎麼努力都聽不清楚，真可惜。

啊，笑咪咪的那一個抽了星座籤，不知道問的是什麼？但看神情好像挺高興的，應該是中吉或大吉吧？

希望他能心想事成，說不定笑咪咪男孩打算告白呢？由枝婆婆送上餐點的時候，在心裡暗暗加油打氣，雖然想跟兩個年輕男人聊天，但又怕對方日文不夠好，會覺得有壓力，而且長年的人生經驗告訴她，這兩人今天肯定是要談什麼嚴肅的事情，搞不好還會發生什麼不大不小的意外事件……

還是靜觀其變好了。

於是婆婆假裝自己在專心織毛衣，實際上所有的注意力都在兩個客人身上，沒多久她就擅自給兩個人取了外號，一個叫笑之助，一個叫眉頭君，兩個人看起來就在聊很不友善的話題，眉頭君都快把眉頭皺成梅乾了。

笑之助很能聊，幾乎都是他在說話，眉頭君就很沉默，可能因為生病的關係？表情一直很差，幾次想說話都放棄了，看得由枝婆婆很心急。

終於，眉頭君回話了，似乎是對笑之助發脾氣，但笑之助沒有回應，反而張望了一下周圍，由枝婆婆更努力假裝自己很認真在織毛衣，絕對絕對沒有注意到兩個年輕人在幹什麼。她只是個八十歲的老太婆，重聽又老花眼，什麼都聽不到也看不到！

接下來的一幕扎扎實實震懾到由枝婆婆了，就見笑之助突然按住眉頭君的後頸，直接強吻上去，一開始只有嘴唇相貼，然後笑之助好像說了什麼，眉頭君沒反應過來，嘴唇好像微微張開了些，下一秒嘖嘖的唇舌交纏聲就蔓延開來……這這這，吻得也太激烈了！

由枝婆婆還來不及在心裡開小花，緊接著更讓人血脈噴張的場面又出現了。

眉頭君可能終於反應過來自己被強吻了，完全不顧自己的後頸還在笑之助的掌握中，用力一把將吻得難分難捨的人推開，力道大到讓笑之助身下跟身側的兩張椅子都翻倒，桌子也被推得歪斜傾倒，杯子盤子等等全部摔落碎了一地。

粗重的喘息聲是靜默中唯一的聲音，眉頭君氣得臉都紅了，嘴唇上有一點血絲，不知道是他自己的還是笑之助的。但他握緊雙拳，困惑不解又憤怒地高聲質問起笑之助什麼。

由枝婆婆聽不懂，但可以猜到，應該是在問為什麼笑之助要吻他……

確實，如由枝婆婆所猜測的，眉頭君也就是潘寧世，喘著粗氣，舌頭還殘留著剛剛被吮咬的麻感，帶著咖啡、牛奶跟方糖味道的吻，說真的味道不算差，但也好不到哪裡去，要知道他討厭咖啡！顧不得在別人店裡，還身處異國他鄉，潘寧世用一種從來沒展現在任何人面前過的暴怒姿態怒吼：「盧淵然！你瘋了嗎？」

被推得差點翻倒在地的盧淵然抹了下嘴唇，他舌頭痛得要命，在推開他之前潘寧世惡狠狠咬了他的舌頭，彷彿恨不得直接把舌頭咬掉似的，他現在嘴裡跟呼吸中都是血腥味。

即便如此狼狽，盧淵然還是笑著，將口中帶血的唾液吞嚥進肚子裡，像是吞了一部份的潘寧世，讓他說不出的滿足。

「我沒瘋，就算我瘋了，也是你的錯。」相較於潘寧世憤怒的吼叫，盧淵然語氣平淡，但仔細看就會注意到他平靜眼神中隱藏得很深的瘋狂。

潘寧世不敢相信自己聽到了什麼，他才是那個被好友突然強吻的人吧？為什麼錯還在他身上？

「你胡說八道什麼！你怎麼會是這種人？為什麼要……要……」

「強吻你嗎？」盧淵然很體貼地接下潘寧世說不出口的兩個字，笑得雙眼微瞇，「我就吻了，又怎麼樣？」

「這裡是公共場所！而且我有男朋友！你、你為什麼要這麼做？」潘寧世腦中一片混亂，他一方面很憤怒，人生中第一次這麼憤怒。包含了被好友背叛的錯愕、被信任的人侵犯的難堪，可能還有些許對自己傻傻送上門的自我厭惡。

但另一方面他也很茫然無措，他跟盧淵然的交情很深，兩人幾乎可以說是竹馬之交，整個青春時代都有對方影子，後來出社會了也未曾有片刻的走散，畢竟他們現在還是同間公司的同事。

他猜不透對方為什麼要這麼對自己？喜歡嗎？如果喜歡，為什麼這二十幾年的時間從來不說？甚至還幫他出主意追人、教他用 APP 約砲？儘管盧淵然曾經背著他跟助教在一起，潘寧世也只認為對方怕自己介意，所以才會選擇隱瞞。

如果二十幾年都不表示，又為什麼現在要強吻他？

潘寧世忍不住又伸手用力擦了幾下嘴唇，他的舌頭其實也被盧淵然的牙齒擦了小傷口，嘴唇也有被咬出來的印子，雖然那個吻被強行終止，唇舌間的感覺依然強烈得讓人沒辦法忽視。

又麻又痛，那種被強拉著吮吸纏繞的感覺，彷彿依然在口腔中持續。

為什麼盧淵然還在笑？

「你說啊！」潘寧世吼得尾音乾澀分岔。

他想衝過去揪住盧淵然的領子搖晃他，甚至想揍盧淵然幾拳，但殘留的一絲理智制止了潘寧世，他勉強還記得兩人身處於一間咖啡廳裡，看店的只有一個老奶奶，他還打破了人家好幾個餐具……

「我說什麼你才會滿意？」盧淵然舔了下自己的嘴唇，又伸手抹了下唇角，低低笑出聲，「我聽說，你前陣子遇到鄭秀松了？」

「又是誰告訴你的？」潘寧世簡直要瘋掉，他跟鄭秀松見面是意外，兩人分開時甚至連電話都沒交換，打著不會再見面的主意了，人家早都結婚有新生活，他這個連前任都不是的過客，占用一小時談心已經很夠本了不是嗎？

這件事鄭秀松肯定不會告訴盧淵然，畢竟鄭秀松也說兩人分手分得不是很好看，更別說鄭秀松還不只一次提醒他要注意盧淵然。

潘寧世真的想不通，為什麼盧淵然會知道這件事？從他的語氣來看，好像連兩人說了些什麼都很清楚……到底為什麼？

盧淵然沒有立刻回答，他用手掌摀著嘴，露出一點懊惱的神色。

「盧淵然！」潘寧世很焦躁，他感覺自己的體溫又燒起來了，頭很痛，腦子嗡嗡作響，整個人像踩在沼澤裡，有一股力道不斷拉著他的雙腳往下沉，他站立不穩地往後踉蹌了幾步，被椅子絆到跌坐下去，盧淵然身體一動似乎想過來扶他，被他伸手強硬地拒絕了。

「我以為這個問題的答案很明顯，難道還需要我說出來？」盧淵然苦笑問，那雙眼睛卻亮得異常，「潘寧世，我喜歡你，這麼多年來我一直喜歡你。你真的，一點都沒察覺到嗎？」

明確的答案像一塊巨大的岩石，轟然落地，砸得潘寧世有種自己喘不過氣的感覺，他摀住胸口像看陌生人一樣看著盧淵然。

「從什麼時候喜歡的？」潘寧世迫切地想追根究柢，他奮力回想自己跟盧淵然相處的點點滴滴，這麼多年來他們都是彼此最重要的朋友，想得他的大腦彷彿被人用鐵鎚砸，哐哐作響的同時也暈眩起來。

「我不就說了？一直啊……」盧淵然無奈地笑了兩聲，目光灼灼地盯著潘寧世，好像他才是那個受傷的人。「是不是很驚訝？呵呵，真奇妙，我竟然一點都不意外你會驚訝，一點都不意外你真的從來沒察覺……」

潘寧世猛地打了個寒顫，他搖搖晃晃從椅子上撐起身體，不再理會盧淵然，實際上他也真的不知道現在要怎麼面對這個突然跟自己告白的好友。

盧淵然盯著潘寧世看，眼神像恨不得鑽進他的身體裡，倒是沒再試圖靠近他。

走到櫃檯前，潘寧世愧疚地對由枝婆婆道：「抱歉，砸壞了您的東西，我願意賠償，請您估價後把帳單送到這裡……」說著遞出奧老闆的名片，並在後面寫上自己的名字跟連絡電話，「真的很抱歉，請原諒。」

由枝婆婆連忙接過名片，也不知道說什麼好，安慰好像也不對，只能沉默地點點頭，看了眼熟悉的地址，不就是前面那間印刷廠嗎？奧家人可是她的好朋友，出同人誌的時候都是直接委託奧家印刷呢！

這一層親切感，讓由枝婆婆心疼起看起來受到很大打擊的潘寧世，她想了想，摸出一包薄荷糖塞過去，「吃點甜的，會舒服一些。」

潘寧世看著手上的薄荷糖，如同湖水般的糖塊用玻璃紙包裝著，光看著就一陣清新涼爽。他愣愣地道了謝，剝開一顆糖塞進嘴裡，涼意與甜味擴散開來，終於把淡淡的血腥味、咖啡混合牛奶的味道以及舌頭被糾纏的感覺驅散了。

「抱歉，再麻煩您把帳單給我……」潘寧世覺得很疲倦，他不是個情緒起伏特別強烈的人，也不是個經常生氣的人，更別說他今天還重病……

「阿寧。」眼看他要離開咖啡廳，盧淵然終於動了，他幾步上前想拽住潘寧世的手臂，不能讓人現在又逃掉。

「你不要逼我揍你。」潘寧世動作遲緩但還是閃開了，皺著眉頭，一眼都不願意看盧淵然，「你讓我想想……我需要想想這件事……盧淵然，你也冷靜想想，我們還能不能繼續當朋友。」

盧淵然很想問，潘寧世到底打算想什麼？想他們能不能當朋友？還是想他為什麼現在才告白？還是想……他們也許……但盧淵然也知道，眼下的狀況他不適合繼續咄咄逼人。

潘寧世脾氣是很好，卻也不是完全沒有脾氣，既然都放話會揍人了，那就代表他若再繼續越界，拳頭絕對不會克制地揍過來。

他想要的可不是徹底決裂，他只是想逼下潘寧世……想改變一下兩人的關係罷了。

所以盧淵然不敢再有別的動作，只低聲說：「那我明天再打電話給你？」

潘寧世沒說可以不可以，他只是疲憊地擺擺手，轉身離開了。

打樣最終的成品終於獲得潘副總編的認可，他雖然因為友情帶來的打擊，加上重感冒，整個人像鬼一樣在飄，但檢驗起打樣的效果時，還是令奧老闆緊張得掌心冒汗。

也不是沒遇過難搞龜毛的客人，但眼前的潘寧世就是有種嚇人的氣勢。奧老闆忍不住想起大學時代的潘寧世，那時候二十歲左右的潘寧世雖然也是個表情嚴肅、乍看不苟言笑的人，但還是挺柔軟溫和的。

這大概就是社會的磨礪吧？奧老闆不小心飄遠了思緒，直到燈啪一聲打開，看到潘寧世臉上隱隱約約的笑容後，才恍然地鬆了一口氣。

接下來就可以開始進行正式作業了，兩人約好驗收時間，奧老闆立刻催促潘寧世離開。

「你快回去休息，臉色看起來跟死人一樣。」

潘寧世給了奧老闆一個白眼，倒是沒再多做停留，只提起咖啡廳應該會有帳單送過來，再麻煩奧老闆通知他來拿後，就離開了。

回程的電車潘寧世選擇了最慢的各停列車，一站一站慢悠悠地搖晃著往前跑，沿途的風光已經都被夜色吞沒了，冬夜沉沉地壓下，幾乎看不到什麼星星，連月亮都很黯淡。

這輛列車經過的地方幾乎沒有熱鬧的站點，一片看過去點燈的房屋也稀稀疏疏，高層建築很少，直到進入東京圈後才開始轉變為人潮洶湧的燈光森林。

潘寧世就這樣歪著頭靠在車窗玻璃上，呼吸凝結出一片霧氣，又被吹散後再次凝結，周而復始，隔著這片霧氣他雙眼失焦地看著窗外的夜色，不知不覺閉上雙眼，陷入一個彷彿回憶又彷彿作夢的場景裡……

那天的天氣很差，明明是下午兩點，應該是陽光最烈的時候，烏雲卻沉重地壓到幾乎要落地，遠方傳來沉悶的雷鳴，漸漸越靠越近，最後轟然一聲在頭頂炸響，連地面都震了幾震。

潘寧世十二歲，因為一點意外他在學期中轉學，又因為一點意外，他早上來不及到學校，直到下午才被媽媽帶著到學校報到，同行的還有大他一歲的姊姊潘靄明。

即使穿著剪裁跟顏色都很醜的制服，潘靄明還是顯得明豔又迷人，她把頭枕在弟弟肩膀上，小小打個哈欠，一臉很睏的樣子。

「要睡一下嗎？」潘寧世小聲問，偷偷看了下正在和老師說話的媽媽，僵硬著身體動都不敢動一下，生怕會顛到姊姊的腦袋。

「也不用，就是天氣不好加上無聊，所以才打哈欠。」潘靄明用臉頰在弟弟肩膀上磨蹭了下，又連打了三個小哈欠，眼睛都霧濛濛的。

「對不起……」潘寧世用氣音道歉。

「幹麼道歉？又不是你的錯。」潘靄明用力在他腿上打了一下，「你是我弟弟，我一定是站在你這邊的，所以不要跟我道歉。」雖然才十三歲，潘靄明說出的話已經讓潘寧世無法完全理解了。

他愣愣地點頭，歪了歪頭，臉頰貼上姊姊毛茸茸的腦袋，少女身上有種很好聞的味道，頭髮也是又細又軟，觸感非常舒服，他很想伸手抱一抱姊姊，但在老師辦公室裡，青春期的少年還是很要面子的，所以他手指抽抽，最後還是放棄。

只偷偷又用臉頰蹭了蹭姊姊的頭髮。

兩姊弟依偎在一起看著窗外的烏雲越來越低、越來越黑，兩次巨大的雷鳴聲下，辦公室的日光燈閃了閃，很快雨聲從細微到急促到滂沱，窗戶外的景物已經全部模糊了，彷彿融化了一般。

「姊……」潘寧世的聲音幾乎被雨聲吞沒，飄搖著化開來。

「嗯？」潘靄明的回應也很輕，甚至讓人不確定她到底回應了沒有。

「妳以後會結婚嗎？」但潘寧世也不在意，他突然有些問題想問，這麼多天來他終於能夠整理清楚自己的想法，在這個不合時宜的瞬間，問出口。

潘靄明應該有聽見弟弟的提問，但她並沒有立刻回答，和緩的呼吸聲迴盪在潘寧世耳中，讓他本該焦躁的情緒被安撫住了。

這大概就是姊姊的重要性吧？

「我啊，也不確定自己以後會不會結婚，畢竟我現在才十三歲，想這件事情實在太早了。」潘靄明的聲音溫溫柔柔的，卻很穩定很有力量感，儘管才比潘寧世大一歲，但總能恰到好處地安撫住弟弟的情緒，甚至比爸媽還有用。「那你呢？又是怎麼想的？」

如果別經常來一記回馬槍就好了。

潘寧世被問得表情一僵，像是回想起什麼很痛苦的事情，臉色一下子就慘白了起來，一隻手緊緊按在胃上，強壓在喉間的乾嘔聲被瘋狂傾落的雨聲掩蓋住，潘靄明也假裝自己沒聽見。

接下來的時間，姊弟兩人都沒說話。媽媽還在跟老師講話，不知道為什麼有這麼多事情可以講，他們什麼時候可以進教室呢？不知道會不會安排在同一班？

正在胡思亂想的時候，下課鐘聲透過雨幕傳來變得隱約，沒多久辦公室的門被敲響，潘寧世看過去，是個男學生，一身單薄的夏季制服套在他身上有點像麻袋，似乎因為雨太大太大了，右邊肩膀看起來濕濕的，但手上捧著的作業簿卻沒有淋到雨的樣子。

男學生好像也注意到他跟潘靄明，掩藏不住好奇地打量著眼前相依偎的兩人，臉上掛著和善的笑容。

「報告老師，我是一年五班的盧淵然，我來送英文練習簿。」男學生的聲音清亮，即便滂沱的雨聲也遮掩不掉。

潘寧世覺得自己被吸引了，他打量著這個跟自己同年的男孩，第一個感覺是對方應該是個很好相處的人，看起來很親切，會讓人想靠近。

回應他的是正在跟潘媽媽說話的老師，對盧淵然招招手，對方儘管捧著一堆練習冊，腳步還是很輕快，可以說是蹦蹦跳跳地走進辦公室，將東西放在老師桌上後誇張地抹了一下額頭，大大吐出一口氣。

老師被逗笑了，潘媽媽也被逗笑了，看了眼外面的大雨，老師從抽屜中拿出幾顆糖果出來，遞給男孩，應該是獎勵他的幫忙。

盧淵然雙眼亮晶晶的，開開心心接下糖果，不知道說了什麼又把老師逗笑了，然後老師指了指潘家姊弟，盧淵然順著看過去，對上潘寧世一直偷偷打量著他的眼神。

被抓包的人嚇了一跳，耳垂瞬間就紅透了，潘靄明好笑地捏了下弟弟軟軟圓圓的耳垂，對走近的盧淵然打了聲招呼。

「嗨，我是潘靄明，剛轉學過來。他是我弟弟，潘寧世。」

「潘姐姐好。」盧淵然很大方地打招呼，拿出剛剛從老師那邊收到的糖果問：「姐姐要不要吃顆糖？是梅子麥芽糖喔！」

塑膠包裝袋裡是一顆圓圓的糖果，金黃色的糖塊中裹著深紅褐色的梅子，幾乎是所有小孩都喜歡又習慣的鹹酸甜味。

「小弟，要吃糖嗎？」潘靄明道謝後接過一顆，才問起弟弟。

「潘寧世，吃一顆糖嗎？」

盧淵然也問，好像光是打個招呼的工夫，他們就已經是熟悉的朋友了。

從小就比較羞澀內向的潘寧世頓時有些手足無措，他真的很怕跟陌生人建立關係，所以學期中轉學對他的壓力是巨大的，盧淵然的熱情讓他慌亂的同時，夾雜著挫敗感的期待也油然而生。

也許，他可以很快交到朋友？但為什麼同樣是國一生，他卻沒辦法像盧淵然一樣落落大方呢？

「謝謝，我吃一顆……」潘寧世的聲音又差點被雨聲給淹沒，盧淵然在他身邊的空位坐下，把糖塞進他手裡。

三個孩子都剝了顆糖一起吃了起來，盧淵然小老師的獎勵就這樣沒了，但也換來了兩段開始萌芽的友誼。上課鐘聲響起前，盧淵然跟兩人道別，短短幾分鐘他已經與潘靄明聊得很開心了，也知道姊弟兩人同年級，未來都是他的同學。

「希望你們可以轉進五班，我們就可以一起玩了。」離開前，盧淵然留下真誠的一句話，還沒長開顯得瘦小的身軀在過分寬大的制服包裹中，依然很耀眼。

看著他跑遠，潘寧世摀上自己因為含著糖而鼓起的臉頰，愣愣地不知道在想什麼。

潘靄明看著弟弟，十三歲的女孩已經很成熟了，很敏感地察覺到這點微妙的氣息，但她選擇什麼也沒說，繼續靠在弟弟身上，等著媽媽跟老師說完話，帶他們前往未來要待兩年半的班級……

潘寧世宛如突然從夢中驚醒，以他現在的年紀回頭看十三歲的自己，真的有種恍若隔世的感慨。他坐直了身體，注意了下站名跑馬燈，離他下車的地點只剩兩站。

記憶裡的那天，媽媽跟老師真的說了很久的話，久到等他們被帶去班上的時候，已經是最後一堂課了。

就這麼巧，他們姊弟進了五班，跟盧淵然成為同班同學。當年還有能力分班，好班就分成三個等級，期末考結束後，潘靄明理所當然被調去最好的那班，盧淵然跟潘寧世則留在五班這個中間程度的好班。

他們當了兩年半的同學，成為彼此最好的朋友。

不得不承認，跟盧淵然在一起真的很舒服。潘寧世不是個喜歡與人交際的人，他的性格固執死板，又內向沉默，用更精確的說法是個高敏人，本來就不容易交到朋友。

盧淵然簡直就是潘寧世的對照組，活潑開朗有活力，一天不交朋友都會渾身不舒服似的，但又不會過度熱情到令人畏縮，好像天生懂得掌握與人交際的距離。

有了盧淵然這個朋友之後，潘寧世幾乎就不大需要花精力去交朋友了。他只需要跟著盧淵然認識盧淵然的朋友，不需要消耗自己的精神去思考如何處理人際關係，在國中高中五年半的生活中，盧淵然在潘寧世心裡的分量，硬生生壓過了潘靄明。

想想也很正常，畢竟儘管潘靄明一直到高中都跟弟弟同校，但他們只在剛轉學時短暫地同班過一個月，更別說因為潘靄明太過優秀，接了各種課外活動的任務，幾乎沒時間跟弟弟相處。

能在潘寧世身邊長時間與他相處的人，不知不覺就只有盧淵然了。

一眨眼，他們都是年近四十的大叔了⋯⋯

潘寧世煩躁地抹了下臉，他現在真的不知道該怎麼處理跟盧淵然之間的關係才好。

人的一生能有多少十幾二十年的朋友？更別說是從青蔥歲月一路攜手前行的朋友，這份感情過於珍貴，就像英國皇家權杖上的非洲之星，總不會因為有一點瑕疵就被果斷拋棄吧？

誰捨得呢？

第六章

老子不發威，你們是不是都真的把拎杯當倉鼠

經過幾個小時沉澱，加上各種回憶的加持，潘寧世一開始對盧淵然憤怒與受傷的情感都慢慢冷靜下來，即使心裡依然有不小的疙瘩，他也還無法心平氣和地找盧淵然說話，但他已經開始說服自己理解盧淵然的行為了。

『你真的一點都沒察覺到，我喜歡你嗎？』

盧淵然帶著苦笑的質問倏地在耳邊響起，潘寧世下意識摀住耳朵，也不知道想躲避什麼。

一點都沒察覺嗎？潘寧世發現自己無法斬釘截鐵地說沒有，他遲疑了，畢竟他跟盧淵然在一起太多年，他大半的人生都有這個好兄弟的陪伴，跟家人一樣，曾經他以為盧淵然會不會喜歡上他姊姊，然後跟潘靄明成為一對，變成他真正的家人。

直到高三升大學的暑假，他們考完試，兩個大男孩決定來場單車環島行，沿途路經很多美麗的風景，也遇到很多親切的人，等他們騎在臺東臨海的公路上時，看著一片壯闊的亮藍色，天際線那麼遠那麼長，突然就理解人類為什麼渺小，很多事情根本不需要在心上掛懷。

他們停在路邊休息，喝著已經被太陽曬成溫水的礦泉水，吃著壓縮餅乾，看著陽光下的大海，閃耀著粼粼波光，那是任何語言都無法形容的美。

就是在這時候，盧淵然突然開口：「有件事我一直沒跟你說過。」

「什麼事？」潘寧世轉頭看著跟自己一樣被曬成黑炭的好友。

海風吹拂日曬雨淋，他們年輕的皮膚還是很光滑不見一絲滄桑，只有滿滿的活力，好像怎麼樣都用不完，可以拚命往前衝，無論目標多遠都有信心可以到達。

「我其實跟你一樣喜歡男人。」盧淵然轉頭對他露出一口白牙笑道：「而且我有個一直很喜歡的人。」

直到這一秒，潘寧世才突然驚覺，難道盧淵然當時是在跟自己表白嗎？

從車站走回宿舍的路上，他都沉浸在後知後覺的震驚中，如果當時盧淵然真的是在跟他表白，那為什麼不說清楚？甚至那天之後，他們也不大聊戀愛的話題——不對，仔細想想，聊倒是挺常聊的，但都是潘寧世單方面聊，盧淵然則幾乎不曾說過自己的感情史。

他確實從來不清楚，盧淵然到底談過幾次戀愛，又追過誰？唯一知道的，大概就是盧淵然從高二開始就經常被學弟學妹、學長學姐遞情書。

潘寧世記得，自己跟盧淵然都是在高一升高二的暑假突然長高的，那時候的潘寧世滿腦子期待未來可以跟人嗯嗯啊啊，過上酒池肉林的成年人生活。

他聽說，Gay 圈滿地飄零，一個長得不錯、身材好又高大的一，絕對是眾人趨之若鶩的對象。既然他是個 Gay，這輩子沒有什麼結不結婚的問題，他的父母跟姊姊不管他性向如何，都不可能催他結婚，那不如盡情享受談戀愛的感覺就好？正所謂，工欲善其事必先利其器，想在 Gay 圈吃得開，沒有什麼比好身材更有用。

於是潘寧世決定從喝牛奶跟慢跑開始。但自己一個人有點寂寞，而且想養成運動習慣，剛開始有人陪自己也比較容易互相監督，以利達成目標，盧淵然是多好的人選啊！

所以他們開始了長高跟長壯之路。男生確實發育得比較晚，他們兩個好像又稍微晚了一點，高一的時候兩人都還是中等身材，但到了高二就如同充氣娃娃一樣突然抽高，經年累月的鍛鍊也讓他們的身材精悍結實，雖然還年輕，但全身上下都覆蓋了一層薄薄的有型肌肉，假以時日肯定能練出羨煞所有男性，迷倒所有小受的身材。

潘寧世的健身習慣就是從那時候養起來的。可惜，當初提議鍛鍊的人是他，最後收穫無數青睞的人卻是盧淵然，這點真的令潘寧世非常挫敗。

確實，他是個社恐，不大擅長與人交際，但高中時跟班上同學相處得應該算挺好，那時候他就參加了文藝社團，一個是小說創作社，一個是手工藝社，身邊圍繞的多數是女同學，少數幾個男同學有一半跟他的性向相同，照理說很有發生點什麼的土壤。但就是沒有……

把自己扔進宿舍沙發裡時，潘寧世還在思考這個問題，明明高中時代他的人緣不算差，但為什麼總是沒人給過他情書，或者對他表現出喜歡呢？大學時倒是有過幾次曖昧，但每回都會遇到些大大小小的意外，後來他三十公分大丁丁凶名在外，又跟鄭助教搞出救護車慘案後，確實就成為無人問津的單身狗。

「好像……每次跟阿淵聊完後，我就會失戀？」額頭上的退熱貼已經失去作用，潘寧世也沒力氣換，癱在沙發上喃喃自語：「難道……他都在私底下搞破壞嗎？」

推測完，潘寧世驀然笑出來，他覺得自己肯定想多了，盧淵然就算暗戀他，就算突然強吻他又莫名其妙地告白，但又有什麼理由故意破壞他的感情路呢？

問題，大概還是在自己身上吧？

某張很久沒見的面孔突兀地出現在腦海裡，潘寧世用力閉了閉眼，晃了晃腦袋，把那張臉甩出去。現在的狀況不需要再有那個人出來增加問題的複雜度。

雖然病著，但潘寧世覺得自己需要喝點酒，也不用太烈，一點生啤酒就行，他還記得今天自己在廚房發現前陣子很熱門的啤酒起泡機，包裝盒上的「神泡」兩個字，讓現在的潘寧世心癢癢的。量過體溫，發現已經退燒到三十八度六，沒問題了，可以喝幾杯了。

古人說得好，何以解憂？唯有杜康。

巷口就有一間便利商店，乾脆把所有種類的啤酒都買來喝喝看吧！反正明天可以偷睡懶覺，沒問題的。

夏知書收到一則陌生電話傳過來的訊息。

沒頭沒腦的，就打了一句話：如你所願。

什麼意思？夏知書抱著手臂，盯著訊息看了很久，猜不出來這是誰發的，也不清楚是不是發錯了，但總覺得背後有一段很長很曲折的故事。

實在令人很好奇啊……

畢竟八卦是人類的天性，他自己想不通，乾脆也傳給了商維，想聽聽對方的意見。

於是晚餐時分，商維夫妻把夏知書約到自己家，從這封來路不明、意義不明的簡訊開始，大聊起了職場八卦。

「我猜，這是一個三角戀。」商維拌著沙拉推斷。

「為什麼？」夏知書求知若渴。

他最近胃口好了不少，葉盼南夫妻一開心，今天準備了一整桌的菜，總共包含了起碼四國料理，十人用的餐桌都差點放不了五套餐具。

「你看啊，對方只傳了『如你所願』，可見之前他跟原本收信的人一定有什麼約定，我有種第六感，這不止是兩人之間的約定，肯定牽扯到了第三個人。」

「這只是妳的喜好而已。」又一次用職務之便提早下班的葉盼南，立即反駁親愛的太太：「依照我多年職業累積的靈敏度判斷，這應該只是兩人之間的衝突，很可能是分手，或者……」

商維瞪了老公一眼，逼對方吞下沒出口的「殺人或自殺」這種不適合出現在闔家歡樂餐桌上的詞彙。

幹了大半輩子推理小說編輯的葉盼南訕訕地摸摸鼻子，認命開始幫大家分馬鈴薯泥。

他兩夫妻的喜好很明確，一個喜歡狗血撕扯的愛情故事，一個喜歡鮮血四濺的推理故事，但用夏知書的角度來看，他們夫妻的喜好其實殊途同歸。

畢竟，無論愛情故事或推理故事，總是起於一個毫不起眼的日常，兩個或以上的人之間產生各種誤會跟糾葛，最後血流成河走向留下一片悵然的大團圓結局。

差別大概在於，愛情故事死亡的是愛情，推理故事死亡的是人。

「那你怎麼看？」商維開始分沙拉，問道。

「我本來以為是傳錯的，所以回了一個問號，並問對方是不是傳錯電話了，還附上自己的姓。但一直沒有別的訊息再傳過來，所以我現在也很疑惑到底是傳錯了，還是真有個人傳了這封訊息給我。」夏知書認認真真地回答，換來商維的白眼。

「我想問的不是你怎麼處理，而是你怎麼看這封簡訊？背後是怎樣的故事？」

夏知書笑得像隻偷吃魚的貓，眼睛彎彎地回答：「我覺得，可能是情侶吵架在賭氣。」

三個人三種猜測，到最後連兩個小朋友都加入討論，但因為對方沒再傳任何訊息過來，最後不了了之，反倒是葉盼南吃著義大利麵想到什麼，突然開口。

「對了，我聽說梧林這次很大手筆啊，把藤林月見的書跟荒川老師的書封都拉到日本去印了，你家拉拉有跟你聊過這件事嗎？」

「嗯哼。」夏知書點點頭，他不大愛吃義大利麵，所以端著一碗皮蛋瘦肉粥在喝，米粒都是煮開花的，皮蛋稍微烤過，形狀保留得很好，還多了一種焦香味，這已經是他的第二碗了。

「所以他有說誰去日本盯印務嗎？」葉盼南真的很好奇，要知道，出版業現在的寒冬是真的冷得大家都覺得自己住在南極圈，在做好書的同時，也努力在計算成本。

拿他家出版社來說，國內出版翻譯書籍龍頭之一，有日系書跟歐美系的書，日系主要出版輕小說、漫畫跟推理小說，都算賣得不錯，平均幾千銷量到上萬還是有的，個別特別熱門的作者或作品就能賣出更多。

即使如此，也沒人會腦子一熱跑到國外去印封面，就為了追求那一點其實沒多少人注意的差異。但是，放在梧林的鳳老闆身上，好像也不是那麼令人驚訝，那位不缺錢的老闆向來是很任性的，為了追求心中完美的作品，極端樂意燒錢。

雖然，日本的印刷真的特別精緻漂亮，摸起來的手感都不同，卻也真的完全沒必要。

夏知書笑而不答，他看了眼牆上的時鐘，大約是七點，也許吃飽回家後，九點左右可以打個電話給可愛的狗狗，問問他昨天有沒有睡好？今天工作是否順利？有沒有想主人呢？

見夏知書沒回答，回想起今天約人很順利，葉盼南也猜到去日本的人到底是誰了，他咋舌對好友比了個大姆指，「你家拉拉不會是愛屋及烏吧？不過，一般人也不會知道他其實是為了你，大概以為是為了藤林月見吧。」

那又如何呢？夏知書嘴角笑得壓不下來，他自己知道潘寧世的目的是為了誰就夠了，沒有誰家的拉布拉多比他家的更乖更可愛了。

「小夏叔叔家養拉拉了嗎？」正乖乖吃飯的葉柚安小朋友一聽見拉拉，眼睛瞬間就亮了，奶聲奶氣問：「那安安可不可以去叔叔家摸狗狗？」

三個大人都沉默了，互相對視一眼，最後派出商維去轉移小女兒的注意力。

好吧，他們忘記小孩子在場，有些兒童不宜的話題得先停止才行。

總算小孩吃飽，商左安帶著妹妹去房間玩了，商維拿出了啤酒問丈夫跟好友要不要喝一杯，夏知書想了想拒絕。

「我等下回家還要跟乖狗狗聊天。」

葉盼南指著夏知書嘖嘖兩聲，跟商維開了一罐冬季限定的草莓啤酒，開始下一輪的八卦。

「對了，說到去日本出差，今天有朋友跟我抱怨說，他家主管在春節前這種忙碌的時間，請了兩週年假跑去玩了，好像打算到日本過年。」葉盼南喝了一口啤酒，語帶深意地瞅著夏知書。

「我認識的人？」夏知書見葉盼南點頭，也好奇起來。他這幾年沒交什麼朋友，交際圈通常是出版社編輯或其他翻譯跟校對，沒聽說有誰在這種時候脫得開身跑去逍遙自在的。

「我不確定你認不認識，但是你家拉拉的好朋友。」

「盧淵然？」夏知書頓時眉頭一皺，難得露出不高興的表情。

「他跑去日本了？」總覺得有什麼壞事會發生。

「怎麼了？」商維敏銳地察覺不對勁。

「沒什麼……他前幾天來找我過……」夏知書臉色很不好，想起那天不歡而散的對話，害他沒吃到剛出爐熱呼呼的車輪餅。

有個念頭突然閃過夏知書的腦海，但竄得太快了，他連一丁點尾巴都沒抓到，只在心裡累積了煩躁。

「他說了什麼讓你現在臉這麼臭？」葉盼南不禁好奇，他也回想起來夏知書不久前找自己打聽過盧淵然的事情，正是因為這樣，他朋友才會跑來跟他抱怨盧淵然的瀟灑任性吧。

「他說……」夏知書遲疑了，他不確定兩人當天的對話內容適不適合跟眼前的夫妻陳述，畢竟多少牽扯到了他家拉拉的隱私，沒經過同意之前，實在不應該再告訴更多人了。

說起來，他對盧淵然的厭惡有一部分也來源於此，就算是故意找他放話，刻意要讓他感覺不愉快，但也不應該說出潘寧世的隱私吧！那種把對方當成自己所有物的潛在心理，讓夏知書一回想起來就不爽。

「他說他喜歡潘寧世。」簡略過後，能說的大概就是這件事吧，反正重點也只有這個。

「噗！」葉盼南噴出嘴裡的啤酒，被嗆得狂咳，肺都差點要咳出來了，「你……咳咳……你說什咳咳咳咳麼咳咳咳……」

「盧淵然說他喜歡潘寧世，他是來告訴我，我一定會被潘寧世拋棄的，要我識相點自己離開。」很好，總結到位，夏知書對自己非常滿意。

商維幫老公順氣的手沒注意到狠狠拍了兩下，差點真的把葉盼南拍吐出來。

「你被你家拉拉的前飼主示威了？」

「我是被示威了沒錯，但盧淵然不是我家拉拉的前飼主，我是第一個也是目前唯一的飼主。」夏知書嚴正聲明，他可不能讓自家乖拉拉跟其他人建立起什麼莫名其妙的關係。

商維擺擺手，興致勃勃得要命，「所以，你覺得盧淵然這次去日本是刻意找你家拉拉嗎？」

夏知書皺著眉，不是很樂意回答這個問題。

雖然他沒怎麼把盧淵然放在眼裡，畢竟要是潘寧世真對盧淵然有一點點喜歡，今天都不可能跟他在一起甚至同居。

雖然他不願意把兩人的關係定位成傳統意義上的戀愛關係，畢竟無論是夏知書也好，或是潘寧世也好，都對「愛情」沒什麼期待跟追求，他們甚至是很排斥這種感情的。

對，他當然察覺到潘寧世對「愛情」的畏懼，否則他幹麼養這隻拉拉？萬一養到個戀愛腦，那不是給自己找麻煩嗎？

但即便如此，他還是對潘寧世有某種占有欲，也很討厭有人覬覦自己可愛的乖狗狗。

某個念頭又突然閃過腦海，這次似乎抓到了點尾巴，是盧淵然……真討厭，到底又跟他有什麼關係？

「那你怎麼回應他？」好不容易喘過氣的葉盼南也跟著問。

怎麼回應？夏知書遲疑了幾秒，總覺得回想那天的事情像在腦袋裡塞垃圾一樣討厭，但還是認真回憶了一會兒，擺出一張無辜的表情，「我跟他說『你可以去跟寧寧告白啊』大概是這樣。」

「等等！」商維猛然大喝，嚇得葉盼南差點又被啤酒嗆到，在職場叱吒風雲的大編輯，悻悻地放下手中還有一半的啤酒，不敢再繼續喝了。

「等什麼？」夏知書嘴快應了句。

「你那個簡訊，該不會是盧淵然寄給你的吧？」就說是三角戀吧！商維看戲看得兩眼放光，雖然有點對不起夏知書，但怎麼說……啊，狗血廝殺的香氣太迷人了。

一切都說得通了！夏知書也終於抓住兩次閃過腦海的那個念頭。

「喔齁，你家拉拉的前飼主要動手嘍。」葉盼南幸災樂禍。

「我再強調一次，潘寧世的飼主只有……」一陣電話鈴聲打斷了夏知書隱藏怒火的聲明，他頓了頓拿出手機，看清楚上面的名字後，整個人瞬間春暖花開，「我借一下客房。」

商維比了個「請用」的手勢，就看好友開開心心幾乎要哼歌似地鑽進客房裡去接電話了。肯定是潘寧世打來的。

兩夫妻還沒針對這件事交換意見，兒童房的門被推開了，葉柚安甜蜜蜜的小臉蛋探出來，一臉渴望地問：「馬麻，我真的不可以去小夏叔叔家摸拉拉嗎？」

看著空橋外熟悉又陌生的景物，夏知書還有種不真實的夢幻感。

三年了，自從那次逃離日本後，他就再也沒有踏上這個曾經度過大半人生的土地，明明才三年，卻好像每個地方都跟過去有些微的不同。

曾經他以為自己再也不會回來日本，起碼不會來關東，阿姨、姨丈已經搬到沖繩居住了，說是不喜歡東京的生活步調，鎌倉山上的別墅現在只剩下藤林月見一個人住，雖然知道茫茫人海間要遇到彼此幾乎不可能，但夏知書還是控制不了手腳發冷，控制不住的顫抖從身體深處往外擴散。

想起昨天他接完電話，衝出客房對商維、葉盼南夫妻說：「我打算現在就買機票飛日本。」把熟知他情況的兩夫妻驚得一句話都說不出來，各自露出了自己是不是聽錯什麼，還是耳朵出問題的表情。

「你要去日本？」葉盼南宛如在夢囈。

「對，我要去。」夏知書點頭，已經點開剛搜索到的網站開始查機票了，因為臨時購買，時間跟價格都不大好，如果不搭紅眼班機，就只有明天下午起飛的飛機，還只剩下商務艙。

倒是無所謂，他自己生活得很富裕，偶爾買張商務艙不算什麼負擔，最重要的是他必須要儘快趕到某隻醉醺醺的拉拉身邊。

「剛剛打電話給你的是誰？」商維比較冷靜，湊過去關心詢問。

「潘寧世。」夏知書已經訂下機票，說到潘寧世三個字時，他的嘴唇控制不住地勾起，兩眼都是亮晶晶的，「他想我了。」好像這樣就可以解釋一切。

「確定是他嗎？」商維尤不放心，畢竟夏知書儘管向來行動力驚人，但也沒有講兩小時電話就決定飛出國找人的前例。

基於好友的立場，她實在不得不擔心夏知書是不是被詐騙電話騙了。

「確定。」夏知書整個人散發出愉快的氣息，彷彿發現了什麼大寶藏，想偷偷藏起來想自己獨占，但又隱藏不住形於外的喜悅。但這種喜悅中，隱隱夾帶著些許怒氣。

這麼衝突的情緒，讓商維實在不放心。

於是她跟葉盼南又勸了幾句，確定夏知書沒有任何躊躇跟情緒上的問題，也只得放下心，讓他注意安全，下飛機後要記得傳個訊息報平安。

剛通關，夏知書就立刻拿出手機傳訊息報平安，順便感嘆旅客人數超乎想像地多，還好他有永久居留證，才不至於跟人山人海的遊客擠通關。

回想起來，曾經有一段時間夏知書臺灣、日本兩地跑得挺勤勞，他大學的時候當過交換學生，後來到臺灣讀研究所，藤林月見本來想跟著他的，但被夏知書拒絕。

他認為兩人在一起的時間太多了，無論是交往前後，他跟藤林月見的生命中幾乎只有彼此，儘管不至於到窒息，因為父母的原因，夏知書其實挺喜歡跟自己喜歡的人無時無刻黏在一起。藤林月見給他很強烈的安全感，儘管這種安全感其實充滿各種危險，他還是像上癮了一樣甘之如飴。

那次交換學生，夏知書去的並不是葉盼南的學校，也就沒在大學時期認識彼時青蔥年少的潘寧世。他跟葉盼南是在某間曾經紅極一時的茶飲店認識的。

在臺灣點飲料真的對選擇困難症的人很不友善，葉盼南幫助了當時中文不夠好的夏知書順利點了飲料跟小食，兩人就這樣熟絡起來。

那也是從父母離世後，夏知書第一次想跟藤林月見稍微拉出一點距離，去看看更廣闊的世界。他以為這是證明跟藤林月見感情堅定、安全感足夠的表現，因為知道對方永遠在自己身邊，是自己人生的那根錨，無論飄盪到哪裡都能回到最初的地點。

他也以為藤林月見是這樣看自己的，無論前往何處，總有個讓他安心的歸處。

所以才會堅定地拒絕了藤林月見陪讀的提議，他想自己也不過就是交換學生一年，讀研究所兩到三年而已，日本、臺灣又這麼近，雖然當時跨國電話很貴，網路電話也沒那麼方便，但他們要見對方其實也沒那麼難，就是比較貴而已。

如今回想起來，夏知書覺得自己有點太想當然爾了，所以才會導致後面他跟月見最終感情破裂，整整三年沒再見過對方。

順利坐上開往東京市區的電車後，夏知書拿出手機上網搜索葉盼南幫他問到的梧林在東京的宿舍，還有一個多小時的車程。

夏知書當然沒跟潘寧世說自己要來日本找他的事情，但想到昨天一接起電話，一串黏糊的『主人！主人主人主人主人！』流洩出聽筒，當中還夾雜了幾聲汪汪叫，非常撒嬌，聽得夏知書心頭發癢，難得臉紅了。

「怎麼了？狗狗想主人了嗎？」

他覺得這肯定是心有靈犀，他本來就打算晚點打電話給自家乖狗狗的，沒想到對方卻比自己還要更積極。

『主人我好想你……我今天……我今天很難過……』得到回應，潘拉拉似乎更快樂了，聽筒傳來沙沙的摩擦聲，應該是頭髮磨蹭的聲音，即使沒有開視訊，夏知書也彷彿可以看見潘寧世怎麼把臉整個貼在話筒上，完全就是隻跟主人撒嬌的拉布拉多。

「你喝酒了嗎？」夏知書帶著笑問，他知道自家拉拉總是在他面前耍帥，就算撒嬌也不忘保留一點為了帥氣凹的造型，絕對不可能像現在這樣黏黏糊糊，還展現出自己的脆弱，畢竟潘拉拉偶包略重。

『我只喝了一點點……』潘拉拉回答得很心虛：『真的只有一點點。』還此地無銀三百兩地強調，看來是喝了不少。

「工作不順利嗎？」雖然心癢，但夏知書依然是個盡心盡責的主人，當然要優先安撫乖狗狗的壞心情。

『不是，很順利……』潘寧世在電話那頭露出傻笑，他想到最終打樣的成果，每一種顏色、每一種特殊印刷、甚至連上手的觸感，都符合他的要求，他忍不住得意起來，邀功道：『那真的是非常美的封面，讀者一定會對這套書記憶深刻，肯定會是書展上前幾名吸引人的封面！到時候，大家就會看到你的名字……翻譯，蝸牛……從封面到每個文字都是最完美的……』

說著，潘寧世低低笑起來，開始跟夏知書說起自己用了什麼油墨、用了什麼紙，封面看起來是什麼樣子，夜光封面的完成度有多高……

『你知道嗎？看著封面我就想起蟬衣，他雖然被父母拋棄，被殺人兇手盯上，他受了很多傷，但他終究破殼羽化。就算生命有限，他依然用生命高歌，沒有被任何挫折打敗……』潘寧世輕輕吐了一口氣，接著幾乎是用氣聲道：『我一直在猜想，蟬衣到底是不是你，可是又覺得藤林老師應該不至於沒經過你的同意就把你的私事寫成書……』

潘副總編打個了酒嗝，用一種非常溫柔又認真的語氣叫了主人。

「嗯？我在聽……」夏知書下意識摀住胸口，他從來沒在潘寧世面前展現過自己在看到《蟬鳴》這本書時的情緒，每一道傷痕他都躲著潘寧世，他希望自己在對方面前是個快樂的、可愛的，可以沒有負擔享受情慾跟親密情感交流的對象。

但他好像看輕了潘寧世這個編輯的感受力。

『我很希望能讓你早點看到《蟬鳴》的封面，雖然翅膀破碎，但依然能在幽暗中被人發現，繼續鳴叫……』

我也很想早點看到……夏知書在心裡回應潘寧世，那種被當成第一位重視、選擇的感覺真的讓夏知書恍惚，他分不清楚自己現在是感動？還是開心？還是茫然無措？他只是很希望能夠伸手就抱到潘寧世，感受對方的呼吸跟體溫，以及身上那種帶著紙張筆墨氣息的味道。

『主人，我好想你……我有點後悔了……』潘寧世鼻音很重，呼吸聲也重且斑雜，他吸了吸鼻子，咳了兩聲，可憐兮兮地撒嬌：『我感冒了，主人，我今天發燒，現在好像又有點燒起來了……』

大概是生病加上醉酒，潘寧世說話的邏輯很混亂，前言不搭後語的，聽得夏知書一邊心疼又一邊好笑。

「怎麼會感冒了？有看醫生嗎？」

回答夏知書的是一片粗重喘息的沉默，就算潘寧世醉得再厲害，他也不想讓男朋友知道自己是因為昨天網愛後沒穿衣服就睡著，才因此感冒的，太丟臉！真的太過丟臉了！他這樣以後怎麼當一夜七次的小狼狗！

『沒看醫生，但有補充水分……』啤酒也算水分，所以不算說謊。

「感冒發燒了還喝酒，壞狗狗。」夏知書手指癢癢的，他可以想像聽到自己這些話，潘寧世會多害臊，從耳朵開始紅到脖子，最後整張臉都會是紅的。

然後因為自覺理虧，會皺著眉看起來很嚴肅的樣子，但仔細看就會發現，潘寧世的眼神是心虛的還要故作鎮定，可愛到不行。

「那我家的乖狗狗今天為什麼難過？」

『因為……』潘寧世遲疑，似乎在掙扎要不要說。

這讓夏知書好奇了起來，到底發生了什麼？才會讓已經喝醉到放鬆戒心，甚至在他面前黏糊撒嬌的潘寧世，依然保留理智不願意說出口？但同時，有種不大好的預感也在心裡冒出頭。

他突然想起來，盧淵然不就跑去日本，還說要去跟潘寧世告白嗎？

「盧淵然……」夏知書試探地說出這個名字。

電話那頭突然不說話了，沉默了很長一段時間，潘拉拉才又開口汪汪哭：『主人，我想你，我想抱著你睡覺……』

絕對是盧淵然做了什麼！

身為潘寧世目前的主人，也是人生至今唯一的主人，他絕對不能讓盧淵然挑戰自己的權威！

電話又持續了一陣子，兩人都很有默契地沒再聊到某個名字跟某個人，只是說了些肉麻到完全不適合被第三個人聽到的私密情話，也可以說是完全沒有營養的廢話，來來回回都在我想你、親親你，嗯嗯啊啊，我的小拉拉也好想主人之類的糟糕話題中度過。

直到潘拉拉不勝酒力又再次發燒，終於睡著過去。

聽著仍帶著雜音但依然沉穩，感覺睡得很幸福的呼吸聲，夏知書當場下定決心衝日本。且不管盧淵然還會不會繼續搞事情，他也很擔心自家狗狗的身體，更重要的是——他真的很想潘寧世。

今天天氣很好，雖然冬天天黑得早，但夕陽的顏色非常美麗，夏知書撐著下巴看窗外景色，心情隨著站名越來越接近目的地，明顯地越來越愉快，幾乎要飛起來了一樣。

梧林宿舍的地理位置很棒，夏知書離開車站後，沒花多少時間就找到了那棟公寓，在樓下輸入了大門密碼，拎著在巷口藥局還有準備打烊的水果攤買的禮物，輕快的腳步在石磚地面踩出踢踏舞般的節奏。

就快了……就快了……等電梯門一開，往左邊走第三間房，就是……

電梯門開了，兩聲交雜的粗重喘息聲比走廊的日光燈還要早讓夏知書感受到。

他愣了愣，隨後看到兩個高大修長的身影交纏在一起，好像還有滋滋的接吻聲。

現在的日本已經這麼開放了嗎？男人都這麼毫不顧忌地在公共場合接吻了嗎？

不對……總覺得其中一個身影很眼熟……

「盧淵然！」那個眼熟的身影終於掙脫開另一個人的箝制，兩人分開的唇間有一條唾液的痕跡，在走廊日光燈照射下發亮……

夏知書不敢置信地看著兩個人，被壓在牆上的是他可愛的拉布拉多，趁人之危動手動腳的，則是盧淵然！

夏知書腦子嗡一聲，衝出電梯後，直接一拳揮在盧淵然臉上……

盧淵然第一個感覺是整個人突然失重，狠狠摔在地板上，一側臉頰也重重地在地面發出「叩！」的一聲，隨後劇烈的疼痛從朝上的那一側面頰蔓延開來，一路鑽進腦子裡，口腔中也瀰漫開鹹腥的鐵銹味。

思緒斷開了好幾秒，也可能沒那麼久，只是因為疼痛跟猛然被攻擊的錯愕，讓他的體感時間變得緩慢。

隨即，肚子也被重重地踢了一腳，他張開嘴發出嘔吐似的聲音，劇烈咳嗽起來，每咳一下肚子就抽痛一下，胃部彷彿整個扭轉一百八十度，痛得他控制不住生理性淚水。

等到他終於意識到發生什麼事的時候，自己的鼻骨似乎被打斷了，拳頭一下一下落在他身上、頭上、臉上，胸口則被踢了兩腳，讓他根本站不起來，只能蜷曲在地上挨打。

是誰？

他一手摀著臉一手摀著肚子，像隻毛毛蟲一樣在地上勉強挪動，連呼吸都讓他痛得顫抖，該不會肋骨也受傷了吧？

到底是誰？

對方半點沒有停手的意思，密集的攻擊讓完全失去反抗機會的盧淵然連想看清楚攻擊者都難，他只聽見自己的身體被毆打的聲音，某些部位的骨頭發出了斷裂似的脆響，臉上亂七八糟的不知道是血還是眼淚還是全都有……

「先不要打了！蝸牛老師！先不要打了！」

盧淵然在自己身體裡外發出的各種雜亂聲響，還有攻擊者的腳步聲、呼吸聲跟揮拳的聲音中聽見潘寧世驚慌失措的喊叫，「蝸牛」兩個字在腦中轟然炸響，他根本無法相信！

那麼嬌小的人，跟落在自己身上凶狠沉重的拳頭根本無法聯想在一起，他只覺得荒謬至極，還有一股深深的羞辱挫敗感，激得他狼狽地從地上爬起來，試圖回擊。

他絕對不能忍受自己被夏知書打敗！無論哪一方面都不能忍受！

大概先前的攻擊卡的是一個猝不及防的偷襲跟爆發力，夏知書可能也累了，拳頭不再落下，站在一個進可攻退可守的距離，瞪著搖搖晃晃爬起來的盧淵然。

「你為什麼會在這裡！」盧淵然噴著血沫怒吼，他整個人被打得慘不忍睹，嘴唇都撕裂了，整個口腔都是血，聲音嘶啞得嚇人。

「你又為什麼會在這裡！」夏知書也不甘示弱吼回去，把身邊手足無措的潘寧世嚇了一跳。

要知道夏知書從來沒大吼大叫過——當然床上不算——這還是他第一次聽見平常說話秀秀氣氣的人，竟然能吼得這麼大聲，氣勢洶洶到令人畏懼。

「不是你讓我告白嗎？哈！我如你所願啊！」盧淵然想上前回揍夏知書幾拳，但他可能真的被打到肋骨有裂傷了，撐著站在原地已經讓他痛得神智微微模糊，真的一步都動不了，現在的爭鋒相對也是付出胸口疼痛到麻痺的代價換來的。

「那我叫你死，你要不要從這裡跳下去？跳吧！」

夏知書惡狠狠指著貫通的天井中庭，圓亮的雙眼閃著食肉動物伏擊獵物前的光芒，任誰看了都會不禁背脊發寒。

盧淵然可不是被嚇大的，他才不怕夏知書，他可知道對方太多事情了，在意什麼、害怕什麼、喜歡什麼、弱點又何在……他露出一抹扭曲的笑容，語氣宛如淬毒，輕柔道：「你都沒跳樓，我跳什麼？」

聞言，夏知書先是一愣，隨後像回想起什麼臉色先是變得慘白，接著又染上憤怒的暈紅，還沒等盧淵然得意幾聲，人又像個小砲彈衝上去，一腳踹在那勾著唇角的下巴上，直接把一百八十幾的大男人又踹翻在地。

潘寧世完全反應不過來，他還在慶幸夏知書停手了，還在思考要怎麼把兩人分開好好解決這件事，雖然他的腦子勉強運轉起來了，動作卻因為各種原因累加還很遲鈍，沒等他動作，眼前的兩個人又撕打在一起……或者說，夏知書又單方面毆打起盧淵然。

這次夏知書揍得更狠了，他好像非常清楚打人打哪邊最痛，每一拳下去盧淵然都會發出痛苦的悶哼，幾次想回手都綿軟無力，輕易被夏知書攔住，更凶狠地反揍回去。

簡直像在作夢……潘寧世在一旁完全不知道該怎麼辦才好，一百九十以上、滿身鍛鍊過的肌肉、床上可以把夏知書抓著像抓一個充氣娃娃般的人，現在擺著雙手在一旁繞圈圈，完全找不到空隙上前架走暴怒的小倉鼠。

好像有鄰居打開門偷看他們的鬥毆，潘寧世心底更慌，深怕有人報警，那事情就麻煩了。

咬咬牙，他終於走上前別開頭瞇著眼，兩手一伸直接把夏知書攔腰抱起，暴怒中的倉鼠雙腿離地，在半空中踢蹬，即便如此還是試圖要用力往盧淵然臉上踢兩腳。

「先冷靜一點！先冷靜一點！阿淵已經受傷了！你讓他喘一下氣！」潘寧世奮力安撫，但盧淵然的名字一出口，懷中的小倉鼠瞬間扭得跟瘋了一樣，上身不斷前傾揮拳，幾乎從潘寧世的雙臂間翻出來。

「蝸牛老師！蝸……」潘寧世發現自己不小心踩到地雷，慌張得滿頭大汗，更用力抱緊懷中扭動的身軀，聲音也大了起來：「夏知書你冷靜一點！我們有話好好說，不要再打了！」

「你放我下來！我要踢死他！操你媽的老子不發威，你們是不是都真的把拎杯當倉鼠！」冷靜個屁！這隻愚蠢的拉布拉多！不幫主人衝上去咬壞人兩口，竟然還敢阻止他！回家一定也要咬死這隻蠢狗！

到底該說混亂還是搞笑，總之等他們聽見警車鳴笛聲，在看到警察衝過來時，潘寧世正第三次把夏知書抱高，避免盧淵然真的被打出什麼不可逆的傷害。

「你等著！你最好給我等著！下次見面我要是沒再把你揍進醫院，我就不姓夏！」即使隔著警察跟救護車的醫護人員，夏知書怒氣依然不減，揮動著雙手放話：「你給我洗乾淨脖子等著！」

潘寧世絕對沒想過，自己連在異國都有進警局的一天。而且被拘留的原因是：打架鬥毆。

更別說他從沒想過，夏知書嬌嬌小小、可可愛愛的一個人，揍起人來只能用「不要命」跟「瘋狂」形容……真的，橫掃出一種身高三公尺的氣勢，把盧淵然這個一八七，又有運動習慣的大男人，打得倒地不起，現在送去醫院了。

也不知道有多少地方會骨折？潘寧世回想起來就有種胃痛感。這符合常理嗎？不不，這符合科學定理嗎？三大運動定律還是什麼……潘寧世直到現在都還在恍惚中。

他的雙臂現在泛著疲勞過後的痠麻，似乎還能感受到夏知書在拚命掙扎扭動的力道，甚至從他抓抱中掙脫過兩次，這兩次都讓盧淵然付出了更慘烈的代價，如果他沒記錯，好像有疑似鞋底的紅腫痕跡，在他第三次抱高夏知書時出現在盧淵然臉上……

相較於潘副總編懷疑人生，夏知書就顯得很淡然了，對進警局一點畏縮緊張的樣子都沒有，甚至還跟警察先生點飲料……這種走進自家廚房的態度又是怎麼一回事？

最後當然是沒有飲料的，但給了他們一人一杯熱的玄米茶，附茶包，可回沖。

他們現在並不是在審訊室裡，基本的訊問已經結束了，兩人都被訓斥了一頓，但因為是外國人，而且沒造成其他鄰居受傷或財物損失，兩人再待一下等程序走完就可以離開了。

「你……呃……」喝了一杯熱茶又回沖了一杯後，潘寧世受驚的小心臟才終於被安撫住了，但說話還是結巴：「你怎麼會在這裡？」

好，先從最重要的問題開始，他親愛的主人為什麼會出現在日本？還找到公司的宿舍來？

雖然，他很開心，現在也很開心，胸口熱熱的，比手上的玄米茶要滾燙得多。

「當然是來看我的乖狗狗。」恢復冷靜的夏知書笑吟吟地回答，伸手摸了一下潘寧世沒有髮膠的短髮。

終於可以把手指插入那有些粗硬的髮間，掌心跟手指都癢癢的，一路癢到心尖上。

潘寧世果然臉紅了，他乖乖地垂著腦袋，方便夏知書撫摸，什麼疑問都沒有了。

包括，為什麼夏知書除了手指關節因為打人打太凶了，所以受到一些擦傷跟紅腫破皮，其他地方一點傷都沒有？還找時間把衣服都整理乾淨。

是的，夏知書現在一身乾淨整潔，小小的巴掌臉上原本被汗水跟灰塵弄髒的地方都擦掉了，白白淨淨一個人，看起來像還沒畢業的大學生，一雙大大的眼睛亮晶晶地看著潘寧世，好像看著全世界……誰能想像一個多小時前，這個現在看起來甜美可愛的人，卻是一隻暴走的戰鬥倉鼠？

潘寧世覺得自己死而無憾，管他為什麼主人會出現，管他為什麼倉鼠老公公實際上是隻凶殘的倉鼠，最重要的是他現在真的很需要跟主人貼貼親親，最好可以順便上個床。

「盧淵然怎麼回事？」夏知書也沒想解釋自己的戰鬥力問題，這一說就得從國中開始說起，眼前不是好時機，兩天沒見的主人跟狗狗，最該做的事情難道不是黏在一起嗎？

而且眼前還有更重要的問題，或者說一個更需要被解決的人存在。

「我不知道……」一提起好友，潘寧世原本冒出來的幸福粉色泡泡就瞬間破滅得一乾二淨，整個人染上慘淡的顏色。

事情是這樣的，潘寧世今天打算休息，畢竟昨天帶病工作一天，還喝了好幾罐啤酒，打語音通話跟主人說了兩三個小時的話，他是真的需要休息一兩天了。

所幸另一件工作要去拜訪的對象這兩天剛好不在東京，據說是被編輯抓到某個鄉間旅館去閉關寫作了，潘寧世打電話去跟那位責任編輯聯繫，對方說差不多再兩三天就可以把人放回家見客，雙方愉快地敲定好交接時間，務必不讓那位老師找到逃脫的機會。

所以潘寧世再次睡到被門鈴聲吵醒才起床，穿著當睡衣的棉質運動衣褲，就踩著拖鞋去開門了……這真的是今天最大的錯誤，他忘記自己在日本，也忘記開門前要看一下貓眼，直接把門拉開，盧淵然就一身打扮過的俊挺模樣站在門外。

一開始盧淵然說是來道歉的，為自己昨天唐突且不禮貌的行為認錯，還帶了很有名的一間和菓子店的季節限定甜品過來，希望能求得原諒，兩人的友情別因為這件事情而出現裂痕。

潘寧世幾乎是看到盧淵然的那一瞬間人就整個清醒了，甚至都忘記自己前一秒還覺得頭重腳輕，不知道是又發燒了還是發燒加宿醉，戒備地皺著眉盯著自己從小到大的好兄弟，覺得對方的笑臉實在令人煩躁。

盧淵然想進門，潘寧世拒絕了。

不管今天是不是來道歉，潘寧世總有種直覺，不可以跟盧淵然獨處，否則絕對會發生什麼更糟糕的事情。眼下，他們最好別多接觸，給彼此一點冷靜跟思考的時間才對。

但從來像好好先生的盧淵然，卻展現出了潘寧世沒見過的強硬一面，竟然打算直接把人推進屋子裡，自己順便強闖。

別開玩笑了！就算病著還宿醉，潘寧世一身肌肉也不是白練的，若是單純論力量，盧淵然拿他一點辦法也沒有，偏偏現在他又病又宿醉就是根沒用的大廢柴，竟然直接被趁虛而入了。

「你太卑鄙了！」潘寧世一開始被推了個踉蹌，完全靠身高成為一堵牆，才沒真的讓盧淵然突破進入大門裡。

他冒了一身冷汗，明明是最親近的人之一，他本該是非常了解盧淵然的，可能遇到危險跟麻煩的時候，他第一時間會想到大姊，再來就會想到盧淵然。

卻沒想過有一天，對方會成為他的恐懼來源，那種被侵犯的感覺完全忽視不了，每根神經都不可控制地緊繃起來。

「我卑鄙？」盧淵然被擋住，流洩出一抹不甘心跟受傷，半垂下腦袋低低笑出來。那笑聲帶點神經質的瘋癲，聽得潘寧世毛骨悚然。

「我是卑鄙又如何？潘寧世，你好好摸著自己的良心說，如果我高中那時候就跟你告白了，你跟我現在還會是朋友嗎？」

「等等！他竟然還有臉質問你？」聽到這裡，夏知書整個人又毛起來了，小臉氣得通紅，死死握緊拳頭似乎盧淵然要是在眼前，他絕對要衝上去再狂毆一頓。「他竟然從高中就暗戀你？」

盧淵然這人有病吧？夏知書好不容易靠摸狗狗恢復的心情，又熊熊燃燒起來，控制不住在心裡開始計算，高中取個中間值，算暗戀一年半好了，那就是十六、七歲的時候開始暗戀，到現在都二十多年了！

「我也不知道他從高中就暗戀我……」潘寧世抹了下臉頰，他聽到的時候也是疑惑不解，腦袋都當機了。

「然後他就趁機把你壓在門上親？」好，事情的脈絡都明確了，盧淵然才不是來道歉的，好一點來說，他是上門來送砲的，要誘姦潘寧世。糟糕一點就是他可能打算強暴潘寧世……

「我覺得我應該打到他終身不舉才對。」夏知書臉色猙獰地下結論。

這根本就是披著羊皮的大野狼！

「別別別，真踢到不舉你可能就吃定官司了，沒必要，真的沒有必要……」潘寧世再次抹去額上的冷汗，他家主人這麼生猛的嗎？

「不行，我覺得你需要消毒。」夏知書盯著潘拉拉還是有點紅腫的嘴唇，上面有很明顯的牙印，可見盧淵然親得多狠。

這是赤裸裸的示威！夏知書才不會忍耐！

「消毒？」潘寧世困惑，他左右看了看想找個警察借一下酒精，不知道夏知書想消毒哪裡。

「對，一定得消毒。」夏知書拉著潘寧世起身，氣勢洶洶地拉著人進廁所，直接進了最裡面那個隔間，關門落鎖。

放下馬桶蓋後，在狹窄的空間裡把還愣愣的潘寧世推坐在馬桶上，低頭捧起潘拉拉的臉，一嘴吻了上去。

不管做過多少次，也不管接過幾次吻，每回潘寧世在一開始都表現得像個處男般生澀害羞。他的舌頭跟本人一樣，粗長厚實輕易就可以塞滿夏知書的口腔，能直接舔到喉頭小舌，彷彿要把人吞掉一樣。

但他總是不敢這麼直接，總是先試探，小心翼翼地用手攬住夏知書的腰，順從地接受對方用柔軟的舌頭探索自己的口腔，直到舌頭互相交纏，細微的嘖嘖水聲在腦中轟鳴，才敢一點點把夏知書深深地摟進懷裡，用自己鍛鍊過的胸肌磨蹭對方。

這次也不例外，畢竟都是個年近四十歲的中年人了，當然不存在反應不過來「消毒」是什麼意思這種事，他愣愣過後很快就沉醉在夏知書的吻中，舌頭被吸吮纏繞的感覺溫暖又舒服，甘美的氣味在呼吸中擴散開來……他的主人，嚐起來真的是甜的。

「不討好討好主人，主動一點嗎？」綿長甜蜜的一吻結束，夏知書退開的時候，兩人唇間牽起一條銀絲，很快被調皮的小倉鼠刻意舔掉，對潘寧世露出一個狡黠的淺笑，「主人今天心情不好，因為有人想偷走我家可愛的乖狗狗……怎麼辦？」

警局的廁所隔間空間不大，塞個身高一百九的潘寧世已經顯得擁擠，即使夏知書再怎麼嬌小，他們也幾乎沒有轉身的空間了，行動非常受限，卻不妨礙夏知書跨坐到潘寧世大腿上。

因為有暖氣的關係，警局中並不冷，甚至還有點過度溫暖，所以他們早就把厚重的外套圍巾等等都脫掉了，各自剩下了最裡面的襯衫跟高領棉衣，滾燙的體溫透過不算厚的布料傳遞到對方身上，還夾帶著屬於他們的味道。

夏知書把臉埋進潘寧世頸窩中，用力嗅了嗅，熟悉的紙張氣味混著淺淡油墨味道，應該是前兩天都泡在印刷廠殘留的，沉穩又令人感到寧靜，然而一抹忽略不掉的殘酒味道，又讓這種沉靜感多了一分勾得人心癢的氣息。

就彷彿看到禁慾的僧侶破戒，慌亂惶恐卻性感得驚心動魄。

真糟糕，怪不得盧淵然會突然強吻上去，冷靜下來用絕對第三者的角度分析，夏知書覺得自己肯定也會在看到潘寧世的第一秒親上去，然後順便把人推倒吞進肚子裡。

當然，這不代表他後悔自己動手打人，他只會後悔自己打得太晚了，就應該早點揍死那個不安好心的渾蛋傢伙。

「乖狗狗，怎麼辦？」夏知書咬了一口潘寧世的頸側，在上頭留下個不顯眼的齒痕，雖然地點不合適，但……

潘寧世被又親又啃地搞得理智呈現下一秒就要繃斷的狀態，面對自家主人，他從來都不是什麼很有忍耐力，有辦法控制本能的傢伙，他只想緊緊抱著主人，跟主人負距離連接在一起，彷彿分不出彼此。

可是……現在他們在警局的廁所啊……雖然沒有監視器，但難保不會被抓到……啊，可是，主人好香好軟，大腿上是主人屁股又軟又彈的肌肉在摩擦著，稍微做一下下……應該……可以吧？

男人的理性與理智線斷裂也就是一秒的事情。

潘寧世還在岌岌可危地抵抗自己的本能，但夏知書可比他本能多了……不如說，剛打完架，他的腎上腺素還在高濃度狀態，整個人亢奮又性致勃勃，等不及自家大狗糾結完，乾脆俐落地捧著人的臉又開始親。

這次親得比先前更深更黏膩了，舔過齒列、勾纏粗厚的舌頭，連上顎敏感的地方還有舌下脆弱的那塊也沒放過，嘖嘖水聲張揚地迴盪開來，完全沒想過這是公共廁所，隨時有人會進來。

理智線啪一下斷開，潘寧世再也控制不住汩汩湧出的情慾，一手緊扣著夏知書的腰狠狠壓在懷裡，另一隻手則扣在他下顎上，猶如出閘的野獸般凶猛吸吮。

極具壓迫感的高壯身軀幾乎將夏知書包裹住，被他坐在屁股下的兩條大腿肌肉扎實，緊繃起來時硬得很，熱度跟觸感都讓夏知書微微發抖，加上口中開始反客為主的厚舌舔上了他的咽喉，讓他幾乎喘不過氣，腦中嗡的一聲意識瞬間都空白了。

這個吻更像是吞吃，綿長又深入，直到夏知書渾身發軟時才退開來，兩人嘴唇都微微腫起，潘寧世下唇上還有夏知書被吻到幾乎窒息時掙扎留下的咬痕。

「我什麼都可以做嗎？」潘拉拉不忘徵求主人的同意，黝黑的眼眸帶著一層隱約的水氣，乖巧中夾雜些許不安分的凶狠，盯著滿臉通紅、眼神迷離的主人看。

「可以……」夏知書淺笑，雙手虛虛搭在潘寧世的肩膀上，跨在對方大腿兩側的腳夾了夾，滿意地聽見男人粗喘聲，還在腰上的手又緊了緊。

腰帶跟褲扣拉開的聲音很響亮，兩人畢竟顧慮著地點不對，也不敢真的脫光衣服，只拉下褲子，粗壯又硬得發燙的陰莖彈出來，拍打在夏知書只隔著一條薄薄三角褲的臀肉上，啪的一聲。

雖然不是有意的，但今天夏知書難得穿了件很普通的白色三角褲，挺翹又飽滿的臀肉被布料兜著，隨著兩人的動作溢出一層層肉波，顏色略深的大肉棒緊貼著會陰處摩擦，不知不覺就擠開那層薄薄布料，直接蹭上了熱呼呼還隱約帶點濕意的部位。

嗯啊……太燙了……夏知書被磨蹭得顫抖，明明才分開沒多久，離上一次做愛也才幾天而已，他卻有分開了很久終於又緊密相貼的滿足感。

「你……要小心，不要被人發現了……」

他湊到潘寧世耳際，舔了下殷紅的耳垂，用氣音叮嚀。

這根本就是挑逗！潘寧世渾身肌肉一顫，繃緊了又鬆開，帶點埋怨又無辜可憐地看了眼笑得壞心眼的主人，還是乖乖點頭。

前戲不適合太久，畢竟是半個公共場合，而且萬一警察要找他們沒找到人就更糟糕了。

「有……有潤滑嗎？」潘寧世努力平穩聲音問，他的耳垂被啃了幾下後又被啄了幾下，麻癢得讓他腦子都快沸騰了，真的很不得把主人壓在隔板上，直接操到昏過去，免得被這樣不上不下地玩弄，壞透了。

「沒有。」夏知書往下坐深了些，讓潘寧世的肉莖前端幾乎戳進自己還沒完全潤滑的後穴。「但你可以先用手指操我的前列腺，搞不好就夠濕了喔……」

潘寧世整個人又狠狠抖了下，渾身都泛紅了，他不敢置信又滿是期待地看著夏知書，但對方正在玩他的耳垂，視線裡只能看到毛茸茸的捲髮，蓬鬆又俏皮，輕靈地在他頰側、頸側搔著。

男人寬大的手掌一起握上在自己大腿上磨蹭的兩片臀肉，三角褲已經幾乎失去應有的功能，被隨意撥開在一旁，擰成了布條。

潘寧世的手指很長，指節明顯，要插入後穴的時候稍微遇到些許阻礙，但也許是剛剛被肉莖摩擦過的關係，並沒有特別難插入，縮緊的褶皺帶著濕潤的水氣，揉搓了下很快一根手指就插入了。

狹窄、炙熱、柔軟，潘寧世抽了口氣，手指摸索地往深處探入，過度美好的觸感讓他的陰莖也跳了跳，硬得更厲害了。

夏知書的前列腺在偏淺的地方，不用插入很深就可以碰到，潘拉拉熟知主人身體的各個敏感部位，很快指尖就觸摸到一塊微微有點鼓起、比較硬一些的部位。

「主人，要忍住喔……」低啞溫柔的聲音搭配的卻是毫不留情的動作，指尖一下子戳上前列腺的位置，過度強烈的刺激讓夏知書渾身緊繃，幾乎忍不住叫出來，濕熱的肉道都跟著緊縮起來，死死夾著那根肆虐的手指。

一開始只有一根手指在磨蹭，已經讓夏知書癱在潘寧世間頭喘氣，咬著嘴唇悶哼著不敢發出太大的聲音，腰部痠軟得幾乎要融化了一樣。

很快，潘寧世第二根手指也插入了，他對主人濕透的速度不滿，兩根手指可以夾住前列腺的部位搓揉，夏知書整個人控制不住地扭動，想掙脫男人的手指，卻被輕易抓著腰按住，激烈的快感一下子順著脊椎衝上腦門，接著蔓延全身，連神經末梢都跟著抽搐起來。

咕啾咕啾的水聲很快就響了起來，濕熱的汁水氾濫開來，順著手指往外漫流，將兩個手指浸得晶亮，抽插跟玩弄前列腺的動作更瘋狂了，幾乎快把那個小小的腺體玩腫，夏知書死死咬著潘寧世的肩膀才沒有叫出來，被擠壓在內褲裡的陰莖早就把布料都噴濕了。

「快、快進來……別、別繼續玩了……」他哆嗦著伸手按住男人意猶未盡的手，帶著哀求的哭腔道：「我、我會受不了……壞狗狗……」

潘寧世腦中嗡一聲，他怎麼受得了主人這樣拜託自己？肩膀上被咬的濕意跟微微的疼痛也讓他完全忍耐不了，只想把自己塞進主人身體裡亂來。

所以，他咬著牙忍住自己喉間的低吼，猛地抽出手指握住巨碩的陰莖抵上已經濕透的柔軟菊穴，猛地往裡頂去，一下就把整個龜頭都插入了。

兩人同時滿足地發出低低的嘆息，很快那根粗壯的陰莖又往內深入了幾分，只剩下最後一小節還露在外面，因為角度關係不好插入。

雖然兩人上半身都還衣著整齊，頂多就是潘寧世的襯衫有些皺了，肩膀上有一塊被咬的水痕，每一束肌肉都在布料下若隱若現，充滿爆發力的雙臂緊緊把夏知書扣在懷裡，下一秒便開始壓抑又狂暴地一下一下鑿動被撐開的祕穴。

原本縮緊的褶皺被全部撐開，略顯艱難地吞吃著三十公分的粗長肉屌，猙獰的青筋盤纏，隨著每次挺動輾壓柔軟的肉道，以及被玩腫的栗狀腺體。

潘寧世舒服地低低抽氣，儘管在廁所隔間的空間過於狹窄，沒辦法如往常那樣放開了操幹，但他依然倚仗著腰腹的力道頂動著在肉穴中抽插，啪打間的水聲極為黏膩。

先前稍稍高潮過一回的肉道裡滿是汁水，包裹著龜頭跟陰莖，溫暖又柔軟，也彷彿被無數張小嘴吸吮般，舒服得潘寧世悶哼，側頭叼住夏知書的嘴唇狠狠吸吮了幾下，才緩緩退出一些，接著又是重重地插入。

夏知書雙頰潮紅，眼光渙散地歪倒在男人強壯的懷抱中，渾身的肌膚敏感得連一絲氣息拂過都會控制不住地哆嗦起來，他被塞得很滿，肚子裡的汁水全被男人的陰莖堵住，只有在抽出來的時候會帶出一些，順著腿根淅淅瀝瀝地往下流淌，啪答啪答地落在地上。

「啊……啊哈……潘、潘寧世……潘寧世……」夏知書恍惚地叫著自家狗狗的名字，他平常不大叫潘寧世的全名，而現在顫抖又甜膩的呼喚讓男人肏幹得更凶狠了。

肱二頭肌鼓起的強壯手臂用絕對強勢的動作把人鎖在懷中，不斷上下聳動腰身，把渾圓的屁股撞得啪啪響。兩人連接的地方黏糊糊亂糟糟的，褲子都被噴出的汁水浸濕了。

單論體力，夏知書絕對遠遠趕不上潘寧世，他用氣聲帶著哭腔求饒道：「嗯啊啊……壞狗狗……慢、慢一點……我好累……不要這麼快……」

但潘寧世早就進入狀況，根本不會對夏知書有絲毫留情，甚至直接撈起夏知書的雙腿，一起身把人頂在隔間板上開始大開大闔地幹。

接連地撞擊讓快感不斷累積，夏知書喘著粗氣咬著嘴唇不敢放聲大叫，腳趾在鞋襪中瘋狂蜷縮得幾乎抽筋，隔間板都被震得快要塌了一樣。

突然，廁所的門被推開了，兩人的動作猛然一頓，連喘息聲都戛然而止，緊張地看著近在咫尺的對方。

「嗯……」潘寧世猛然悶哼，因為夏知書太緊張，後穴整個縮緊，像個肉套子般牢牢裹著還很硬的陰莖，那種被吸吮包裹的感覺太舒服，男人差點沒忍住直接壓著人繼續幹。

還好外面的人這時候正在放水，遮蓋住了這聲悶哼，潘寧世控訴地看著對自己笑得壞心眼的主人，穩穩地抱著對方一動都不敢動。

夏知書聽著外面的人吹著音調跑到太平洋另一端的口哨，放水聲還很響亮，伸手拉住潘寧世的衣領，逼著他傾身靠近自己，在泛紅的耳垂上舔了一下道：「猜猜，是你先被主人吸出來，還是外面的人先離開？」

潘寧世猛然感到原本乖順地含著自己的濕熱肉道收縮得更緊了些，彷彿還有一股吸吮的力道從深處而來，被堵住的汁水溫暖地包裹著粗碩的陰莖，穴口緊縮著夾絞，咬得潘寧世一時動彈不得，又舒服地憋著深喘，就怕被門外的人聽見動靜。

要是不幸被發現，可不是道歉就能解決的事情。總不能搞到要老同學奧老闆千里迢迢跑來東京保他吧？

現在這個姿勢進得很深，肉穴被撐得不留一絲縫隙，明明夏知書也是一臉動情的模樣，呼出口的氣息滾燙，眼眶泛紅含著生理性的淚光，縮緊後穴的時候也會跟著咬住嘴唇，顯然在努力忍住幾乎脫口而出的呻吟。

但即使如此，他看起來依然比潘寧世要游刃有餘得多，一下又一下地，趁外面有人潘寧世不敢亂動的間隙，緊攀在高大壯實的身軀上，收縮著腸道及穴口擠壓、吸吮微微顫抖似乎快要射出來的肉屌。

「你……不要這樣……」潘寧世額上冒汗，青筋都快爆出來了，表情隱忍扭曲，抱著夏知書的手臂微微發抖。

倒不是覺得主人太重抱不住，而是他努力在維持自己岌岌可危的理性，另外就是即使是隻拉布拉多他也是個男人，快啊、早洩啊、耐力不足啊之類的詞彙都是大地雷，他的自尊絕對不能允許！他不能丟臉得被夾射，也不能在外面的人離開前把主人壓在門上肏，但他真的覺得自己快要忍不住了……太過分了！為什麼！為什麼主人的後穴這麼會吸？

不過是收縮夾絞的動作，就讓他爽得意識蒸騰，手臂上的青筋都鼓起了，深插在濕熱小肚子裡的陰莖更是硬得發抖，兩個囊袋都繃緊了起來。

「不要哪樣？這樣？」夏知書輕笑地回問，不但又縮了縮小腹擠壓在自己肚皮上撐出淺淺痕跡的陰莖，甚至還過份地扭了扭腰，幾乎是用腸肉在按摩潘寧世那根接近高潮的肉莖。

那種從深處傳來的吸吮力度，險些就要把潘寧世的精液榨出來，他腦子嗡一下空白了一瞬間，回過神的時候已經把人壓在廁所門上正準備開幹了。

幸好此時，外頭的人扭開水龍頭，嘩嘩的水聲喚回了潘寧世的神智，他把額頭抵在門板上，滾燙的氣息噴在夏知書的肩窩，懷裡的人顫抖了下，後穴也隨之又縮緊了一下。

糟糕……夏知書微仰著頭看著隔間天花板上日光燈製造出來的幾何陰影，耳中幾乎聽不到外面的人吹口哨跟洗手的聲音，全塞滿了潘寧世粗重壓抑的喘息。

肚子裡好燙……好硬……敏感的地方被頂到了……有點太舒服了……但如果能再重一點，或者再更密集地頂戳那些敏感處，應該會……更舒服吧？

不知道是汗水還是生理性淚水順著眼角往下滾，視線裡搖晃著有些模糊，他緊緊抓著潘寧世肌肉壯實的身軀，又扭了一下腰，試圖讓碩大的龜頭頂戳自己的結腸口，但好像差了一點……

快感跟焦灼感同時累積，不只是夏知書，潘寧世也是。

外面的人到底怎麼回事……洗手洗這麼久……

水龍頭被關上了，口哨聲也停下，隔間裡交纏在一起的兩個人也同時停下自己越來越大膽的動作，為了怕喘息聲流洩出去，他們很機智地用自己的嘴唇堵住對方的唇。

沒有吻，只是氣息交纏著像是吞下了對方，也像被對方給吞吃下肚。

廁所的門被打開了，那個人終於離開，潘寧世在夏知書嘴唇上細細密密地親了幾下後，露出一抹有些憨厚的明朗笑容。

「我贏了。」

夏知書還沒能回應什麼，極端粗長的陰莖就開始在他肚子裡操幹起來，簡直跟打樁一樣狠狠撞入濕透的肉道中，一下子就把人脅得壓制不住哭叫起來，手指把襯衫扯得皺成一團，指甲隔著布料在蚪結的肌肉上抓出道道紅痕。

潘寧世總是和煦柔軟的眼眸散發出興奮到令人畏懼的光芒，他寬大的手掌抱著懷裡嬌小的人，像在抱一具玩偶般輕鬆，隨著自己開心顛動擺弄，肏得夏知書身體痙攣顫抖，陰莖每撞入一次就抽搐一下，後穴拚命縮緊又被更狂暴地輾開，直到再也抗拒不了，像個乖順的肉套子任憑玩弄摩擦。

「主人……舒服嗎？要不要再更用力一點？」管他外面還會不會再有人進來上廁所，潘寧世只想盡快滿足自己的慾望，與其拖拖拉拉幹得不爽，還不如豪賭一把起碼爽快。

「不要……不要再更……嗚嗚！」夏知書攀在他身上幾乎被操脫力，明亮的杏眼裡盛滿淚水不斷往下滾，喉嚨裡擠出破碎的呻吟跟求饒：「慢一點……拜託……我會、會受不了……啊唔！」

窄小的肉穴已經被強悍的力道操到汁水淋漓、四處噴濺，交纏的水聲跟肉體拍打的聲音迴盪在每個角落，腥甜的氣味也蔓延開來，任何人聞到都會知道廁所裡有人正在做什麼。

「抱歉……我控制不住……主人，你可以咬我……用力咬……」這個咬字是含著夏知書耳垂說的，帶著對結腸口瘋狂地撞擊，他整個人都暈了，發出不成調的聲音啜泣。

後穴又一次緊縮，對折的腰部擠壓著肚皮下的陰莖，潘寧世插入得沒那麼順，但更緊窄的空間卻讓他的快感加倍，儘管懷中的人開始掙扎，他也只是加大扣抓著臀部的力道，死死把人按在自己陰莖上，猛烈朝腸道裡的各個柔軟處進攻。

潘寧世雖然不擅長打架，但他的肌肉跟鍛鍊的力氣絕對不是嘴巴上吹牛的擺設，精悍有力地胯部挺動，噗嗤噗嗤地捅幹幾乎要融化掉的肉穴，腥甜的汁水不斷被重重地擠搗出來，噴得兩人的褲子跟體毛都濕了。

「不行……我真的不行……肚子好麻、太麻了……嗚嗚……」

白膩挺翹的臀肉被撞出一層層的肉浪，廁所門板甚至整個隔間牆，都隨著抽插頂撞的動作發出嘰嘎嘰嘎的慘叫，感覺都快垮掉了。

「我快了……再一下下就好，主人……再一下下……」潘寧世根本沒管廁所隔板牆怎樣，或者懷裡的主人叫得會不會太大聲，嘴上喘息著呢喃安撫，胯下的動作卻一下比一下更狠戾。

熟悉的快感如潮水般湧來，夏知書呼吸都不順了，微微翻著白眼，手指死命抓撓潘寧世的後頸跟肩胛，但這些微的疼痛對男人來說簡直就是催情劑般的存在。

潘寧世一身肌肉繃緊，將懷裡的人抱得更緊，恨不得就這樣把人揉進自己身體裡一般，靠著蠻力就把人操上了兩次高潮。

夏知書飄搖的裡智勉強還記得自己身在何處，他拚死咬著自己嘴唇，但又怕嘴唇咬傷了反而欲蓋彌彰，便抽出一隻手放到嘴邊啃咬，避免自己控制不住叫出來。

手臂被咬得很痛，但這種疼痛與肚子裡翻騰的快感融合在一起，比他每一次性愛都要更爽快更愉悅，他覺得自己快要瘋掉了，該不會被操出性成癮吧？這也太可笑了！

深埋在他體內的肉棒猛然又粗了幾分，他狠狠在手上咬出血腥味才沒尖叫出來，隨即圓碩的龜頭抵住他的結腸口一陣劇烈抖動，屬於潘寧世的滾燙呼吸噴在他頰側，好像跟著一個輕柔的吻……

下一秒，精液宛如壓縮水槍般狂暴地射進小小的腸道裡，雖然這次沒操進結腸中，卻噴了不少滾燙的精液進去，燙得夏知書眼前發白。

廁所門好像又被打開了，這次進來的不只一個人，但夏知書已經聽不清楚了，他幾乎是瞬間就因為過度高潮昏了過去。

第七章

潘寧世絕對是他廚藝道路上的絆腳石

只能說，不管是日本警察裝聾作啞還是真的沒人發現，反正潘寧世跟夏知書兩人沒有因為這場激烈的性愛被扣留在警局裡。

儘管離開的時候，負責他們的警察表情一言難盡，但大概是因為他們的褲襠是濕的，很像呃……失禁的樣子吧。

潘寧世努力過了，他試著用衛生紙去吸乾水分，可惜成效不彰，也試著用烘手機想辦法把褲子烘乾一點，結果就是差點被推門進來上廁所的警察以暴露狂現行犯的罪名抓起來……

不過，還好他們最終順利離開警局，沒有再生其他事端，應該可以當作一切都好對吧？

當然不是，因為有個討厭鬼還在醫院裡，等著他們。

回家梳洗過後換了一身衣服，夏知書並不特別積極要前往醫院探病，畢竟人就是他揍進醫院的，雖然做了一場後，戰鬥倉鼠被自家拉布拉多安撫好了，所有的暴虐情緒都獲得舒緩，但他還是覺得自己面對盧淵然，很難說會不會再攻擊對方一次。

反正就在醫院，打傷也不會死人。

所以夏知書貼心地幫洗乾淨、一臉乖巧的潘寧世吹乾頭髮，偏粗硬的髮絲摸起來癢癢的很舒服，比起西裝革履又滿頭髮膠的潘副總編，現在這種憨憨的可愛狀態更得夏知書的心。

「量一下體溫吧？」吹乾頭髮後，夏知書從後面抱住潘寧世，下巴靠在男人的肩膀上，臉頰蹭著對方的臉頰問。

「我覺得我應該好了……」畢竟今天各種驚嚇，還在警局裡大幹一場，發燒的熱度可能都跟著汗水還有射精退光光了吧。

「是嗎？你昨天不是挺嚴重的？」夏知書不以為然，堅持要量一下體溫才放心。

潘寧世向來是順著他的，也就不多掙扎，乖乖地含著現在已經相對少見的水銀體溫計，看著只穿了自己T恤，滿屋子亂飛，打算幫他煮一杯蛋酒暖身體的夏知書。

宿舍的爐子是電爐，應該不會發生什麼爆炸事件吧……

「糟糕，沒有雞蛋……」夏知書從小冰箱後面探出頭來，眉頭緊皺，問道：「而且只有料酒，這樣可以嗎？」

潘寧世歪著腦袋思考片刻，果斷地點點頭。

「酒才是重點，雞蛋可有可無。」可以說非常不尊重蛋酒的名字了。

聞言，夏知書笑開來，摸出手機搜索蛋酒的作法，糖、鹽、牛奶、雞蛋跟酒……嗯……目前糖跟鹽以及酒都不缺，少了牛奶雞蛋……應該沒問題吧？熱紅酒也不用雞蛋跟牛奶，肯定可以的。

對吧？

嚴格說起來，味道不難聞，甚至有點香，還挺熟悉的。

潘寧世看著熱騰騰一杯焦糖色的飲品，馬克杯現在很燙，燙到只能依靠隔熱手套才端得起來，但宿舍裡只有一雙隔熱手套，現在在夏知書手上。

他臉上浮紅，雙眼亮晶晶的，充滿期待與緊張，用手背擦掉額頭上的汗水，都忘了要脫下隔熱手套，帶著些微的雀躍問道：「看起來怎麼樣？要不要趕快喝一點？」

吐出嘴裡的溫度計，上面標示的溫度是三十七點九，幾乎不算有發燒，很可能是因為先前泡過澡才導致體溫上升還沒退掉，潘寧世果斷地甩動溫度計把數字甩回去。

「顏色看起來很漂亮。」他真誠讚美。

確實，白色馬克杯的襯托下，沒有蛋跟牛奶的蛋酒是琥珀色的，澄澈透亮得幾乎能看清楚天花板燈的倒影，杯壁上有很細微的氣泡正一點點往上冒，不說的話看起來簡直像杯香檳。

就是那個味道……很難形容。

潘寧世下意識微揚下巴嗅了嗅房間裡的味道，因為料酒的基本原料跟清酒相同，所以空氣中瀰漫著一股不難聞的酒精蒸發的氣味，混合上甜甜的砂糖味，可能還有些酸味……

其實還真的挺好聞的……

「哈啾！」潘寧世打了個噴嚏，若無其事地揉了揉鼻子解釋：「可能是因為空氣太乾了。」

夏知書理解地點點頭，確實，冬天的日本非常乾燥，對習慣濕熱空氣的臺灣人來說，不是那麼好適應，他現在也覺得皮膚跟鼻腔都乾乾的。

「你可以用蛋酒的蒸氣薰一薰鼻腔，會舒服很多。」

馬克杯上隱隱能看到一些熱氣飄浮，總覺得杯口那一圈好像有點歪曲，不知道是不是低燒導致視覺出問題呢？

「好。」潘寧世認真地點頭，伸手要去碰馬克杯的杯柄，但手指還沒碰到就感受到一股微刺的熱度，基於自保的本能，他遲疑了，沒真的伸手摸上去，瞬間有些手足無措。

「怎麼了？」夏知書歪頭問，他大概真的很緊張，所以還是忘記脫掉隔熱手套，又用手臂擦了下鼻尖上的汗水。

「不想喝嗎？還是，你等我一下，我到便利商店去買個雞蛋跟牛奶回來？」

對自己廚藝的毀滅性很有自知之明，夏知書也恍然想起，自己剛剛急著把蛋酒給潘寧世喝，好緩解一些感冒……或者說今天遭遇的一系列事件過後驚惶的心情，好像忘記試喝了……

雖然現在房間裡的味道不算難聞，蛋酒本身看起來賣相也挺好的，但也許應該乖乖買齊材料後，重做一杯比較安全？

「不用不用，太麻煩你了。我就是……需要隔熱手套……哈啾！」潘寧世連連擺手拒絕，他沒覺得夏知書的廚藝有什麼問題，何必為了一杯溫酒勞心勞力呢？

就是，馬克杯真的很燙，他需要隔熱手套才能享用主人這杯愛心蛋酒。

夏知書愣了兩秒後，臉一下因羞愧而紅透了，他慌慌張張地脫下手套連聲道歉：「對不起啊！我忘記了……真是的，我在你面前怎麼老是幹這些蠢事？蛋酒太燙了，要不要我幫你吹一吹？」

「不用不用，但能不能給我一根湯匙？」潘寧世拿到隔熱手套後猛然想起，既然手需要隔熱手套才能端起杯子，是不是代表他沒辦法直接用嘴唇貼著杯沿喝蛋酒？

聞言，夏知書連忙跑去廚房去翻找一通，很快抓著個攪拌咖啡用的湯匙回來了。

「我只有找到這個，會不會不方便用？」

「應該沒問題，我也想慢慢喝。」潘寧世接過湯匙低聲道謝，對明顯精神很緊張的夏知書安撫地笑道：「蛋酒聞起來很香，味道肯定不錯。謝謝主人。」

夏知書覺得心口被撞了一下，暖暖的又癢癢的，整個人都春暖花開了，撐著臉頰笑吟吟地盯著自家大狗看，窗外也許是冬天，但他身邊肯定是三月暖春。

一手戴著隔熱手套端著馬克杯，一手拿湯匙舀了蛋酒起來吹了吹，那種甜中泛酸又帶點鹹味的酒精氣味，熟悉卻讓人想不起來哪裡聞過，光這個味道就讓舌根微微有些發酸發鹹。

夏知書緊張地看著潘寧世啜了第一口蛋酒。

男人神色自然地吞下了蛋酒，喉結從已經淡了許多的牙印中鼓起又縮回去，很快就喝了四五湯匙，臉頰泛紅額頭出汗，整個人看起來溫暖得要命。

「好喝嗎？」夏知書看對方什麼表示也沒有，不禁又提心吊膽起來。

潘寧世停下喝蛋酒的動作，歪著頭似乎在思考要怎麼回答這個問題，明明是長年與文字為伍的人，卻想了快十分鐘，夏知書緊張得雙手都是汗的時候，才慢慢開口。

「嗯……我在想，這個味道很熟悉，但我想不起來是在哪裡喝過……」潘寧世嘆了口氣，又舀了一湯匙蛋酒喝下，「我很喜歡這個味道。」

「太好了，你喜歡就好。」夏知書聞言開心得小臉通紅，也忍不住好奇，「我可以喝一口嗎？你這樣說我很好奇到底是什麼熟悉的味道耶。」

「也不是不行……」潘寧世遲疑，連續喝了三湯匙蛋酒後才在夏知書渴望的目光中道：「你確定嗎？我怕你又覺得自己做的不好喝，你對自己的要求太嚴格了。」

雖然曾經因為夏知書的廚藝進了一次醫院，但潘寧世堅持那絕對不是夏知書的錯，肯定是自己那陣子太累，身體不好，所以才會被病毒趁虛而入。

至於第二次的辣椒雞湯，整體來說也很好喝，雖然辣了點，可是泰國菜、韓國料理、四川菜等等，不都是辣的嗎？更何況，剝皮辣椒雞湯裡有真正的辣椒，也是很正常的。

後面的牛肉湯就更美味了……但不知道為什麼，夏知書好像對自己的廚藝很沒自信？

「讓我喝一口吧！」夏知書被說得都心虛了，又覺得很開心，畢竟廚藝能被人認可，對於一個堪稱廚房核武的人來說，是多高的榮譽啊！

潘寧世小心翼翼地舀了一湯匙吹了吹後，餵到夏知書嘴邊。

燈光下，夏知書垂著眼瞼遮蓋住亮晶晶的眼眸，睫毛又長又濃密，隨著呼吸微微顫動——潘副總編只覺得，如果人生能在這一秒停留久一點多好，他的主人正接受他的投餵，溫順又乖巧，讓人想親一親長長的睫毛。

「噗！咳咳咳咳咳！」

一口溫熱的蛋酒直接噴到潘寧世身上，夏知書猛然用手按住喉嚨跟胸腔，一連串的猛咳：「呃嘔咳咳咳嘔！咳咳咳咳咳！嘔嘔嘔！咳咳咳咳咳！」

「怎、怎麼了！」

潘寧世嚇了一跳，連忙放下杯子脫掉隔熱手套，小心翼翼地拍著夏知書咳到在發抖的背脊，深怕自己力道太用力會把主人直接拍倒下去。

「咳咳咳咳嘔呃嘔呃！咳咳咳！」夏知書顫抖地伸手拿起已經沒那麼燙的馬克杯，顧不得潘拉拉無措慌張幫自己順氣的手，用百米衝刺的速度把那杯蛋酒倒進馬桶裡沖掉。

「你、你還好嗎？怎麼回事？」潘寧世被擋在廁所外，一邊心疼自己的主人卻又無能為力，同時心疼地看著空掉的馬克杯跟正在緩緩回歸水位的馬桶水。

又大咳了幾分鐘，夏知書渾身冷汗，蓬鬆捲曲的頭髮都因為汗水全部一縷一縷地貼在頭皮跟額頭上，眼眶鼻尖整張臉包括身體都咳紅了，鼻涕口水混著淚水糊了滿臉。

所謂的「狼狽」，具象化後大概就是他現在的模樣。

軟綿綿地倚靠在馬桶圈上，夏知書拱著背，蝴蝶骨都從衣料中浮凸起來，因為咳過頭了整個人還在顫抖。

潘寧世在廁所外只能看見夏知書的背影，寬大的T恤現在像個濕透的布袋壓在纖細的身軀上，把不堪重負的人壓垮在方寸之間——混合著甜甜鹹鹹酸酸的酒精氣味。

他想進去抱著人安撫，但日本一般住宅的廁所真的不大，即便夏知書很小一隻都塞滿了，潘拉拉只能慌亂地在門外轉圈圈，不斷詢問主人是否安好，可是一直沒得到回應，只能看見夏知書的身影越來越佝僂，彷彿死在馬桶圈上了。

「夏知書！你不要嚇我！要不要叫救護車？」

潘寧世腦子嗡嗡作響，各種恐怖的猜測在腦中翻滾，他不理解為什麼一口蛋酒會造成這麼強烈的反應，肯定是有什麼嚴重的疾病發生在夏知書身上了！

聽見身後的人拿出手機要叫救護車了，夏知書總算嘶啞著聲音，氣力不足地開口。

「潘寧世……」

不是壞狗狗、不是乖狗狗、不是寧寧也不是潘副總編，而是僵硬的三個字「潘寧世」。身為名字的主人，潘寧世身體一僵，不敢置信地看著那顆濕漉漉，雖然看不到表情也能感受到滄桑與憔悴的後腦杓。

「我在……」他艱難地吞嚥口水，柔聲細語地回應：「哪裡不舒服？需不需要我幫你什麼？」

「潘寧世……你……」夏知書的聲音宛如破裂的布帛，顯然是咳過頭造成的結果。他也似乎很糾結，在掙扎如何組織言語面對潘寧世。

「我？」潘副總編循循善誘。

「真的覺得那杯蛋酒好喝嗎？」夏知書一口氣問完，側過小臉，被各種體液糊得亂七八糟的臉上，還有一個馬桶圈的印痕，幾乎看不清楚他現在的表情。

「呃……我真的覺得……很好喝……」潘寧世回應得莫名心虛，他是真心實意的，不然怎麼會用小湯匙喝掉大半杯呢？「你、你覺得不好喝嗎？」

夏知書的表情一言難盡，他知道迴旋鏢終究會回擊自己，但他一直以為剝皮辣椒雞湯已經是最重的一擊了，原來……人的潛能無限，是這個意思嗎？

他沒有辦法形容那到底是什麼味道……他甚至不理解為什麼潘寧世會覺得這個味道很熟悉……那蛋酒入口最強烈的味道是酸。

非常酸，酸到舌頭刺痛的酸，他抱著腦袋都想不出來為什麼料酒可以這麼酸，他又沒有放醋！而且，加熱過後，醋不是都會被破壞，變得沒那麼酸才對嗎？

然後是甜味跟鹹味，這兩個味道跟酸味像三個怨偶，爭吵過後放話老死不相往來，卻因為一場意外三人在被關進同一間密室中，求助無門後只能劍拔弩張地瞪著對方互相威嚇。

等等……為什麼怨偶會是三個人？夏知書腦子嗡嗡的，他敲了敲太陽穴決定放棄追究這件事。

非常有存在感的三個味道，相較之下酒精的味道很淡，似有若無的，像是挑撥離間的惡毒配角。夏知書甚至沒辦法將那口蛋酒吞下去，連咽喉都沒碰到就噴出去了，即便如此卻依然無力可回天，一切都來不及了。

他的口腔、喉嚨、甚至胃部，還有呼吸器官，全都被酸味徹底衝刷一次，他到現在呼吸都帶著酸味，又麻又痛……這種恐怖的化學藥劑，是怎麼在日本東京一個普通的單身公寓電爐上被製造出來的？

潘寧世最後還是擠進廁所裡，把濕淋淋的主人抱進懷裡，輕柔地拍撫著。

「你嗆到了嗎？」

夏知書聞言抖了一下，顫著聲音忍不住又問一次：「你真的覺得，我那杯蛋酒好喝嗎？」

「是啊，我很喜歡啊。」潘寧世低柔的聲音誠懇踏實，絕對是發自內心深處完全不打折。「可惜你把剩下的都倒掉了，為什麼？我覺得喝了之後，我的身體確實舒服多了，暖洋洋的，呼吸都通暢多了。」

直到此時，夏知書突然驚覺了一個事實——潘寧世是他廚藝道路上的絆腳石。這個傢伙，已經不是單純的味覺白癡了，甚至可以說是味覺粉碎器！還是一臺盲目的粉碎器。

「潘寧世……我們約好……以後，你絕對不可以在我嚐味道之前，吃我做的任何東西，你一定要提醒我先試味道。」

「為什麼？我覺得你做的東西都很好吃啊，應該……」

「答應我！」夏知書摀著臉，語調難得強硬：「約好了？」

潘拉拉垂著看不到的尾巴跟耳朵，茫然又不知所措，但為了讓主人安心，他只能乖乖地在夏知書肩上蹭了蹭，不甘願地回答：「好，我答應，一定會記得的。」

夏知書聽到承諾，總算放鬆了一些，正想起身清理自己，又聽見身後的人期待又怯生生地問：「那，主人能再煮一杯蛋酒給我嗎？我好像有點發燒了，需要喝點蛋酒暖身體。」

「不可以……我幫你泡一包感冒熱飲吧……」成藥多安全，便宜又有保障，效果還好。以後不喝什麼蛋酒了！誰再跟他說蛋酒，他就踢死誰！

盧淵然住在單人病房，這是潘寧世的一番心意，也算是另一種形式的賄賂。

畢竟他現在肋骨斷了三根、鼻梁骨折、鎖骨骨裂、左腿跟左手臂也都有骨裂，多處軟組織挫傷，一張挺好看的俊臉目前面目全非，夏知書的鞋印還很顯眼地印在他臉上，連鞋底的二十四號半都清晰可見。

因為潘寧世跟著夏知書去了警察局，盧淵然又舉目無親，最後幫著忙前忙後的只有可憐的奧老闆，甚至貼心地照顧了盧淵然這個重傷患一個晚上，直到潘寧世總算安撫好了戰鬥倉鼠主人，兩人一起帶了果籃來探病為止。

看著床上臉腫如豬頭，五官都模糊了的盧淵然，潘寧世一時間真的不知道能說什麼才好。

「你……」清了清喉嚨，潘寧世遲疑道：「今天有好一點嗎？」問完他就覺得自己很蠢，畢竟盧淵然肉眼可見的完全不好。

即使臉腫得眼睛都幾乎只剩下兩道縫，盧淵然還是翻白眼瞪了潘寧世一眼，隨即因為這一眼牽扯到臉上的傷痕，喉嚨發出控制不住的痛嘶聲。

「呃……抱歉，我沒想到會這樣……」潘寧世侷促地伸手想拍一拍好友的肩膀，隨即發現自己根本沒有下手的空間，盧淵然現在像個木乃伊，直挺挺地躺在床上滿身青紫跟繃帶。

長久的沉默瀰漫在兩個曾經無話不談的好朋友之間，潘寧世的呼吸很輕，似乎怕自己呼吸重一點會驚嚇到床上的傷患。盧淵然則因為各種重傷的緣故，呼吸急促又短重，雜音很多，隨時會喘不上氣暈過去的感覺。

「那、那……隻……蛞蝓……」不知道過了多久，盧淵然總算嘶啞地開了口打破沉默，他嘴巴張不大，口腔裡也有傷，潘寧世不得不把耳朵貼近他的嘴唇才聽清楚。

然後露出一臉迷茫。

蛞蝓？誰？難道是蝸牛？潘寧世皺著臉，跟不上盧淵然的腦迴路，但還是小心確認：「你問蝸牛老師嗎？」

盧淵然翻他個白眼，應該是覺得他明知故問。

摸摸鼻子，潘寧世指了指病房門回答：「他在外面跟奧老闆說話，我怕你看到他會太激動，所以想說等你確定要見他，我再叫他進來。」

「我……見……」盧淵然即使臉部腫脹，還是看得出額上青筋暴露，放在身側的手緊緊捏成拳，關節都用力到泛白，死死按在床墊上，讓一旁的潘寧世膽戰心驚。

這怎麼看都是氣得要死的樣子，他真的要把夏知書叫進來嗎？儘管兩人今天是來探病兼道歉的，但總覺得這兩個人碰上面肯定沒有好事……

無視潘寧世的躊躇，盧淵然咬牙切齒地強調：「叫、叫那隻……蛞蝓……進來……」

潘寧世太陽穴隱隱抽痛，他幾乎可以預料到接下來會發生什麼事了……

「你、你不要太激動，我們好好談。」

總之先安撫好盧淵然，再叫夏知書進來應該比較安全。倒不是怕盧淵然氣過頭，而是擔心夏知書萬一又開啟戰鬥模式，總不能在醫院打傷患吧？

事實證明，潘寧世還是太天真了，他犯了相同的錯誤，誤以為對自己說話甜甜蜜蜜的主人，對敵人也是細聲細語客客氣氣的……應該說，確實是細聲細語也客客氣氣，但含毒量驚人。

夏知書進來的時候水果只剩下兩顆水梨，其他全都不翼而飛，潘寧世下意識往他身後探看，心想是不是奧老闆幫忙拿了。

但奧老闆沒有出現，夏知書貼心解惑：「我想說奧老闆也辛苦了，他算是被我們無辜牽連，照顧了畜生……照顧了病人一晚上，也該回去休息才對。」

潘寧世決定忽略主人脫口而出的某個不當詞彙，盧淵然顯然也聽見了，但他現在重傷在床，無法明確表達自己的抗議，只能從腫脹的臉部肌肉間凶狠又怨毒地瞪著把水梨放在床頭櫃上，對他露出可愛笑容的夏知書。

「對不起，我沒想到會這樣。」

仗著相貌年輕可愛，當夏知書裝無辜的時候，真的非常非常無辜。

那雙靈動的大眼茫然中帶點氤氳的水霧，彷彿他因為眼前人的慘狀感到驚駭，有同情也有畏縮，任誰看了都不會猜到他是始作俑者。

盧淵然差點沒被氣死，他顫巍巍地開口：「貓、貓哭耗子……操你媽……」

夏知書挑了下眉，眼睛眨了眨，水霧就消散了，眼眸亮晶晶地帶著笑意，輕輕柔柔地問：「你要不要吃個水果？水梨很甜喔，又脆又甜又多汁，求而不得太苦，吃點甜的會開心點哦。」

盧淵然沒回答，只是拚死瞪著夏知書，胸口起伏劇烈，臉色通紅泛青，也不知道是被氣的還是瘀青的關係。

「有水果刀嗎？我雖然不擅長煮飯，但我很擅長削皮喔。」夏知書翻了下抽屜，沒看到任何刀具，抿唇笑了下，往隨身包裡掏了掏，獻寶一般摸出兩樣東西，「鏘鏘！你看，我有帶水果刀，還帶了伸縮碗呢～感不感動？畢竟我也是誠意滿滿的來探病嘛，你放心，我會幫你切小兔子的。」

潘寧世雖然遲鈍，卻依然察覺了夏知書與盧淵然之間無聲的硝煙，儘管一個躺著連說話都費力，一個笑嘻嘻地看起來體貼又親切，潘寧世依然莫名哆嗦了下，覺得病房裡的冷氣太強，吹得他背脊寒毛直豎，整個人手腳都不知道怎麼擺放才好。

「我記得你挺喜歡吃梨子，所以就買了幾顆過來……」原本還有蘋果、櫻桃跟草莓，但眼下其他水果都消失了，潘寧世說著說著就心虛了。

他後知後覺發現，對於臉部嚴重受傷，口腔也傷得幾乎說不了話的傷患，水果可以說是非常沒誠意的探病禮物，病人甚至連舔一舔果汁都麻煩，更遑論下嘴咬。

去你媽的喜歡！盧淵然用眼神表達自己的憤怒，他從來沒多喜歡吃水梨，喜歡的那個人是潘寧世本人，他頂多算愛屋及烏。

因為動彈不得又說不了什麼話，盧淵然現在整個人狂怒卻無能為力，像隨時會氣暈過去似的。尤其在看到兩隻小兔子的時候，盧淵然差點不顧傷勢要跳下床跟夏知書打一架。這次他有備而來，鹿死誰手還未可知！

「抱歉，你現在好像吃不了小兔子欸……」夏知書毫不客氣地往盧淵然脆弱的神經上踐踏。「留著不吃就太可惜了，不如我們吃給你看吧？來，乖狗狗一個，我一個，一人一半感情不散。」說著喀嚓喀嚓把兔子從頭嗑掉了，確實是清脆又多汁，空氣裡瀰漫著水梨香甜清爽的味道。

「你……你是不是沒……搞懂自己、現在的處境？」盧淵然忍了又忍，憋了又憋，總算勉勉強強穩定住情緒，總算把一句威脅說清楚了。

夏知書眨眨眼，再將剩下的水梨都切塊，好好地裝在環保伸縮碗中，又從包裡掏出兩根造型可愛的叉子，將其中之一遞給潘寧世，這才好聲好氣地回答：「我很清楚啊。我跟你都是外國人，在日本打架鬥毆，但沒傷及其他人，除非你堅持提告，否則這件事情我們私下和解就可以了。」

「你說得對……」盧淵然扭曲一下，他看起來很痛，卻依然掩飾不住惡意：「你猜我會不會堅持提告？」

「我猜你不會。」夏知書叉起水梨咬了一大口，含糊道：「因為你也強制猥褻了我家可愛的狗狗，你告我們就告，兩敗俱傷沒什麼可怕的。」語尾，他露一抹比水梨還甜的笑容。

盧淵然差點一口氣喘不過來，他癱在病床上大口大口呼吸，四肢都不受控制地顫抖，他真的想不透為什麼自己遇上夏知書後，往往都以吃鱉告終呢？分明不該是這樣的！

「你知道，對於我的暴行，我深感抱歉。我是個成年人了，應該要理性、理智地面對所有下流卑劣的無恥行為，不管對方是不是個畜生……避免你多想，我這邊說的不完全是你，不要這麼生氣，你如果覺得自己被我影射了，也許你應該回頭檢討自己的問題。」

確實是斯斯文文、甜甜蜜蜜還很客氣的話語，潘寧世偷偷摀住自己不由自主泛紅的耳朵，閃躲著盧淵然不可置信的指責眼神。

「抱歉，我離題了。」夏知書吃完叉子上的水梨，端端正正地放下水果，用衛生紙擦拭嘴唇上的果汁，雙手交疊在大腿上，鞠了個標準的九十度躬。

「我真誠地向您道歉，盧先生。請放心，接下來的醫藥費用跟營養費，還有勞務損失費我都會賠償給您的，您儘管開口，但凡我力所能及，絕對不會推託。」

潘寧世見到主人的行動，也連忙跟著鞠了個大躬，無言表現出同進退的意思。

盧淵然真的恨不得這兩個人別出現！或起碼，夏知書就應該留在病房外，他為什麼嘴賤把人叫進來！他喘著粗氣，全身都痛得要命，肋骨的痛、鎖骨的痛還有大片瘀青的腹部的痛跟臉部的痛，從皮膚的汗毛頂端，一路痛到神經末梢，他真的很想大聲咆嘯，伸手掐得夏知書窒息到無法說話，然後把打在他身上的每一拳、踢的每一腳還有每一句垃圾話都甩到那張臉上。

但他動不了，只能惡狠狠地看著夏知書抬起頭，用一張無辜的臉龐，輕柔地問：「你放心，住院醫藥費實報實銷，包含請看護的費用，至於勞務損失費，等你手可以寫字了，我開張支票給你填數字。」

盧淵然真有種自己被氣暈了幾秒的感覺，他拚著胸口的疼痛，拚盡全力吼了一聲：「夏知書！你給我等著！我不會放過你！」

吼完後盧淵然非但沒有絲毫吐了一口氣的爽感，反而有種深深的屈辱跟無力感襲捲過來，他顫抖著舉起手指著病房門，拚著吼完就要痛暈過去的覺悟喝道：「滾出去！」

病房門這麼巧在這個時候打開，一抹全身黑衣的身影站在門外，被盧淵然僵直的手死死指著，雪白到宛如石膏的臉龐露出不解又帶點厭煩的神情。他有一雙修長且形狀優美的眉毛，此時緊皺著，狹長的丹鳳眼黑沉沉的仿若兩顆不透光的石頭，就這樣看著病房內的三個人。

「小蟬？」當他的視線落在夏知書臉上後，其他的一切都彷彿不存在了。他眉眼舒展，原本厭煩的神情一瞬變化，整個人都亮了幾分，嘴角無法控制地上揚。

「月見。」夏知書臉上笑容未變，抬起手揮了揮，「好久不見。」

病房裡前所未有的安靜。

只有盧淵然的呼吸聲特別重，也成為房間裡能聽得最清楚的聲音。

藤林月見與前些日子出現在網路平臺上的模樣沒有差別，本人比透過攝影鏡頭看起來要更瘦削、更高挑，也比潘寧世記憶中的要更冷淡疏離。在與夏知書打過招呼後，便不再說話，而是拉了椅子在病床邊坐下，安靜地從頭到腳掃視木乃伊一樣的盧淵然。

夏知書在他出現後就停下吃水梨的動作，連咬了一口的梨子都沒了興趣，連同伸縮碗一起塞給潘寧世，起身縮到靠近窗的那把扶手椅上，支著臉頰看著窗外發呆。

肯定有什麼不對勁，潘寧世把半口水梨吃掉，視線來來回回游移在屋內其他三個人身上，心情亂糟糟的，感覺胃都有點發痛。

說起來，盧淵然受傷住院的事情，為什麼藤林月見會知道？知道也就算了，還特別跑來探病？真是探病也就算了，可進入病房到現在都快二十分鐘了，藤林月見一句話都沒跟盧淵然說……

潘副總編感受到空氣瀰漫著令人窒息的緊繃跟尷尬感，他能做的只有麻木地往嘴裡塞反正短時間內盧淵然也不可能吃上一口的水梨。

真的好甜啊，水分又多，雖然沒冰有點可惜，他喜歡吃冰的水梨，很冰很冰那種，足以讓敏感性牙痛痛到爆哭的那種冰……

「我可以打你一巴掌嗎？」藤林月見毫無預兆地開口，太過突然，潘寧世差點被嚇得嗆到。

打誰？盧淵然嗎？潘寧世驚駭不已地盯著表情絲毫沒有波動的藤林月見，倉促吞下嘴裡的食物，想開口勸幾句。

不管盧淵然幹了什麼，他已經收穫應得的懲罰，這一身傷沒幾個月根本好不完全，想出院也得等上一兩週，歲末年終的時節，等他終於可以回國去處理工作的時候，等待他的肯定是地獄般的景象。基於人道主義立場，潘寧世覺得自己起碼要確保盧淵然臉上的二十四號半，不能疊加上另一組掌印。

盧淵然沒等潘寧世開口幫忙，就率先冷笑了一聲，兩條細縫眼中是赤裸裸的嘲諷神色，啞聲道：「打啊，不用太客氣。」

夏知書聞言眼睛一亮，眼看藤林月見微微蹙眉，手肘動了下，連忙開口：「等等，我幫你吧！月見你的手是寫作的手，受傷就不好了。」

冠冕堂皇，興致勃勃，小倉鼠一溜煙從窗邊竄回床邊，舉手就要往盧淵然臉上抽過去。

「啪！」

巴掌沒有落下，而是在最後一秒被潘寧世險險扣住，半拉半勸著把人塞回窗邊的扶手椅上。

「阿淵是傷患，我們讓他好好養傷……呃，藤林老師要留下來嗎？」潘寧世想，無論盧淵然幹過什麼，安靜地養傷依然算基本人權，他反正已經來探望過了，也沒什麼必要多待。

倒是藤林月見讓他不知道該怎麼面對，照理說特意來探病，應該代表跟盧淵然有不錯的交情才對吧？可卻又想趁機打人一巴掌，這……

「我已經看過了。」藤林月見並沒有把視線挪到潘寧世身上，依然盯著盧淵然，跟他惡意嘲諷的視線交纏著。「我幫你請的看護下午就會到。」

「需要跟你道謝嗎？」盧淵然即使很痛，依然咧著嘴笑問。

「一點小小心意，用不著客氣。」藤林月見伸手往盧淵然臉上的二十四號摸過去，修長的指尖輕描淡寫地按了按。

盧淵然猛嘶一聲，表情扭曲，似乎比面對夏知書的挑釁更加憤怒。

藤林月見笑了，即使是潘寧世都沒看過他笑幾次，更別說這是個純粹愉快的笑容，甚至比先前提起蝸牛時的笑容，更加燦然明豔了幾分。

縮回手，藤林月見彷彿喪失了對盧淵然所有的興趣，把視線挪到潘寧世跟夏知書身上，更準確地說，是挪到兩人交握的手上。笑容完全收斂得一乾二淨，冷淡得近乎空洞。

潘寧世被看得有點後背發毛，夏知書卻彷彿毫無所覺，捏了捏他的手說道：「走吧，我不喜歡醫院，空氣好難聞。」

沒什麼意見，潘寧世點點頭，想了想還是對盧淵然道別，他有不少話想跟這個好友說，可是話到嘴邊卻什麼也說不出來，想了想還是乾脆放棄算了。人生到了這個年紀，也不是每件事都非得說得清清楚楚才可以。

「我之後有空再來看你。」千言萬語只剩下這句話。

盧淵然別過頭沒什麼反應，似乎曾經的好交情都被兩個吻徹底毀壞了。不知道他當初是否就是抱著不成功便成仁的心情吻下去的呢？

然而這都不是潘寧世現在掛心的了，他拉著夏知書離開病房，還在商量要去哪裡，就被一抹瘦削的黑色人影擋住。

藤林月見總是打扮得一身黑，襯托得皮膚白皙得近乎病態，他手臂上搭著黑色長外套，以及一條霧灰色長圍巾，挺立的身姿在醫院淺藍泛白的走廊上，宛若鬼魅。

「一起喝個咖啡嗎？」他開口問，聲音淡漠絲毫沒有起伏。

潘寧世沒有回答，他雖然是個遲鈍的人，現在卻很清楚對方並非詢問自己。

夏知書沒有立刻回答，而是慢吞吞地穿起外套，戴上了毛茸茸的帽子，看起來比平常更年輕更可愛了。

「小蟬？」藤林月見的聲音還是沒什麼情緒，淡淡地又問了一聲。

「也行啊，我們很久沒好好說話了。」夏知書皺了下鼻子，拿起手機看了眼時間，「這附近有什麼推薦的咖啡店嗎？」

「我現在就查……」潘寧世立刻拿起手機打算搜索，卻被藤林月見抬手阻止，冷聲道：「我沒有邀請你。」

潘寧世愣然，但很快振作起來，掛起工作用的微笑回答：「我也正想喝個咖啡吃些點心，我記得藤林老師對咖啡很有研究，所以對您推薦的店也很感興趣。您可以跟蝸牛老師老友見面，我可以自己去享受美食，不衝突的。」

聞言，藤林月見皺眉，厭煩的表情完全不掩飾，睨視潘寧世的眼神彷彿在看蟑螂。

潘小強恍若未覺，笑咪咪地回視，等待藤林月見的下一步。

這一對峙就對峙了十幾分鐘，夏知書無聊地打哈欠，與潘寧世交握在一起的手左晃晃右晃晃，對所有朝他們三人投以或審視或好奇目光的人微笑，甚至還跟一個滿頭花白的奶奶聊了幾句，並收穫了一包米果。

這大概是把他當成未成年的小孩，而潘寧世是個年輕爸爸吧？夏知書有點得意，扯了扯潘寧世的手，把米果展示給對方看。

「你們如果還要繼續商量咖啡店的事，我可以到旁邊吃點心嗎？」

當然不行，畢竟夏知書才是兩個男人的衝突中心。

不得已，即使藤林月見有多厭惡潘寧世，但仍然不得不妥協，任由這個之前合作愉快，現在怎麼看都不順眼的編輯跟著一起前往他千挑萬選的地點。

咖啡廳位於可以看到相模灣，並能遠眺雪化妝富士山的位置，從醫院過來光搭電車就用了接近兩個小時，最後還要換成轎車。

開車的當然是藤林月見，他原本不想讓潘寧世進自己的車子，可惜夏知書從頭到尾都牽著自家拉布拉多，沒有絲毫鬆手的打算，顯然藤林想載夏知書，就不能放下潘拉拉，這是一整套的。

一股氣堵在胸口，藤林月見發現自己拿這兩個人沒有一點辦法，從他決定用新生的姿態去見夏知書，恢復兩人的情誼開始，就沒幾件事是順心如意的。

往山林間開的轎車上安靜得可怕，下午的茂密樹林間瀰漫淡淡的霧氣，這條路沒什麼人使用的痕跡，柏油路兩邊堆積著枯黃的枝葉，偶爾可以聽見窗外有清亮的鳥叫聲，但間隔很久很久，比起生氣勃勃，更讓人有種毛骨悚然的恐怖感。

車輪沙沙地壓過路上的樹葉與枯枝，道路偏窄，剛好夠兩輛私家車錯身，路上遇到了一輛從山上下來的車，擦身而過的時候可以很清楚地看到對方車主的細微表情，一共四個人表情都很驚喜，似乎想說什麼，卻壓抑住了，目光熱情地盯著藤林月見。

藤林月見像沒見到似的，自顧自開著車往山上去。

從車站到咖啡廳一共是四十分鐘車程，離開林間小路後是豁然開朗的景色，半山腰的空地上有一棟木造別墅，潘寧世直覺這個地方就是《蟬鳴》書中，蟬衣與竹間卯初次見面的那棟屋子。

外觀讓人聯想到阿爾卑斯山，細節處又充滿屬於日本人的纖細，停車的地方緊鄰房屋，沒什麼庭院造景，搭配上深冬的季節，有種說不出的蕭瑟冷漠，與咖啡廳木造古樸的招牌，格格不入。

「你也很久沒有回來了吧？」藤林月見下車後問了句。

夏知書沒有回答，他縮起肩膀似乎冷到了抖了抖，整個人差點要縮進潘寧世懷抱裡，連路都不想自己走的樣子。

幾乎連思考的時間都沒有，潘寧世很自然地把人抱起來，他們有三十公分的身高差距，抱夏知書跟抱小孩子似的。驚呼過後，夏知書笑得咯咯的，伸手把潘拉拉的頭髮揉亂。

藤林月見眉頭打從離開醫院起就沒舒展過，他自虐似地跟在兩人身後，看他們親密地磨蹭鼻尖，低低交換了幾句話，也不知道說了什麼，只能看見潘寧世的耳垂整個紅透了，一路蔓延到整張臉跟脖子。夏知書則笑得開心又肆意，亮晶晶的雙眸中，好像除了潘寧世之外，什麼也看不到。

心口抽痛了下，藤林月見快步往前超越兩人，推開了咖啡廳的大門，叮鈴一聲脆響在安靜的山林間迴盪，接著是溫柔的「歡迎光臨」聲傳來。

踏進咖啡廳前，潘寧世把主人放下來，他臉頰還很燙，眼眶也微微泛紅，伸手整理了下自己的髮絲，算是勉強平定了心情。

迎上來的是個笑容溫柔的中年女性，她穿著簡單的白襯衫與黑色西裝褲，圍裙是暗橄欖綠色，搭配室內的裝潢與間接照明的暖黃燈光，給人一種舒服到極點，好像被毛茸茸包圍住的感覺。

「藤林老師。」店員顯然跟藤林月見很熟悉，驚喜地打過招呼後，熱情道：「今天的視野很好，您的保留位可以很清楚看到雪化妝富士呢。」

「嗯。」

藤林月見往大片落地窗看去，那是房子的後面，剛好面對相模灣，雖然是冬天的下午，所幸今天天氣還不錯，西斜的陽光宛如沙金般鋪在海面上，被浪潮帶著破碎又拼合，一盪一盪的。

「這兩位是您的客人嗎？」店員問。

藤林月見回頭看了眼正在脫外套的兩人，潘寧世只穿了一件長版風衣，羊毛呢的剪裁修身，男人還來不及幫自己脫外套，而是充當衣架的角色，一手拿著夏知書的毛帽，另一手臂彎上是夏知書的外套，現在正在幫忙脫圍巾。

室內的空調溫度略高，因為海風太冷，露臺的座位目前不開放，落地窗都是緊閉的，但並不妨礙眺望風景。

已經有另一位店員去整理藤林月見的保留位了，那是整間店裡視野最好又最安靜的位置。

「這位是，粗魯的那個不是。」藤林月見指了下夏知書，連一個眼白都不想給潘寧世。

潘副總編已經整理好主人脫下來的所有冬衣，隨手把自己的長風衣脫下掛在臂彎上，聞言也毫不在意，點點頭：「是，我只是藤林老師的崇拜者，想知道藤林老師喜歡的店是什麼味道，所以厚著臉皮跟來了。請幫我單獨安排座位就行了。」

這種一拳打在棉花上的感覺，讓藤林月見胸口悶得更厲害了。

他跟潘寧世接觸過很長一段時間，那時候覺得這個男人脾氣好、懂得進退跟分寸，加上又是梧林的編輯，這才沒有多作刁難就同意對方代理自己的新書。

現在他後悔了，早知道就應該給潘寧世多找點麻煩才對。

夏知書也沒異議，他偏頭低聲對潘寧世說了幾句話，最後笑吟吟地拍了拍男人的臉頰，又抱上去蹭了兩下，才轉身走到藤林月見身邊。

「我們好好聊聊吧。」

熟悉的味道溫暖、滾燙、香氣四溢，從口腔經過咽喉滑進胃裡。鼻腔中縈繞著咖啡香氣，搭配著大片落地窗外的海，與遠處佇立的雪化妝富士，夏知書恍然有種回到年少時代的感覺。

「這個味道是……」夏知書握著馬克杯略燙的杯身，顏色是水淺蔥色，是他當時跟姑姑一家居住時，經常使用的顏色。幾乎所有屬於他的用具，都是水淺蔥或者若竹色。

他對綠色系沒有偏好，現在他自己生活，買的顏色多半都是淺色的，白的、粉的、鵝黃的、淺藍淺綠之類的馬卡龍色，不適合一個四十歲的老男人，但很適合他。

更何況，他身邊的人也挺喜歡看他穿得粉嫩粉嫩又毛茸茸的樣子，大家都開心，何樂而不為？

當年的顏色，是藤林月見為他搭配的。

藤林月見說，這兩個顏色特別適合當年的夏知書，因為他是沉靜森林中的鳴蟬，是生命力也是最悅耳的自然聲音，過濃的綠色會掩蓋掉屬於蟬的身影，而且不適合純色使用，稍微加了白色與水色的綠就恰到好處了。

又啜了口咖啡，夏知書不著邊際地想，藤林月見的偏執一直都表現得很外放，包含他只使用單一顏色的東西，無論什麼顏色，都不喜歡有兩種顏色出現在同一件物品上。黑色當然是首選，因為「這是個擁有最多色彩的顏色」。夏知書以前不理解，現在依然無法理解。

「我把配方給了老闆。」藤林月見淡淡回答，唇角隱隱勾起問：「你也很多年沒喝到了吧？還喜歡嗎？」

是滿喜歡的……夏知書點點頭，他的咖啡啟蒙就是藤林月見，這個做什麼事情都要往極端琢磨的男人，在咖啡這條路上也走得很極致，不知從何時開始，喝的咖啡都是自己調配的豆子。

但藤林月見也是個小氣的人，他沒興趣把自己喜歡的東西分享給夏知書以外的人，連父母都沒有這種殊榮，所以儘管他手中有十幾種豆子配方，喝過的人也只有兩個。

離開藤林月見後，很長一段時間夏知書喝不慣外面的咖啡，但現在他連即溶咖啡都願意喝了，歲月不饒人啊。

「這棟房子你是賣掉了還是出租？」放下杯子，掌心被熨得很燙，額頭似乎都微微出汗了。

「出租。」藤林月見沉沉地盯著夏知書，「我不可能把跟你一起生活過的地方賣掉。」

夏知書搔搔臉頰，眼前的藤林月見很陌生，他曾經無比熟悉的人，現在卻有點猜不透對方到底想幹什麼。

把充滿兩人回憶的別墅出租，甚至還改成了一間咖啡廳。將只屬於兩人的咖啡豆配方交給別人，販售給更多不特定的其他人，與他認識的藤林月見差異大到像是兩個人。

「我以為你會直接去找我。」猜不透就不猜了，夏知書思考了下，直接把最大的疑惑問出口。

依照他對藤林月見的了解，早在接到書稿不久，就很清楚藤林月見下一步會做什麼。特別找上梧林，為的就是輾轉找到自己現在的住處，一般出版社發稿的時候不見得會跟翻譯見面，但梧林是少數會請翻譯到出版社來拿稿子的公司。

加上藤林月見指定了翻譯，梧林跟潘寧世都肯定會想盡辦法聯絡並拜訪蝸牛，好展現自己合作的誠意。

所以很早之前夏知書就做好心理準備了，他等著某天門鈴響起，他會從貓眼裡看到三年不見的藤林月見。

可惜，一直到他搬去潘寧世家同居為止，藤林月見都沒有出現在自己面前。

「你應該早就知道我住在哪裡了。」

夏知書無意識地用手轉動桌上冒著熱氣的馬克杯，他嘴裡跟呼吸中都還殘留著醇郁帶苦的咖啡香，熟悉得讓他現在有種反胃感。

「我知道。」藤林月見回答得很坦然：「我經常在你常去的咖啡廳待著，那是個好地方，我曾經看見過你兩三次，從窗外的人行道走過去……但你沒有進來。」

夏知書控制不住地打了個寒顫，因為溫暖泛著粉紅的臉頰褪了色，嘴唇都隱約泛白。

他咬了咬嘴唇，咬出了血色，他其實沒多害怕藤林月見，但生理反應無法控制。他想喝一口咖啡緩緩情緒，最後卻只握著馬克杯把手，將杯子轉了一圈。

「我不想嚇到你……但我也不想欺騙你。」藤林月見臉色如常，他盯著那杯喝了幾口似乎就被嫌棄的咖啡，問：「你要是覺得不舒服，我幫你換一杯吧？想喝什麼？」

太正常了……夏知書皺著眉滿心疑惑，他記憶中的藤林月見就算是少年時期，也沒這麼正常過……這本身就是一種異常。

「不用……我喝水就可以了。」藉著轉頭找服務生的機會，夏知書朝不遠處的潘寧世看去。

高大的男人桌上目前還是空的，他很認真在研究菜單，下一秒，男人偷偷往夏知書的方向望去，兩人的視線恰好對上。潘寧世一愣後瞬間露出個大大的有點憨的笑容，耳垂很快就紅了。

安心感蔓延開來，夏知書輕輕地吐了一口長氣，對迎上來的服務生要了一杯水，順便點了杯榛果瑪奇朵。

藤林月見緊緊地盯著他，見他回過頭，又道：「小蟬，我真的改了。我知道以前是我的錯，我想讓你看到我真的變了很多。」

用手指一點點把馬克杯推遠了些，夏知書躊躇著思索該怎麼回應藤林月見。

對方的誠懇他並非感覺不到，但話說回來，藤林月見這個人一直都是誠懇的。真誠、坦然地面對自己真實的一面，甚至強迫別人真誠。就好比《蟬鳴》這個系列的作品。

「你沒有經過我的同意，就把我寫進書裡。」

聞言，藤林月見皺了下眉，很嚴肅地思考片刻後回答：「醫生說這是一種治療的方式。用書寫去重新整理我跟你之間的關係，從中發現我對你的感情跟執著有什麼問題，進而去了解我自己可以怎麼改變。」

「喔。」夏知書點點頭，「我也知道這種方式，寫日記或者畫圖都可以，把自己心裡的感受表達出來，整理自己的想法，了解自己的情緒問題。說起來，我也寫了一年多的日記。」

藤林月見黑色的眼眸瞬間亮了亮，他放在桌上的手微微一抽，但很快就輕捏成拳，還在桌面上按了按。

夏知書接著說道：「但是，我以為這種日記應該只有自己跟醫生可以看，而不是出版成書，給你幾十萬的讀者觀看。」

藤林月見的表情空白了一瞬，很快轉變成茫然夾雜著慌張的神情，皺著眉小心翼翼問：「你……在生我的氣嗎？」

「月見，你把我父母死時的狀況，完完全全寫進你的書裡……你想過我看到後會怎麼樣嗎？」夏知書提問的聲音很輕，輕得幾乎被偶爾從窗戶縫隙中鑽入的風聲吞沒。

面對這個問題，藤林月見微微歪了下腦袋，眉頭皺得很緊，似乎完全不能理解夏知書為何因此而不高興。

「我沒有說那是你父母身上發生的事情。我給了兇手……小蟬，你在書裡是美好的，很美好，跟我心中一樣的美好……那個兇手才是我……我殘忍、偏執、惡毒，對你來說是噩夢一樣的存在……我是真的反省過自己以前的錯誤……」

聽著藤林月見急躁地解釋，向來冷淡的語調裡都染上了淺淺的哭腔，夏知書舉起手打斷了這一串辯解。

「我不這麼認為。月見，我很了解你。」夏知書時隔三年，終於又一次坦然直視這個男人。「你說你把不好的過往從我身上剔除，給了那個凶殘的連環殺手，最後讓竹間卯跟蟬衣一起終結了這個男人犯罪的道路……你是不是認為這樣就代表我跟你之間的矛盾與痛苦都消失了？而且這還是我們兩個共同克服了障礙，是送給我的情書？」

藤林月見愣愣地迎著夏知書久違的目光，恍惚地點點頭。

他應該要滿心歡喜的，這確實是他寫這系列作品的原意。

一開始只是心理醫生給的治療方式，用寫日記或者其他什麼方式都好，以第三者的角度來整理檢查自己的心理問題。

這對藤林月見來說並不困難，他是個文字創作人，寫的還是推理小說。那是一種，開頭死一個，中間死兩個，結尾還要再死一個人的故事，他的讀者總是期待他書中獵奇、詭異的死亡方式，出奇不意的犯罪手法，還有故事中交錯縱橫的人性糾纏。

初期，他是真的很安分地依照醫囑寫日記，記錄自己一天的行動，幾點起床、幾點梳洗、幾點吃飯，早餐吃什麼、午餐吃什麼、晚餐吃什麼，看了哪些人、遇到哪些事諸如此類。

漸漸地，他將日記當成靈感紀錄，這也是他原本的習慣，隨手記幾筆他看到的特殊風景，遇上什麼特別的事件，或者閱讀上觸發了什麼想法。

然後有一天，藤林月見翻開了自己珍藏的，關於夏知書的筆記、照片以及兩人學生時代的交換日記。

等他察覺的時候，竹間卯系列第一集已經寫完，並寄給編輯審稿了。

整個系列一共五本，兇手的訊息一直到第三集才開始陸陸續續被揭露，大概也就是那時候，他決定把屬於夏知書痛苦的過往，與自己偏執的那部分融合在一起，讓書裡的自己與小蟬共同面對這個敵人，最後克服困難終於能相守一生。

「你喜歡嗎？」藤林月見聽見自己開口問，聲音很輕。

夏知書沒有立刻回答他，因為服務生剛好把瑪奇朵跟水都送上來了，夏知書笑容燦亮地對服務生道謝，兩人還交換了幾句閒聊，說著湘南的海與冬天的海風，跟慕名而來的許多客人。

等服務生離開，夏知書重新把注意力放回藤林月見身上。他捧著馬克杯啜了一口，綿密的奶泡沾在上唇，又被靈活的舌尖舔掉，最後雙唇抿了下，露出一個淺淺的笑。

「小蟬，你喜歡嗎？」

藤林月見沒有得到答案。

他靜靜地坐在咖啡廳專屬的位置上，眼前的咖啡已經失去了熱氣，冰涼得像一月份的海水。半個多小時前，他的小蟬喝完了榛果瑪奇朵後，在他面前叫了UBER，很客套地跟他說，期待在國際書展上見面，還說會做好準備，當一個稱職的與會者，肯定會好好把整個系列看完。

「對了，你想過把前面的書也簽給梧林嗎？」

也不知道夏知書是用什麼立場問的問題，藤林月見不想探究也不敢探究，他只覺得厭煩得要命。所以他問了第三次，執著地想確定夏知書到底喜不喜歡這套書。他自認為這是一套把自己解剖到靈魂深處的作品，赤裸裸地全部展現在夏知書面前，期待被理解以及打動對方的興奮，讓他每每回想起書中的隻字片語，都會控制不住地微微顫抖。

但他終究沒得到答案。

夏知書離開的時候牽著潘寧世的手，高大寡言的男人略顯拘謹，一開始緊張地縮回手在褲腿上連連擦了幾次手掌，又用咖啡廳提供的熱毛巾仔仔細細連每根手指都擦乾淨了，才重新握起夏知書的手。

潘寧世是真的高大，手掌也比一般男人寬大，隨便一撈就將夏知書的手整個包裹住，動作肉眼可見地輕柔，似乎怕太用力了會弄痛夏知書。

藤林月見冷冷地看著，腦子裡回想的都是自己過去與小蟬相處的點點滴滴，他很不喜歡小蟬的中文名字，那讓他不熟悉，就好像原本確確實實握在手中的東西，赫然發現只是泡影般討厭。

夏知書抬起手臂晃了晃兩人握著的手，對潘寧世粲然一笑抽走手掌，下一秒重新握了上去，這次把自己的手指插入潘寧世的手指中，緊密地交握在一起。

如果手邊有刀，藤林月見想，這次自己到底該把刀刃對著誰，才能紓解自己心口的悶痛，並把小蟬留下來？可惜他還沒想出所以然來，身邊也沒有刀子，只能眼睜睜看著兩人依偎著上了UBER，很快地消失在他的視線範圍裡。

事情為什麼會走到這一步？藤林月見端起冷透的咖啡，一口將苦澀到泛腥味的咖啡吞掉，就好像在品嚐自己三年以來的失敗。

這杯咖啡是他點給小蟬的，也是他試著調配咖啡豆後，第一次滿意的成品。那時他跟小蟬都還只是中學生，那是個天氣很好的下午，落地窗全部打開感受著海風吹拂。

別墅的採光非常好，雖然在半山腰上，但搖動的光影宛如海浪的倒映，澄澈如洗的藍與細碎鋪散的陽光，在視網膜上交織成難以言述的璀璨光景。

個子嬌小的男孩頂著一頭毛茸茸的捲髮，一縷一縷的髮間躍動著金色的光點，看起來像個小天使──可惜嘴角有傷口，左臉頰是腫的，眼角也有裂傷，看起來像個可愛的豬頭。

雖然只有十三歲，夏知書已經是個身經百戰的打架高手，誰都猜不到接下來的十年他曾越戰越勇，夯實了他即使是個四十歲的大叔，依然能把比自己高接近三十公分的大男人，揍到進醫院的堅實基礎。

因為長得好看又可愛，無論是那頭捲髮、身高或者奶油白的肌膚與大大的眼睛，都讓夏知書看起來甜美又可欺。這樣的長相在同齡人已經開始有了兩性意識的當下，是很容易招致惡意的。

更別說，在藤林月見的「保護」下，夏知書非但交不到朋友，還跟班上同學相看兩厭，口舌爭執很快就進化成肢體衝突。

「你想試試看嗎？」藤林月見問。

夏知書眨著只有一邊安好的眼睛，即使嘴唇跟臉上的傷很痛，還是露出一個甜滋滋的笑容點頭，「好，謝謝哥哥。」

也許是寄人籬下的謹慎，也許是天生的討好型人格，夏知書從住進藤林家那天開始，面對藤林家三人的請求或詢問，他就不曾給過否定或負面的答案，總是讓人覺得如沐春風，心情很好。

磨咖啡豆的聲音、水壺煮水的輕響，都融入海風裡。

夏知書把沒腫的那邊臉頰貼在大理石櫃檯上，雙眼很舒服似地半瞇著，修長的睫毛隨著呼吸微微顫動，看得藤林月見沒忍住，伸手摸了幾下那頭茸茸的捲髮。

小少年縮了下肩膀，但很快鬆弛開來，抬臉對藤林月見笑笑。

即使過了二十多年，藤林月見依然深深記得那個午後跟那張帶傷的笑臉，又醜又狼狽，卻又讓他覺得可愛到心痛。

微微帶酸的口感，果乾的香氣瀰漫，儘管是頭一回喝咖啡，夏知書依然給出了極高的讚美。

藤林月見想，小蟬應該是真的喜歡這杯咖啡，並不是討好跟迎合，所以才會喝了兩杯吧？可惜……現在的小蟬甚至連一杯都不願意喝完。

手機突然響起，打斷了他沉浸在過往的思緒。藤林月見皺眉，不悅地拿起手機，本想要掛斷的，但在看到來電人名後遲疑了幾秒，最後神情厭煩地接起來。

「幹什麼？」

老實說，身處於充滿與小蟬回憶的屋子，他並不想接聽盧淵然打來的電話，感覺會連空氣都被汙染。但想起男人的慘樣，藤林月見覺得自己還是該接，起碼要避免這個垃圾男人找小蟬的麻煩。

『我猜，你沒搞定你心愛的小蟬？』盧淵然的聲音嘶啞，伴隨著細細的痛嘶聲。即使如此還是打了這通電話，存心給兩個人都找不痛快。

藤林月見把電話拿遠了些，皺著眉凝視那個討人厭的名字。他承認自己是個神經病，但起碼他知道自己不是正常人，也知道自己在幹什麼，但顯然盧淵然病得比他還嚴重。

並不是很想讓對方的聲音貼著自己的耳朵，但兩人談話的內容又實在不適合外放，更別說現在還在公共場所，店裡有許多他的書粉，即便改用中文交談，也難保不會有華語圈的讀者。

真煩……早知道就不接這通電話了，他應該要猜到盧淵然說出口的話就沒一句是不淬毒的，這傢伙上輩子肯定是淹死在沼澤裡。

「所以呢？」藤林月見能做的就是別把電話完全貼在耳朵上，稍稍隔著一些距離，導致盧淵然的聲音更加嘶啞無力，彷彿下一秒就要斷氣了。

真希望這人能直接斷氣。

『過來，我告訴你一個小祕密，幫你處理掉你的絆腳石。』話到這裡，盧淵然像是已經用光所有力氣，乾脆地掛了電話。

聽著嘟嘟的忙音聲，藤林月見過了一會兒才掛上電話，目光死氣沉沉地看著桌上的咖啡杯，隨即把視線移往落地窗外，被暮色籠罩的大海。

這幾天應該要店休來個大掃除才行，空氣得換一換了。

潘拉拉正在思考一件嚴肅的事情。

他看著燦亮的夕陽，海面現在是金黃色的，風雖然很冷，帶著鹹澀又清爽的氣息，整個呼吸道都被冰得縮起，他拿著衛生紙擰著鼻子，避免鼻水往下流，儘管狼狽，但還是捨不得離開搶到的堤防臺階一隅。

夏知書整個人像團羊毛球，小小一團縮在潘寧世的懷裡，他除了一雙眼睛外都被遮擋在圍巾跟毛帽底下，呼吸時的震動像隻雛鳥。

兩個人離開咖啡廳後，坐著UBER直奔看夕陽的最佳觀景位置，夏知書在車上很興奮地介紹，說這是他當年還住在這裡的時候，經常跑來的地方。

有時候自己來，但多數時間身邊總會跟著藤林月見。

「以前這裡沒這麼多人。」夏知書又往潘寧世懷裡縮了縮，整個人猛抖一下，憋住噴嚏的悶響從圍巾底下傳出。

潘寧世怕他被悶到，抱著人搖了搖問：「太冷了，我們還是先離開吧？」

夏知書當然拒絕了，這裡的景色曾經是他很熟悉的，海風的味道、金色夕陽在海面上跳躍的節奏、天空深深淺淺的橘色、金色、紫色與灰藍色……可是身後的溫度跟呼吸聲卻讓這片景色變得不同了。

「你在想什麼？」

兩人欣賞了一會兒夕陽，聽著身邊細碎的各種閒聊聲半晌，夏知書突然開口問道。

被這麼一問，潘拉拉的身體猛地緊繃，手腳有些慌亂地擺動了幾下才訥訥回答：「沒、沒什麼……就是……嗯……」

「你想問我跟月見的事情嗎？」夏知書體貼地問。

潘寧世下意識點點頭，但又很快搖頭，隨即意識到此時縮在懷裡的人看不見自己的反應及動作，連忙開口：「其實我大概猜得出來你跟藤林月見發生過什麼事，畢竟竹間卯系列幾乎把你們的過往都寫得七七八八了，不管被美化了多少，或者從他的角度出發被扭曲了多少，梗概還是可以推測得出來的。」

畢竟是藤林月見的書粉，在認識夏知書前，潘寧世也曾經是追著竹間卯與蟬衣感情故事的一員。他甚至還記得竹間卯系列第一集出版時，他有多驚為天人。當然，藤林月見是個天才型的作者，他的出道作就成就了許多人無法企及的巔峰，往後十多年也未曾從山頂落下。

以一個創作者來說，藤林月見的故事品質、創作效率都太過驚人。曾有一年，這個年輕作者硬生生寫了六本書，誰都不知道他怎麼能有這麼旺盛又高品質的創作力。

但竹間卯系列不同，甚至都不用閱讀完一頁，短短幾行字就呈現出一個截然不同的藤林月見。疏離、冷淡、第三者的絕對超脫視角，是藤林月見很標誌性的創作風格，當然華麗又詭譎、情感扭曲深沉也是，在引人入勝的同時，卻也總有種說不出的距離感。

宛如一座沉寂的活火山——這是讀者跟書評對藤林月見作品普遍的共識。很矛盾，但就是這種矛盾的特質牽引所有人的情緒與感官。

其實在竹間卯系列之前，藤林月見的故事從未出現過明確的感情線，但卻並非沒有隱晦的暗示。他的喜好很明確，無論主角性格、外表、出生、經歷的差別有多大，身邊總有個類似的身影——嬌小、陽光開朗、可愛又毛絨絨的男孩子。

主角與這個男孩總是最親密無間的夥伴，同時也是藤林月見筆下最為鮮活的角色，與讀者最沒有疏離感的存在。

但不得不說，那些隱晦的感情線其實都很無趣，甚至有時候讓人覺得有種說不清楚的突兀感。

甚至有幾本感情線較為明顯的作品，在書迷間的評價是最兩極分化的。

潘寧世就是屬於不喜歡的那一個。

他無法理解，為什麼主角總是在最短的時間內與男孩建立起深厚的情感交流，明明是兩條平行線，卻突兀地交纏在一起，更不能理解男孩為什麼也總會回應主角的感情……閱書無數，甚至作過幾套銷量不錯的羅曼史書籍的潘副總編，陷入深深的困惑與厭煩中。

甚至有一度，潘寧世連讀者對感情線的討論，或對藤林月見是否有個戀人的討論，都感到無盡的厭惡。

然而，竹間卯跟蟬衣卻全然不同，這個系列的疏離感幾乎消失，竹間卯成為最貼近讀者的主角，與蟬衣之間的感情線對劇情有絕對的推動作用，甚至可以說，如果沒有他們兩人的感情，這套故事無法成立。

先前潘副總編不是沒想過簽下整套系列，然而藤林月見卻怎麼樣都不肯鬆口，無論多少出版社找上他，給出多好的條件都沒有用。各方代理、各大出版社搶得頭破血流，最後都是一場空。

系列第五集，也就是現在他手上的《蟬鳴》這本，是全系列評價最高，也是藤林月見創作生涯中最受歡迎與專業肯定的作品，據聞原本獲得直木賞的可能性很高，但後來為什麼連入圍都沒有就不得而知了。

直到今天潘寧世才明白，為什麼自己能簽到這本書，原來都只是藤林月見挽回感情的一個環節啊……潘拉拉忍不住齜牙，把臉埋進主人的毛帽裡，深深地吸了一口氣，然後又因為吸進了短茸毛，很丟臉地打了七八個大噴嚏，慌張又狼狽。

「你該不會想問我，有沒有被感動吧？」夏知書從潘寧世懷裡扭出來，挪到一臉涕淚縱橫的男人身邊，撐著臉頰欣賞對方擦鼻涕眼淚的模樣，隨口一個問題把正在擤鼻涕的人問得僵住。

自己難道表現得這麼明顯嗎？潘寧世尷尬得要命，老實說站在一個寵物的立場，他很討厭想跟自己搶主人關愛的任何人事物，這大概就是所謂「男人的占有欲」吧？雖然他只是 隻狗，但也得是獨一無二的那一隻。

再說了，藤林月見想搶的明顯是「男朋友」甚至「丈夫」這個位置，潘寧世對於「男朋友」這個身分還是感覺很彆扭，但無論怎麼彆扭，拿到手的東西絕對沒有讓出去的道理。

他不至於想把夏知書關起來不見任何人，也不想限制夏知書的隱私與交友，大家都是成熟的大人了，誰沒有幾個交情深到可以跟伴侶抗衡，甚至凌駕於伴侶之上的好朋友？

儘管不清楚到底藤林月見跟夏知書是怎麼分手的，但很明顯對夏知書來說，那段感情沒有回味的必要。這就讓潘拉拉有了爭奪的自信，雖然這個自信不是很足夠……

「我確實是沒想到月見會為了打動我，直接寫了一套書。」夏知書側身靠在潘寧世肩上，重新看向金燦燦的大海。「我本來以為，他會失去寫作的熱情……原本，我也是這麼打算的。」

潘寧世猛地打了個寒顫，張口結舌地不知道該怎麼回應才好。

總覺得自己好像聽見了什麼不得了的祕密……

「如果是你，你會被感動嗎？」

會嗎？潘寧世陷入思考，他回想竹間卯系列的內容，扣除擅自把別人的隱私寫進書裡當劇情的這部份瑕疵外，文字、劇情跟角色間的情感確實是非常打動人的。

若自己是被藤林月見追求的人，當他毫無隔閡地感受到藤林月見透過竹間卯展露的赤裸裸情感，即便兩人有過再如何不堪的決裂，他都無法決絕地說自己不會被感動。

「我這樣問好了。」夏知書用手指戳了下神色明顯動搖的潘拉拉的眉心，這隻笨狗在想什麼完全可以一眼看透。「如果今天你把月見換成盧淵然，你會被感動嗎？」

寒毛從尾椎一路衝到頭頂，盧淵然的嘴唇、舌頭以及呼吸的氣息，所有感覺突然都甦醒過來，潘寧世臉色瞬間白到發青，狠狠地用力甩頭。

「對吧？怎麼可能感動呢？」夏知書伸手摟住自家大狗的脖子，把對方的腦袋拉進自己懷裡搓了搓，「你要相信主人現在是愛你的……潘寧世，你要相信夏知書現在是愛你的。」

夕陽現在已經成為巨大的橘色圓盤，天色昏暗，即使是肩並肩的兩人也幾乎看不清楚對方的五官，朦朧而失焦。

潘寧世的頭埋在夏知書懷裡，姿勢很彆扭肯定也不舒服，但他卻半天都沒有動彈，甚至連夏知書都不確定對方有沒有聽見自己最後的告白。

如果聽見了，為什麼一點反應都沒有？

第八章

他們像是畸形的樹枝，
盤纏地生長在一起

不知道過了多久，太陽已經完全落入海平面下，霞光隨著一陣陣的風越來越濃重昏暗，最終人群全部都從被黑暗吞沒的堤防上離開了。

喧囂的風聲，把僅存兩個依偎著的人細弱的呼吸聲，完全遮擋住。

直到這時候，潘寧世才撐起身體，動了動僵硬的肩膀跟脖子。

「我們要在這裡住一天嗎？」他問，語調溫柔，沒有夾雜任何夏知書聽不出來的情緒。

手機被點開，螢幕的光芒照亮男人嚴肅剛毅的面容，還有那雙溫柔又平靜的眼眸。

夏知書拉緊了外套，莫名打了個寒顫，隨之也揚起微笑點頭，「好啊，我知道一間很棒的民宿，是我高中社團朋友家裡開的，我打電話問問他們還有沒有房間能租我們。」

「麻煩你了。」潘寧世點頭贊同，伸手拉著夏知書一起站起身，「我剛查過，附近有間很有名的拉麵店，你餓了嗎？要不要去吃晚餐？」

「可以啊……你等我打個電話。」夏知書晃了晃手機，側過身打起電話，對方很快就接聽了，三兩句話就有了結果。「我朋友說還有房間沒問題，我們隨時可以過去。」

潘寧世露出期待的表情，對夏知書伸手，「那我們吃完拉麵就過去吧。來，牽好我。」

夏知書看著朝自己伸過來的手，路燈離堤防的距離有點遠，身後不遠處就是大馬路的車流呼嘯聲，要是沒有手機的螢幕燈，他們在黑暗中只剩下模糊的剪影。

包含那隻有力寬大的手掌都是。

明明只有幾公分的距離，夏知書盯著那隻手看，螢幕燈突然滅了，一瞬間那隻手就被黑暗包圍，幾乎連輪廓都看不清楚。

他下意識地咬了咬自己舌尖，很快嚐到淡淡的腥味，刺痛感也冒了上來。

潘寧世，你要相信夏知書是愛你的……你信嗎？

那是個很美的女人，有一種古典水鄉的煙雨朦朧氣息，她穿著淺藍色的收腰洋裝，散曳的裙襬像花瓣，露出兩條勻稱雪白的小腿，腳上踩著一雙很普通的棉拖鞋。

她一隻腳踩在地毯上，一隻腳則翹著微微晃動，棉拖鞋也跟著晃呀晃。光潔的腳後跟白中透粉，簡直像平常不走路一樣。

房間整體是白色與粉紫色交織的設計，今天天氣非常好，陽光從窗外灑落，有種照片曝光過度的感覺。

站在房門外，小男孩怯生生的，不敢走進去，也不敢多看女人，視線猶疑了一會兒後，落在自己的鞋尖。

女人正在看書，書頁翻動的聲音輕巧悅耳，小男孩不由得抬起頭看了眼女人手上的書，雖然因為逆光看不清楚書皮，但那是一抹濃重的紅，顯眼得令人無法忽視。

他很快又把眼神垂下，專注地看著連每條皺褶跟顏色斑駁的地方都很熟悉的鞋子。

男孩身後站著三個人，一個是看起來跟他年紀差不多的女孩，綁著高高的馬尾，一身俐落的海軍藍牛仔吊帶褲，小皮靴是白色的，因為天氣太好，早晨穿在身上的薄外套現在綁在腰上，那是件稍淺的藍色外套，與白色襯衫層疊出海浪般的感覺。

另外兩個是大人，看起來像對夫妻，也像兩個孩子的父母，男人身材極為高大，在人群中絕對是鶴立雞群的那個。

他面容威嚴，眉心有道深深的痕跡，即便是放鬆的表情也像在深思，看起來並不好親近。他的妻子就不同了，雖然也是個身材高䠷的女性，卻有張鵝蛋臉，五官都帶點微笑的感覺，第一眼不是覺得她有多好看，而是這個人看起來好溫柔，好想親近她。

率先開口的也是妻子，她聲音輕柔：「簡簡。」

窗邊女人翻書的動作頓了頓，隨後像沒聽見般又翻了一頁，繼續沉浸在書海中，嘴角微微勾起一個輕淺的弧度。

「簡簡，妳看，今天我帶了誰來看妳。」妻子不介意被稱為簡簡的女人刻意忽視，她依然熱情，拋下丈夫拉著兩個小孩走進房間中。

小男孩一進到屋中，眼睛就被陽光刺激得瞇了瞇，視線裡的一切都像泡在過度亮眼的光線中，浮浮沉沉，連他的腦袋也跟著飄飄蕩蕩，兩隻腳好像踩在什麼軟綿綿又空蕩蕩的東西上，每一步都讓他害怕自己會掉到地底去。

「怎麼了？」身邊的女孩很快發現了他的不對勁，立刻壓低聲音詢問，小手很自然地攬住弟弟的肩膀拍了拍，「你身體不舒服嗎？要不要喝點水？」

「我、我很好……不用喝水……」男孩搖搖頭，清脆的童音卻是凝滯的，嘶啞得不像個六歲的孩子。

頭頂被溫厚的大掌覆蓋住，輕柔地撫了撫，男孩終於有了腳踩實地的感覺。他怯怯地抬頭朝窗邊的女人看去，剛好對上了女人挪向他的視線，男孩瞬間僵直，小臉微微發白。

他吞了吞口水，覺得喉嚨很刺，有點痛，很像感冒發燒的時候那種不舒服，但他現在應該沒有生病啊？為什麼會這樣呢？小男孩想不明白，就像他也不懂為什麼自己本能地害怕那個漂亮的阿姨一樣。

明明，對方看起來溫和柔弱，像故事書裡的公主，那身淺藍的洋裝在陽光下像精靈的翅膀，他應該要很喜歡的，會想跟阿姨認識一下。可是他現在卻連動都動不了，僵硬地與阿姨對視，那雙背光的眼睛很深，黑得像小百科裡說到的黑洞。

「你就是……小寧？」簡簡終於開口，她的聲音有種虛無縹緲的感覺，像風聲也像夢裡的吟唱聲，帶著點甜膩。

小寧抖了下，伸手在自己耳朵上用力搓了幾下，視線又落回自己鞋尖上。

「對，是小寧。前陣子妳不是說想見見他？」妻子輕輕揉了下兒子垂下去的腦袋，並沒強求小孩子立刻親近陌生人。

「他長好大……真的是小寧嗎？」女人歪著頭，她依然待在窗臺邊上，翹著一隻腳，搖晃著搖晃著。

「妳跟小寧太久沒見面了，他今年六歲，明年要上小學了。」

「是嗎？」女人停下搖晃的腳，調整了姿勢面對眾人，露出甜甜的笑來，「我上次看到小寧，他還只有這麼大而已。」說著，雙手比了個高度，大概是一兩歲小孩的身高。

「時間過得真快。」妻子跟著感嘆了一聲，又疼惜地揉了揉兒子的小腦袋。

「小寧，來，我是媽媽，你還記得我嗎？」簡簡眼中似乎沒有任何其他人，一雙黑眸落在小寧髮頂上，隨手招了招。

「妳不是小寧的媽媽。」回應她的是小寧身側的女孩，她皺著肉嘟嘟的小臉，語氣很不友善。

「爸爸說了，妳是姑姑，不要欺騙小朋友。」

女人聞言愣了下，隨即笑出來，甜滋滋的笑聲迴盪在曝光過度的房間中，在為數不多的家具擺設還有大量的書籍間反彈。她笑得太暢快了，直把小女孩笑得臉色脹紅，小拳頭捏得死緊，若不是年紀小又天生沉穩，恐怕早就衝上前對女人那張笑臉來幾拳。

高大的男人也面露不快，但他是個寡言的性格，嘴唇動了動終究沒說什麼，只伸手安撫地摸了摸女兒的腦袋。

依然是妻子開了口：「簡簡，妳別在意，小寧年紀還小，從小就跟著靄靄叫我們爸爸媽媽，我們是打算等他上小學就把事情都跟他說的……」話到這裡，妻子顯然也不知道該怎麼繼續，尤其是女人還在笑，笑得那樣肆意，甜得像打翻的蜜罐，顯得她的解釋像是強詞奪理。

小女孩露出不可思議的表情回頭看了看爸爸媽媽，很快伸手用力握緊了弟弟的小手，表情嚴肅地瞪著終於停下大笑，正在抹眼淚的簡簡。

「小寧是我弟弟，那我的爸爸媽媽就是他的爸爸媽媽。」

即使只有七歲，一段話仍然鏗鏘有力，聽得簡簡挑起眉，上下打量了小女孩一番後，伸手鼓起掌來，「妳真棒，是個好姊姊呢。妳叫靄靄是嗎？能不能把弟弟借給我一下，姑姑想跟小寧說幾句悄悄話。」

「不要。」靄靄想都不想就拒絕，她年紀是小，但腦子卻很好又早熟，這個姑姑看起來漂漂亮亮的，那雙眼睛卻讓人怎麼看都不舒服。

絕對不是個好人。七歲的內心無比篤定。

「靄靄，不要這樣。」身為母親，妻子柔聲訓斥女兒，隨後對簡簡道：「對不起啊簡簡，靄靄從小就護著小寧，妳第一次跟他們見面，小寧又是個怕生的孩子，有什麼話妳都可以說，不要在意我們。」

簡簡似笑非笑地看著幾個人，伸手比劃了下房間，彎著一雙眉眼道：「你們不用擔心我會對小寧做什麼壞事，這裡是療養院，我房間裡沒有任何危險物品，也有監視器，你們也是詢問過醫生才敢把小寧帶過來的吧？我跟我兒子多年沒見，想跟他說些悄悄話也不行嗎？你們是不是真把自己當小寧的親生父母了？哥哥，嫂嫂，你們還想搶走我的東西多少年呢？」

看著眼前或大或小的幾個人表情都變得難看，簡簡卻彷彿很開心。

「別生氣，我沒有別的意思，小寧也是我心甘情願出養給你們的，我也很謝謝你們對我的兒子這麼好，但是……我是媽媽，我還是想獨占自己的孩子，就算幾分鐘也可以啊……不行嗎？」

簡簡的長相很有欺騙性，話說到最後眼眶泛紅，連鼻頭都有些紅紅的，還抿了下嘴唇，似乎真的很傷心。

丈夫和妻子對視了一眼，確實如簡簡所說，房間裡很安全，也隨時有人監控，幾分鐘應該不至於出事，簡簡最近一年的恢復狀態確實良好，雖然要離開療養院還很難，但應該沒有機會再次傷害自己的孩子才對。

終究還是心軟，妻子點點頭，「我明白妳的心情。簡簡，我們信任妳，所以才帶小寧來見妳，也希望妳不要讓我們失望。」

「不會的，我只是很想念小寧而已。」簡簡破涕為笑，那雙令靄靄不舒服的雙眼濕漉漉的，看起來無辜天真又開心。

「我給妳五分鐘。」丈夫第一次開口，聽得人心頭一緊。「潘簡，不要再讓我失望。」

簡簡的表情似乎僵硬了一瞬，但隨即露出無辜順從的淺笑，點頭應下。

夫妻二人在兒子身邊蹲下，分別低語安撫了他幾句，在獲得兒子的同意後，準備牽著女兒離開，將空間留給數年不見的母子二人。

身為姊姊的靄靄明顯很抗拒跟父母離開，無論潘簡看起來多無辜，那雙黑眸裡的淚光多晶瑩，靄靄就是有個直覺，這個人在想壞心的事情，她傻傻的弟弟會出事。

這應該就是屬於小孩的第六感，純粹的直覺，沒有任何蛛絲馬跡可以佐證。

似乎發現了靄靄的情緒，潘簡突然出聲叫住三人：「讓靄靄也留下來吧，她看起來很怕我會對小寧做壞事，留下來看著也安心。」

夫妻二人這次倒沒有考慮太久，靄靄是個老成的孩子，比同年齡的孩子，甚至偶爾比一些幼稚的大人都要來得可靠，對小寧來說也是個強心劑，應該可以降低不少孩子的緊張感。

於是靄靄被留下，她上前抱著弟弟安慰幾聲，又看向笑吟吟的潘簡，皺著眉頭無聲表達自己的不信任跟警惕，回應她的是女人無辜地一聳肩，眨了眨雙眼對她露出甜甜的笑。

「小寧來媽媽這邊。」潘簡又對小寧招招手，她從窗臺上滑下，現在坐在地上背靠窗臺，整個人的顏色飽和度深了幾分，總算沒再那麼虛幻了。

小寧在姊姊的擁抱裡有了勇氣，他離開姊姊身邊，小心翼翼地走上前，來到潘簡身前，聲若蚊蚋地叫：「媽……媽媽……妳好……」

潘簡伸手將兒子小小的身體擁入懷中，還殘留著淺淺粉色的臉頰與鼻尖蹭上兒子軟乎乎的臉頰，語帶顫抖道：「小寧……小寧……媽媽真的好想你……媽媽想這樣抱你已經好久好久了……」

微邊的濕意沾上臉頰，與甜膩得像糖果般的氣味一起包裹住男孩，他覺得自己像被一朵雲擁抱了，帶著糖果氣息的雲。

心中的排斥一瞬間就消失無蹤，這個懷抱跟味道原本應該是第一次感受，卻臭名讓他很熟悉，雖然跟剛離開的媽媽不同，小手卻不由自主緊緊握住女人那身淺藍色的洋裝，緊接著怯怯地回抱。

「媽媽最近都在想你，不知道你長什麼樣子，是不是長大到媽媽認不得了，是不是還記得媽媽……你那時候還那麼小，一點點而已，在媽媽懷裡又軟又香……媽媽最近總是想到你……小寧，我的小乖……媽媽好愛你好愛你……」

「媽……媽媽……」小寧感受著源源不絕的眼淚沾在自己臉頰，順著滑落在衣襟上，很燙。他覺得自己也想哭了，雖然還是很愛原本的媽媽，但現在的媽媽好像也……

「小寧，你要相信媽媽是愛你的，相信媽媽是愛你的……」這段話在耳邊迴盪，帶著細微的抽噎，還有深深的，六歲孩子無法理解的感情。

他想回應媽媽，但很快他發現自己發不出聲音，也喘不過氣，喉嚨很痛，好像被什麼東西緊緊地勒住。

他從媽媽懷中被推倒在地上，不知道是什麼材質的地板不冰也不熱，堅硬中帶著隱約的柔軟。媽媽的臉在他的正上方，甜甜地笑著，淚水一滴滴落在他臉上、鼻子上、眼睛上跟嘴上，鹹鹹澀澀的，好像比自己眼淚的味道要苦……

「小寧，你要相信媽媽是愛你的……」潘箭語調溫柔繾綣，聽得人心臟緊縮。

小寧看著她，泛紅的眼眶、泛紅的鼻尖，還有那一滴滴落下的淚，視線越來越模糊，頭嗡嗡地響，窒息感蜂擁而至，他什麼聲音都聽不見，除了潘箭的臉也什麼都看不見，小小的手連舉起來的力氣都沒有，無力地在地板上抓撓，舌頭控制不住地往外吐。

原來這就是媽媽的愛嗎……原來啊……

葉盼南是在凌晨四點收到好友的訊息，問他睡了沒有？沒睡的話方不方便跟他語音通話。

他確實還沒睡，因為他剛結束一份沒那麼緊急的工作，單純是失眠睡不著，早知道就不該晚上九十點了還喝咖啡。以前他不管幾點喝咖啡都不影響睡眠，現在不行了，這就是年紀大了嗎？

一邊哀嘆自己的中年危機，葉盼南回給好友一個沒問題的貼圖。幾分鐘後，在書房思考著早餐要做點什麼給兩個小朋友的葉爸爸，接到了來自夏知書的語音通話。

「怎麼了？你家拉拉不乖嗎？大半夜的讓你有空打電話給我。」葉盼南調侃道。

當時聽到夏知書石破天驚地說出要衝日本找潘寧世的決定時，他跟商維腦子真的是空白的，直覺自己應該是聽錯了，或者……根本就在作夢。要知道，打從跟藤林月見那場鮮豔的分手後，夏知書就有了 PTSD，根本不願意回日本，一度連聽到或看到日本相關的資訊都會大發病。

雖然夏知書的精神堅韌得可怕，幾個月後就能若無其事地開始換筆名接翻譯案了，但身為好友葉盼南又怎麼可能察覺不到他心裡的那根弦，隨時在崩斷的邊緣？

他很高興見到夏知書現在的狀況，總算有一個人能將他拉出當年的深淵，葉盼南對此深深感謝上帝讓潘寧世出現，不管這兩人當初到底是因為什麼原因認識，也先不管這兩人到底為什麼堅稱他們不是相愛，而是主人遇到了命中注定的寵物。

面對好友的調侃，夏知書輕輕笑了兩聲開口：『我家拉拉很乖，所以我想多了解他一點，需要你幫忙。』

葉盼南挑眉，就知道大半夜的電話沒好事，但他也習慣夏知書的求助了，當下笑罵了兩聲：「就知道你的電話都是來找麻煩的，說吧，要我幫什麼忙？先說啊，我跟梧林的接觸沒那麼多，跟潘寧世也是很久沒見，最近因為你才恢復聯絡的，知道的不見得比你多。」

『別擔心，我不是想從你那邊打聽我家拉拉的事情，我是想請你幫我問他姊姊的聯絡方式……我有事情想問潘小姐。』夏知書難得沒跟好友瞎扯，這還是他們交往多年來，第一次這麼果斷地直入正題。

葉盼南立刻察覺出不對勁，他皺眉後悔沒有讓好友開視訊，雖然開視訊不見得有什麼用，夏知書從小的生長環境讓他不僅很懂得察言觀色，也很擅長隱藏自己的真實心情。

可以說，若不是三年前受到太大打擊，夏知書病得太嚴重，已經到了完全無法藏匿自己真實狀況的地步，他跟商維也只會單純以為，那傢伙就是難搞又任性，廚藝差得渾然天成還樂此不疲。

儘管他們間的交情已經親厚到，夏知書不再刻意隱瞞自己的狀態，甚至還會在思考過後跟他們求助，但往往都要先東拉西扯些無關緊要的事情，讓葉盼南跟商維一點一點去抽絲剝繭發現全貌。

「你老實說，你現在狀況還好吧？」葉盼南的聲音嚴肅起來，電話那頭屬於夏知書的呼吸聲也輕了很多。

好一會兒，葉盼南有點等不住想再開口問問時，夏知書的聲音終於傳來：『嗯……這件事有點複雜，我不能多說。但是，我告訴潘寧世我愛他。』

抽氣聲從葉盼南口中發出，大得像故障的風箱。

「你說什麼？」

『我告訴潘寧世，我愛他。』後面三個字咬得異常清楚，深怕葉盼南聽得不夠清楚。

葉盼南又倒抽了一口氣。

『你再這樣我要生氣了！』夏知書不滿。

葉盼南覺得自己很無辜，他不是故意的，但夏知書跟「我愛你」這三個字根本先天不合，宛如傑利與湯姆的關係，他又不是沒見識過夏知書病得最嚴重的時候，光聽到「我愛你」就會吐到虛脫的樣子。

「所以……潘寧世也說他愛你了嗎？」葉盼南的聲音顫抖，說不上到底是欣慰期待還是驚恐萬狀，反正他覺得這不是適合在失眠的夜晚閒聊的話題，他會折壽。

電話那頭是長久的沉默，葉盼南一度以為是網路斷線，連續喂了好幾聲，才終於得到好友氣力不足的回應。

『反正，拜託你幫我打聽一下潘小姐的聯絡方式，我想請教她一些小事情。』

這代表問不出更多詳情了，葉盼南無奈認下工具人的身分，這麼多年來也習慣了。

「你真的對潘寧世說了愛他嗎？」但還是無法置信啊！要知道，經歷過父母雙亡的事件、遭遇藤林月見扭曲的戀愛關係後，夏知書對「愛情」這個字眼都不是退避三舍，是恨不得世界上從來沒有這種東西的存在。

一個突如其來的日本行，影響好像比他以為的要大。

夏知書又不回話了，這次葉盼南很耐心的等，他真希望自己能在現場聽見好友說出那三個字。

然後，通話斷了，葉盼南愣然準備撥打回去，才看到夏知書傳了個留言：網路不穩定，我們下次聊。記得盡快幫我打聽到潘小姐的聯絡方式，我會帶禮物回去給你們的。

嘖！葉．工具人．盼南幾乎要盯穿手機螢幕，氣憤地埋怨夏知書敷衍得毫不用心，但他能怎麼辦？碎碎念了一陣後，他還是任勞任怨地翻起自己長長的通訊錄，思考可以從哪邊幫忙打聽到潘靄明的聯絡方式了。

夏知書當然很心虛，他也知道自己這樣做不厚道，大半夜打電話給好友，什麼事情都不解釋，就要人家幫忙打聽消息，彷彿真的把人當工具使用。

在心中真誠地對遙遠的葉盼南道歉，他真的是不得已的。如果這件事只跟他自己有關，那他願意把所有細節告訴葉盼南。然而，現在並不是這樣的，這次更多牽扯到潘寧世的私事。身為主人跟男朋友，幾個小時前還真情告白了，夏知書自然不能轉頭就把潘寧世的私事到處亂說。

現在日本時間雖然已經五點多，但冬天天亮得晚，窗外還是一片黑暗，只能聽到遠遠的有隱約海潮聲傳來，一陣一陣的，似乎有人說過，這個聲音跟母親體內聽到的羊水與心跳聲很接近。

不知道是不是真的。他又突然回想起大概一兩年前，葉盼南家的商左安跟葉柚安小朋友從臺中的科博館回來，很開心地分享說裡面有一個子宮椅子，坐進去可以聽到小嬰兒在媽媽肚子裡聽到什麼聲音。

「妹妹聽睡著了。」

葉柚安小朋友吸著自己的大拇指，奶聲奶氣地補充：「我喜歡那個椅子，很好聽。」

若帶潘寧世去坐那張椅子，他也會覺得很舒服到睡著嗎？

拉門的另外一邊是臥室，他們訂到的是個帶有小客廳的房型，所以夏知書才敢打電話給葉盼南請他幫忙。輕輕將拉門打開一條縫隙，沉穩的呼吸聲傳出來，夏知書撫著胸口，這才覺得安心了。

之所以會在這個時間醒來，滿腦子胡思亂想，得推回大概三小時前。

他是被驚醒的，臥室裡只有窗外街燈射入的光線，所有的擺設都是模糊的輪廓。原本應該安靜的臥室，被沉重粗啞的喘息與呢喃充斥。

夏知書還沒搞清楚發生什麼事，突然看到一條手臂往自己的臉砸過來，他嚇得往旁邊滾，下一秒就看到自己的枕頭被抓住，又撕又扯的，配合粗重喘息與凶惡的低語，他忍不住地打了個寒顫。

「潘寧世？」夏知書嘗試呼喚了聲，那個躺在被褥中扭動撕扯他枕頭的男人沒有回應，喃語聲變得更沙啞痛苦，夾雜了幾聲不成調，又隱帶哭腔的「媽媽」。

夏知書又哆嗦了下，連忙打開電燈，大概是被光線刺激到了，床上痛苦扭動的人影停頓下來，雖然還是緊緊扣著枕頭，卻已經不再繼續撕扯。

他連忙湊過去，剛看清潘寧世的臉，到嘴邊的呼喚就硬生生吞下肚。

那張總是嚴肅正經的臉，連睡覺的時候都偶爾會皺起眉頭。現在，那張臉上都是淚水，雙眼睜大卻空洞無神，茫然地盯著天花板，好像並沒有看到離自己觸手可及的夏知書。

「潘寧世……」夏知書小心翼翼地再次呼喚，然而潘寧世的雙眼依然渙散，不知道是聽見了不想回應，還是根本沒聽見。

「你還好嗎？」這種狀況夏知書不算陌生，他在自己臉上看過類似的神態，所以並沒有絲毫驚慌，而是放柔了聲音，伸手安撫地摩擦潘寧世的手臂，引導詢問。

手掌下的肌肉猛地緊繃了起來，隨著雙眼的焦距漸漸凝實，潘寧世眨眨眼，視線對上夏知書的笑臉，才緩緩放鬆。

「我……很好……」他努力要露出一個笑容，嘴角卻僵硬得勾不上去，表情顯得極為扭曲，似哭似笑，聲音更是嘶啞得像破碎的布帛。

夏知書盯著他看了幾秒，點點頭，低下頭用鼻尖溫柔地蹭了蹭男人的鼻尖，呼吸交纏著，可以聞到一種他很熟悉的，類似恐懼混合癲狂的味道，他很難解釋那是什麼味道，但以前的自己身上也有這種味道，一聞就知道。

「要不要喝點水？你剛剛看起來不大舒服，是不是空氣太乾了？」他沒詢問潘寧世是不是做了惡夢，就算是，對方也不可能承認，何必在這種時候增加雙方的心理負擔？

「好，謝謝……」潘寧世很顯然鬆了一口氣，眼神也更加清醒，緊緊抓著枕頭的手指鬆開，轉而摟上幾乎窩進自己懷裡的夏知書，「對不起，把你吵醒了。」

夏知書在他懷裡磨蹭了下臉頰，故作生氣道：「壞狗狗，罰你親親主人，以後要記得在床邊放杯水。」

柔軟的嘴唇輕柔地印上夏知書的額頭，沒有更深入地親吻，兩人就這樣抱著聽對方的心跳與呼吸聲，好像先前的痛苦呻吟沒有出現過一樣。

「我去幫你倒杯水，喝完去洗把臉繼續睡，別忘了說好明天要去看日出的。」夏知書拍拍男人厚實的胸膛，從溫暖的懷抱中爬起來，走到外面的小客廳倒回來一杯溫水。

臥室裡潘寧世已經撐起身體，盯著自己的胸口不知道在想什麼，整個人好像又飄忽了起來。

「來，喝慢點。」對任何奇怪的舉動，夏知書都置若罔聞，只是溫柔地遞上水杯，在潘寧世喝水的時候貼著男人的身側坐著。

「我查過了，明天日出的時間是六點四十七分，我們大概提前半小時到。老闆提供了一個他密藏的看日出地點，走過去要十分鐘，五點半起床你覺得怎麼樣？」

「我們可以早點起來，才不會太匆忙。」

潘寧世已經喝完水，打了個哈欠，看起來昏昏欲睡的。

「那好啊，我把鬧鐘調五點。」夏知書操作了一下，把訂好的時間給潘寧世看了一眼。

兩人沒有聊多久，潘寧世很快睡過去，而夏知書則再也睡不著了，就這樣待到五點，忍不住打電話給葉盼南。

時間已經逼近六點，臥室裡男人依然睡得很沉，夏知書並沒有叫潘寧世起床的打算，畢竟水裡他可是放了醫生開給他的安眠藥，原本就打算讓潘寧世好好睡一覺。

「媽媽……唉……」撐著臉頰，夏知書看著窗外開始透出隱約霞光的天色，想起昨天告白後，潘寧世奇怪的反應，他心裡就有種微微抽痛的感覺。

人生是由各種意外交織而成。

此時此刻，潘副總編對這句話深有所感。

昨晚睡前，他記得自己答應了夏知書的邀約，據說有個很棒的看日出地點，雖然冬天海風強勁，卻別有一番風味，難得來到這個地方了，不看看就離開實屬可惜。

這麼說也沒錯，更何況，潘寧世偷偷想，這片區域是男朋友年少時生活長大的地方，走在路上似乎都能看到夏知書青澀開朗的年輕身影，本質上極為浪漫的潘副總編也真的捨不得輕易離開。

查了日出時間，約好起床時間，兩人是在早餐吃什麼的討論中睡去，意識消失前，潘寧世記得自己想到的是起司歐姆蛋三明治。

他依稀記得自己好像睡得不是很好，可能是生病的後遺症，也可能是輕微認床，或者不習慣若隱若現的海潮聲，半夜好像醒過一次，潘寧世不確定自己是否喝了一杯水，或者只是單純的一場夢境，畢竟手邊沒有喝過的水杯。

對了，他昨晚好像做了一場惡夢？

記憶實在很模糊，後半夜他睡得非常熟，醒過來的時候天光大亮，民宿的早餐時間都過去了，夏知書正坐在客廳的窗前看書，金色的陽光灑落在他臉上，連臉頰上的絨毛都微微發光。

看見潘寧世醒來，夏知書笑彎了一雙眼睛，邀請他一起去附近的咖啡廳吃早午餐。

對於為什麼沒有叫醒他一起去看日出這件事，潘寧世心裡的大狗狗雖然有些失落，但能跟主人一起去高中時代最喜歡的店之一吃早午餐，潘拉拉歡呼雀躍得尾巴都搖成螺旋槳了。

這片區域是山與海的交界，海岸臨著公路、電車軌道後，就是上坡路，雖然不陡峭，但不習慣的話走起來也有些累人。錯落的巷道中民房櫛比鱗次，住商微微混雜，離開遊客很多的觀光大路後，生活區依然很靜謐。

他們從民宿搭了兩站車，沿路散著步過來，夏知書說了很多高中時代的生活，他們走的那條巷子第一個左轉住著一個奶奶，院子裡養了四隻三花貓，隔壁則住了一對年輕夫妻及兩個孩子，再過去則是他高中時代社團好友的家。

「別看我這樣，以前我是足球社的。」夏知書說得眉飛色舞：「我從小個子就不高，本來想加入籃球社，說不定可以長高點。但那時候我迷上了《足球小將翼》，乾脆加入了足球社。」

這讓潘寧世很有共鳴，他也曾經因為《灌籃高手》想當職業籃球員，然而他的文藝青年屬性更強，比起真人下場打籃球，他更喜歡看漫畫參與二次元比賽就好。

「其實我一直很好奇，你的腹肌怎麼練出來的？」提到腹肌就想到那絕佳的手感，夏知書的手指動了動，實在很想無視大庭廣眾之下，伸手摸兩把回味回味。

他們認識的這大半年，私下相處的時間說真的並不多，潘寧世給他的感覺就是個忙碌的社畜，如陀螺一樣在公司、作者、翻譯、設計師、代理、廠商跟印刷廠間轉個不停。好像連停下來喝一口水的時間，都會有幾百份工作繁衍出來。

但每次上床都可以很明確地感受到，潘寧世的身材有多好，身上的肌肉有多堅硬厚實，那種不誇張的勻稱精悍，絕對不是用零碎的時間隨便做幾個動作就能練出來的。

潘寧世耳垂隱約有點紅，他搔搔臉頰，伸手在自己腹肌上摸了下，隨後像燙到一樣縮回手背到腰後，狀似漫不經心回答：「我每天都會找時間去至少一小時健身房，雖然最近因為書展的關係太忙，沒時間天天去，但一週還是會去個三四天。」

還是忍不住，反正男人本來就是慾念很強的生物，跟隨本能也沒什麼不可以——更何況，路上現在沒行人。

夏知書想著，心安理得地把手放到潘拉拉腹肌上揉了揉，滿足地喟嘆。真的超好摸的，堅硬中帶點柔軟，形狀透過冬天的衣物還是很分明，在掌心中重巒疊嶂，又熱又燙。

既然腹肌都摸了，是不是可以趁機摸一下胸肌？老實說這短短兩天發生的事情實在太多，他是為了磨蹭自家狗狗才衝日本的，誰知道竟然沒時間好好跟男朋友溫存。

雖然在警局的廁所做了一場，但還是摸太少了，這不合理啊！二十四小時都在一起的情侶，對方甚至還是自己的撫慰犬，應該要從頭摸到腳，每天摸滿二十五個小時才對吧？

覆蓋在腹肌上不斷搓揉的手掌，蠢蠢欲動地偷偷往上移，眼看就要摸到橫膈膜的位置時，轉角那一端傳來腳步聲，夏知書扼腕地在行人轉過來前不情願地縮回手。

早知道就別想什麼腹肌了……現在更不滿足了。

潘拉拉也被摸得不上不下，小腹有種隱隱的焦躁，要不是內褲夠緊，恐怕就要出現非常不合時宜的反應了。

兩個自認為是成熟大人的社會人士，連牽手都不敢亂牽，早就沒心情聊什麼小時候的回憶了，先不說潘寧世有沒有興趣聽，他肯定是非常有的，但夏知書已經完全失去說的動力了。

曾經在這邊生活的夏知書是個青春洋溢的年輕人，十幾歲也好二十幾歲也好，就算腦子裡有什麼黃色廢料，也都很清新脫俗，哪裡比得上他現在腦中的妄念？

什麼狗耳朵狗尾巴、舔來舔去、吸來吸去、戳到肚子鼓起來之類的……三十公分可真是又粗又壯……夏知書深吸口氣，難得愧疚地想，自己還是暫時別汙染了年輕時候的美好回憶吧。

嗚呼哀哉。

所幸用不著幾分鐘，目標咖啡廳就到了。

確實是個很棒的地方，跟昨天被藤林月見帶去的咖啡廳氣氛全然不同，可愛的小店布置帶著濃重的生活氣息，離海的距離不算遠，走到海邊大概只需要十分鐘。

窗邊的位置可以看到深藍色的海與白色的浪，因為隔著巷道、民宅跟公路，在電線的切割下，大海宛如浮在半空中。明明關著窗戶，卻彷彿可以聽見規律的浪濤聲。

空氣裡瀰漫著咖啡香、茶香跟剛烤好的麵包香，菜單上第一名推薦就是歐姆蛋三明治套餐。

「對了，早上有個很久不見的朋友聯絡了我，他剛好在這附近有棟度假別墅，問我有沒有時間跟他聚一聚。你要一起去看看嗎？」大概是熟悉的香味讓心猿意馬的夏知書將所有動物都關好了，目前心情平靜，總算想起來比較正經的事情了。

「方便嗎？」潘寧世心口一跳，舌根好像有點甜甜的。他下意識看了眼剛喝的水，很單純的檸檬水，怎麼會甜呢？難道這邊的水質特別好？

「沒什麼不方便，要是不妨礙你工作，我希望你能陪我去。」

看了眼手機裡的行事曆，今天要處理的工作不算多，他最近跟羅芯虞的配合很順利，小女生已經可以獨立完成不少工作，多數廠商的聯絡後續工作都能接手……潘副總編想，自己稍微偷個懶，應該沒關係吧？

至於原本來日本打算要見的人……潘寧世翻了翻與對方編輯聯絡的訊息，停留在兩天前，他為盧淵然開門前跟對方確定了可以交接的時間，之後就因為各種紛紛擾擾沒時間再聯繫，對方也沒再跟他聯絡，看樣子應該不會出什麼問題吧？畢竟是明天的事情。

印刷廠那邊的話……潘副總編傳訊息去騷擾了下奧老闆，很快收穫了印刷機勤勤懇懇工作的側拍，以及奧老闆毫無感情的笑臉符號。應該代表沒問題。

很好！潘拉拉檢查完所有待處理事項後，發現自己可以偷懶一天，當即笑了開來，還用力點了幾下頭。

「我想去。」

雖然他是個社恐，但認識主人的好朋友是多麼美妙的突發事件啊！在日本就認識的朋友，代表清楚夏知書年輕時候的點點滴滴吧？起碼認識三年前的夏知書，想想就好激動。

夏知書笑吟吟地摸了摸潘寧世神情明亮的臉頰，手感還真不錯，但如果能搔搔下巴、摸摸喉結，最後捏一把胸肌，應該會更舒服。店裡目前只有兩三組客人，大家的距離都很恰當，可以做到無視旁邊的客人在幹麼，那是不是可以來做點什麼？

鞋底在地面上有節奏地踩了踩，發出細微的聲響，裹在牛仔褲裡的腿很自然地往前伸了伸，擦過西裝褲中的長腿。

正準備拿三明治咬一口的潘寧世突然抖了下，他抬頭茫然地看了眼對面正在喝咖啡的夏知書，得到一個可愛的挑眉和彎彎的笑眼，胸腔裡的心跳碰碰碰撞在肋骨上，耳朵裡也都是心臟瘋狂衝撞的聲音。

「你……是不是在……」挑逗我？

潘寧世想問，幾秒前他確實感受到有道視線輕巧但甜膩地舔過自己的肌膚，雖然幾乎一眨眼就消失了，但讓他渾身都有種癢癢的感覺。

本來以為是錯覺，並沒有太過在意，現在腿都蹭到一起了，到底是存心的還是不小心的？潘拉拉抓耳撓腮，他想問又沒勇氣問，萬一夏知書回答他「對，我故意的」，那他該怎麼辦？也回應著蹭過去嗎？

腦中不合時宜地出現各種糟糕作品中固定會有的腿在桌下互相挑逗，甚至踩上或蹭上襠部的情節……潘寧世心神不寧地嚥下三明治，完全沒嚐出來到底是什麼味道。

可是現在是公共場合啊！他真的不能……視線不由自主地挪到夏知書的嘴唇，剛喝過咖啡顯得很水潤，勾著邀吻的弧度……潘寧世抿了下唇，舌頭舔了舔牙齒內側，雖然被強吻的感覺不好，但他並沒有因此討厭接吻。

應該說，但凡對象是夏知書，他就想吻，如果人可以不吃不喝不睡靠接吻活著就好了。

各懷妄念的兩個老男人對彼此笑了笑，一個靦腆一個明朗，一副很不熟的樣子沉默不語地吃完各自的早餐，如果他們桌下的四條腿沒有交錯的話。

當然，蹭蹭可以，蹭過頭就不行了。

夏知書稍微站起來還沒什麼大問題，男人嘛，勃起是經常發生的正常生理現象，有時候發個呆都得站個十幾二十分鐘。

可這種生理現象放在潘寧世身上就是大事件了，特別是這幾年流行的西裝褲款式都是修身的，稍微有點動靜都看得一清二楚，平時沒意識到就算了，反正潘副總編只要沒上健身房，都是坐著居多。眼前的情況明顯不會是簡單的「小動靜」，沒弄出個桌面傾斜三十度，都得稱讚一句西裝褲的布料跟貼身小褲褲厥功甚偉。

所以他們真的蹭得很克制了，就剛開始互相貼著對方的腿側磨了兩下，都不敢往更深的地方探索，畢竟這附近是遇得到夏知書以前的熟人的……不對，咖啡廳老闆娘就是熟人，忙完後就跑過來找夏知書聊了好一陣子。

原來這就是大庭廣眾下偷情的感覺嗎？潘寧世故作平靜地吃東西，歐姆蛋三明治吃完又點了一份沙拉跟豬排三明治套餐，連茶都回沖了三次。他不是不想跟夏知書的熟人認識，但他現在很心虛，還是等以後有機會再說吧。

「對了，阿夏，你今年要來參加同學會嗎？老時間、老地點，都四年沒見到你了。」老闆娘突然問道。

夏知書眨眨眼，感慨道：「都四年啦……沒想到這麼久沒跟大家見面了。但是我也不確定耶，畢竟我現在搬回臺灣我父母老家去了。」

「怪不得四年沒見。你也不說一聲，大家都聯絡不到你，雖然有託人問過你那個表哥，但你也知道他除了你跟其他人都不熟，最後什麼也沒打聽到。」老闆娘嘆了口氣，摸出手機調出前幾年同學會的照片給夏知書看。「對了，你跟他現在還在一起嗎？還是交了新男朋友？」

潘寧世察覺到有人看了自己一眼，回望過去果然跟老闆娘四目相接，他本來想給個和善的微笑，卻因為太緊張表情僵硬到動不了，老闆娘愣了下似乎被嚇到了，很快挪開視線不敢再看。完蛋，第一印象這麼糟糕，是不是很快夏知書的高中同學們都會知道他有個看起來很像黑社會的新男朋友？

夏知書也朝僵硬的潘寧世看了眼，哈哈笑出來。

「他是我新男朋友，妳不要怕，他不是黑道，是出版社編輯，就是臉長得比較凶而已，其實很乖的。對不對？」最後三個字像小鉤子，讓潘寧世耳垂發紅、心花怒放，差點也笑出聲來。

他當然很乖，絕對是最乖的大狗狗。這個世界上最乖的拉布拉多就是他了！

老闆娘再一次看了看潘寧世，上上下下打量一番後，表情看起來很想八卦點什麼，但又心有顧慮不敢多問的樣子，最後以一個營業用的爽朗笑容跟潘寧世打了招呼，順便招待了特製甜品，這才又回頭繼續跟夏知書說話。

「沒想到你還是跟那個人分手了，我們都以為你們應該會一起生活到進棺材為止。」老闆娘嘆了幾口氣，「不過，我覺得這樣比較好，人還是應該多看看不同的世界。」

同學會固定在每年夏天盂蘭盆節假期，夏知書看著自己不在的四年間拍下的那些照片，驚呼連連，又有兩個同學結婚，小孩也多了好幾個，原本髮際線就岌岌可危的同學，終究還是禿了。

離開咖啡廳的時候，就在附近的高中已經快到放學時間，夏知書跟老闆娘交換了新的 LINE，雙方也沒多談過去四年為什麼聯絡不上人，而如今他又怎麼會突然冒出來的問題，好像只要夏知書加上藤林月見，不管發生什麼極端狀況都不令人意外。

下一站是早先約好的朋友，電車過去六七站左右的距離，為了躲開學生的放學時間，他們這才提早離開咖啡廳。

「從車站過去的距離有點遠，我朋友的太太會開車過來接我們，我們上電車後再聯繫他們就可以了。」

雖然是一天中最熱的下午兩點，冬天的海風吹起來還是挺冷，夏知書把自己裹得像隻銀喉長尾山雀，只有一隻手沒戴手套，握著潘寧世的手掌塞進男人的大衣外套口袋裡。

「也是你學生時代的朋友嗎？」

「不是。」夏知書的聲音從圍巾下傳出，掩藏不住輕快，顯見他現在的心情好得不行。「因為月見的關係，我國中時代幾乎沒有朋友，高中也是到高二才終於交到朋友，剛剛跟你見面的小福是足球社的經理，我也是透過她才跟班上同學真的熟悉起來，所以只要高中同學會我都會出席。」

關於夏知書的交友狀況，從竹間卯系列可以窺探出一二，簡單說如果潘寧世沒有理解錯誤，從竹間卯的角度來看，因為蟬衣長相太精緻太可愛，個性又太溫吞，加上是孤兒又是外國人，剛開始語言不通的狀況下受到嚴重的霸凌。

竹間卯跟蟬衣差了兩歲，從進入國中開始，就是最高年級與最低年級的學長學弟關係。對蟬衣很有保護欲的竹間卯非常滿意這種年紀差，他想自己不會干涉蟬衣的交友，但融入陌生環境很難，他起碼可以保駕護航一年，確保蟬衣不會被人欺負。

這差不多就是藤林月見對夏知書的看法，但跟潘寧世對夏知書的看法，出現了很強烈的落差。簡單說，在夏知書動手將盧淵然打入院之前，潘寧世應該會認可藤林月見的看法，頂多他不認為夏知書會被霸凌，論社會化跟社交能力，夏知書都很優越。

但現在，他很懷疑有沒有人能霸凌夏知書，看他熟練的打架動作，還有剛才偷聽到與老闆娘的話當年，好像還說到有一次比賽對手輸了不甘心，竟然找了不良少年去堵他們想給點教訓。

結果，誰都想不到最後出手把對方打到逃走的，竟然是個子最嬌小的夏知書。他衝上去就先揍了領頭的那個高壯混混，目測二十公分以上的身高差並沒能阻擋夏知書的發揮，眾人目瞪口呆下就看到領頭混混鼻血狂流，隨後被壓在地上揍到爬不起來。

兩人邊講邊笑，據說當時五六個混混都傻眼了，包圍上去要回敬夏知書，誰知道人家個子小動作快，人高馬大的一群人竟然都沒能抓到小倉鼠一樣的少年，到最後都搞不懂是自己人打倒了自己人，還是夏知書真那麼戰鬥力驚人，反正在隊友手足無措的旁觀吶喊聲中，身為候補前鋒，還沒有真正上場過的夏知書，在球場外成為了無冕之王。

原本體育社團成員要是出現鬥毆的問題都會被禁賽，可看著一臉無辜，眨著大眼淚眼汪汪的夏知書，以及真的完全找不到間隙下場，從而得到保全的社員們，最終只懲罰夏知書寫了悔過書跟勞動服務一個月。

不然還能怎麼辦？沒親眼看過的人，誰能相信夏知書會打架？畢竟在校內評價中，圍繞著夏知書的都是諸如：可愛、開朗、脾氣好、聰明、好相處等等正面詞彙。

這大概也是老闆娘等高中同學對他與藤林月見交往的事情，從來無法理解的最主要原因吧。

「那是工作上認識的朋友？」發現了自己不知道的夏知書，潘寧世現在心情也很好，他也想哼歌，但偶包很重的男人忍住了。

「說不定你也認識。」夏知書點點頭。

剛好走到車站外，因為是知名動畫的主題曲場景，原本的無人車站現在擠滿全世界慕名而來的觀光客。他們幾乎是逃難一樣刷卡進站，很巧地碰上駛來的電車。

發了訊息給朋友太太，夏知書繼續道：「這個朋友是透過月見認識的，那時候我剛完成了月見最初兩本小說的中文版翻譯，還在思考到底要不要進這一行。老實說，有月見的稿子，口碑跟名氣很容易打出去，雖然賺得不算太多，但我也不是很缺錢，所以本來打算再瀟灑幾年，單純接月見的稿子就好。」

不過世事總是在不經意間把人吞沒。計劃很美好，夏知書甚至都買好了去歐洲的機票，連住宿都預定好了。這次旅行他沒打算跟藤林月見一起，他想自己放鬆一段時間。

畢竟，從臺灣讀書回日本後，生活圈倏然又緊縮回到藤林月見身邊，自由自在了幾年的夏知書真的不是很習慣。他想，也許可以慢慢適應，畢竟人生還這麼長不是嗎？

「結果，出發前半個月，月見突然問我有沒有空幫他朋友一個很緊急的忙。說是，原本的書稿已經翻譯好，但成果出來後讀者反彈很激烈，說是翻譯錯誤太多，甚至引發抵制風波。他那位朋友當下氣得要命，臺灣出版社那邊都跟代理一起去謝罪了，最後決定換翻譯重印。」

「有了前車之鑑，這次選人就很挑剔了，眼看久久確定不了接手的翻譯，最後聽說月見那兩本書的中文版口碑不錯，所以乾脆透過他找上我幫忙。」

這次事件潘副總編也是知道的，對方是個很大的出版社，在翻譯大眾小說這塊是三足鼎立的存在。曾經品質是真的很好，後來因為某些不能對外講的原因，導致原本編輯部的人走了七到八成，換上一批新人後不知道是企業文化留不住人還是養不好人，總之口碑漸漸出了問題。

某次週會上老闆還把這間出版社拿出來當案例警醒梧林的編輯群們，潘寧世那時候還不是副總編，被勒令寫了一篇兩千字的心得，闡述自己的未來規劃跟培養新人的方針。

可能是那次的心得寫得不錯，後來潘副總編也算是備受重用，仕途平坦。

這麼說起來，潘寧世突然回想起那次事件的當事人好像就是……他預計明天要見的那位老師……應該……不至於吧？

連忙摸出手機看了幾眼，跟對方編輯的訊息還是停在老地方，看樣子人並沒有出什麼意外。這次那位老師是拖稿太久被編輯抓著關小黑屋寫稿了，原訂計劃就是今天晚上出關，明天兩人順利交接人。

應該不會在這種時候就逃出來，還跑來跟夏知書見面吧？但，他記得蝸牛確實也是這位老師的專屬翻譯……潘副總編的不安，越來越重了。

但他還是保留一份僥倖，畢竟今天是他偷懶跟男朋友約會的日子，可以的話並不希望牽扯到工作上的事情，他會胃痛。

潘副總編可以胃痛，但潘拉拉只是隻無辜的小狗，怎麼可以胃痛？

「他算是我的伯樂。你知道月見的，他很後悔把我介紹給朋友，那時候原本只是想阻止我離開他身邊而已……總之，我接下稿子決定專心做好，反正我這人沒什麼遠大的夢想，開開心心過一輩子就好，既然有機會就乾脆走上這條路也無妨。所幸成品大家都很滿意，後來就透過這位朋友接到了很多案子，月見一直很氣這件事。」

夏知書聳聳肩，以前年紀小，雖然覺得藤林月見的占有欲讓他有些窒息，但總的來說還是感覺被深愛的竊喜居多，儘管身邊少數的朋友多次勸告他這段感情很扭曲，他只是人在其中沒意識到危險，可他畢竟跟藤林月見多年情誼，總能為對方找到很多藉口的。

聊到這件事，潘寧世這個被朋友暗戀二十年也沒感覺，雖然有占有欲但表達非常含蓄克制的人，自覺沒什麼評論的立場。更別說，他見識過更瘋狂的占有欲跟情感表達，藤林月見在他眼中頂多就是不大尊重人的程度。

搔搔鼻子，兩人果斷地放棄繼續聊前任以及戀愛相關的話題，身邊乘客太多也不適合，還是看風景吧……今天天氣正好，富士山看得可太清楚了，山頂一層白雪覆蓋，完全就是外國人印象中的富士山。

電車速度不快，有些搖晃著往前跑，每一站都有不少人上下車，等到達目的地時，兩人被擠在車廂正中央，差點來不及擠出去。

同樣是個無人車站，旅客倒是少很多，這一站並非觀光大站，出去後街道明顯空曠許多，不再是人山人海的景象。

一輛白色的小車駕駛座突然打開，鑽出一位森林系打扮的六十多歲女性，她的頭髮不知道是漂色還是真的已經全白後，染著時髦的薰衣草紫灰，燙捲的短髮看起來開朗有活力，非常時髦又令人舒服。

「小夏！」女人熱情地招呼道，在看到潘寧世的時候愣了下，隨即笑得更開心了，「這不是阿潘嗎？怎麼這麼巧。快來快來，別站在那邊又曬太陽又吹風的，多難受。」

被點名的潘寧世在看到女人後也怔愣好幾秒，眼睛嘴巴都下意識地瞪大，直到被夏知書輕輕推了下才回過神，猛然看著旁邊對自己可愛眨眼睛的男朋友，顫抖地問道：「你、你說的朋友該不會是敕使河原三吾老師吧？」

說到敕使河原三吾，資深的推理小說迷都認識。他雖然不是特別有名，或者賣得最好的那一批，卻是有著穩定銷量跟名氣，且讀者群黏著度異常高的資深推理作家，並且在日本推理界有著頗為崇高的地位。

他也是當年潘寧世在大學裡口譯朗誦給社團朋友的作家之一，不過在他畢業前敕使河原老師的書就有了中譯本，銷量很不錯，口碑跟名氣都越來越高，後來跟大出版社的合作不再繼續，被職位穩定上升的潘寧世談成了好幾套書的代理。

只不過當時那些作品沒約到蝸牛，而是請了與梧林長年合作的翻譯接手。

這次日本出差，除了印書外，最重要的就是拜訪敕使河原三吾，倒不是為了談代理權，而是為了催稿。

是的，其實梧林在五年前曾經跟敕使河原三吾談了個原創的新系列，完全由梧林獨家出版，背景放在臺灣，敕使河原三吾還為此到臺灣住了一年，招待他的當然是潘副總編。

然後，這個案子就進入了永無止盡的拖欠迴圈中。

「本來這個系列計劃是三到五本書，一到兩年出版一本就可以了。本來約好大前年初交第一本的稿子，我也不要求全書交稿，給半本也行的。但老師確診了，沒辦法，就這樣延遲了一年。」說起來都是一把辛酸血淚，開車中的敕使河原夫人替丈夫道了歉，不知不覺就聊到敕使河原三吾這人的拖稿史。

「我還記得某某出版社曾追了他十年，才終於追出兩本書呢，哈哈哈。」夫人爽朗地大笑。

身為追著老師跑的編輯，追男朋友都沒有追這麼認真過的潘副總編，並沒有感覺被安慰到，他只覺得毛骨悚然，彷彿看到自己未來的苦苦追求。人生從出生算到死亡，極限數字最多只有十個十年啊！

但弔詭的是，敕使河原三吾並非一個產量少的作家，相反的，在推理界他的產量算得上高，差別大概就在於他現在有沒有心情寫某本書。如果沒有心情，那真的是用盡各種手段也榨不出哪怕一個字，可若心情到了，他一個半月能寫出一本書。

潘副總編捂著心口，說不出他現在的心痛是因為跟男友約會見朋友的計劃被中斷的不甘心，還是想到敕使河原老師竟然逃出小黑屋跑出來不務正業，可見對方編輯還要再占用不少時間的絕望感，抑或就是單純想掐死這個可能真的一個字都還沒寫的任性老頭的憤怒。

夏知書當然察覺到自家大狗狗的沮喪，他先跟敕使河原夫人道了歉，轉身摸了摸潘拉拉的頭頂，低聲問：「需要主人幫你嗎？」

潘寧世搖搖頭，「這是我自己的工作，催稿也是種修行……」

但他還是需要主人的抱抱，先前敕使河原夫人已經知道他們兩個在交往了，因為心情太差而難得大膽的潘寧世伸手把男朋友摟進懷裡，把臉埋進對方毛茸茸的頭頂哼哼地蹭了蹭。

夏知書的心都被哼軟了，他乖乖地像個布娃娃被抱著蹭，跟後視鏡中敕使河原夫人調侃的視線對上，臉頰微微泛紅有點不好意思。這還是第一次在朋友面前秀恩愛呢。

「我可捨不得讓我男朋友修行。」他拍了拍環在自己腰上的手臂，安慰道：「放心，這件事你安心讓我幫你。」

儘管問過夏知書要怎麼幫，但被搓揉得很舒服的小倉鼠表示天機不可洩漏，問清楚了潘副總編心中的截稿日期，隨即鬥志昂揚了起來。

「不能使用暴力啊……」潘寧世抖了抖，連忙提醒。

「別怕，暫時還沒到那種地步。」夏知書把胸脯拍得啪啪的，剛到敕使河原家就很大方地竄進屋裡去了。

被留下來的潘拉拉滿目惶然，他也想跟著進屋，但敕使河原夫人還沒進家門，身為客人實在不好把主人丟在後頭，急得表情都僵硬了。偏偏夫人悠哉悠哉地下車，不急著進家門而是打開後車廂招呼。

「阿潘，來來來，幫我拿東西。你們晚上應該是要在我家吃飯對吧？我可是買了很棒的牛肉喔！我記得你以前很喜歡吃我做的牛肉燴飯，今天晚上就期待我大顯身手吧。」

外表看起來凶狠嚴肅，實際上脾氣溫和有禮的潘副總編，戀戀不捨地往大門看了看，夏知書早就不知道消失到哪個房間去了，而後頭敕使河原夫人正把第三個大袋子提出後車廂……

論購買力跟好客程度，家庭主婦的硬實力都不容小覷。

「我家老公很喜歡招待朋友，所以一聽到你們要來，我就馬上去補充食物了。真沒想到小夏要帶來的男朋友是你，還好我決定煮牛肉燴飯，誤打誤撞啊。」

夫人一手一個中等的塑膠袋，其餘的七八個袋子都在潘寧世手上。從餐前點心、前菜、主菜、湯品、飯後點心外加宵夜都沒有遺漏，喔，對了，還有一大袋看起來就很好吃的新鮮水梨以及水蜜桃罐頭。

「你很擔心小夏嗎？」進到廚房把手中的袋子都放上流理臺後，敕使河原夫人看著心神不寧的潘寧世問，臉上的笑容和煦溫柔中帶點微妙的壞心眼。

「不……也不能這麼說……」潘寧世甩了甩手臂，購物袋的重量比啞鈴還有存在感，真不知道敕使河原夫人怎麼有辦法把這麼多東西搬上車。

「我就是不希望自己的工作麻煩到小、小夏……」親暱的稱呼從齒列與唇瓣間吐出，讓潘寧世從耳垂紅到脖子。他用力搓了搓頸側，裝作若無其事。

「不用擔心，在我看來也不算麻煩到小夏，反而是我應該謝謝你，給了我老公一個機會。」敕使河原夫人彷彿亦有所指，潘寧世茫然又不安地看著夫人，但對方顯然沒打算多解釋，而是笑吟吟地拿出當地著名的甜點，豪邁地用碟子裝了三顆，泡上一壺茶，硬將潘副總編趕去客廳喝茶吃點心，自己則埋進廚房裡忙碌起來。

「我老公應該是在書齋裡，你可以晚點自己過去，就在二樓樓梯上去，左手邊第一個房間。」

這樣真的不會太隨便嗎？潘寧世坐在很有大正時代風味的客廳裡，糾結著該不該現在就去找夏知書跟敕使河原三吾，總感覺他們有很重要的事情要談，但偏偏這件事現在牽扯上了他，然而他又不方面露臉……點心真好吃，茶也好喝……

潘寧世深深地吐了一口帶甜味與茶香的氣息，抓起手機給夏知書發了一則訊息。

——你在書齋嗎？我方便去找你跟三吾老師嗎？

那頭很快回傳訊息。

——先不要，你安安心心休息一下，我這邊聊完再找你過來。別讓小三跑了。

這個暱稱……潘寧世感覺視線被刺了下，戀人的訊息裡出現「小三」這個詞彙，實在很傷眼。

既然主人都這麼交代了……反正茶也好喝點心也好吃，他也很期待晚餐的日式牛肉燴飯，那就跟老闆彙報自己逮住敕使河原三吾，應該有望在今年內拿到第一本稿子。

書齋是和風裝潢，就跟照片裡看到的五十、六十年前那群大文豪的書齋差不多，很有風情，滿坑滿谷的書，空氣中瀰漫著榻榻米的味道混合紙張的味道。

夏知書盤腿坐在個子不高、隨意穿著和服長著但衣襟鬆鬆垮垮露出裡面打底的單色棉T恤老頭對面，兩人中間是剛泡好的茶，還有一包柿之種，花生都被挑出來放在一旁的碟子裡。

「為什麼不乾脆買沒有花生的？」夏知書問，伸手抓了一把花生慢慢吃。

「因為我只想要吃花生，袋子裡沒味道的東西你隨便吃。」老頭，也就是敕使河原三吾嫌棄地把放花生的碟子拉到自己面前，柿之種則推到夏知書手邊。

「你怎麼沒跟我說，你要帶來的人是梧林的阿潘？」

「我也不知道你們認識啊。本來我還想，帶他來認識認識你，說不定可以談成未來的合作，誰知道你欠了他五年稿子。」

「胡說八道，才三年。」敕史河原三吾呸了聲，嚴肅地替自己辯解：「而且前幾年遇上新冠，我也確診了，養病的時間不能算拖稿。」

夏知書挑眉，也不跟他爭辯，輕柔地問：「那，你今年會交這本書嗎？我聽說，你在臺灣住了一年，蒐集了很多資料，當時心情很好計劃一回日本就動筆的。」

老頭嘖了聲，搔搔下巴一臉無賴：「你這是幫新男朋友催稿嗎？真是的，小夏，你這算是投敵你知道嗎？」

聳了聳肩，夏知書把手心裡的花生一口氣吃掉，還故意發出咬碎的聲音，聽得敕使河原三吾表情猙獰。

「我今天找你來敘舊是想看你過得好不好，不是叫你來惹我生氣的。」大聲嘖了嘖，敕使河原伸手在桌子上敲了敲，「你以前脾氣有這麼糟糕嗎？」

「換個角度想，現在的我不是比較坦誠嗎？」夏知書笑回。

這個話題眼看進行不下去了，敕使河原搔搔後腦。

他一頭亂澎澎的頭髮還很濃密，充滿桀驁不馴的姿態，這幾下好像直接把後腦的捲髮撓打結了，他也不在意，看著夏知書的眼神滿是不以為然。

「我欠你的，你真打算用這種小事抵過去？」

「你也沒欠我什麼。」

聞言，敕使河原又煩躁地搔了搔頭，抓起茶杯牛飲一番，這才喘了喘氣恢復些許平靜。

「如果當年不是我把你約出來見面，你也不至於被藤林那小子帶走。」說起這件事，老頭子還是一臉牙痛神經痛的表情，整個人的氣壓低得要命。

整件事認真來說，只能說是藤林月見打了手情報差攻擊，直接坑了敕使河原三吾一把。

在藝文界裡怪人很多，個性怪、習慣怪、人品怪諸如此類，也不是沒有寫得一手好文章，卻是個垃圾的存在。所以，藤林月見這種不外露的扭曲、陰鬱，看起來只是單純孤僻，完全不值得被特別關注。

甚至因為跟夏知書高調地公開戀情，加上有善於交際的夏知書陪在身邊周旋，大家對他的評價反倒都挺不錯，認為他是個一心沉浸在創作中的純愛戰神。

後來敕使河原三吾才深刻體悟到，純愛跟戰神兩者藤林月見確實都兼具，但相加後爆發出來的毀滅性，才真的替「戰神」這個形容詞具象化了。

幾年前，夏知書終於對兩人過度扭曲的關係疲倦了，本質上夏知書並非安於一隅的人，他很喜歡到處走走看看，喜歡跟人接觸，即使是這三年深受心理疾病折磨，但除了最開始那段時間外，他的社交狀況一直處於極端優良到過分的狀態。

但藤林月見只想把人禁錮在自己身邊，他理想中的世界只需要自己跟夏知書，不需要任何第三者。當然，為了生存必須工作，所以他只能捏著鼻子忍耐夏知書與其他人建立社會關係，所幸翻譯這份工作可以永遠只透過網路進行，無需跟任何人見面。

夏知書也不知道自己為什麼會突然就醒悟了，好像是三十六歲生日吧，吹完蠟燭許完願，他希望自己今年可以到別的地方生活一段時間，像臺灣就不錯，葉盼南家的小孩那麼可愛，身為乾爹候補，他想多在孩子面前露露臉。

吃完蛋糕上床，他跟藤林月見來了一場很溫柔的生日砲，兩人其實沒有真的做到最後過，頂多就是愛撫跟口交，插入的行為總有種彆扭的感覺，夏知書當然想過被插入或者插入別人，但那個

「人」不能是藤林月見。

更別說，就算他願意插入或被插入，藤林月見好像也都在躲避這件事，對他來說現階段的親密行為已經很足夠了。

大概是性生活不順，導致他突然清醒吧。

三年多後吃得很好，男朋友有三十公分，持久力強，純情又強勢，還有腹肌跟胸肌的夏知書回首前塵，不禁感慨。

所以夏知書決定暫時跟藤林月見分開一陣子。老實說，那時候他並沒想過分手，他的定義只是冷靜期。試著分開各自生活一段時間，他們在一起的時間太長了。打從被領養，夏知書跟藤林月見的生命中，就總是存在著另一個人。

他們像是畸形的樹枝，盤纏地生長在一起，乍看之下是涇渭分明的兩根枝條，仔細看才會發現他們的任何一寸都緊緊相黏，強行分開勢必會鮮血淋漓。這種病態的依偎關係，是需要謹慎且長時間去剝離，才能控制住傷害，不至於搞到兩個人都頭破血流。

第九章

他有非常多喜歡的人事物，但那些都不是「愛」

夏知書還是把事情想得太簡單了，如今回想起來，他那時候深陷病態關係的中心點，根本沒能冷靜看清楚藤林月見的秉性，也對兩人扭曲的關係沒有足夠的理解，甚至他單純認為兩人只是需要「一點空間」而已。

於是一切就如同失控的火車，直直往地獄衝撞過去。

藤林月見拒絕夏知書的提議，這不令人意外。

而夏知書這次沒有妥協。

於是兩人爆發了認識以來第一次爭吵，劇烈且充滿毀滅性，太過了解對方的結果就是，他們各自抓著最鋒利的刀刃，朝對方最脆弱的地方劈砍。

「你怎麼能這麼自私！夏知書，愛你的人只有我，選擇你的人只有我！你為什麼要離開我！」藤林月見吼叫得聲音嘶啞，雙眼都是血絲，不停喘著粗氣，白色的肌膚全部泛紅。

「我自私？我從十歲陪伴你到現在！藤林月見！我的每一分每一秒都是你的，你有一秒考慮過我有什麼想做的事嗎？你阻止我離開你，你只希望我最好能溺死在你身邊，你連讓我喘一口氣的時間都不給我！我自私嗎？我自私嗎？我操他媽的自私嗎？」

「陪伴我？去臺灣留學的人是誰？你的每一分每一秒什麼時候不屬於你？你明明可以留在日本的！你有那麼多選擇，卻偏偏選擇了離我最遠的地方！你的陪伴廉價又虛偽！你怎麼還有臉指責我？是我給了你最想要的東西，夏知書，連你的父母都不選擇你，而我撿回了你！我不值得要求一點陪伴嗎？」

直至今日，夏知書都能回想起他們大吵的每一句話，聲音彷彿依然迴盪在耳邊，他伸手摀住耳朵，晃了晃腦袋，有片刻恍惚。

總之，那次爭吵後，夏知書帶著錢包跟所有身分證明證件離開了，藤林月見找了兩個月都沒能找到他，最後他拜託到了敕使河原吾三，身為兩人的密友，又因為是夏知書身邊少見的年長男性，某程度上替代了部分父親的位置，一直很受夏知書的信賴。

「我那時候真以為你是跟他賭氣離家出走，還一躲躲了兩個月。認識你之後，這麼多年我還沒只看到你或只看到他，你們總是在一起。我還跟我老婆說你們感情好，在我們這個圈子也算是很少見的。」

夏知書笑了笑，他也曾經以為他們只是單純的感情好。

敕使河原接受了藤林月見的請託，把夏知書約出來了。當然，他沒出現在見面的地點，而是讓藤林月見替自己出面，事後接到兩封致謝的訊息，雖然那時候敕使河原懷疑過夏知書的訊息，跟平常的輕鬆隨意有落差，但並沒有多想。

畢竟藤林月見跟夏知書是戀人，總不會發生什麼推理小說裡出現的殺人後偽造訊息這種搞笑的情境。

等到敕史河原再次得到兩人的消息時，藤林月見因為喉嚨割傷失血過多在醫院昏迷了好一陣子剛清醒，他衝去探望的時候被蒼白到毫無血色的男人嚇得差點心臟病。

「你不知道，那時候的小月見多嚇人，我都以為活見鬼了。」如今回想起來，老頭子還是控制不住冷顫了下。

「畢竟他朝自己的頸動脈下刀，我本來還以為他活不下去了。」夏知書小小地笑了聲，對上敕使河原一言難盡的目光，「別這樣看我，你設身處地想一想，有人囚禁了你幾個月，把你當狗一樣拴在地下室，逃出來後你還會在意他的死活嗎？我好歹幫他叫了救護車。」

面對這個問題，敕使河原還真沒辦法給什麼善良的回答。這要是在他寫的小說裡，夏知書都要復仇殺人了。

「而且，你認為我為什麼能逃走？」

稍微一細思，敕使河原就又打了幾個冷顫。

寒毛從尾椎衝到頭頂，蓬亂的頭髮好像都要爆炸了。

「好了好了，我知道是我對不起你……你放心，答應梧林的書我會放在第一順位完成，年中就給第一集全稿。」老頭瞪著眼前悠悠閒閒喝茶的年輕人，嘟嘟囔囔：「小月見前陣子還說要去接你回家呢，看樣子他沒戲了吧。」

「我的家現在在臺灣，倒是歡迎他來玩。」夏知書低頭傳訊息把自家拉布拉多召喚過來。

「喔，你不要忘記自己的承諾唷。我現在就跟阿潘住在一起，你沒交稿我會知道的。」

「知道了知道了，我是這種不守承諾的人嗎？」敕使河原撇嘴不滿，又把後頸的亂髮撓得更亂，氣呼呼的。

很快，傳來上樓的腳步聲，很謹慎小心，像是被木頭嘰呀的聲音嚇到，兩三次後停了幾秒，之後幾個大跨步就上來了，高大的身影幾乎塞滿整個門框，微微彎著腰才不至於頂到天花板。

「三吾老師。」潘寧世雙眼發亮地打招呼：「您真的願意在年中交第一集的全稿嗎？」

用力嘆了一口氣，敕使河原三吾用下巴比了比對面還空著的位置，「坐下吧，我們好好談一下交稿的時程。」

「那我下樓去陪靖子姐聊天了。」夏知書起身，與進入書齋的潘寧世錯身時，側頭對他一笑，悄聲地說了句：「加油，晚上要記得感謝主人。」

「我聽見了！我聽見了！我才六十五！不是九十五！」被猝不及防閃了下眼睛，老頭子憤怒地拍桌抗議。誰想知道晚上潘寧世會怎麼「感謝」夏知書，那個「主人」又到底是怎麼回事？

這年頭的中年人也玩得這麼奔放嗎？

進入工作模式來不及切換的潘副總編耳垂沒有紅，先是愣愣地點了下頭，接著流暢地在敕使河原三吾面前端正跪坐，規規矩矩地道歉。反而讓爆炸的老頭子有種自己無理取鬧的錯覺。

煩躁地用力搔了搔後腦杓，扯掉了好幾根頭髮，老頭子才勉強控制住情緒，跟潘副總編開始關於交稿日期跟書籍內容的漫長拉扯戰。

潘寧世覺得自己最近的幸福指數達到人生巔峰，無論在工作或私生活上，都沒有一丁點可以挑剔的地方。

雖然敕使河原三吾老師是從另一間出版社編輯嚴格的監視中逃脫的，但那本書稿就剩下最後的兩萬字，屬於壓迫一下也能在一個月內完成的範圍。這期間，老頭子也抽空把答應好的第一集大綱寫出來了，潘寧世到手的瞬間幾乎要淚流滿面。

儘管敕使河原三吾是有名的大綱與成品內容落差很大的作家，不過起碼有大綱就代表他願意動筆了，比起虛無縹緲地等待，潘副總編非常知足，開心地打電話回公司跟鳳老闆分享這個好消息。

順道一提，因為與夏知書的「交情」擺在那兒，甚至連翻譯時間都談下來了。只要敕使河原三吾順利交稿，最快七八月，最晚九月就可以開始翻譯這本書了。

明年書展的重點書已經不用煩惱了，起碼有一本！潘副總編快樂得幾乎要唱歌，連續好幾天走路都像在飄。

除此之外，戀愛也很順利。

兩個老男人談戀愛，沒有那麼多甜甜膩膩的小浪漫小驚喜，也不求什麼驚天動地的熱烈跟激情，甚至至今潘寧世都沒有回應過夏知書說的「我愛你」，但對方看起來也渾然不在意。

彷彿那天的告白，只是日落後油然而生的惆悵引發的感慨，跟吃了很棒的布丁，最後舔著勺子上的焦糖回味的感覺類似，心情是真誠的，但時效是短暫的。

對潘寧世來說，陪伴犬這層身分還比較有價值，愛不愛的對他來說宛如生吞吸飽了下水道汙水的棉花，卡在喉嚨很難過，同時又很噁心。當然，這絕對不是在形容夏知書的告白。

堤防邊的「夏知書真的愛潘寧世」很甜蜜，是吸飽了麥芽糖的棉花。

大概是身在異國他鄉，兩個人心情上的枷鎖放鬆很多，白天各自工作，晚上就在宿舍裡或者夏知書暫住的商務旅館裡甜蜜地喝喝酒、聊聊天、親親摸摸抱抱上上床，人生還能更美好嗎？

從視訊電話中看著容光煥發的潘副總編，挑起不少梁柱的羅芯虞就顯得蒼白又憔悴，黑眼圈幾乎要耷拉到下巴，看人的時候眼神陰森中帶著渙散，一臉被工作鞭打到幾乎斷氣的樣子。

「潘哥，你氣色真好……」羅芯虞那曾經的少女音如今宛如地獄喪鐘。

她現在已經沒有閒工夫打扮自己了，那些漂亮的化妝品全堆疊在梳妝臺上長灰塵，以往柔嫩有彈性的嘴唇浮著無法忽視的死皮。為了方便工作，空氣瀏海已經被夾到頭頂上，露出光禿禿的額頭，有兩三顆痘痘正在冒頭。

「大概是日本空氣好。」潘寧世下意識搓了搓自己的下顎跟臉頰，他鬍子刮得很乾淨，觸手的肌膚光滑有彈性，完全不像個年近四十的社畜大叔，不免生起一絲罪惡感。

「我昨天已經驗收了《蟬鳴》跟《山田同學的課後時光》兩本書的封面，剛剛寄了航空包裹出去，應該可以趕在春節前寄達，記得收。」

羅芯虞雙眼發亮，疲憊瞬間消失了不少，連連點頭，「潘哥放心，我會盯緊包裹的！那兩張封面你覺得滿意嗎？」

「非常。」潘副總編也雙眼放光，記起昨天最後驗收的成品，他就控制不住想笑。「我相信大家也會很滿意的。」

總算沒白費他特意跑了這一趟，連奧老闆都對這兩張封面很自傲，尤其是《蟬鳴》這本書的夜光效果，夏知書都讚嘆不已。

「潘哥什麼時候回來？」但對羅芯虞來說，她更在意的是這個，眼看就快要過春節了，終於可以理解日本諺語中「連貓的手都想借」的忙碌是怎麼一回事。

「我過兩天就回去了。」原本潘副總編打算在日本過春節，鳳老闆也願意給假，但冷靜想想當然是不可能的。先不說離春節僅剩將近一週，最嚴峻的其實是年假後不到一週書展就要開始了。

很多工作等著他回去處理，因為這次的書裝訂跟打包的時間都太緊急了，所以出現不少需要手工補足的地方，這部分當然得動用全部的編輯甚至其他部門的人傾巢而出，畢竟梧林小小的，人手也少少的。

萬幸兩本書的內頁已經印完，透過視訊電話看沒發現什麼問題，羅芯虞盯得很緊，被印刷廠抱怨說潘寧世教出一個小潘來，龜毛又難搞。

「這都是愛啊！我要守護潘哥的愛情！」羅芯虞得意地對潘寧世說，即便深受摧殘還是在嗑

CP的激勵下煥發了些許生機。

愛情嗎？潘寧世尷尬地笑了兩聲沒針對此回應什麼，耳朵倒是燙得很明顯。

交代完工作，買好回程機票，剩下最後兩天，剛好遇到週末，好像應該偷空幹點什麼才對吧？潘寧世看著兩小時前收到的熱呼呼大綱，心情有些控制不住地亂飛。

「去泡溫泉如何？」夏知書提議。

溫泉啊……回過神來時，潘寧世才發現自己已經訂好了箱根一間很有歷史的溫泉旅館的一泊二食，房間就在蘆之湖畔，離箱根神社也很近，據說天氣好的時候還能眺望富士山。

太完美了，沒想到臨時還能訂到這麼好的旅館跟房間。潘副總編心情雀躍，檢視起大綱來也更加嚴格了，當天跟敕使河原三吾老師通過電話，又是一陣極限溝通跟拉扯，成就感滿滿。

潘寧世想，自己最近真的太幸福了，人生這麼幸福真的沒問題嗎？該不會是風雨前的寧靜吧？畢竟仔細想想，他跟盧淵然之間的事情還沒解決，但因為假期結束的關係，盧淵然一出院就立刻趕回了臺灣。

基於過往的交情，潘寧世當然還是去送機了，總不能讓傷還沒完全好的人可憐兮兮獨自前往機場搭飛機吧？就算強吻這件事的餘波尚在蕩漾，兩人畢竟是從青春年少起就相伴的好兄弟。

「你只是怕我會告夏知書，所以討好我吧？」出關前，拄著拐杖、吊著手臂，脖子也被固定住的男人，雖然不再是個豬頭，但整體來說也沒好到哪裡去，像個整容手術正在恢復期的患者。

為了讓盧淵然回程舒服點，潘寧世大手一揮幫他買了商務艙的機票。要說討好也沒錯，畢竟盧淵然這人報復心是有點強的，而且夏知書下手也確實過重，身為陪伴犬兼任護衛犬兼任男朋友，潘寧世當然希望可以幫主人把困擾降到最低限度。

「也不盡然，我們終歸是好朋友。」不過，潘寧世也沒傻到承認就是了。

「到家後傳個消息給我。」說著他推了把盧淵然的肩膀，催促對方趕快出關。

盧淵然也不知道是什麼心情，他皺著眉頭深深看了潘寧世好一會兒，突然露出一抹笑容。

「好，我會傳訊息給你。」

如今回想起來，盧淵然最後那抹笑讓潘寧世打了個寒顫，總覺得還有什麼令人舌根發苦的餘韻等著他，只是被這陣子的順利給遮掩住了，導致他完全忘記還有這麼回事。

不過想了也沒什麼意義，雖然他跟盧淵然當了這麼多年的好朋友，冷靜下來回想才發現，其實他對這個好兄弟的了解似乎遠沒有自己以為的那麼深，只能兵來將擋水來土掩了。

眼前更重要的，難道不是穿著浴衣的夏知書嗎？潘拉拉虛幻的尾巴已經在看到主人換上浴衣後搖成螺旋槳了，下腹部也有種不合時宜的熱流湧動起來。

不得不說，夏知書很適合這身打扮。浴衣是很普通的款式跟花紋，腰帶一綁上就透出一抹混合著活力與纖柔的氣質來，潘寧世的手臂不自覺彎了彎，擁抱那段腰身的觸感猶如實質。

房間有一面窗對著蘆之湖，另一側有個露臺附帶個人露天溫泉，夏知書已經繞過去看過了，小臉微微泛紅，嘴唇上的笑容甜得讓潘寧世想偷舔幾口，也想乾脆把主人整個箍進懷裡，任意磨蹭揉捏，最好可以……咳咳咳……潘拉拉用力晃了下腦袋，甩掉塞滿腦子的黃色廢料。

很快就到晚餐時間了，到時候旅館服務員會進房間裡布菜，他可不能又搞出什麼嚇到人家報警的狀況！

可是……主人這麼可愛……潘寧世不敢靠太近，雖然很想跟主人抱在一起喝茶看風景，但社會人的一面終究還是占了上風。

「到晚餐時間還有一個多小時，你想先去泡個澡嗎？」潘寧世覺得自己不能繼續盯著夏知書看了，再看下去他怕本能會凌駕理智，得找點其他的話題或事情轉移注意力。

「可以啊，這邊的溫泉有什麼功用啊？」夏知書興致勃勃，他剛泡了茶，一杯在自己眼前，一杯放在對面的座位前，向從剛剛就遮掩下半身遮得很明顯的大狗狗招招手。

「這邊是很一般的硫磺泉，可以改善血液循環，對皮膚也不錯……你想去公共浴池嗎？還是要泡我們房間的個人池？」潘寧世假裝沒看到主人對自己招手，他很想靠過去，但真的不行……硬起來的部位已經不是寬鬆的浴衣能遮擋得住的大小了，他實在很怕自己一碰到夏知書的身體會立刻喪失理智。

轉移注意力，必須轉移注意力……硫磺的味道真明顯啊，空氣裡都瀰漫著淡淡的味道，據說泡完後皮膚會滑滑的，夏知書的皮膚本來就特別滑嫩，他不管多小心都很容易留下痕跡。

昨天晚上他們為了今天的小旅行沒有做愛，但前幾天幾乎每晚都會來一場不會過度激烈的性愛，他好像從浴衣前襟的縫隙中看到自己留在略顯單薄的雪白胸膛上的咬痕跟吻痕……

潘寧世！別想了！別看了！想想七點的晚餐！就在一個多小時之後啊！根本不夠他射一次！

不過泡完溫泉後，夏知書的皮膚肯定會粉紅粉紅，摸起來不知道會不會更滑呢？

手指控制不住地抽了兩下，潘寧世猛地抹了下臉，正在思考要不要乾脆對自己狠一點，直接往大腿內側狠狠掐兩下，應該能夠暫時斷絕這些亂七八糟的想法才對。

自律的大狗狗不見得有個自律的主人，乖巧的大狗狗，通常有個喜歡各種「疼愛」玩弄他的主人，就如同現在這樣。

「離晚餐還有一點時間，想不想跟主人玩點小遊戲啊？」

狗狗不來，主人就之，很合理對吧？端著兩杯茶，夏知書輕快地來到潘寧世僵硬彆扭的高大身軀前，放好茶後，拉開潘寧世努力想抵抗但十秒後全線潰散的手臂，把自己拋進熟悉的懷抱裡。

「什……」潘寧世咕嘟吞了口口水，迅速仰起下巴，避免自己的視線落在半散開的浴衣衣襟間，帶著吻痕跟招搖著可愛小乳頭的胸膛。「什麼遊戲？」

夏知書明明在日本住了那麼多年，浴衣應該也穿得很熟練才對吧？為什麼前襟散開了？不應該啊！別胡思亂想……千萬不要亂想！肯定就是不小心的！對！說不定夏知書根本不熟練！

「觀察尼斯湖水怪。」夏知書一本正經，連嘴唇上的笑容都那麼天真無辜，雙眸亮晶晶地完全看不出絲毫下流齷齪。

所以潘寧世不由得點點頭，甚至來不及想，「尼斯湖水怪」指的是什麼，又打算如何觀察。

事實證明，男人的理智在慾望面前不值得一提。

尼斯湖水怪目前被一張柔軟粉嫩的嘴唇吞了一半，伴隨著七分滿的浴缸裡搖蕩的水聲，簌簌地輕響著。

很舒服……口腔似乎比溫泉還要更熱，牙齒偶爾會擦過敏感的表皮跟上頭浮起的青筋，帶來不同的刺激，柔軟的舌頭一如往常地靈巧，細細地舔拭盤纏粗壯的莖幹。

「等……等一下……呃……」潘寧世伸手擋了下幾乎埋進自己鼠蹊部的腦袋，他並不希望靠深喉射出來。

那顆毛茸茸的捲髮幾乎全部濕透了，沒有了平常那麼明顯的弧度，圈著一張小臉顯得夏知書年紀更小，增添了種無辜的感覺。

潘寧世胸中充斥著罪惡的興奮感，都說男人專情，不管年紀多大都喜歡十八歲。他沒想到自己竟然也是這種專情的人，儘管嚴格說起來，夏知書應該算他的哥哥，可是視覺衝擊力跟認知的矛盾感交雜在一起，讓他的陰莖硬得更加凶猛。

並不理會他沒什麼力氣地推擋，夏知書抬眸瞥了眼臉色潮紅，情慾滿溢的男人，又繼續低下頭去吞嚥似乎又變大了些的肉莖。

「別這樣……我、我會忍不住……」潘寧世還在掙扎，但事實證明男人在性愛中的一切拒絕，都只是客套的推拒罷了，他的身體可比他的嘴樂意太多了。

手指從夏知書的額際蹭過，順著柔軟的髮絲往下，輕輕按上了纖細的後頸捏了捏。這應該是下意識的愛撫，無比明確地展現出男人現在的歡愉，他克制著沒將胯下的腦袋按得更深，指尖的動作透出掩藏不住的焦躁及渴望。

夏知書的手也沒有閒著，他原先用兩隻手握住微微彈動的肉莖，接著一隻手往下，滑動揉弄把玩起鼓鼓的囊袋，又收穫了兩聲沉重的喘息，後頸的手指換成了手掌，輕捏的動作也變得更粗魯了一些。

「我不想……射在你嘴裡……好不好？」

潘寧世高大的身軀彎了下去，陰影完全籠罩住夏知書，汗水滴落在溫泉中，也落在他髮間跟臉上，呼吸裡都是屬於潘寧世獨有的味道。

麝香味混著紙張書本的味道，雖然硫磺泉的味道很重，但他們貼得如此近，依然能滿滿地嗅聞到屬於對方的氣味。

「可是我想吃……不行嗎？」

大膽的挑逗從唇瓣間吐出，牙齒刮過敏感的部位，舌頭也跟著自下而上掃了一圈肉棒，更沒忘記仔仔細細把兩顆囊袋都照顧到位。

潘寧世猛顫了顫，手掌下意識把人往下按，立即聽見對方噎住的嗆咳聲，理智瞬間歸籠，他連忙要推開夏知書卻發現自己現在根本無從下手，不管怎麼做都像是要強制對方深喉一樣了。

「我、我想……射在你肚子裡……」事到如今，他當然不會遮遮掩掩地假裝自己不想射，或者不願意夏知書吞嚥自己的精液，都上過多少次的床了，他們彼此都吞嚥過對方的體液。

但是時間不多的狀況下，他還是更希望自己與主人能盡可能接觸得更緊密，現在這樣潘寧世感到焦躁不安極了，不滿足感層層累積，他實在害怕萬一自己失去理智，又出什麼問題怎麼辦？

夏知書已經把肉莖含到最深處，沒空再去安撫挑逗自家狗狗，用行動表示自己的決心。龜頭乃至於三分之一的陰莖都被吞進喉嚨中，白細的頸子鼓起明顯的莖幹形狀，又因為喉痙攣反應進一步壓縮了空間，濕熱的肌肉緊緊包裹住極將爆發的陰莖，肌肉不自覺地抽搐反覆擠壓，男人的喘息粗重得像破掉的風箱。

放在後頸上的手掌顫抖起來，顯然已經忍耐到了極限，理智都被性慾吞沒了。潘寧世終究放棄當個成熟的大人跟乖巧的狗狗，了不起就是被隔壁房間的旅客投訴……沒什麼大不了吧……

手掌一用力，腰部猛抬，陰莖又戳深了不少，隨即馬眼大開，數股滾燙的精液噴出，幾乎直接噴進胃裡。

隨著男人陰莖往外抽，來不及吞下的精液混著唾液往外溢，從下巴滴落進浴池中，混入了半透明乳白色的溫泉中。

「你……」潘寧世喘著氣，又氣又羞澀地看著故意用手指刮去下巴上精液，用舌頭去舔的夏知書，什麼話也說不出來。

小巧的喉結滾動幾下，沒滴進水裡的精液已經被舔乾淨了。他笑吟吟地看著男人紅透的臉，伸手將對方拉入浴池中，起身跨坐在男人大腿上，親膩地用鼻尖蹭了蹭潘寧世的臉頰。

「我們繼續……第二次，就射在我肚子裡吧。」

剛射過的陰莖半點都沒軟下，彷彿沒有不應期的存在，好像還比之前更粗更硬了。兩瓣臀肉夾著陰莖，磨蹭著滑動，黏膩的水聲雖然悶在溫泉裡，潘寧世卻依然覺得彷彿就在耳邊。

龜頭時不時擦過微微張合的肉穴，嫣紅的乳頭隨著動作一會兒隱沒在乳白色泉水間，一會兒露在水面上，看得潘寧世連連吞嚥口水，抖著手指撥弄了下乳尖。

「嗯……」夏知書輕哼，雙手攬住大狗狗的脖子，湊上前輕啄唇角與臉頰。「不插進來嗎？還是要主人幫你？」

溫柔但挑釁，理性差不多跟著第一次射精全部射空的男人是經不起這種程度的勾引，他蹙起眉一臉嚴肅，手掌握住豐腴挺翹的臀肉，揉捏了幾下後抵上龜頭，一口氣插了進去。

層層疊疊的腸肉被破開，粗壯的肉棒長驅直入，直接抵上結腸口。

「啊啊啊——好燙……水、水進來了……」

男人沉默不語，緊扣著懷裡的人，深深吻著先前還吸吮自己的唇，好像嚐到了苦澀的腥味，應該是自己的精液，但那又如何？配合著緩慢又深重地肏幹，厚長的舌頭也同時在夏知書口腔中肆虐，唾液來不及吞嚥就順著嘴角滑出，沿著下顎、頸子滾進池水中。

「唔嗯嗯……」夏知書有點承受不住現在的節奏，太深了也太慢，他能感受到潘寧世陰莖上的每一根青筋形狀，碩大的龜頭每戳上自己的前列腺，就要停下來蹭幾下，攪弄得整個肚子裡一塌糊塗。

溫泉的熱度很高，本來就讓兩人有點過熱微缺氧的狀態，彼此都越加躁動，恨不得光靠擁抱就將對方揉進自己身體裡。

粗硬的恥毛也在微微外鼓的肉穴上磨擦，夏知書抽顫了幾下，半瞇著眼似乎被情慾衝得暈眩。潘寧世鬆開他的舌頭時，夏知書還沒反應過來，張著唇舌尖半吐顫動著，唾液也跟著落在胸口。

男人的唇齒這次落在夏知書的喉結上，先前他在潘寧世喉結留下了牙印，這次他也被狠狠咬了一口，吃痛地哼了幾聲，目光含淚地推了下潘寧世的胸膛。

「痛……」他撒嬌地摟住男人的腦袋，潘寧世的短髮有些刺，他用臉頰磨蹭，輕聲無辜地呻吟著哀求：「不要這樣……我好熱……肚子也好燙……」

話是這麼說，肉穴卻牢牢吸著男人的肉棒，似討好似撒嬌地纏繞著，又一次次被肏開，很快就被送上了高潮。

「水、水髒了……」夏知書死死抱著男人，手指在寬厚的背部撓出數不清的紅痕，他現在有種腦子快被蒸發掉，又勉強保留一絲理智的混亂感，整個人幾乎喘不過氣，忍不住又抓了幾下潘寧世的背，「出去……我們先出去……」

他才不要在自己的精液中泡著，也太噁心了……

而且……夏知書顫抖地抽了口氣，不敢置信地感受男人的手握上自己半軟的陰莖，粗礪的拇指摩擦過敏感到幾乎不能碰的龜頭，毫不客氣地搓揉。

「啊啊啊——不要！現在不要！壞、壞狗狗……這樣會……會……」尿出來的！他下意識地繃緊下半身，把男人的陰莖咬得更緊，幾乎動不了。

這稍微有點激怒了正在興頭上的男人，拇指又用力在龜頭上沿著馬眼搓了幾回，同時扣著夏知書的腰固定住，加重了抽插的力道，很快就把人操得丟兵卸甲，哭喊聲迴盪開來，也不知道隔壁房客有沒有聽見，會不會被嚇到。

「別繼續……別這樣……潘、潘寧世！我們出去……先……出去……」

潘寧世嘖了聲，顯然並不大樂意，他腦子裡現在完全遵循本能，什麼溫柔體貼害羞聽話通通消失無蹤，唯一想做的就是吞掉懷裡的人，吞不掉也要幹死對方。

作亂的拇指總算移開，夏知書終於能喘口氣，下一秒整個人從浴池中被抱起來，雙腿無力地垂在潘寧世精壯的腰側，完全沒有力氣夾一下，整個人像個泡軟的充氣娃娃。

肉穴裡的肉棒再次動了，夏知書腹部肌肉抽搐，腳趾因為層疊的快感蜷縮起來，被玩弄過頭的陰莖夾在兩人身體中間不停被摩擦。男人的腹肌真的跟洗衣板似的，堅硬又滾燙，塊壘分明，沒幾下就足夠讓夏知書囊袋裡沒射乾淨的精液淅淅瀝瀝地往外淌，大部分都塗抹在潘寧世的腹肌上，黏黏膩膩的。

「不行……我不行……啊啊啊——」爽是很爽，後悔也是很後悔，夏知書拚命忍著不想喊太大聲，他也不確定自己幹麼這麼忍耐，早就忘了自己身在何處，幾乎所有的感官都被肚子裡的熱度還有沉重地頂動，與連綿不絕的快感占據。

潘寧世的力氣還真大，抱著個成年男人像摟著個矽膠娃娃，就算聽到夏知書的討饒推拒，他也像完全沒聽到，繼續扣著人大力猛操，還一邊湊過去糾糾纏纏地親吻。

一場性愛到底沒能在七點晚餐時間前結束，至於旅館服務員聽到多少、看到多少，有沒有受到驚嚇，秉持著不知道就當作沒這回事的原則，直到離開旅館前誰都沒提起過。

晚餐很美味，雖然稍稍冷掉了，但夏知書被射了滿肚子，還挺撐的，除了主菜外，大部分的食物都沒吃完。直到晚上接近十點，兩人才又跑去露臺的浴池，真正泡了一次溫泉。

開心的時間過去得很快，回臺灣後所有的工作又歡天喜地地蜂擁而至。眼看年節將至，封面也滑壘寄達，理論上可以安心放幾天年假了。

潘副總編檢查所有工作進度，一邊分心思考要怎麼開口問男朋友年假想如何過？其實，他正在思考把人帶回家，至少一起吃個年夜飯之類的，住個幾天也不錯。

但又擔心夏知書會覺得尷尬，畢竟兩人滿打滿算才談了一個月左右的戀愛，直接就去見家長是不是太快了？也不知道爸媽會不會覺得彆扭……糾結著糾結著，眼看後天就要放假了。

不得已，潘寧世只好打電話給姊姊場外求助。

可惜他得到的回答是冷漠的：「你自己看著辦嘍。」甚至連多一個字都沒跟他說，直接就道別掛電話了，盯著斷線的手機，跳回桌面後出現的是他與夏知書在夕陽下的合影。潘寧世忍不住笑出聲，但又很快愁容滿面。

怎麼辦呢？原本他也沒想過要這麼急著見家長，潘家父母都開明，從來不怎麼干涉過問孩子們的生活，甚至對他還有種溺愛的放任，畢竟在潘靄明的掌控欲面前，父母真的也沒多少可以施展的空間了。

但是……他家的狀況深究下去有些特殊，如果潘寧世真的想跟夏知書共度下半生，而不只是下半身，也不能再繼續隱瞞下去……他甚至懷疑，先前在日本他做惡夢那天，夏知書搞不好已經知道了點什麼。

可是潘寧世不敢問，他知道這樣的自己是在掩耳盜鈴，但那又能怎麼辦？理智跟感性本來就很難達成完美平衡，他現在只想縮頭談個甜蜜沒有負擔的戀愛而已。

那還是不邀請了？工作外經常性優柔寡斷的潘副總編，一心二用地確認工作以及打了好幾篇腹稿，依然找不到更好的說詞跟解決辦法面對男朋友。然後，他就接到了個意料之外的電話。

「抱歉？」他愣愣地對著手機那頭發出被掐住喉嚨似的疑惑。

『今晚有空嗎？見個面？』那頭是口音略重的中文，來自於既是大舅子，又是大作家，過完年後要舉辦簽書會的藤林月見。

原來，藤林月見會講中文嗎？那可太好了，簽書會上可以跟讀者玩問答遊戲了。

「能請問是為了什麼事嗎？」潘寧世自打日本見過面後，對藤林月見有種很難言述的排斥感，他還是喜歡對方的書，但也真的害怕偏執病態的那一面。

另外，依某不願意具名小倉鼠的線報，藤林月見跟盧淵然應該有很深的交際，真的物理意義上的「深入」。

宛如半夜醒來上廁所，卻不慎看到爸媽的性愛場面那種尷尬。

可以的話，潘副總編只想跟藤林月見保持工作上的接觸，都說距離產生美感，他非常需要這種遙遠的距離。

『關於你跟小蟬……知書。』

藤林月見硬生生地改口，很完美地堵上了潘寧世原本打算拒絕的話語。

直到掛了電話，潘寧世才反應過來，自己竟然真的跟藤林月見約了見面時間，晚上七點在辦公室對面的義大利餐廳。他竟然答應了這個邀約……潘寧世抱著腦袋在自己的小格子裡 emo 了幾分鐘，最終還是認命繼續努力——啊，真不想上班，想跟男朋友親親摸摸抱抱。

雖然想著應該提早到，但潘副總編還是在臨離開前被羅芯虞抓住，幫著處理了點事情，衝進義大利餐廳的時候已經遲到接近二十分鐘了。

被觀葉植物半遮半掩的座位有個全身黑的人影正在喝茶看菜單，聽見店門推開的鈴鐺聲時抬頭看過去，沉靜無波的黑眸與潘寧世的眼神對上，旋即微微頷首致意。

「抱歉，讓你久等了……」因為衝刺得太快，雖然短短幾分鐘路程，潘寧世依然微喘著氣，額頭沁出些許汗水。他坐下後拉了拉領帶，指著水杯問：「這杯水是我的嗎？」

藤林月見點點頭，放下菜單，看著高大男人一口氣牛飲了整杯開水。

「吃點什麼？」

「老師你已經決定要點什麼了嗎？需不需要我幫你介紹？」潘寧世拿過菜單翻開，他經常跟姊姊在這間餐廳用餐，對每道餐點都很熟悉。回想著藤林月見的喜好，張口推薦：「這個義式菠菜起司餃應該很符合老師的喜好，它有四種醬汁可以選擇，老師喜歡清爽的口味對吧？那我很推薦番茄為主的這個醬汁，不會太酸也不會太甜，吃起來沒有負擔。」

看了一眼菜單上的圖片，藤林月見沒有立刻回答。他先前確實對這道菜充滿興趣，連搭配的醬汁跟附餐都挑選好了，但是就這樣被潘寧世說中，他總有種自己輸了的感覺。

很不爽。

「藤林老師？」

「那就這樣吧。」一眼看潘寧世好像想順便推薦附餐跟點心，藤林月見略抬手打斷：「你要是選好了，我們就點餐。」

他才不想再從對方嘴裡聽見自己想吃的東西，今天要跟對方一起用餐已經夠令人消化不良了，他有權確保自己最後的食欲。

點餐後等待出餐的時間，兩人並沒有對話。潘寧世看起來很侷促，他摸摸杯子、摸摸刀叉，又把玩了鹽罐跟胡椒罐，最後拿起桌邊的餐點推薦牌反覆閱讀到前菜送上來為止。

他倒是想說話，但每個字到嘴邊，就在藤林月見冷淡的眼神中再次吞下，吞得他看到沙拉都有種已經吃不下的錯覺。

餐廳的食物依然美味，他點了與往常幾乎沒有差別的餐點，三色沙拉、番茄湯跟鮮菇奶油燉飯，加了飲料跟甜點。

藤林月見看起來也吃得挺開心，他的食量比潘寧世以為的要大一些，還加了半份焗烤馬鈴薯。飲料隨點心上，直到這時候神色緩和不少的藤林月見才終於打破了餐桌上的沉默。

「要過年了，你有什麼打算？」一個不該從日本人嘴裡出現的問題，讓潘寧世愣住，差點被嘴裡的飲料嗆死。

他連咳了好幾聲，才滿臉慘烈地擦著眼淚回答：「呃……應該是要回老家過年，老師有什麼打算嗎？」

不對，其實潘副總編更想詢問的是，藤林月見到底什麼時候來臺灣的？是跟在他與夏知書身後嗎？還是隨著盧淵然離開的？但總覺得眼前的氣氛不適合問這些問題。

淡然地瞥了他一眼，藤林月見用湯匙攪動了下瓷杯中的水果茶。

「你會帶知書跟你回老家嗎？」

「這個……我……還不確定……」潘寧世搔搔臉頰，將飲料推開，嘆了口氣，「老師有什麼建議嗎？」

藤林月見古怪地睨了他一眼，端起茶啜了口才回答：「我聽盧淵然提到過你家的狀況，你打算告訴知書嗎？」

盧淵然又說了什麼！潘寧世頭痛地揉兩把太陽穴，口氣不是很好：「你跟盧淵然是不是都太過越界了？」

他真的後悔把盧淵然當好兄弟，還把家裡的事情都跟對方說了。他真的從來不知道，盧淵然竟然是個沒禮貌的大嘴巴！

潘寧世下意識拿出手機來要發訊息罵人，一串御守被拉出來，碰撞在桌子上，引起藤林月見的注意。

一直冷淡得像個玉雕的男人眉心蹙了下，表情彷彿有些同情，視線在手機、御守跟潘寧世臉上巡迴幾次後，緩聲道：「這是我個人的建議，你還是把那串御守拿掉吧。手機本來也不適合掛著那種東西。」

尤其還是個西裝革履，又神情嚴肅的高大男人，手機一摸出來掛著一串御守，老實說，既尷尬又傷眼。

似乎直到這時候潘寧世才想起自己手機上掛了東西，他伸手捋了捋那串有桃太郎團隊頭像的御守，很可愛，是祈求健康的，當初他並沒有想隨身攜帶，頂多就是往公事包裡塞。但盧淵然強烈要求他掛在手機上，還幫他想了辦法找了工具，終於順利掛上了御守。

然後就這樣，隨著他聯絡廠商、聯繫印刷廠、跟夏知書聊天約砲，還一起去了日本出差……濃眉死死擰在一起，他沒發覺有什麼問題，既然是好友特別送的禮物，他也樂於順著好兄弟的期待。

「所以，這個御守有什麼問題？」

藤林月見的眼神依然冷得像無機質，但仔細看隱約能察覺到深處迅速波動了下，他盯著潘寧世好一會兒，見對方抓著拆下來的御守在等待自己回答，才垂下眼瞼，厭倦地道：「裡面有竊聽器，我不知道現在還有沒有用。」

「竊聽什麼？」潘寧世狠狠攢緊御守，四顆小方塊可憐兮兮地被擠壓到幾乎變成一塊，隱隱約約好像聽見什麼東西裂開的聲音。

「竊聽器。」藤林月見攪動著水果茶，「反正現在應該也沒用了，又何必問這麼清楚？我們現在要討論的，難道不是你家裡的問題嗎？」

難得一口氣講這麼多話，藤林月見不適地喘了口氣，扔下手中的湯匙，對水果茶興致缺缺。

「身為知書的親人，我主觀上並不希望他接觸你家人。」

「為什麼？」潘寧世的胃抽痛著，像被抓住後翻轉擰扭，美味的晚餐石頭般沉甸甸擁堵，耳鳴聲響得他太陽穴抽痛。即使如此，他還是努力擺出冷靜從容的模樣，並不想在前情敵面前露出絲毫脆弱跟破綻。

彷彿覺得他的反問很厚臉皮，藤林月見皺眉明顯不爽地瞪他，「我從盧淵然那邊聽了很多你家的事情，現在的父母算是你的舅舅舅媽吧？你真正的母親，現在應該在……」

「碰！」水杯用力砸在桌子上，龜裂從杯底邊緣往上蔓延了一小塊，阻止了藤林月見未盡的話語。潘寧世呼吸沉重急促，臉色非常難看，目光惡狠狠地瞪著神態自若的藤林月見。聽見騷動的店員立即跑過來，慌張地詢問發生什麼事。

「抱歉，我不小心摔到杯子了，請讓我賠償……」高大男人很快穩定住自己的情緒，轉頭對店員道歉，承諾自己會賠償，也麻煩對方將破掉的杯子撤走。

大概是被打岔或者是在公共場合的關係，潘寧世即便看起來憤怒，卻沒多說什麼，喝完了飲料，兩口吃掉提拉米蘇，然後對藤林月見勾起一個僵硬的笑，「抱歉，你也知道快過年了，過完年就是國際書展，這陣子我可能沒有辦法好好招待老師你呢。期待在展場上見面，我會請羅編跟你保持聯繫。」

藤林月見的飲料跟點心都還沒吃完，就看見潘寧世抓起帳單準備起身。

「落荒而逃？」

潘寧世的動作頓住，嘴唇動了下感覺上想罵人，但還是忍下來了。

「不，我得回家了，男朋友還在等我。」他很後悔，今天到底為什麼要來赴約？一場看著對方都覺得食不下嚥的飯局，莫名其妙知道自己家的私事被曾經的好友隨便告訴外人，可能吃屎都比現在的局面要令人更容易欣然接受。

對了，還得知自己身上竟然有個竊聽器，到底有什麼好竊聽的？難道他跟夏知書那些情侶間的各種事情都被聽去了嗎？潘寧世真的一輩子沒這麼憤怒過。

「所以你決定怎麼做？」藤林月見並沒有退縮或學會看臉色，甚至可以說更加得寸進尺。「你打算什麼時候告訴小蟬你家的事情。」

到底關他什麼事情？潘寧世用力捏緊拳頭，他以前覺得藤林月見有創作者的脾性，雖然特立獨行但很有風格，長得又好看，典型的可以靠臉吃飯卻偏偏要靠才華。

即使從夏知書那邊聽了不少關於兩人間扭曲的感情經歷，身為忠誠的陪伴犬，他當然心疼自己的主人，卻對藤林月見的扭曲行為沒有那麼深刻的體悟，頂多知道這個人偏執。

現在自己被盯上才理解，什麼叫做像被蟒蛇纏上，連呼吸都快窒息的感覺。

只不過比起畏懼，潘寧世心裡更多的是厭惡跟憤怒。

「這跟你無關。」潘寧世停下離開的動作，身子往前傾牢牢盯著藤林月見，壓著聲音一字一句道：「這是我的私事，也是我跟夏夏間的問題，跟你這個外人沒有任何關係，你沒有資格尋求我的回答。」

藤林月見驚奇地看著在自己面前向來溫和有禮的男人，第一次露出這麼凶狠暴怒的模樣。潘寧世肯定很少生氣，連罵人都記得壓低聲音。他不知道為什麼，突然就笑了。

「怎麼會與我無關？」他挖起提拉米蘇——雖然不想跟潘寧世吃相同的甜點，但『帶我走』這個隱藏意涵，實在讓他無法不心動——滿足地塞了一大口，甜與苦滋味恰到好處，瀰漫了整個口腔，跟他的人生一樣。「我知道我是個扭曲偏執的人，我有病，病得很重，我就是個瘋子。」

潘寧世愕然，無言以對。

藤林月見接著道：「小蟬是我的救贖。你既然看過我所有的作品，應該也看出來，小蟬對我有多重要。就像書裡寫的那樣，在見到小蟬之後，我才覺得自己跟這個世界有了連結，那是我父母都沒辦法給予我的感覺。」

「不管是偵探還是兇手，都是我。你看，即便我想要讓自己正常一點，還是下意識地想把他圈禁在我身邊，不管是哪一個我。多年前，我就這樣做了，因為我真的沒辦法接受他離開我，把他關起來是我唯一能做的。」

「小蟬說過我對他做了什麼嗎？」

潘寧世直直地盯著藤林月見淺淡的笑容，眾所周知藤林月見不愛笑，無論是什麼場合，他連客套的笑都沒有，整個人像是冰雕的塑像，連那雙眼睛都像是深不見底的寒潭。

這樣的人，現在靜靜地笑著，連眉眼都帶著飛揚。明明很好看，身為粉絲的那一面，潘副總編激動得想尖叫，但身為情敵，潘拉拉哆嗦著想齜牙。

「我用鐵鍊把他鎖在地下室接近四個月。」藤林月見背脊挺拔，白得像曝光的相片，裹在一身黑衣中，笑得眉眼彎彎。「你一定在想，現實比小說更離奇對吧？書裡的兇手，還沒有我做得過分。我本來有把鐵鍊鎖住小蟬這個細節寫出來的，但編輯建議我修改。」

「你……瘋了嗎？你不是愛他嗎？為什麼要這麼做？」潘寧世眼神都渙散了。

「我不是告訴你了嗎？我就是個瘋子。我太愛小蟬了，我不能讓他離開我，我承受不了，所以我那時候做了我認為最能有效留住他的行為。我關著他，愛著他……小蟬一開始是抗拒的。他不願意跟我說話，也不願意哭，不願意吃也不願意睡，他寧可讓自己像屍體一樣發臭也不願意洗澡，狼狽瘦弱又可憐，我的小蟬真的很可愛。」

藤林月見臉上的笑容加深了，黑沉沉的眼眸裡都是掩飾不住的瘋狂跟濃稠的愛戀。潘寧世有種自己的脖子被扼住的感覺，想掙扎又掙扎不了，呼吸都急促了不少。

他不敢想像當年的夏知書有多痛苦，信賴被背叛，愛意被摧毀，他明明從夏知書嘴裡聽過這一段故事，但聽藤林月見又說了一回，憤怒之外他也感受到那種掙扎不了的無力感。

最可怕的不是傷害你的人不愛你，可怕的是那個人的愛熾熱又純粹濃烈，你只能被淹沒在其中無助地窒息。

「你不要逼我動手打你。」潘寧世握緊雙拳，逼自己記得國際書展上的活動，他要是一拳打下去，肯定會打傷人的，到時候簽書會上藤林月見帶傷，那得多難看？

而且，夏知書說過，他原諒藤林月見了。

聞言，藤林月見短促地笑出聲，但很快臉上的表情盡數收斂，又恢復成那個冰雕般的模樣，將最後一口提拉米蘇吞掉，也把最後的花草茶喝掉。

「我不是在挑釁你，我也很清楚自己錯了。我現在很認真在看心理醫生，搞不好五年、十年後我可以正常一點……大概。」

這個「大概」讓潘寧世又抖了下，不知道該回應什麼比較好。

「我是在跟你解釋，為什麼跟我有關。」纖瘦高䠷的男人優雅地拿餐巾擦拭嘴唇，看了眼自己腕上的錶，「小蟬在我這邊受到很大的傷害，我想補償他，以一個家人、一個兄長的身分重新去關心他，去愛他……你家的狀況盧淵然跟我說得很詳細，我很擔心你的隱瞞會讓他受傷。」

「我希望你們兩位，將來都更懂得尊重人與人之間的份際。」如果能打兩拳就好了……潘寧世回想起先前夏知書痛毆盧淵然的情景，那時候他也應該跟著揍幾拳才對。

可惜身為社畜，潘副總編暫時只能忍耐，公司還想爭取簽下藤林月見這幾年沒授權的書呢！可以的話連未來的書也想一併簽下。

啊，胃好痛……

分寸什麼的，本來就不是藤林月見會考慮的範圍，他要是有分寸，就不會跟盧淵然一拍即合，還把竊聽器放到潘寧世身上，並跟蹤潘寧世找到夏知書，前陣子還在潘寧世家附近買了房子，打算長居下來，就算不能明面上偶遇，但能遠遠地看夏知書也滿足了。

所以他連敷衍一聲都沒有，逕自催促道：「所以呢？你打算怎麼辦？就算今年過年你不跟小蟬一起過，但萬一你們交往五年、十年呢？還是你根本沒有思考過跟小蟬的未來？」最後的質問語氣森然，瞪著潘寧世的眼神跟刀子一樣。

原來這就是見家長嗎？潘寧世莫名感慨，氣憤中夾雜了侷促緊張，竟然也認真起來。

「我最近也在思考這件事，我也知道總有一天該把所有事情都告訴夏夏，但我並不是很想讓他們見到面。」

「你需要一個心理扭曲的瘋子給你建議嗎？」藤林月見思索了幾秒，神情嚴肅地開口。有種請鬼抓藥單的感覺……潘寧世遲疑地點頭，「也許你可以說說看？」

「除非，你們全家可以確定半點馬腳都不露，隱瞞到你那位『姑姑』燒成灰。否則，最好還是盡早把小蟬介紹給她知道。」

「她不會……對夏夏亂來嗎？」這也是潘寧世最擔心的地方，他的『姑姑』肯定不樂意見他愛上任何人，或被任何人愛上，雖然療養院裡有看護跟護理人員控制，卻也難保不會有什麼肢體或言語上的衝突。

藤林月見又露出淺笑，聳肩回：「夏夏是安全的，要擔心會出事的人是你，但我不關心。」見潘寧世面露茫然，藤林月見心情很好地補充：「如果我是你『姑姑』，比起讓你感覺幸福的人，我更想直接從根源上拔除膽敢幸福的你。另外，站在我本人的立場，你要是死了，我會很開心。所以，為什麼不見呢？我建議你帶小蟬去看你隱藏的祕密，他會很感激我，會相信我對他的感情是純粹的，風險都在你身上，而我百利無害。」

當潘副總編正在被自己喜歡的作者精神攻擊的同時，幾小時前掛了弟弟電話的潘靄明，正和人坐在某死貴餐廳中的包廂裡等著上菜。

這個包廂可以看到臺北最漂亮的夜景之一，一〇一就在窗外閃耀著光芒，冬日的夜特別深，變化的燈光也更加璀璨，隱隱籠罩著一層淺霧，美得完全無法用文字描述。

「過年要來一起吃個年夜飯嗎？」潘靄明笑吟吟地看著坐在對面的男人，雖然個子嬌小，長得也可愛，臉頰甚至帶點嬰兒肥，但她可不會真把對方當成未成年的天真小朋友。

因為鈔能力，也因為對弟弟的極端關心，潘靄明早就透過不那麼正規的手段調查清楚夏知書的人生了。也不知道自家弟弟到底算不算運氣好，單身接近四十年，破處的對象兼初戀，就是個有著沉重故事的人，這也讓姊姊安心了不少。

兩人是前陣子透過朋友的朋友聯繫上的，雖然先前兩人意外見過一面，但那時候場面很混亂，他們並沒有說上話，更遑論交換聯絡方式，後來夏知書真的聯繫上潘靄明時，還在日本陪潘寧世出差，透過電話稍微認識過後，直到今天才有機會正式見上面。

「你想知道什麼？」潘靄明是個雷厲風行的人，她很清楚自己弟弟的脾氣，既然今天接到詢問是否該帶人回家過年的電話，就代表潘寧世認定眼前的人，這輩子如無意外，肯定不會分手的。

而夏知書，從他的過往判斷，也是個認定就會死心塌地的人，畢竟藤林月見那樣的前男友他都曾經打算跟對方共度餘生，那她家弟弟這種又乖又忠誠的狗狗，沒道理會被中途拋棄。

既然如此，過多的試探就是沒必要的，潘靄明從不在沒必要的事情上浪費時間。

第一個問題夏知書都還沒反應過來，第二個問題就丟過來了，他一時間愣住，對眼前明媚大方的女性緩緩眨了眨眼。

「你過去幾年的春節是怎麼過的？」第三個問題又來了。

「我……前幾年都是自己過……」

「那你今年來我家過吧，你養的拉布拉多都回老家了，你身為主人當然應該跟著才對，不然多無聊。」絲毫不知道城市一角中，自家弟弟還在跟前情敵探討過年見不見家長的問題，潘靄明已經一錘定音。

夏知書又眨了眨眼，他聽中間人說過潘靄明是個性格強勢的人，但從潘寧世個性推斷，他以為「強勢」只是個誇飾法，沒想到會是白描。

「你不想？有別的計劃？」

「倒是沒有別的計劃，但是……呃……伯父伯母那邊……」

「我爸媽會很樂意的，後天就是除夕了，我晚些跟他們說一聲就好。」話到此處，餐廳上了前菜，潘靄明很自然地問：「你要不要跟我分？」

夏知書愣愣點頭，將自己的前菜分了一半給潘靄明，也接過對方遞過來的一半。

「你不介意我吃飯的時候說話吧？」

「不介意……」

「那好，這個故事沒多長，但很妨礙食欲……我記得你有點飲食方面的心理障礙，要是聽不下去的時候跟我說一聲。」

夏知書完全不知道自己可以回答什麼，甚至都沒想起來質疑對方怎麼會知道自己有心理方面的障礙，只能點點頭表示知道了，趁機塞了幾口菜避免自己真的聽到食不下嚥。

潘靄明吃了口菜，配了口香檳，開口道：「潘寧世的親生母親叫潘簡，是我姑姑。生小寧的時候，才剛滿十八歲，青春正好，也瘋得剛剛好。」

用文藝的說法這是個「滿紙荒唐言」的故事，通俗點就是個狗血到寫出來可能會被人罵作者腦殘的故事。

潘簡是個美人，很美很美那種，美到十三、四歲的時候，走在路上都能收獲好幾個星探遞來的名片。但潘簡沒有這方面的興趣，她喜歡的是跟哥哥在一起，也就是潘靄明的父親，潘寧世的舅舅兼養父潘勵晨。

誰也不知道為什麼潘簡會對自己的哥哥有超出兄妹的感情，他們相差的年紀也沒那麼大，約莫十歲，小時候有一段時間，潘勵晨對自己這個嬌滴滴的跟屁蟲妹妹沒什麼好感，覺得小女生很煩，兄妹感情不至於不好，也就跟普通家庭差不多。

等他察覺不對的時候，是在潘勵晨結婚前的某個晚上。

「詳細情況如何，我爸當然是沒說的，總之，我姑姑離家出走了。」潘靄明聳聳肩，成年人大概也猜得到發生什麼事，不外乎潘簡爬了潘勵晨的床，或對潘勵晨表白了自己的心意之類。

這一離開，潘簡失蹤了接近兩年，回家的時候已經懷孕接近六個月，不適合引產了。至於孩子的爸爸到底是誰，潘簡沒說，這三十多年來誰也不知道。

但總之，潘寧世順利出生，只比潘靄明小了一歲。

「一開始小寧是由潘簡自己照顧的。」

潘爺爺、潘奶奶向來疼愛子女，好不容易女兒回來了，看起來在外面也受了不少苦，當下只希望好好保護照顧女兒，也因為潘勵晨從來沒說過潘簡對自己的錯誤感情，在看到妹妹懷孕回來後，認為這段感情應該已經導正了，便放下戒備繼續疼愛自己的妹妹。

「你聽說過代理型孟喬森症候群嗎？」

這是一種心理疾病，即照顧者故意誇大或捏造受照顧者的生理、心理、行為或精神問題，甚或促成受照顧者生理或心理上的實質傷害。病患尤其會捏造子女、父母或兄弟姊妹等親人的狀況，嚴重的患者甚至會對受照顧者投毒。

夏知書當然知道，他是做推理小說翻譯的，本身也樂於閱讀各國推理小說，或者觀賞各種犯罪推理劇集，代理型孟喬森症候群算是一種「明星」病症，經常出現在各類作品中。

「潘簡虐待自己的孩子？」他輕輕抽了口氣，隔著創作或冰冷的案件陳述，遠不及發生在自己愛人身上感受深刻，他心口泛開疼痛，瞬間吃不下任何東西。

「對。」

過程是潘媽媽告訴潘靄明的，一開始只是嗆奶，這是嬰兒經常發生的狀況，只要調整餵奶的姿勢，並學習如何緊急處理，小心點一般都可以獲得解決。

但潘寧世似乎特別不會吞嚥食物，喝五次奶要嗆三次，到最後窒息過、搶救過、併發肺炎過，一個小小的孩子在他人生的前三個月，就進出急診十多次。

甚至有一次，潘寧世整個身體都發紺了，潘簡拚命做人工呼吸才終於把小生命救回來。大概是因為孩子天生體弱吧？當時大家都那麼想，畢竟潘簡很疼愛孩子，她總是抱著孩子，請教護理師並認真學習照顧嬰兒的方法，任誰都會稱讚她一句用心。

然而，在這麼鉅細靡遺的照顧中，潘寧世直到一歲半左右，都是醫院常客。他身上到底發生過多少病痛跟意外，潘媽媽都記不清楚了，好多次他們都以為孩子會就這樣死去，潘簡也總是很痛苦很自責，更加用心地照顧孩子。

這段期間，潘勵晨總是花費大量時間陪伴照顧妹妹，甚至忽視了自己的家庭。所幸，潘靄明從小就是個非常好照顧的小孩，潘媽媽沒覺得自己應付不來，也主動鼓勵丈夫陪伴妹妹。

「之所以發現潘簡有病，是因為小寧接近兩歲的時候，發生了水中毒。」握著餐具的手猛地緊了緊，潘靄明神情仍然那樣冷靜，語氣也還是不變地溫和沉穩：「其實我爸在小寧第一次鈉中毒的時候就發現狀況不對勁，那次是小寧吃的寶寶南瓜粥裡被加入了大量鹽巴，導致急性鈉中毒，潘簡哭到虛脫崩潰，說是自己不小心把鹽巴當成糖誤用了。」

「第一次？」

「第一次。」潘靄明勾了勾唇角回答：「小寧一共因為鈉中毒搶救了四次。」

「都沒人懷疑有問題嗎？」

「我爸懷疑了，但抓不到證據。潘簡聰明殘酷，我到現在也不確定她對自己的孩子到底有沒有愛，可是她很享受我爸對她的關注，要知道，懷疑也是一種關注，最嚴密的關注。」

腦海裡瞬間閃過藤林月見的面龐，夏知書哆嗦了下，徹底失去所有的食欲，胃裡湧現燒灼的疼痛，他用手掌按住壓了壓。

潘勵晨決定在沒通知任何家人的狀況下，往家裡裝了監視器。在那個年代，監視器又大畫質又差，也不像現在這樣可以連上網路，隨時遠距離觀看。他用盡了自己的人脈才從國外找來小型監視器，全部都是英文的說明書，靠字典看了幾天才終於設定好。

然後，他終於看到了，自己的妹妹是如何虐待傷害不足兩歲的潘寧世。

潘簡的聰明冷靜殘酷，很好地表現在她的謹慎與精確的掌控中。納中毒已經發生過四次，可以用的藉口也用完了，她這次選擇的是水中毒。短時間內，大量地給孩子灌水，就算沒有水中毒，腸胃也會因為過度膨脹而嘔吐或發生更嚴重的症狀。

囿於當年的技術，潘勵晨確定潘簡動手的時候，潘寧世已經在醫院裡住了幾大，兩歲的孩子像根發育不良的豆芽菜，身體細瘦腦袋卻很大，幾乎不會走路。

「潘簡被送進精神病院，確診了她有代理型孟喬森症候群，不適合繼續當孩子的主要照護者。小寧的監護權一開始是轉移到我爺爺奶奶身上，但老人家年紀大了，最後由我爸收養了小寧。」

「她就這樣被關進療養院直到現在？」夏知書重重吐出氣來，臉色稍微好轉了一些。他不敢去想像潘寧世小時候是什麼樣子，怕自己會心痛到哭出來。

還好，潘寧世現在長得又高又壯，一百九十公分的大男人，不再需要擔心潘簡這個母親傷害到他了。

「怎麼可能，我說過了，潘簡是個聰明又殘酷的人，我懷疑她有反社會人格，她只在精神病院待了三個月，就出院回家了。我爸不肯讓她接觸到小寧，所以她回爺爺奶奶家居住。」

不得不說，長得美麗的女人，非常有迷惑性。任何接觸到她的醫護人員都相信她的悔過，以及努力治療的決心，認為只要別讓她接觸到孩子就沒問題了。

回家後的潘簡計劃去補校念書，打算拿個高中學歷，好彌補她當年離家出走後休學的遺憾，所有人都覺得她這是要認真開始新人生。

「後面的事也是我媽說的，詳情如何我不知道，但潘簡有一天出現在我家旁邊的公園裡，帶走了小寧。要不是我爸媽發現得即時，小寧可能已經死在某個下水道裡。」

於是潘簡又被關進精神病院，後來轉移到療養院，直到今天都沒再離開過。

注意到夏知書臉色發白，沒了一開始甜蜜蜜的可愛模樣，雙手交握著緊緊按在胃的地方，潘靄明嘆了口氣勸道：「盡量多吃點吧，胃裡有東西吐起來比較舒服。」

沒料到她會這樣說，夏知書瞪大眼，最後笑了出來。

「好，我會吃點。」重新拿起餐具時，夏知書才發現自己的手指冷得僵硬，連抓了幾次終於握住叉子，機械式地將盤子裡的食物往嘴裡送。

餐廳是好餐廳，分量足夠、味道頂尖，儘管有些食不知味，夏知書還是吃下了比自己以為得要多的食物分量，而且沒有太強烈的不適感……可能是因為，他知道潘寧世不會再被傷害了吧？

約莫是顧慮他的身體，接下來的用餐時間潘靄明都沒再說起潘簡這個人，倒是說了很多潘寧世小時候的事情，聽得夏知書雙眼發光，不知不覺連餐後點心都吃得一乾二淨。

在潘靄明說完大二的弟弟與助教間那慘烈的一晚後，笑得直擦眼淚的夏知書安靜下來，認真地看著眼前優雅啜飲紅茶的女士。

「為什麼妳要經常提醒潘寧世去療養院探望潘簡呢？」

先前夏知書以為在療養院的人對潘寧世很重要，他有很多猜想，卻怎麼也想不到是個多次動手傷害，甚至打算殺害潘寧世的所謂「親生母親」。

「我以為你們應該會讓潘寧世跟潘簡保持距離，畢竟所有傷害都發生在那麼小的時候，他應該全部都沒有記憶了吧？讓他認為自己是親生孩子不好嗎？」夏知書與藤林月見相伴幾乎大半個人生，他很清楚面對偏執狂最好的方式，就是拉出足夠遠的距離，斷絕所有接觸。

潘靄明塗著嫣紅蔻丹的手指拎起隨紅茶端上來的牛奶，傾倒進骨瓷杯中，用湯匙混合均勻，看著窗外閃爍的燈光沉默了好一陣子。

「你會聯絡上我，是因為小寧在日本做了惡夢對吧？」等潘靄明開口的時候，夏知書已經把自己的紅茶喝光了。

「對。我原本不想瞞著他來找妳，可以的話，我希望他可以親口告訴我惡夢的內容。但是很可惜，他醒來後忘記自己被惡夢驚醒，甚至忘記我們還聊了幾句……他在排斥我知道這件事，但我想了解他。」

夏知書心裡湧動著罪惡感，他很認真地思考過，自己是不是還沒從藤林月見為他塑造的扭曲情感觀念中掙脫開，才會偷偷摸摸打聽男朋友的私事跟傷疤？可他真的太在意了……

「你是不是說了類似『我愛你』之類的話？」回應潘靄明的是沉默，女人笑著嘆了口氣，「雖然很詭異，但『愛』對小寧來說是禁忌，他聽不了這個字跟自己連結在一起。」

「你說得對，原本我們只要避免潘簡跟小寧接觸就好，一輩子把幼年的痛苦封鎖在記憶深處，永遠不要喚醒就好。潘簡不可能離開療養院了，這是她跟爸爸交換的條件。可惜，我爸媽做了一個錯誤的決定。」

或許可以說是潘爺爺、潘奶奶的期盼，老人家並不希望潘寧世跟潘簡這個母親真正斷絕關係，已經無法一起生活了，起碼要見幾次面吧？所以在潘寧世六歲那年，拗不過老人家的潘勵晨帶著一雙兒女去見了潘簡。

「我親眼目睹，潘簡一邊說自己愛小寧，一邊試圖掐死小寧。我那時真的以為我可愛的小弟會被殺死，那當下我相信潘簡是真心實意要殺掉小寧的。但如今想想，那個瘋女人到底是認真要殺掉自己的孩子，或者只是想在他心上留下痕跡一輩子折磨他呢？」

總之那件事後，潘寧世就再也沒辦法接受有人對他說「愛」了。甚至，他會下意識躲避任何牽扯到「愛」這件事的承諾跟關係。

他有非常多喜歡的人事物，但那些都不是「愛」。

苦澀從夏知書的舌根泛開來，充斥整個呼吸，甚至順著血液漫流向全身。

「所以，你還會繼續愛潘寧世嗎？」潘靄明放下喝空的瓷杯，清脆的碰撞聲在沉靜的包廂內震耳欲聾。

第十章

他們從不見天日的地底破土而出，熱烈鳴叫著找尋生命中的另一半

春節假期有一週！

儘管昨天才跟藤林月見有個不那麼愉快的晚餐會，但想到明天要開始放假，書也都裝好箱等著過完年送去會場，潘寧世就開心得想唱歌。

今天辦公室要大掃除，沒有其他工作了，鳳老闆說下午兩點沒事就可以回家提前放假，歡快的氣氛從晨會結束那一秒就在公司裡翻騰起來，大家打掃起來都活力充沛。

看到煥然一新的辦公室，以及很久沒露出完整全貌的辦公桌，潘寧世心裡全是滿足，困擾了自己許久的問題，也終於有了答案。

——過年要跟我一起回家嗎？

他摸出手機傳了訊息給夏知書，對方早已經進入放假模式，不知道現在起床了沒有？還沒收起手機，回訊已經過來了。

——這是要見家長的意思？壞狗狗想在主人脖子上套鍊子了嗎？

接著是幾個可愛的貼圖，各種偷偷觀察，看得潘寧世滿臉通紅，嘴角勾起的弧度怎樣都壓不下來，整個人像大寫的「春風得意」。

——我不是壞狗狗，我是想陪著主人的乖狗狗。

看著自己傳出去的訊息，潘寧世彷彿看到自己連拿著手機的手掌都紅透了，他做賊一樣左右張望了下，確定同事們沒看向他，接著縮進自己的格子間裡，手指懸在手機螢幕上，糾結著要不要把這段訊息收回來。

——我知道你最乖了。

一個大大的親吻與 LOVE 貼圖緊隨而至。潘寧世縮回手，捧著手機笑得更蕩漾。

——你覺得我應該準備什麼禮物好？

帶禮物會不會太疏遠了？潘寧世真的只是想跟主人在接下來的一禮拜假期裡甜甜蜜蜜，老家頂多回去待兩天吧？再說，他老家根本都沒離開大臺北地區呢。

——你開開心心跟我回家就可以了，我先跟我爸媽說一聲，他們會很歡迎你的。

夏知書這次回應得慢了些，先貼了一個臉頰鼓鼓的倉鼠貼圖，是生氣嗎？還是無奈呢？潘寧世把手機拿近了些，臉都快貼到螢幕上了，試圖分辨清楚貼圖的情緒。

——晚上回家吃飯嗎？

看來是不打算在禮物的問題上糾結了，潘寧世放下心，迅速打字回應。

——會回去吃，今天可以提早下班呢～

——我要去探望一個長輩，不會花太多時間，六點多應該可以到家吧？晚餐你想吃什麼？

正在看著時鐘等放假的潘副總編不知道，手機那頭的人看著「一個長輩」這四個字，緊緊皺起眉頭，一連打了幾次訊息都刪掉，死死抓著手機沉思了好一陣子才終於回應。

——吃火鍋吧！我去買菜。

簡單、美味、豐富又開心，非常完美的選擇。重點是，就算動手的是夏知書，也絕對不可能翻車，能確保兩人百分百的生命安全。

——好，謝謝主人。

附上拉布拉多貼圖，尾巴搖成螺旋槳。

人生就應該這麼簡單又快樂，雖然年假過後就要進入地獄的國際書展週，今年有兩本重量級新書，還有一場光報名抽籤就幹翻系統一下午的簽書會，潘副總編依然像隻開心的拉布拉多，期待主人的愛心晚餐。

就算，在那之前他打算先去療養院探望「姑姑」潘簡，也不能打斷他的好心情。

是的，昨天徵詢過藤林月見的意見後，潘寧世決定循序漸進將自己的身世展露在夏知書面前，不能太快，但也不能太慢，過年是個好機會，先與他的家人愉快相處幾天後，應該就比較好接受潘簡的存在。

至於自己身上那些狗屎過往，潘寧世覺得不說也無所謂，都過去多少年了。他甚至都沒想過帶夏知書去看一眼潘簡。

有什麼必要呢？儘管藤林月見說潘簡不會傷害夏知書，而會把目標放在潘寧世身上，但他可不想賭任何一點可能性。

說起來，上一次去見潘簡是幾月的時候？潘寧世看著聊天室最後一個訊息，來自於夏知書，不知道哪裡找到的倉鼠吃火鍋貼圖，他差點幸福得笑出聲來。

對，他的人生目前已經走上顛峰了，無論是工作或者感情，雖然折損了多年好友一枚，不情願地收穫偏執狂表哥一個，但四捨五入應該比二〇二一年的比特幣漲幅還高。

下午兩點剛過，梧林的辦公室就在最短的時間內人去樓空。

療養院離辦公室有點距離，潘寧世不想把時間花在轉車上，很爽快地叫了計程車一路直達，大約半小時後到達位於半山腰的療養院。

這是個環境特別清幽的設施，占地寬廣，主要建築物都被隱藏在錯落的樹林間，圍牆大門走進去還要花上十分鐘才能走到最靠外的行政樓入口。

整體建築是白牆藍瓦，維護得非常用心，牆面不因為臺灣的氣候而斑駁或發霉，有幾面牆蔓爬著常春藤，屋頂的藍深邃又透亮，在陽光下猶如綠浪間的聖托里尼島。

今天天氣真好……雖然也很冷。潘寧世緊了緊身上的大衣，邁著長腿很快來到行政大樓的櫃檯訪客登記處。

潘簡的房間在最靠後的那棟建築內，走過去差不多十幾分鐘，但卻是視野風景最好的一區，幾乎每個房間都有一扇加大的對外窗，宛如畫布般呈現四季的景色。

與熟識的護理人員打過招呼，潘寧世時隔數個月，才終於又一次推開熟悉的病房門。

從窗外灑落的陽光映照在六七坪左右的房間裡，染著淺淺的藍色，窗外樹影隨風擺盪，屋內猶如靜謐的海洋，光影搖晃斑駁，有種呼吸般的頻率。

這個時間點，潘簡如往常那樣坐在窗臺上，她今天穿的是鵝黃色的上衣與米色長裙，纖細的足踝在散曳的裙襬下若隱若現，踩在窗臺上的腳趾是裸著的，隨著翻閱書頁的動作微微蜷曲。

如果夏知書在這裡，他就能極為直觀地感受到潘靄明所說的：「潘簡是個極為美麗的女人。」真正的意義。

小巧雪白的瓜子臉清爽地露出所有輪廓，黑色的頭髮在腦後盤成鬆鬆的髮髻，細小的茸毛像一層覆蓋的啞光，增添了女人溫柔嬌嫩的氣息。她很專注在自己的閱讀上，完全沒分出任何注意力給走進來的高大男人。

身為潘寧世的母親，她其實再過幾年就要六十歲了，看起來仍然像個不諳世事的少女。甚至乍看之下，神情嚴肅、眉心有道皺眉紋的潘寧世，像她哥哥。

「姑姑。」潘寧世半掩上門，這才開口喚了聲。

書頁翻動的聲音停住，潘簡將落在頰側的髮絲勾到耳後，視線轉投向潘寧世身上，露出淺淺的笑來。

「小寧，你來啦？快坐下，要不要喝茶吃點心？最近有人送了很特別的點心跟很好的茶葉給我，我記得你喜歡喝茶對吧？」

空氣瀰漫著清甜的水仙花香，潘寧世這才注意到房間裡多了兩三盆水仙。

「不用特別招待我，我還有事，待一下就要走了。」自從六歲那年差點被潘簡掐死後，有很長一段時間他都沒有與眼前纖細柔美的女人單獨相處過，一直到他出社會後，實在很難跟家人喬時間一起來探望，這才偶爾與潘簡獨處。

可以的話，他是真的不想見到這個血緣上的母親。

潘簡對他的疏離渾不在意，將書放下後靈巧地跳下窗臺，光著腳也沒穿鞋，輕快地在房間裡飛來飛去，很快端出點心擺出茶具，將熱水壺交給潘寧世笑著拜託：「幫我裝一壺熱水吧，只是喝個下午茶，不會耽誤到你的時間的。」

潘寧世皺著眉，猶豫地接過熱水壺，瞄了眼牆上的掛鐘，還不到三點半……好吧，喝個下午茶也不花時間。

療養院裡有茶水間，飲用水都要來這邊接，離潘簡的房間不算遠，這個時間點走廊上人不多，反倒是外面花園裡有不少人在散步曬太陽。

總覺得潘簡今天的情緒特別愉快，看著熱水往水瓶裡灌，潘寧世腦中閃過這個念頭。雖然每次見面時，潘簡都是笑吟吟的，語氣溫和、態度親切，像個完全正常的普通人，即使這輩子只能被關在療養院裡，她好像依然把自己過得很精緻很舒服。

即使六歲那年動手殺他前，潘簡都沒有流洩出一丁點負面情緒，好像總是情緒穩定舒緩，面對誰都帶著愉悅。

說不定是太久沒見的錯覺？潘寧世撇撇唇，可能因為最近自己過得太幸福了，所以看誰都覺得對方心情好吧。

拿著八分滿的熱水壺回去時，茶點已經擺好，不大的桌子被從牆邊拉出來擺在窄窄的走道中間，鋪著矢車菊藍的刺繡桌布，中央放了一盆水仙，豆沙綠色的花盆襯托得白色的花瓣有種嬌豔欲滴的可愛。茶具是單純的白色，潘簡常用的那一套，線條圓滑看起來胖乎乎的，宛如愛麗絲夢境裡的茶會。

「謝謝你。坐下吧，我來泡茶。」潘簡接過熱水壺，哼著歌開始泡茶，很快地，帶點花香的雋永茶香就蔓延開來。

「這是我一個朋友送我的，他前陣子出國去玩，特別幫我帶回來的禮物，你應該會喜歡。」那是包來自日本靜岡縣的茶葉，鮮嫩的綠色包裝，與潘簡這個人相得益彰，看得出送禮的人確實很用心。

趁著茶葉泡開的時間，潘寧世拿起包裝來翻看，好像有什麼閃過腦海，來不及抓到。

點心也是從日本來的，說有趣也還好，就是挺有名的羊羹……總感覺有什麼事情卡在記憶裡，若隱若現的，想抓又抓不住，潘寧世拚命地回想，卻什麼也想不起來……

「你眉頭皺起來了。」潘簡點了點自己的眉心，看著潘寧世的眼神充滿關心，「最近工作太累了嗎？」

她已經倒好兩杯茶，雖然喝的是日本茶，用的卻是西式茶杯。碧綠的茶水像融化的玉石，最邊緣透著琥珀般的金黃。

潘寧世胡亂應了聲，正打算端茶啜一口，潘簡又開口問：「你今天怎麼會突然想來看我？」

喝茶的動作被打斷，潘寧世遲疑了幾秒後才道：「我認為這件事還是應該跟妳說一聲比較好，我最近交了男朋友，將來只要他同意，我們應該會……咳咳結婚。」

潘簡露出一抹很甜的笑容，關切道：「太好了！你終於交男朋友啦？對方是怎麼樣的人？對你好嗎？」

「他是很好的人，對我也很好。」明明只是單純的回應，潘寧世卻感覺很尷尬，手腳都無處安放的感覺。

「你愛他？」

隨著這個問題，潘寧世原本還算輕鬆的表情瞬間陰沉下來，他盯著神態未變，甚至更愉快的潘簡，從胃部升騰起一股灼燒感，讓他想嘔吐。

「小寧？」沒得到回答，潘簡托著自己的臉頰，眨著眼無辜地喚他。

「我們……彼此喜歡。」

愛什麼的，他還是說不出口，光想到把這個字套在自己跟夏知書身上，潘寧世渾身惡寒，窒息感翻湧而上，連視線都恍惚起來。

喜歡已經夠了，他們早就不是愛來愛去的年紀了，人到中年更期待的是可以持久相伴的感情，這樣不就很好嗎？

「喔。」潘簡笑容不變，又問：「你會帶他來看看我嗎？」

潘寧世沒回答，他當然不會帶夏知書來，他自己都不想來了。這麼多年來之所以會固定來探望潘簡，除去爺爺奶奶過世前的期望外，主要還是因為潘靄明的堅持。

他曾經為這件事跟姊姊大吵過，潘寧世真的不能理解為什麼潘靄明每幾個月都要提醒他來探望潘簡，十幾歲的時候從小乖巧聽話、唯潘靄明的話是從的潘寧世，終於迎來了他的青春叛逆期。

那時候他幾乎每兩個月就要來療養院一次，在潘靄明或爸媽或爺爺奶奶任何人的陪伴下，與潘簡相處一個下午。他總是帶作業跟課本來，隨便陪伴者要跟潘簡說什麼，他只回答「嗯」。

每一次見面，怒氣就像銅板，往某個情緒撲滿裡儲存，某個下午就這樣爆炸了。已經逼近一百八身高的大男孩雙眼充血，神色扭曲地抓著潘靄明的雙肩，嘶吼著自己不想見潘簡。

「我為什麼一定要去見她？我討厭她！我恨她！我不想見她！」

同樣十幾歲青春年少的潘靄明神態自若地看著暴怒到崩潰的弟弟，還有閒情伸手整理少年亂掉的頭髮，更把潘寧世氣到狂甩腦袋避開她，一腳將金屬垃圾桶踹翻——剛剛才倒完垃圾，裡面現在空空如也。

「你怕她。」潘靄明無視弟弟的排斥，雙手堅定地捧住少年的臉，逼他跟自己四目相對，「潘寧世，你要承認自己害怕潘簡。你不是討厭她，不是恨她，你是害怕她。」

少年的身軀用力顫抖了下，豎起來的所有尖刺都萎縮掉了，憤怒的表情還殘留在臉上，雙眼卻是茫然畏縮的。

「你不能一輩子被她控制住，潘寧世。」白細的雙手按著少年帶點嬰兒肥的臉頰往內擠，擠得潘寧世控制不住噘起嘴，慌亂又可憐。「面對自己的恐懼，你才能不被恐懼控制。她不會永遠有能力說著愛你卻想掐死你，不要讓她一輩子凌遲你。」

但從結果來說，潘寧世認為自己並沒有脫離潘簡給他的恐懼，這大概也是潘簡最滿意的結果。

無論潘簡是基於什麼心理提出這個近乎邀約的詢問，潘寧世難得認真地直視女人那雙形狀很美，卻深沉又冰涼的雙眸。

「我不會帶他來見妳，以後也請妳不要再提到他。」

潘簡是個黑洞，接觸太多只會讓自己扭曲，夏知書好不容易從藤林月見那個黑洞掙脫開，潘寧世絕對捨不得讓他接觸到更病態的存在。

「那……你現在幸福嗎？」面對男人頭一次嚴厲地對待，潘簡依然面不改色，像個少女那樣托著臉頰，瞥望的視線柔和天真。

「嗯。」

房間中沉靜了幾分鐘，潘簡悠悠嘆了口氣，「我明白了，你覺得幸福就好……好了，你不是晚點還有事情要忙嗎？快點把茶喝了，點心吃掉，這都是我用心準備的喔。」

倒地的那瞬間，潘寧世還無法理解自己身上發生了什麼事。

他記得自己喝了一杯多一些的茶，尚未喝完的茶水連同杯子伴隨他一起摔在地上，強烈的噁心感、整個消化系統火燒般的疼痛、心跳好像無限放慢了下來讓他喘不過氣，整個人幾乎要失去意識，他頭很痛，全身都沒了力氣，手腳似乎不再屬於自己……他甚至沒辦法確切地表達自己身體的疼痛與難受……這到底是怎麼了……

視線裡剩下一堆光斑閃動，可能有人衝進屋子裡，可能有人正對他實施急救，他好像聽見很多聲音，卻幾乎都聽不清楚……只除了一個熟悉的聲音……是屬於女性的……

那個女人在笑，笑得很大聲，轟轟地迴盪在他耳邊，鑽進腦子裡，震得他頭更痛，痛得想把腦子挖出來。他即使意識模糊也聽得出來，那個女人笑得很得意，無比歡快，一種類似嘔吐的聲音與零碎的句子混雜在笑聲間。

她說：「我才是最愛你的！我愛你啊！寶寶！小寧！我愛你啊！媽媽愛你啊！哈哈哈！」

沒有任何人會愛你，只有我！只有我！

不要再說了！不要再說了！潘寧世抽搐著想伸手摀住耳朵，但他動不了，他感覺不到自己的手腳在哪裡，這到底是夢還是真實的？

他……說好六點到家的，現在幾點了……頭好痛……心臟也好痛……

他好像聽到有人在叫他的名字……那是個很好聽的聲音……潘寧世！潘寧世！潘寧世！是誰？誰在叫他？他什麼都看不清楚，眼前的光斑更加模糊，越來越黯淡，突然就剩下一片黑暗，他的意識也消失了。

滴——滴——滴——滴——

男人在規律的機器運作聲中醒過來，視線裡是昏暗的白色天花板，窗簾是拉著的，外面陽光傾斜，室內氣氛沉靜而陰鬱，他愣愣地盯著天花板發呆。

滴——滴——

很耳熟的聲音，但一時想不起來在哪裡聽過。規律得接近白噪音，男人昏昏沉沉地又睡了過去。又一次醒過來時，規律的聲音消失了，他感覺自己的呼吸依然不大暢通，有種經常喘不過氣的感覺，心臟跳得很慢很慢，有什麼東西罩在口鼻上，氣流噴在臉上，隨著他吸氣灌入肺裡。

潘寧世動了動手，想撥掉臉上的東西，卻發現自己的手幾乎動不了，虛弱無力地在床單上抓撓，努力了很久也抬不起來，最後累得自己差點缺氧再次暈過去，只得乖乖靠著臉上的罩子喘氣。

「你醒啦？」熟悉的聲音在耳邊響起，溫柔得像一陣風，潘寧世原本的緊張茫然瞬間就消散大半，整個人放鬆了許多。

他張張嘴想回應，可只發出了嘶啞的呃呃聲，模糊又無力，喉嚨還因此痛得要死，只得不甘心地閉上嘴，尋聲把視線挪過去。

夏知書正揉著臉頰看他，他剛剛趴在床邊睡著了，半張臉都有被壓紅的印子。

「我開燈好嗎？」

窗外已經幾乎沒有什麼光線透過窗簾射入了，整間病房包括夏知書都顯得模糊，潘寧世眨眨眼試圖看清楚眼前的人，但視線總像籠罩著一層白霧，跟他工作太久眼壓爆炸後的感覺很像。

說不了話，他點點頭，臉上應該是氧氣面罩，拉扯到了臉上的肉，也不是痛就是覺得很煩燥。

大燈被打開，視線瞬間就清晰了很多，夏知書很貼心也很細心，他正上方的燈並沒有被點亮，避免被燈光直射得不舒適，潘寧世趁機打量了一下自己身處的環境。

這是間單人病房，空間不算小，第一次醒來聽到的滴滴聲應該是生理監視儀之類的器材，反正現在沒看到陌生的器械放在床邊，不知道是不是確定他狀況穩定後撤掉了，倒是臉上的氧氣面罩依然大量地朝他輸送氧氣。

他皺了下鼻子，表示自己想摘掉面罩，夏知書看見了，也對他皺了下鼻子，果斷地搖搖頭拒絕：「你現在的心肺功能還沒恢復，醫生沒說可以摘掉之前，想都別想。」

心肺功能還沒恢復？潘寧世皺眉——現在好像連皺眉都好累，簡單的動作都讓他有種呼吸不過來的虛弱無力，氧氣就會在這時候大量灌進來，搞得他呼吸得很狼狽。

夏知書問：「你要不要擦臉？」

潘寧世現在全身的感覺都很遲緩，要不是氧氣面罩勒得緊，他可能也不會意識到自己臉上戴了東西，所以也沒覺得不乾淨或不舒服，但還是點點頭。既然夏知書問了，可見他應該睡了很久，擦一擦沒什麼不好。

對他露出一抹甜笑，夏知書從衣櫃裡拿出乾淨的毛巾，在洗手臺搓洗擰乾回到潘寧世身邊，小心又仔細地在不挪動到氧氣面罩的狀況下，把臉上其他部分的皮膚、雙耳及耳後都擦了兩次。

「我剛已經按鈴找護理師過來確定你的狀況，你昏睡了兩天，潘伯伯跟何阿姨今天早上剛換班回家休息，姊姊晚上會過來接我的班。」

昏睡兩天？潘寧世瞪大眼，他渾沌的腦袋終於回想起自己最後在潘簡居住的療養院倒下這件事，所以他為什麼會昏倒？

從他的眼神中看出疑惑，夏知書遲疑了下，正想開口護理師就推門進來，聯絡醫生的聯絡醫生，做各項檢查紀錄的做檢查紀錄，說是待會兒還要抽血去化驗，看體內的毒素濃度還有多少。

毒素？潘寧世眼睛瞪得快滾出眼眶，所以他是中毒了？怎麼中的毒？誰下的毒——不對，他知道是誰了，潘簡。

還好主治大夫還沒離開，匆匆過來會診，一通檢查跟治療方案確認，房間裡好不容易又只剩下夏知書和潘寧世兩人時，已經過去一個小時了。

大概是剛從昏迷中醒過來，潘寧世還非常虛弱，醫生到底說了些什麼他沒有聽得很懂，反而又差點迷迷糊糊睡過去，耳邊的說話聲混雜醫療器材發出的白噪音，實在太催眠了……

可能真的又睡著了吧？潘寧世再次回過神來，發現潘靄明也在病房裡，和夏知書細聲交談，兩人手上都端著便利商店的微波速食粥，有一搭沒一搭地吃著。

潘寧世覺得自己比先前要更有力氣了些，又想伸手撥開氧氣面罩了，動作驚動了正在用餐的兩人，夏知書率先放下食物走過來，無奈地握住他不安分的手捏了捏。

「你怎麼這麼不乖？」

身為夏知書家養的乖狗狗，潘寧世立刻安分起來，用手指搔了搔主人的手腕，收穫一枚甜笑，非常心滿意足。

「我跟你聊聊這幾天的事好嗎？」

拉過椅子在床邊坐下，夏知書雙手握住潘寧世的手，平常滾燙的體溫現在偏涼，儘管手掌依然寬大，握在掌中卻有種嶙峋的空虛，夏知書差點維持不住臉上的笑容。

但事已至此，人既然救回來了，就別把氣氛搞得悲傷難受，不利於病人的休養。

潘寧世困難地點點頭，目光往不動如山繼續吃飯的姊姊瞥去。

「你們聊，潘簡跟你的事情，我都告訴小夏了。你出事的時候，小夏也在現場。」言外之意，沒什麼可以隱瞞的，這兩天陪伴潘寧世最多的也是夏知書，潘家父母早就都接受自己多了一個兒子的事實。

嗯？潘寧世突然發覺好像有什麼不對勁……他姊把所有事情都告訴夏知書不算太出乎意料，他原本就懷疑自己在日本做的那場惡夢引起夏知書的關注，本來想著也許還能拖延一陣子再坦白，但他這可愛主人的行動力，根本與外表天真單純的模樣不符。

畢竟有人在發現自己的乖狗狗被覬覦的當下，直接衝上前把偷狗賊揍進醫院了呢。

但……什麼叫做事發當下也在現場？

來不及細想，也可能是夏知書沒打算讓他細想，當即接下話開口：「潘簡在你茶水裡下了毒，你知道夾竹桃吧？總之，她好像是在花園散步的時候發現沒有被移除乾淨的夾竹桃，花時間收集了樹汁，浸泡過茶葉後曬乾了，你去的那天拿有毒的茶葉泡給你喝。」

潘寧世不知道自己該怎麼反應才對，他只是接近麻木地聽著自己母親第三次謀殺自己的經過。

「潘簡也喝了茶……嗯……她身體比你差，身材也比你嬌小很多，雖然沒有你喝的茶水多，也因為嘔吐反應吐掉了不少茶水，但是她中毒當下異常興奮，我也不確定這有沒有影響到毒物吸收的速度，反正她現在深度昏迷，心肺功能持續退化，有可能熬不了幾天就會死。」說到這裡，夏知書控制不住地露出鬆了一口氣的表情。

死……潘寧世緩慢地眨了眨眼，彷彿沒聽懂夏知書說了什麼。

「你還好嗎？有沒有哪裡不舒服？要不要找護理師過來看看？」

柔軟冰涼的手摸了摸男人的額頭與臉頰，潘寧世下意識想蹭回去，卻再次被氧氣面罩還有尚未恢復的身體機能給阻礙了。潘拉拉異常憤怒，他想跟主人貼貼啊！

「我……沒事……」總算，聲音恢復了一些，乾澀的文字一顆一顆往外吐，窒礙的表達令潘寧世無法將滿肚子疑惑順利傾倒出來，情緒肉眼可見地焦慮不安。

潘靄明已經吃完自己的晚餐，收拾好刷了牙，才清爽地來到床邊催夏知書回去用餐，椅子一坐、長腿一翹，難得穿著T恤牛仔褲的潘女士依然氣場全開，宛如身處某國際大企業的會議室。

「潘……簡……下……噁——」不確定是因為中毒還是因為潘簡本身，明明胃裡沒有食物，潘寧世仍有種強烈的噁心感，連連乾嘔。

「對，潘簡這次打算把你一起帶走。我看過監控了，那個瘋女人在你倒下之後開始笑，又吐又笑說她……愛你，全世界只有她愛你，你憑什麼在別人身上感覺到幸福。」已經見識過幾次潘簡的瘋癲，潘靄明這次冷靜到近乎冷酷，她挽著雙手靠在椅背上，穿著運動鞋的腳輕晃。

「她……知道……我會去？」這才是潘寧世不解的地方，決定去探望潘簡是臨時起意，在這之前不該有人告訴她，自己與夏知書的事情，照理說也不該準備好有毒的茶葉才對。

潘靄明呵地冷笑出聲：「喔，這要感謝你的好朋友盧淵然，他一星期前去探望過潘簡，具體聊了些什麼不確定，但應該是把夏知書的事情說給潘簡聽了。」

這也是查監控跟訪客登記得知的消息，潘靄明昨天衝去盧淵然家，二話不說把才剛養好傷不久的男人再次打倒在地。身為全能型人才，潘靄明不是只有腦子聰明，她體能也好，持續鍛鍊身體，還學了自由搏擊跟柔道，打倒兩三個不擅長運動的男人，或跟一個有運動習慣的男人五五開都是辦得到的。

畢竟，身為女人，潘靄明熟知要跟男性動手，就是要插眼珠踢下體直接攻擊要害，所有花俏的招式都沒有意義。

結論來說，盧淵然主觀上並沒有想傷害潘寧世的意思，他知道潘簡會瘋，可能做點突破人想像的舉動，但潘寧世身高一百九，是個強壯的成年男性，盧淵然認為頂多受點皮肉傷，不可能造成嚴重危害。

畢竟盧淵然的初衷只是想給潘寧世添點麻煩，破壞一下他與夏知書的感情罷了。

「你是怎麼跟他說潘簡的？他知道潘簡是個殺傷力特別強的瘋子嗎？」

正所謂「不鳴則已一鳴驚人」，潘簡就是這樣的。她多數時候看起來溫和可親，不大關注外界的人事物，總是安安靜靜地自己閱讀、散步，與人相處的時候笑盈盈的，加上一張漂亮的臉蛋跟纖柔的身材，多數人都想像不到她能毫不猶豫地做出殺害孩子這種事來。

只要潘簡打算做什麼，她就能做到極致，傷害力高到嚇死人。潘靄明一直覺得，前兩次潘寧世沒死，單純是因為潘簡不是真心想讓他死掉，只是想威嚇潘寧世，用恐懼在自己兒子心裡烙上重重的枷鎖。

那種揮之不去的恐懼，也同時代表潘寧世永遠無法遺忘她，一輩子都會記著她，在午夜夢迴的時候甚至會夢到她，到死都無法擺脫潘簡，也就會關注著潘簡直到生命結束為止。

這對潘簡來說，至關重要。

從這次的事件反推，潘靄明確定自己的猜測沒有錯，潘簡這次是真的打算殺死潘寧世的，所以才會用了下毒這手，還一下子就用了夾竹桃這樣的劇毒。

盧淵然再次重傷，又進了醫院，陪護的是與他同居的日本男人，離開前潘靄明好像還看到對方幸災樂禍似地在被戳中而紅腫泛淚的眼皮上，輕輕戳了兩下。

潘靄明不禁感慨，自家弟弟身邊的變態濃度是不是太高了？還真虧潘寧世能成長為一個三觀正常、端正和善的好人。

「我……沒說過……」先前帶盧淵然去療養院也是意外……潘寧世也在思考，自己最近是不是掉進變態仙境裡了？正常人身邊不應該有超過一個以上的變態存在吧？

安撫地揉了揉弟弟腦袋，潘靄明道：「本來以為你今天不會醒，所以打算晚上由我來陪病。不過既然你醒了，我就不陪了，給你時間跟小夏聊聊，記得要跟人家道謝。」

這也是先前夏知書的要求，知道經過這件生死大事，人家熱戀中的情侶有很多話想說，也許還想親熱一下，潘靄明就不當這個電燈泡了。

「你好好休養，也不知道年假結束時你能不能出院。」順手把潘寧世的頭髮揉亂，潘靄明站起身對夏知書道：「有吃飽嗎？需不需要我離開前再幫你買些點心上來？」

夏知書正在收拾吃完的餐具，連忙搖頭拒絕，與潘靄明約好明天中午前來交接，也說會幫他帶好吃的午餐來後，女人留下颯爽的背影離開。

潘拉拉終於又可以跟主人獨處了。

「謝……謝你……」潘寧世說話還很費力，他雖然很想擺脫氧氣面罩，但也發現目前最好別逞強，隨便動一下就快要呼吸不過來了，靠自己呼吸肯定要暈過去的。

「潘副總編，我們要不要來一場坦白局？」夏知書坐回病床邊，握住潘寧世的手晃了晃，「我知道你不方便說話，就由我開始好嗎？」

時間回到兩天前，也就是潘寧世還沒前往療養院探望潘箇的時候，在家裡的夏知書，正盯著手機裡不久前藤林月見傳來的訊息皺眉。

——注意點你家寵物的安全。

又發什麼神經？沒頭沒腦的一則訊息，讓對藤林月見還很有防備心的夏知書頓時懷疑起對方是不是打算藉職務之便，對潘寧世做點什麼壞事，這是傳威脅訊息來了？

——他那個姑姑潘簡，是個危險人物。你多盯著點。

所幸沒讓他胡思亂想太久，藤林月見立刻又傳來一則訊息，解決了差點造成的誤會。說起來，兩人現在正處於修復關係期，每一步藤林月見都走得如履薄冰，竭力要表現出自己真誠的反省跟維持親屬關係的渴望，即便心裡想把潘寧世迷暈拖進山裡埋了，還是為了夏知書捏著鼻子承認他們的戀愛關係。

夏知書看著訊息，先笑出來，他幾乎可以想像到藤林月見是怎樣的表情猙獰，刪了很多次才終於下定決定發了這兩條訊息。

但很快地夏知書整張臉都皺起來，為什麼藤林月見知道潘簡？就連他，潘寧世的男朋友兼主人，也是昨天才知道這位女士的存在，照理說這應該是潘家的大祕密才對，藤林月見怎麼好像知道得挺詳細？還想到提醒他注意？

雖然很想細問，但……夏知書抖了下，總覺得是潘朵拉的盒子，還是別開比較好。倒是……偏執狂之間應該是互有感應的，連藤林月見都認為危險的人物，他肯定不能掉以輕心。

不過眼看就要過年了，他猜忙到焦頭爛額好不容易可以休息幾天，接下來還要養精蓄銳繼續忙碌的潘寧世，應該不會想去探望潘簡才對。

畢竟心理健康是很重要的，身為社畜工作狂，潘副總編為了良好的工作心情，肯定會把煩心事壓後到國際書展結束再面對。

所以，夏知書雖然留了心，卻沒有真的在意，他現在更期待的是也許今天潘寧世會約他回家過年？明天可就是除夕了，他早就推掉葉盼南跟商維夫妻的邀約，總不可能最後剩自己一個人吧？

果然，這個念頭才閃過腦中，潘寧世的訊息就傳來了，約他明天一起回家過年，也約好了晚餐一起吃，還說今天會提早下班。

夏知書開心得在剛送走居家清掃團隊不久，每塊磁磚都乾淨到發亮的家裡到處轉圈圈，一路腳步輕快地去了不遠的超市購物，回到家的時候剛好是午餐時間。

收拾好晚餐的菜之後，把剩下的雞湯挖出來煮了麵一起吃，夏知書又拿起手機盯著潘寧世的訊息看。

「一個長輩」？哪一個長輩？該不會是……潘簡吧？

藤林月見的警告猛地閃過腦海，夏知書剩餘的一點開心像被澆了盆冰水，熄滅得一乾二淨，還凍得他打了個冷顫。

應該不至於吧？藤林月見這麼烏鴉嘴的嗎？仔細想想，好像從小到大，這位表哥總是能很準確地提前預測出不好的事情，不知道是偏執狂的雷達還是怎樣……

越想越介意，眼看距離約好的六點還有不少時間，坐立難安的夏知書猛然決定去潘簡所在的療養院看一看。

昨天拿到屬於潘靄明的私人電話號碼，今天立刻派上用場，療養院的位置到手，潘靄明也先替他聯絡了對方打過招呼，免得到時候被攔在登記處。

坐車過去花了不少時間，療養院的環境比夏知書想像中要好，占地廣闊頗有種世外桃源的感覺，潘靄明聯繫好的接待人員已經等著了，是個年輕女性，笑容很甜美。

「你怎麼沒跟潘先生一起來啊？」寒暄過後接待員領著夏知書往裡走，不經意地聊起來。

「潘先生？」夏知書心口一跳，不安的情緒一口氣湧上來。藤林月見的警告變成血淋淋的字體，在腦中反覆出現，手腳都莫名冰冷了起來。

「對呀，小潘先生剛剛也來了，潘阿姨最近一直很期待見到他呢。」

「他來多久了？」夏知書的腳步下意識快了不少，接待員小姐也注意到了，疑惑地看了他一眼，倒也沒多問，也跟著加快腳步。

「大概半小時左右嗎？我也不大確定，他很少這種時候過來，不知道是不是過年前特別來陪潘阿姨的。」

半小時前……夏知書看了眼手機時間，他本來應該早點出門的，但就這麼巧突然發現忘記買炸芋頭了，潘寧世很喜歡把芋頭放進火鍋裡煮，所以臨時跑去補了貨，這才拖延到了時間。

不安越來越強烈，心跳得太快，夏知書手不但冰涼還發抖。希望這回藤林月見的烏鴉嘴失靈，他也別先嚇自己了，潘寧世是個健壯的成年男性，照理說不需要害怕潘簡的。

但無論怎麼說服自己，在夏知書看到潘簡半掩的病房門時，心臟在胸腔上猛地撞出聲，午後算頗為安靜的走廊上，他的心跳聲彷彿可以塞滿整個空間。

接待員小姐都忍不住側頭看了他一眼。

夏知書幾乎是踹開病房門的，第一眼就看見男人臉色蒼白地倒在地上，呼吸微弱，唇邊似乎有嘔吐物。

而一身馬卡龍色穿搭的女人，絲毫沒有血色，趴倒在地正在嘔吐，嘴裡含糊地說著什麼……女人的驚叫聲破空，護理師全部衝了過來，接著是更混亂的警報聲跟各種人聲、機器聲混雜著擠滿長廊上的每個角落……

潘簡，那個美得驚心動魄的女人一眼看到人群中的夏知書，她開始放聲大笑，一邊笑一邊嘔吐，一邊嘔吐又一邊對自己倒地的兒子熱情訴說扭曲的愛意。

她很得意，挑釁地看著夏知書，即使被醫護人員抓著送上擔架，也仍然沒停下狂笑，眼神死死盯著，一秒都不肯轉開。

「我愛他，只有我能愛他！寶貝，小寧！媽媽愛你！只有媽媽能愛你！」她明明面白如紙，吐得狼狽又淒厲，卻開心得令在場所有人都毛骨悚然。

潘寧世率先被抬走，還不確定到底怎麼回事，得先做基礎的緊急處理，從潘簡的症狀跟潘寧世的狀況推測，中毒的可能性高，姑且從這個角度切入。

夏知書整個人僵硬在門外，他看著潘寧世從自己身邊遠去，接著潘簡也經過他身邊，女人還盯著他在狂笑，表情扭曲猙獰，雙眼充滿血絲，似乎恨不得撲到他身上，對著他說更多噁心人的話。

「先生！」又是一片驚呼，現場陷入第二次混亂，因為夏知書突然動手拎起擔架上的潘簡，直接給了她兩巴掌。

夏知書很快被七手八腳地架開，明明個子嬌小，身邊好幾個護理師跟工作人員都比他還高，卻差點控制不住他，被扯開前又給了潘簡第三巴掌，直接把本來就很虛弱的女人打得癱倒在擔架上，再也笑不出來。

「妳最好祈禱潘寧世平安無事！不然就算妳死了，骨灰我都給妳扔到下水道餵老鼠！」夏知書目眥欲裂看著半隻腳顯然已經走進鬼門關，捣著被打腫的臉依然神態癲狂地與他對視的潘簡，也勾起一抹扭曲的笑，「我可以跟妳保證，妳心愛的哥哥，不會知道這件事，他會以為妳還在罐子裡待著。我會在罐子裡放奶粉，妳喜歡哪一牌的？它們會代替妳接受妳哥哥一輩子的想念！」

淒厲的尖叫響徹大半個療養院，完全失去行動能力的潘簡齜牙咒罵眼前的男人，聲音嘶啞近乎嘔吐，每個字都惡毒得令人害怕，一旁的護理師臉色要多難看有多難看。

他們迅速帶走潘簡，咒罵聲漸遠卻從未停下……

「先、先生你還好嗎？」接待員小姐看起來比潘簡還像中毒的人，身體仍然顫抖個不停，盯著夏知書的表情卻很複雜。

「我沒事……」夏知書側身靠在牆上喘了幾口氣，隨即冷靜地拿出電話開始聯繫潘靄明。

當然，這一切豐功偉業夏知書沒有對潘寧世坦白，儘管對方已經知道他是隻暴力小倉鼠，但打中毒的女性三巴掌這種事總不適合拿出來臭美。事後夏知書也反省過自己是不是太粗暴了，他不應該打潘簡巴掌的，也不應該大庭廣眾下講那些話……

他應該趁潘簡昏迷，把那段話反覆在她耳邊播放才對，最好死前聽到的都是：妳哥對妳的關愛還不如一罐奶粉。

打人終究是不對的，可是那當下手掌完全靠自我意識抽過去，夏知書也教訓過自己的右手了，這件事就放下吧。反正潘寧世不知道，潘簡也昏迷無法追究，就當作沒這件事吧。

聽完坦白局，潘寧世算是明白為什麼潘靄明多次強調要他謝謝夏知書了。

潘簡是屬於危險等級很低的病人，在療養院裡可以自由行動，平時也不會有人特別留意她在幹什麼，就是早中晚固定時間巡房而已，每個月有心理諮詢，她甚至不用服用任何藥物。這種狀況下，知道她有訪客，就算關著門也不會有人特別去打開確定房間內的情況的。

夾竹桃屬於劇毒，死亡比例不低，潘簡顯然是做足了準備，打算一次把潘寧世帶走，也沒放過自己。要不是夏知書找過來踢開房門，可能兩人都死了才會被晚班巡房護士發現。

也是萬幸潘簡的日記被找出來確定了毒物種類，不然潘寧世能否平安醒過來還是未知數。

「對不起啊，我不是故意瞞著你跑去療養院的。」夏知書垂著腦袋，握著潘寧世的那隻手在顫抖，另一隻手則緊緊扭絞著衣襬，很是侷促不安。

「我……我……很高……興……」潘寧世努力張口安慰眼前人，他確實應該高興，能被主人這樣關心，哪隻狗狗不會興奮到尾巴搖成螺旋槳？潘拉拉甚至想撲上去瘋狂跟主人舌吻，最好把人吻到缺氧。但沒辦法，他現在還在鬼門關外徘徊，死應該是死不了，可想隨心所欲地亂來還不知道要等多久。

狗生跟人生都暫時無望。

兩人目光相交，就不由得對望著笑起來，儘管在病房裡，才剛脫離險境不久，只要對方還在自己身邊，似乎什麼難題都不存在。

「我……真的很……高興……」潘寧世忍不住又重複一次，明明是伸手就可以觸碰的距離，偏偏他現在動不了，只能更用力握緊夏知書的手。

沒一會兒，潘寧世又睡著了。

接下來幾天，潘家三人與夏知書有一套完美的排班表，也多虧發現即時，加上潘寧世身體真的不錯，大年初五的時候人已經恢復得很好了，終於脫離了氧氣面罩，也可以正常說話，飲食上儘管清淡，食欲卻很不錯。

不知道是不是地府也初五開工，一大早醫生查完房，確定再觀察兩天沒問題就可以出院，病房裡氣氛正歡快的時候，潘簡的消息傳來了。因為先前已經簽屬過「不施行心肺復甦術同意書」，所以通知來的時候人已經是彌留之際。

在潘寧世強烈的要求下，即便潘家父母不那麼贊同，還是推著兒子去看潘簡最後一面。

一輩子宛如牡丹般嬌豔盛放的女人，如今在病床上猶如脫水的乾燥花，潘寧世才頭一回知道，原來可以這麼直觀地感受到，生命是如何走到盡頭的。潘簡的胸膛幾乎不起伏了，身上的維生器材都拆卸掉，護理師正在做臨終的擦拭。

潘寧世靜靜地看著，那張熟悉的臉上多了些被器械壓出的痕跡，褪了色的肌膚沒有以往的柔軟溫暖，而是僵硬冰涼的，潘簡還殘留一些體溫，但散逸得很快。

「媽。」曾以為自己這輩子都不會對眼前的女人叫出這個稱呼，可事到如今，潘寧世發現自己竟然沒有絲毫牴觸。

「媽媽。」別再見了。

可能，呼喚潘簡的不是年近四十的潘寧世，而是當年那個小小的孩子吧？聽說他小時候跟潘簡真的非常親近，也許小孩天生就愛自己的母親，無論是身上的味道、聲音或者模樣。

以前曾看過一則研究說，一個月大小的孩子視覺發育還不完全，眼裡看到的東西是模糊不清的，而且他們對人類的面孔還沒建立起認知能力，所以眼耳口鼻就算打散開來，他們依然能認出自己母親的樣子。

這大概就是最初也最純粹的愛吧？

可是眼下，即使看慣了潘簡的臉，他卻覺得異常陌生，幾乎都要認不出來，究竟是不是自己的母親。他好像有很多話想對母親說，但又好像一個字都沒有。最終只是看著這個自己生命中的枷鎖，斷開與世界最後的聯繫。

死亡應該是神聖的吧？再多的愛恨情仇，或許都可以因此一筆勾消，潘寧世並未因潘簡的毒殺而難過，現在卻真的有種鬆了一口氣，整個人都突然輕鬆了起來的感覺。

醫生宣布了潘簡的死亡後，遺體護理立即有條不紊地開始進行。潘寧世沒打算繼續留下來觀看，他還是個病人，現在覺得很累，跟父母商量過後就由夏知書推回病房了。

「你晚點會去送她嗎？」夏知書問。

「不會，我沒空。葬禮的時候再說吧。」潘寧世稍稍被自己的冷漠嚇到，這完全是脫口而出不經思索，卻原來他對潘簡真的沒有一丁點的不捨啊。

理論上遺體要放置六到八小時後進行下一步的手續，據說人類最後消失的會是聽力，大多數遺族會趁這時候誦經或者對亡者說些讓對方可以安心離開的話語。

但夏知書還是偷偷想，要不要把「妳哥對妳的關注遠遠比不上一罐奶粉」放在潘簡耳邊循環播放八小時，最好能讓她死不瞑目。

這件事終究沒能實現，因為潘家人並未陪在潘簡的遺體身邊多久，病房裡有個需要大家關心的潘寧世，毒殺事件才剛過不久，潘父潘母對潘簡還是怨恨很深，哪可能因為死亡就一筆勾消？

兩天後，眼看年假就要結束了，潘寧世也順利從醫院離開，回家繼續靜養。

父母原本希望他可以回老家住一陣子，可想到一週後的國際書展，潘副總編很理所當然地拒絕了這個提議。老家離公司太遠，離世貿也遠，當然離夏知書也很遠。

潘靄明開車送他們回家，趁著夏知書整理床鋪的時後，湊到弟弟身邊摸出了一本日記遞過去。

「我不知道你有沒有興趣看，但這畢竟算是她留給你的遺物。」

顯然就是潘簡那本寫了毒殺計劃的日記本，潘寧世用兩根手指像拿什麼髒東西一樣拎著，滿臉都是嫌棄。

「為什麼不乾脆放棺材裡，到時候一起燒掉？」

「如果你覺得這樣做比較好，我可以拿去扔棺材裡。」說著潘靄明就要把日記本收回來。

潘寧世不知道自己在想什麼，他下意識躲開了姊姊的手，雖然很嫌棄但依然好好拎著日記，收穫了潘靄明一個短促的輕笑。

「我覺得你心裡的小朋友，還是需要跟媽媽做個了斷。」潘靄明丟下這句話就走了，她也把整個年假都耗費在醫院裡，據說明天又要飛國外出差了，得回家整理行李。

心裡的小朋友嗎？潘寧世拿著那本略厚的日記本，遲疑片刻翻開了第一頁。上頭的日期，是四十年前的。

身為編輯，閱讀速度很快是一種職業能力，平時選書的時候，十幾萬字的小說潘寧世一天可以看兩三本，眼前這本乘載了某個人四十年生命的日記，其實並沒有多少字，潘簡文如其人，筆觸精簡洗鍊，非常好閱讀，潘寧世卻看得很慢。

雖說是日記，實際上潘簡並沒有天天寫，四十年前第一篇日記開始於發現自己懷孕，十七歲的少女還差幾個月才成年，而她的成年禮物注定會是個與自己有血緣關係的孩子。

至於孩子的父親是誰，潘簡看起來是真的完全不在意，沒有一個字提到過那個男人。

第二篇就是潘簡決定回家待產，提到了兄嫂跟潘靄明這個小姪女。第三篇就是潘寧世出生，她簡單寫：男孩，四千克，很醜，皺巴巴的，聞起來一股奇怪的味道，我希望哥哥能幫他取名字。最下面應該是幾天後補上的：潘寧世。聽起來像是哥哥的孩子，我很喜歡。

其後就是很多篇潘簡計劃用什麼方式讓潘寧世受傷或生病，簡直就是一本犯罪計劃書。看得厭煩，潘寧世正打算闔上日記，恰好翻開的某一頁卻落入眼底。

小寧叫我媽媽，我知道他最愛媽媽，可是我不愛他。我是不是真的有病？為什麼沒辦法愛這麼愛我的孩子呢？我希望他能一直愛我，一定可以的吧？小寧，媽媽會愛你，所以你也只能愛媽媽。

說不出是什麼感覺，潘寧世心口好像被什麼東西戳了幾下，很用力，有點痛，有點酸，更多的可能是種「啊，原來如此」的釋然。

後面一段時間寫日記的頻率提高了，也不再是犯罪計劃書，潘簡紀錄了很多潘寧世成長的點滴，也是這時候潘寧世才知道，原來潘簡會畫畫，技巧還很不錯，文字之外許多小時候的他的簡筆畫，活靈活現的。

他的母親，原來真的曾經學著去愛他……

夏知書整理好臥室出來，看到的就是正在翻看日記的潘寧世。採光很好的起居空間一隅，是男人的閱讀角落，高大的身軀悠閒地靠在舒適的扶手椅上，腳上踩著矮凳子，硬朗的臉部線條因為光線的關係淡化了稜角變得柔和，儘管氣色依然不大好，整個人看起來卻比前幾天要鬆弛許多。

也對，不管醫院的環境多好，遠比不上家裡舒服。

潘簡的日記夏知書也知道，畢竟當初就是他找出來的，這才讓醫院能及時對症下藥，順利把人從鬼門關拉回來。否則，據說潘簡用的量特別大，還經過一些濃縮，再拖延一些時間，就算人救回來了，也難保身體不會出現不可逆的傷害。

先前潘靄明提過要把日記給潘寧世，夏知書原本不贊成，他覺得潘篇死都死了，潘寧世看起來也接受良好，依照他的人生經驗來說，能繼續躲著就躲著，逃避雖然可恥但是有用啊！有些事情沒必要強迫自己面對。

就拿「愛」這件事來說，他是對潘寧世表白了，卻也沒一定要對方給自己回應。他完全可以理解潘寧世的逃避，換成幾個月前的他，也絕對說不出這個字眼，多可怕啊。

眼看潘寧世讀得專注，夏知書轉身進了廚房，思考要不要泡個茶給男朋友喝？但，他可愛的乖狗狗才剛因為喝茶中毒躺了一整個年節假期，現在就給茶喝，會不會造成心理陰影啊？

把廚房裡的各種飲料包都挖了一遍後，夏知書最後挖出一包海帶芽沖泡湯料，盯著剛過期兩個月的賞味期限，果斷拿出茶壺沖了一大壺，帶著先前好奇買的保溫杯墊跟兩個杯子一起湊到潘寧世身邊。

「喝點熱湯？」茶杯是馬克杯，上面印著梧林的商標跟祝福語，好像是入職十週年的禮物。

潘寧世抬起有些恍惚的眼，看了眼有綠色「茶葉」漂浮的茶壺後，點頭同意了。他也確實有點渴，透過潘篇的日記了解自己小時候遭遇的病痛，對需要靜養的病人著實不友善。

這壺茶的香味……很特別啊……但也挺熟悉的……潘寧世還在為自己發現原來潘篇可能真的愛過自己而茫然，吹了吹杯口的熱氣，小心翼翼地啜了一口……鹹的！

一口熱湯差點噴出來，最後吐回杯子裡。

「這、這是……不是……茶嗎？」

「是海帶芽湯，好喝嗎？北海道來的。」夏知書瞇著眼喝了一口熱湯，從喉嚨到肚子都暖洋洋的，非常舒服。「到晚餐還有一些時間，你先喝點湯暖胃，晚餐想吃什麼？」

湯確實是好喝的，海帶芽也很香，略鹹的口味讓他這十天淡出鳥來的味覺也很享受，用透明茶壺裝湯也很有品味，仔細想想，他才剛因為喝茶中毒，夏知書這麼體貼的主人哪會泡茶給他呢？

瞬間覺得自己非常幸福的潘拉拉，開開心心地喝了兩杯湯，還有點意猶未盡。

「我可以一起看嗎？」一壺湯很快就喝完了，精神一振的夏知書立刻蠢蠢欲動，先不管晚餐要吃什麼，他已經很久沒跟自家狗狗貼貼了，住院期間總有其他人在，他還是挺矜持的。

再說了，一直到兩天前潘寧世都是只剩一口氣的樣子，他也沒殘忍到那時候還想對男朋友做什麼亂七八糟的事情，想都沒想到過。

成年人的戀愛，不是陪伴就是上床，眼下狀況特殊，上床還很難，但盡可能滿足肌膚饑渴症，也是可以理解的吧！

本來也因為主人接觸不足而感到心情惆悵的潘拉拉眼神都亮了，他張開手臂，很快收穫一個溫暖的身軀，擠在他懷裡，隔著衣物交換彼此的體溫。

日記也好，晚餐也好，潘簡也好，小時候也好，愛也好恨也好，所有的一切都比不上這瞬間的擁抱真實。

夏知書的臉頰貼在男人厚實的胸膛上，好像沒有以前那麼飽滿，他就忍不住心疼，潘寧世這次瘦了很多，肌肉都少了，還好高大的身軀沒有佝僂下去，反而別有一種凜冬松柏的傲然感。

心跳是平穩的，撲通撲通撞擊在肋骨上，透過胸肌傳達到夏知書耳畔，力道如往常般有力，震得他半張臉都癢癢的。

「潘寧世，我愛你。」夏知書滿足地慨嘆。這是個很美麗的字眼，脆弱又璀璨，曾經讓他避之如蛇蠍，現在又讓他覺得像被蜂蜜浸泡般甜蜜。

可能當初他第一眼見到潘寧世就湧起的那種特殊情緒，並不單純是為了三十公分的大香蕉，而是感受到對方身上跟自己類似的氣味吧？他們要找的不是包容自己的戀人，是可以讓自己放心逃避的另一半，應該算是一見鍾情？

環抱他的手臂很用力，有東西掉落在地板上，是潘簡的日記。

剛好翻開到最後一頁，秀麗文雅的字跡寫著：黃花夾竹桃，象徵著靈魂的永恆與再生，也代表希望和持久的愛。媽媽愛你，小寧。

尾聲

然而他們終究相遇了

那本日記最後還是被潘靄明放進棺材裡，等著跟潘簡一起燒成灰。畢竟黃花夾竹桃的寓意，讓潘寧世有種發現蟑螂爬到腳上，一路打不到最後爬上脖子差點溜進嘴裡的噁心感。

至於夏知書到底會不會跑去把骨灰偷走撒下水道，換上一罐奶粉——他都看好了，某購物平臺上最便宜的奶粉，據稱是紐西蘭來的，具體怎樣夏知書根本不在意——目前他還沒有下定決心。

告別式的日子剛好強碰國際書展開幕，身為病號的潘副總編儘管收到鳳老闆的命令在家好好休息，但這次兩本主打書都是他負責的，開幕前一天他就待不住，偷跑去幫忙場布。

背板真美啊……潘副總編滿足得不行，這是他從奧老闆那邊凹到的福利，打對折的大圖輸出也做了夜光模式。雖然效果大概只有出版社自己看得到，但那種不為人知的滿足還是很強烈。

潘家父母當然不會強迫兒子出席告別式，他們本來也是打算用最簡單的方式快速結束這場喪禮，火化時間還排了最早的時段。

身為家屬兼簽約翻譯，夏知書跑來梧林攤子上打工。沒辦法，誰叫熱愛工作的潘副總編完全待不住，說好只來幫忙場布的，結果每天都從開場就在攤位上待到收攤。

自己的男朋友不自己寵，誰寵？於是夏知書也成為梧林攤子上的園藝石，只要管飯不用給打工費，畢竟他的目標是跟潘寧世卿卿我我，當眾偷偷放閃。

對了，還有週六下午的簽書活動特約嘉賓兼口譯。

藤林月見來的時候帶了一堆小零食跟禮物，不變的黑色高領毛衣，修身黑色長褲，搭配上中筒馬丁鞋，外罩一件煙灰色雙排釦大衣，略長的頭髮在頸後束起，五官清冷凌厲，與一雙深不見底的黑眸，看起來非常不好親近，透露出強烈的藝術家難搞氣質。

一陣寒暄過後，沙龍的前一場活動已經結束了，攤位上留了兩個打工小朋友外，其餘人全部拉去沙龍場布，短短十幾分鐘差點沒跑出火星來，大病連初癒都還沒搆上的潘副總編，被殘酷地勒令不許過去妨礙大家進度，他只能可憐兮兮地站在沙龍旁張望。

很快簽書會開放入場，長長的人龍好像能排到外太空去，負責檢查入場號碼牌的潘寧世，偷偷地蹭進場內找了張椅子坐下，很心機地選了個非常好的位置，剛好能與夏知書的位置面對面。

同事們都看到有人監守自盜，羅芯虞今天正好排班過來，沒好氣地對頂頭上司翻了個白眼，收穫一個無賴又若無其事的笑容。好吧，誰叫人家是病號，站久了受不了得坐著。

活動開始了，一開始的主持人介紹，首先介紹了翻譯蝸牛，書粉們掀起一小波的歡呼，接著是重頭戲藤林月見，底下的書迷們尖叫得幾乎要暴動，潘寧世也跟著尖叫，他本來也是藤林月見的書迷，最前排追星的那種，當然他更愛蝸牛就是了。

臺上的藤林月見顯然看到了潘寧世的反應，表情有一瞬間的僵硬，很快若無其事地側頭跟身邊的夏知書低聲說了幾句話，打扮得可可愛愛的男人微微瞪大眼睛，接著笑得好開心。

活動時間是一小時，半小時座談會、半小時簽名，流程已經演練過多次，夏知書在舞臺上如魚得水，熟練地切換兩種語言，把書迷們逗得哈哈大笑，甚至還逗笑了藤林月見。

「糟糕，藤林老師笑了，我會不會被罵啊？說破壞老師的人設。」夏知書眨眼逗樂，又是一串的笑聲飄盪開來。

潘寧世近乎虔誠地、迷戀地看著在舞臺燈下熠熠生輝的戀人，胸口塞了一團很燙很燙的東西，讓他有種想大聲朝對方吼出自己心意的衝動。他用力按了按心臟的地方，有力的心跳撞在掌心，耳中也全是心跳的聲音。

突然，夏知書的目光對上了他，像是不經意的一瞥，接著是只屬於他們之間的笑容。

好像有什麼東西喀答一聲鬆開來，座談會已經到尾聲，接下來要進行簽名環節了。夏知書正在收尾，圓亮的眼眸時不時掃過潘寧世，每一回對上他都能看出深深的喜歡，清澈又坦然。

「夏知書，我愛你。」最後一秒，潘寧世對正準備起身下臺的人無聲地告白。

夏知書怔怔地看著臺下又一次對自己做口型的男人，他看出「夏知書」這三個字，但後面的三個字卻……第一個字好像是「我」……心臟猛地一跳，他控制不住地紅了耳垂。

「怎麼了？」藤林月見湊過來問。

「沒什麼，我先下去啦！加油！」他隱密的心情沒打算分享給任何人，遲疑了兩秒伸手搭上藤林月見的肩膀抱了抱，「哥，今天辛苦你啦，我很開心能跟你一起參加活動。」

這是頭一回，他與他並肩站在舞臺上，共享熾熱的燈光。

藤林月見側頭看了他一會兒，也伸手環上他的腰抱了抱，很快就放開，轉身往簽名桌走去。

能上臺簽名的名額有限，大約只有五十個，流水線一樣。

潘寧世身邊的位置空下了，夏知書走過來坐下。他沒有問剛剛潘寧世到底對自己說了什麼，只是偷偷地牽住男人寬厚的大手，溫暖粗糙乾燥，骨節分明修長，很舒服。

十指交握中，他們一起看著《蟬鳴》的長橫幅，蔥鬱的森林彷彿能聽見高亢的蟬鳴聲。

在不見天日的地底下度過漫長的歲月後，他們破土而出，熱烈地鳴叫著找尋生命中的另一半。

也許對方並不完美，也許都有各自的缺陷，然而他們終究相遇了。

（全文完）

【作者後記】

雖然中間有點虐，但希望這是個讓大家看得開心的故事

說起《不止一夜情》（我愛暱稱《大香蕉與小倉鼠》）的寫作動機，原本只是看見那張聞名遐邇的倉鼠吃香蕉迷因，從而想寫個嬌小受與高大攻，關於三十公分丁丁何去何從的甜甜蜜蜜澀澀文的。

至於為什麼主角是中年男人呢，因為我覺得年輕人本來就很容易衝動，談戀愛激情澎湃很正常，可是有些創傷不夠時間去發酵、去接受，年齡不同，看世界的方式會不同，對自己身上的傷能和解的程度不同。

這樣說好了，如果是二十歲的夏知書走這個故事，他不會原諒藤林月見，這兩人會非常慘烈地結束。藤林月見也不會最終「勉強」釋然，退回對雙方都好的距離。說真的，這算是馬後炮，因為我到現在都還在思考，為什麼這篇故事到後來出現了這麼多神經病還有這麼多跌宕起伏的劇情呢……

後來我想，大概是因為，我本質上喜歡寫虐文吧。

欸對，我當初開始寫網文的時候，可是虐文一把手，不虐不開心斯基的狀態。開篇輕鬆，中段亂殺是常規狀態，但我的底線是不寫BE，畢竟我是讀者的時候看到BE會吐血！我撐過了虐死人的劇情就是想看點皆大歡喜的結局，

我想看主角兩人親親愛愛甜死人，全世界都可以死光但他們一定要幸福在一起這種結局！（爆言）

因為潘寧世是編輯嘛，其實我一邊寫的時候，一邊覺得很對不起我家編輯，感覺潘寧世的催稿苦難，我家編輯都在我身上經歷過一些——說起來，潘寧世確實有很多苦難是從我家編輯身上取材的哈哈哈哈哈～～

編輯我愛你！請讓我繼續依賴你！麻煩你！（遵守交稿日期啊！）

這次的劇情有很大的部分發生在日本，也源自於我留學時的經歷。說真的，一開始沒想到故事場景會離開臺灣，但難得聽到了一些業界的小故事，想說不拿來用太可惜了，所以就……當然，還是要跟大家說，雖然我書裡寫了鳳老闆這個有錢任性的傢伙，但送日本印刷還是異想天開了點。

一些藝術性的創作，大家看得開心最重要啦！

故事裡出現的鐵道江之電真的是一條非常美的鐵路，處於山海交界，一邊是海景、一邊是山景，很多站都是無人車站，我當年留學的時候那條線幾乎沒有外國人，遊客也不多，我去了好幾次幾乎走遍那一帶。

但這幾年因為《灌籃高手》的緣故，變成一條遊客如織的觀光勝地，讓一直想再回去走走的我有點心生畏懼，我實在很怕人潮啊。

可是，這不能抹除江之電的美麗，大家有機會還是可以去看看喔！終點站是鎌倉。而且島田莊司老師《眩暈》這本書的故事背景，也在這條線附近唷！我書裡也寫到了相同的地點，也算是另類致敬吧。

我在紙上訪談裡也提過，可能有些朋友已經在愛呦的臉書粉絲團看到過，我目前的創作職涯跟日本密不可分。當年我去日本留學的時候已經稍微有點年紀了。我在十八歲上大學那一年開始走上言情小說作家的生涯，大概持續了兩三年，後來因為種種原因離開商業出版圈子。

接下來很長一段時間沒有固定寫作，直到去了日本，因為異鄉的各種情感衝擊，加上認識了帶我接觸大B與網文的朋友，於是我開啟了網文生涯，不知不覺走到了今天。可以說，我能撐過留學那段時間的某些困難，寫作跟獲得讀者的喜歡，是很重要的力量。而江之電就給了我很多這方面的養分，如果是看過我同人誌時期作品的朋友應該知道，我有一套《系辦》系列，其中的番外本背景就在湘南海岸跟江之電鐵道。

雖然每次都這樣說很肉麻，但我真的很感謝大家的喜歡。當你們掌起這本書，能看得開心、有某些觸動或共鳴，那對我來說是無上的榮耀。我很感謝有大家在。接下來的一年，我會把欠的稿子補上，另外開始新的系列，或者摸摸這套書裡的兩個神經病男人，寫他們扭曲的愛情故事。

但無論如何，我希望我的作品能一直陪伴大家，希望你們能看得開心。

我們下本書再見唷~~

黑蛋白

二〇二四年冬

i小說 083

One Night Stop～不止一夜情2

國家圖書館出版品預行編目（CIP）資料

One Night Stop～不止一夜情2 / 黑白蛋著. -- 初版. --
臺北市 : 愛呦文創有限公司, 2025.02-
面； 公分. -- (i小說 ; 83-)
ISBN 978-626-99038-5-6(第2冊 : 平裝)

863.57　　113018047

愛呦文創

作者	黑蛋白
繪圖	小黑豹
責任編輯	高章敏
特約編輯	劉怡如
文字校對	劉綺文
版權	Yuvia Hsiang、Panny Yang
行銷企劃	羅婷婷
發行人	高章敏
出版	愛呦文創有限公司
地址	10691台北市忠孝東路四段59號10-2樓
電話	（886）2-25287229
郵電信箱	iyao.service@gmail.com
愛呦粉絲團	https://www.facebook.com/iyao.book
總經銷	聯合發行股份有限公司
電話	（886）2-29178022
地址	231新北市新店區寶橋路235巷6弄6號2樓
美術設計	張雅涵
內頁排版	陳佩君
印刷	沐春行銷創意有限公司
初版一刷	2025年2月
定價	360元
ISBN	978-626-99038-5-6

愛吻文創

愛吻文創

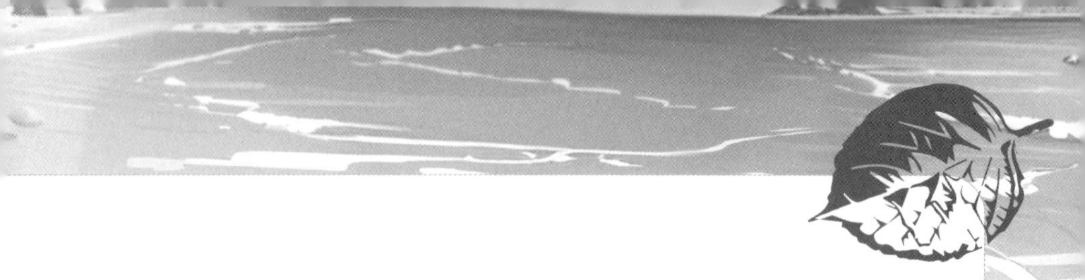

【番外一】

關於吃醋這件事

「所以，你沒吃過醋？」商維拿起罐裝牛奶檢查了下生產日期，再確定了下價格，隨口問道。

「為什麼這麼問？」

夏知書今天難得沒有穿得可可愛愛，而是乾淨清爽的淺色襯衫加棉麻料的褲子，在夏日的超市冷藏櫃前，輕輕哆嗦了下。

「就是好奇。」商維放下牛奶，價格有點貴，雖然很好喝，可是……她拿起另一牌的牛奶掙扎。「今天辦公室裡有個同事因為跟女朋友吵架，搞得大家都很緊張。」

「因為吃醋？」冷藏櫃的溫度太低，夏知書本來想退開，但看到了不遠處的豆漿，那個牌子是潘寧世很喜歡喝的，正好在促銷，他看了眼自己放了不少零食點心的推車，果斷抓了兩瓶放進去。

「難說，我們只是在推測。」商維聳聳肩，回頭看了看兩大瓶豆漿笑問：「我記得你不喜歡喝原味豆漿啊，買這麼多？」

夏知書白了好友一眼，催促：「妳快選好牛奶，我好冷。」

兩人閒聊著又停留了十幾分鐘，商維終於選好了要買的牛奶，接近兩公升的大瓶裝牛奶整整拿了三瓶，商維感嘆：「小朋友最近把牛奶當水喝，真可怕。為什麼才幾歲的孩子這麼能吃？」

誰知道呢？夏知書也聳肩，他沒養過孩子，但他十幾歲的時候，確實能吃到嚇死人。就算是他那個看起來不食人間煙火的表哥藤林月見，青春期的食量也可以用無底洞來形容。

不過，葉家兩小隻現在都還未滿十歲呢，也這麼能吃嗎？真可怕，還好他不會生小孩，不然自己賺的夠小孩子吃嗎？

「那妳呢？吃過醋嗎？」孩子的事情先放一邊，夏知書更好奇好友的八卦。

「吃過啊，怎麼可能沒吃過？」商維表情怪異地瞥了眼夏知書：「但凡牽扯到愛情，哪有不吃醋的？老葉以前也還挺帥，女生跟他接觸得比較頻繁，我也是會心裡不舒服，這不是很正常嗎？」

「正常嗎？」夏知書沉吟。

他抓起一包馬鈴薯掂了掂，美國的免削皮馬鈴薯，皮薄好吃，他跟潘寧世都很喜歡，要不要乾脆買兩包？

「你好歹交往過兩任男朋友，真的完全沒吃過醋嗎？」

「嗯……」夏知書歪頭思索一會兒後，搖搖頭說：「沒有，我想像不到吃醋是什麼感覺……倒是有一次我看到潘寧世被他那個討厭的朋友強吻了，我很生氣，當下就把人揍進醫院。」

「揍哪一個？」商維倒抽口涼氣，飛快回想有沒有從老公嘴裡聽見過關於潘寧世的八卦。

「當然是對別人男朋友亂來的那一個。」夏知書沒好氣地哼了聲，他是那種會胡亂動手的人嗎？

「這也算吃醋吧……」商維眼角抽了下，完全沒想到好友這麼威猛，這麼小巧的個子是怎麼把人揍進醫院的？

「我覺得不是，吃醋不是應該心裡酸酸的，覺得男朋友很壞很傻，竟然跟別人那麼好，還做些親密的動作，所以對男朋友生氣嗎？我哪裡捨得對潘寧世生氣？我太心疼他了，我只想揍死那個垃……噁男。」

商維停下了挑選高麗菜的手，思索了幾秒。「你這個定義還算滿準確吧……所以，真的沒有？」

「沒有，不管是跟月見交往的時候還是現在，我都沒有吃過醋。說起來，為什麼要吃醋？」

為什麼？這真是好問題，商維選了兩顆高麗菜跟一袋胡蘿蔔後，認真看向夏知書，「大概是因為，想確認雙方的愛情吧！因為愛，所以畏懼，所謂由愛生憂、由憂生怖，你在意對方才會害怕自己的愛是否能獲得相同的回饋。」

「我不需要吃醋，也確定潘寧世愛我啊。」夏知書笑得燦然，開心道：「他願意當我的狗狗呢。」

「妳問我有沒有吃過醋嗎？」

潘寧世訝然地看著身邊的姊姊，風華正盛的女性身穿荷綠色的雪紡襯衫，下身搭配灰色直筒西裝褲，因為是夏天外套已經脫掉了，正搭在椅背上，整個人的姿態慵懶中帶著幹練，讓潘寧世很疑惑自己是不是聽錯了什麼。

「對，吃過嗎？」潘靄明向酒保點了一杯酒，氣氛沉靜典雅的空間裡，聊的卻是感情八卦。

潘寧世皺眉，他抓不準姊姊為什麼要問這個問題，明明他們剛剛還在聊中秋節回不回家過節，以及要如何處理今年可能又要爆炸的月餅，順便交流了一下送禮的選擇。

雖然好像有點早慮了，這才七月初呢。

「為什麼突然這樣問我？」既然有疑惑，當然要問出來，反正他這輩子也猜不透自家姊姊的心思，就別浪費時間了。

潘靄明塗著火紅蔻丹的手指在桌上點了點，難得露出了厭煩的表情，「我男朋友最近很煩人。」

男朋友？潘寧世先是一驚，接著詭異地感覺到一絲欣慰，這次竟然不是在姊姊離婚後才知道有個新姊夫，看來他這個弟弟對潘靄明來說還是非常重要的。

「他吃妳醋？」

難得可以跟姊姊談論感情問題，潘副總編嚴肅的臉上寫滿了興致勃勃。

「是啊。你們男人，這麼愛吃醋嗎？」

「你們男人」？這個指涉性太強烈了，潘寧世職業病上身，忍不住修正：「應該說『有些男人』比較嚴謹。」

果不其然被潘靄明似笑非笑地睨了眼，潘寧世後頸寒毛豎起，整個人控制不住地顫抖了下。

他乾咳兩聲，剛好點的酒上來了，連忙啜了兩口壓壓驚。

「我……就交過一個男朋友，經驗也不是很豐富。」就事論事，潘寧世脫離單身的時間還不到一年，放在遊戲裡是個連新手村都沒資格離開的小廢物，吃醋這種高端操作，離他的生活也未免太遙遠。

說到這裡，他也忍不住好奇起來，反問道：「吃醋是種什麼樣的感覺？」

潘靄明瞥了眼求知若渴的弟弟，啜了口自己剛點的柯夢波丹，透亮的淺粉色滑入嫣紅的飽滿雙唇間，即使在安靜的角落，都吸引來了幾束目光。潘寧世察覺到了，下意識挪動了身體遮擋住潘靄明，一百九十的高大精壯身材，很好地落實屏障的功能。

潘靄明：「大概就是，不希望有你以外的人被你的戀人吸引，看到有人用愛慕的眼神或態度接近你的戀人時，會有煩躁甚至憤怒的情緒。你會怪罪，為什麼你的戀人要這麼吸引人，為什麼他不懂自己的魅力，還展現魅力給其他人察覺，是不是有什麼偷腥的想法，或者是不是不夠愛你。於是你挫折又憤怒，自卑的同時也必須宣洩自己的情緒給對方。」

潘寧世聽得一愣一愣，誠然他是個編輯，做的還是推理小說為主的書系，大概是除了警察外看過最多形形色色情殺的職業了。

通常，情殺源自於誤會，誤會來自於吃醋，潘副總編對吃醋當然不至於完全不懂，學院派的理解完全沒問題，差別只在沒有親身經驗。

潘靄明的解釋跟他理解的好像沒什麼差別，但就是想像不出來。

「為什麼要因為自己的戀人很迷人而不高興？」

「你不會因此不高興嗎？」潘靄明挑眉笑問：「換位想想，如果今天是你的主人，那麼可愛又那麼迷人，走在路上總會吸引到別人的注意，總有你不知道的人試圖搭訕他，你不會煩躁生氣嗎？」

「但，夏夏本來就很迷人又很可愛，本來就會有很多人喜歡他。既然他會吸引我，自然也會吸引其他人不是嗎？這樣的夏夏喜歡我，我高興都來不及，為什麼要生氣？」

潘靄明又啜了一口酒，看著從小就情緒穩定的弟弟，驀然驚覺自己今天問了個愚蠢的問題。

「看來，我應該換男朋友了。」

慢著！這個結論哪裡來的？潘寧世瞪大眼，不可置信地看著依然優雅淡然的姊姊，問題卡在喉嚨裡，最後決定什麼都別問。

他想念主人了，有那個時間吃醋，他還不如全部花在跟主人貼貼上多好？反正不管有多少人被夏知書吸引，他永遠都是不可取代的那隻拉布拉多。

「不過我很好奇，談戀愛都會跟對方吃醋嗎？」剛買完菜，商維打算送夏知書回家，正打算啟動就聽見副駕駛上的人發自肺腑的疑問。

「一般都是吧。怎麼了？」商維隨意回應，她完全不想跟這個男朋友同時也是陪伴犬的男人繼續聊這個話題，總覺得對方根本在炫耀，很煩躁。

「我就是突然很好奇，潘寧世會不會吃我的醋呢？」

商維白了好友一眼，那張可愛的臉上，笑容甜滋滋的，讓人很想揍兩拳消氣。

「怎樣，你難道希望潘寧世吃你的醋？你不是說吃醋很沒意義嗎？」

「那是對我而言，妳想，我不需要對潘寧世吃醋啊，他喜歡的類型就是我，沒有任何其他人能吸引到他的注意，我何必吃醋？」

潘寧世這人偏好嬌小可愛的類型，明明是個一百九十的高壯男人，卻熱愛把自己「穿在」伴侶身上。能滿足對方喜好的人其實並不多，夏知書很篤定自己光一張臉加身材，就可以把潘拉拉一輩子都吃死。

所以有什麼好吃醋的呢？那純粹是自己沒事找事做，嫌生活過得太幸福快樂想找點刺激吧。

但反過來說，自己談過的兩任男朋友類型天差地別，無論外貌或性格，可以說穩穩地站在兩個極端，色譜最遠的距離。

依照吃醋的定義，潘寧世應該吃過自己的醋吧？

「所以你是希望他吃過還是沒吃過？」商維分神瞪了好友一眼，早知道就別跟夏知書聊這個話題了，熱戀中的情侶好煩。

「不好說……」夏知書沉吟，「我滿希望潘寧世可以吃我的醋，我還沒看過他嚴厲的樣子呢。」

潘寧世是個分寸感很足的人，大概是天生的，總是很害怕自己會給別人壓力，經常反省自己的言行舉止，很多時候夏知書都反過來希望潘寧世可以更任性自我一點，那些只用在工作上的龜毛跟咄咄逼人，可以分一些到感情生活上來。

雖然安全感給得很足夠，畢竟在夏知書面前，潘寧世就是隻拉布拉多，忠誠無辜又可愛，看到就讓人忍不住想湊上去磨蹭幾下親幾口。

但……

「我好像是個，喜歡刺激的人。」夏知書感慨。

「什麼？」商維皺起臉，這傢伙在胡說八道什麼？他們這把年紀了，談戀愛求的更多是穩定跟長久，刺激什麼的，光用想像就很累。

「人到中年，生活不需要太刺激……再說了，你的生活還不夠刺激嗎？」

先不說在日本揍了性騷擾自己男朋友的人，這還算情有可原，但前幾個月在潘寧世生母的療養院裡，不是才遭遇了足以上社會新聞頭版的事件嗎？一般人一輩子都不見得可以經歷一次，夏知書嚴格來說經歷了兩次呢！

「大概是……最近談戀愛太甜蜜了，人過得太安逸就會有種想要……怎麼說，找刺激的想法？」

商維不是很懂，但她覺得自從夏知書病情大好後，整個人又開始蠢蠢欲動了，這傢伙是不是有自毀型人格啊？過得平安順遂不好嗎？玩什麼刺激？

「你可以去跳傘或者攀岩，徒手攀岩刺激又有趣，絕對可以讓你的腎上腺素一口氣爆發到未來二十年都心平氣和。」

聞言，夏知書輕笑出聲：「這麼一比較，妳不覺得小小讓對方吃個醋，平和很多，適合我們的年齡嗎？」

不覺得。

「我只覺得，有人日子過太好皮癢而已。」商維趁停紅燈轉頭認真地盯著夏知書道：「小心玩火玩出森林大火。」

夏知書皺皺鼻子一笑，怎麼可能呢？這不過就是情侶間的一點小情趣罷了，畢竟思想無罪嘛！

說歸說，找個什麼人讓自家拉拉吃醋這種事情，其實還挺不現實的。

謝過商維，提走了自己買的一大袋食物跟生鮮，打開門後發現屋子裡冷冷清清，連玄關燈都沒開，顯然房子另一個主人還沒回家。夏知書這才想起，今晚是潘家姊弟約飯的日子，摸出手機一看，潘寧世給了訊息說會跟潘靄明去酒吧喝兩杯，要他別給自己等門，早點休息。

「喝酒啊……」夏知書舔舔唇，他想起自己很久沒去酒吧巡場了，改天是不是帶男朋友去炫耀一下？

將所有生鮮歸位，晚餐隨便煮了碗麵，冰箱裡有一鍋滷牛肉跟牛肉湯，是他前幾天在潘寧世的指導下完成的，堪稱人生最完美的作品，缺點大概是滷太大鍋，畢竟中間補救的時候反覆加了水跟滷包跟湯料，雖然最後湯太稠太鹹，但加水稀釋就行了。

吃了一碗牛肉麵，看見冰箱裡還有一顆四吋蛋糕，麝香葡萄的，想了想乾脆拿出來整個挖著吃，一邊點開電腦檢查近期的工作排程。

藤林月見最近跟梧林談定了很多書的授權，差不多補齊了三年的空白，未來如無意外，應該會繼續把新書簽給梧林。

自然，翻譯的工作就全部落在他手上了。

他的工作習慣是先把原著看一遍，找好所有的資料後，開始隨心所欲地跳章翻譯。就跟吃飯一樣，討厭的東西先吃掉，喜歡的東西留最後，這樣會讓他工作起來充滿動力。目前他正在看《蟬鳴》的前兩集，打算半個月後開始動工。

不知不覺，四吋蛋糕被嗑個精光，第一集也看了大半。

夏知書伸個懶腰，窩在沙發上太久姿勢不對，腰跟脖子都不舒服，拿過手機看了眼時間，已經逼近十點了。

潘寧世沒有傳訊息，維持著「我跟姊去酒吧喝酒，不要等門早點休息」這一條訊息，與他回應的 OK 笑臉。

說起來，先前潘家姊弟的聚餐很少吃這麼晚，畢竟姊弟都是大忙人，九點也差不多該結束各自回家了。這還是第一次看到他們吃完飯還跑酒吧的，不知道潘寧世會不會喝醉？他的酒量似乎不能算差，但也沒有多好。

其實，夏知書也沒有很在意，大家都是成年人了，這把年紀總不會還盯著另一半的每個行程吧？感情要長久，適度的距離是必須的。

特別是他的初戀，那種糾纏到沒有喘息機會的關係，持續了十多年，夏知書更喜歡他現在與潘寧世的距離。

所以……夏知書決定去泡個澡，雖然夏天泡澡很熱，但他可是從小在日本生活的，泡澡是生活的一部分，可以很好的放鬆身體跟精神，他彎曲了幾小時的脖子跟腰需要鬆懈鬆懈。

既然要泡澡，那乾脆把先前兩人從日本帶回來的沐浴球用了吧？

小鴨子聖誕老人的造型，是賣場的過季清倉商品，清爽的木質調氣味，很適合香香地吹著冷氣蓋毯子睡覺。

夏知書醒過來的時候，房間裡瀰漫著淡淡的酒精味，以及跟自己身上的氣味很接近的肥皂香。

身邊空蕩蕩的被窩已經被一具滾燙的身軀占據，沉穩的呼吸聲熟悉又令人安心。潘寧世回來了？現在幾點？為什麼他完全沒注意到對方哪時回家，甚至連洗漱上床都沒驚擾到他的夢鄉？真不可思議啊！即使交往有一段時間了，夏知書依然經常在這段關係中覺得新鮮。

男人似乎還沒有睡熟，很快就察覺夏知書醒過來了。

「對不起，吵醒你了。」微帶嘶啞的喉音傳來，酒氣稍微濃了一些。並不難聞，想來潘寧世有好好的打理過自己。

「我回來太晚了。」

精壯的手臂試探地環抱過來，夏知書側身直接滾進炙熱的堅硬懷抱中，臉頰在胸肌上磨蹭了好幾下。

「你沒有吵醒我，我就是剛好醒過來。」夏知書喟嘆，果然習慣了有人抱著睡，就算會熱也不想分開。「幾點了？」

「大概一點多……」潘寧世的聲音帶著淺淺的睡意，低頭在毛茸茸的髮頂上也蹭了蹭。「今天跟姊聊天聊太久了，又多喝了幾杯，所以回來晚了。」

「聊什麼？」

不怪夏知書好奇，他跟潘靄明也接觸過幾次，很難把閒聊跟聊太久這兩個詞跟對方聯結在一起，總感覺潘靄明是那種講完正事就離開忙碌去的女強人。

「吃醋。」潘寧世頓了頓，才含糊回答。

夏知書猛然笑出來，這不巧了嗎？「我今天跟維維去逛大賣場，也聊到吃醋這個話題，心有靈犀？」

潘寧世低低笑著回應道：「商維跟我姊心有靈犀嗎？」

愣了愣，兩個傻乎乎的熱戀情侶你濃我濃地抱著笑成一團。

「所以，你吃過我的醋嗎？」夏知書好奇問。

「沒有……吧？」潘寧世思考了兩秒才回答，完全沒有面對姊姊的那種果斷自信。

「我也……沒有……吧。」

夏知書調笑著咬了男友胸肌一口，夏天的時候潘寧世要不裸上身睡，要不只穿一件薄薄的背心，可以直接咬到肌肉，口感真的非常好。

今天的潘寧世裸上身，肌肉被牙齒咬得顫抖，他害羞又愉悅，男人很單純的，肉體的吸引力是最強烈的相愛證明。如果男人連你的身體都不愛，其他也沒什麼好說了。

「可是，我有點想看你為我吃醋。」

「為什麼？」潘拉拉不懂，他撥開一部分茸茸的捲髮，露出主人光潔的額頭，虔誠地吻了吻。

「聽說吃醋是一種相愛的證明。」雖然不知道是誰說的，但夏知書唬自家大狗狗，向來是駕輕就熟，張嘴就來。

看多了醋意引起的情殺事件，潘副總編拍撫主人後背的手頓了下。他姊今天才因為新男友愛吃醋決定換人，現在他到底該聽誰的說法？

「你希望我吃醋嗎？」他小心翼翼地提問，腦子裡開始整理夏知書的交友圈。

他們兩人可以交往愉快的原因之一，就是交友圈都很單純，甚至可以說是狹窄。自從跟盧淵然有了芥蒂後，兩人的交情不復往昔，雖然偶爾還是會透過聊天軟體說說話，但已經不再私下單獨接觸了，這麼一看，潘寧世發現自己根本沒有過從甚密的朋友。

而因為四年前的事件，病了許久的夏知書交友圈也限縮到了極致，除了葉盼南跟商維夫婦，大概就是酒吧的那些員工了……啊，還有一個重新恢復交流的表哥藤林月見。

「也不是說希望，我就是想看看你冷酷無情的樣子。」

儘管潘副總編的標準表情就是嚴肅、認真、幹練，但在自家主人面前就完全不是那麼一回事。表現出來的九成都是溫和、體貼、討好、羞澀還有……慾求不滿吧？

夏知書一直試圖想像潘寧世嚴苛、冷酷的模樣，但就是沒辦法，他只會聯想到搖成螺旋槳的尾巴。

「可是我沒辦法。」潘寧世緊了緊懷抱，今天的主人散發著清新的木質香，及與自己相同的皂香，他就覺得人生很幸福。什麼吃醋、冷酷無情，都不可能。他只想用盡全力去愛自己懷裡的人。

「為什麼？你不覺得如果有人盯著我看，或者我跟某個人過度親密，心裡會不舒服嗎？懷疑我是不是變心了，是不是不愛你，是不是……想換一隻狗狗了？」

「可是……」潘寧世被問得腦子嗡嗡，「可是，你本來就很迷人啊！我覺得所有人都應該會被你吸引、會關注你，只要一出場你就是最吸引人的那個存在。不是我愛上你，是你選擇了我……所以、所以……呃……」

一個吻阻擋了男人笨拙的示愛，細密的喘息破碎在唇齒間，舌尖交纏中滿是對方的味道。淡淡的酒精味瀰漫開來，並不是那種討人厭的酒臭，真奇妙，好像能嚐到某種水果的甜味，熟到極致的糜爛風味，兩人都不由得眩暈了。

一個翻身，潘寧世抱著夏知書仰躺，對方柔軟纖細的身軀緊密地貼合在自己懷抱裡，因為接吻而呼吸趨向一致的胸膛起伏時彷彿要將心臟塞入對方胸腔中。

男人強壯的手臂環上戀人的腰，溫柔但也肆意地揉捏，寬大掌心的溫度火焰似的，隔著柔軟清透的棉質睡衣熨燙在肌膚上。明明在被窩中肌膚是乾燥溫暖的，卻依然又被燙傷般的刺激。

主人的腰真細啊……不管上過幾次床，擁抱過多少次，潘寧世都依然忍不住感慨，偷偷丈量臂彎跟手掌間的腰身，並且感嘆於這能輕而易舉攬入懷中的尺寸。

他沉迷地吮吸探入自己口中的舌頭，嘖嘖的唾液吸啜聲灌滿了耳道，他不由自主舔咬得更癡迷，可以的話真想把人吞進自己肚子裡，這樣就能永遠不分開，多美好。

手掌從翻起的衣服下襬往上摸，剛認識的時候，夏知書比現在更加纖細，很容易可以摸出脊椎骨的形狀，包裹在細膩的肌膚與薄到似有若無的肌肉中。但現在……潘寧世喘著粗氣，又更用力啜了啜主人有些退縮的舌尖，而後順著對方的動作開始攻城掠地，厚實的舌頭鑽入夏知書的口腔，帶些急躁地舔舐每個敏感的地方。

脊椎的形狀在肌肉的包裹下早沒有先前的稜角分明，但還是凹陷出一個令人瘋狂迷戀的痕跡，皮膚完全不像個年過四十的大叔，滑膩得彷彿會吸附手掌，隨著他一點點往上撫摸的動作，微微輕顫著。

撫上肩胛骨的時候，夏知書縮了下脖子，纏綿的吻也中斷了，他們鼻尖蹭著鼻尖，雙唇間牽著一道銀線，在纏繞的喘息中斷開。

「別怕……我不會隨便碰你的後頸……」潘寧世安撫著，手掌往下滑去。順著脊椎的凹陷，經過腰際來到尾椎，最後抓住一側軟軟的臀肉，揉了揉後掰開。

有條不紊的撫摸帶著滾燙的熱度聚集在下腹跟鼠蹊處，雖然還沒有潤滑，但夏知書覺得自己好像濕了，臀縫中的肉穴泛開密密麻麻的搔癢，腸液正微微往外沁出。

「主人是不是濕了？」雖然不冷酷也不嚴厲，但開啟性愛模式後略顯鬼畜的潘拉拉咬了下主人的耳尖，低啞的聲音即使問著下流話，還是性感到讓夏知書的陰莖抽了下，勃起得更厲害。

「你摸摸看。」夏知書也用輕柔的低語回應，緊貼著男人高大身軀扭了扭腰，將睡褲往下蹭了蹭，大半個翹挺的屁股露了出來，同時因為衣服被掀高露出的肚皮上，也明顯地感受到一根粗硬滾燙的東西，濕漉漉地抽了兩下。

手指很快撫摸上去，果然指尖被沾濕了，但還不夠，還需要潤滑液……男人用力喘了兩口氣，又一個翻身把人壓在床被中，臥室裡只有窗外遠處廣告燈牌的光影流瀉而入，睡前忘記拉窗簾了……潘寧世渾沌的腦袋想著，目光直直盯著位於陰影處，只剩模糊剪影的戀人。

即使在接近黑暗的環境中，那一點微光依然映襯得夏知書肌膚似雪，花朵或水果般糜爛的甜香，宛如透過他的肌膚散逸開來。

床頭櫃的抽屜被粗魯地拉開，裡頭的各種小件雜物碰撞著發出聲音，差點被整個拉出來摔在地上，潘寧世摸出潤滑液，蓋子剛拔開就因為太用力擠了一大灘在豐腴挺翹的臀肉上，一部分往外滑落沾濕了空調被，剩餘的被男人的手掌抹開，很快就將肉穴也揉開了。

潘寧世拉下睡褲與內褲，隨意扔下床，粗長冒著熱氣的陰莖直接打在他的腹肌上，頂端分泌出的前列腺液留下濕痕，他隨意用手捻了捻，握著莖幹抵上了微微張開的肉穴。微弱的燈光下，依然隱約可見細密的摺皺泛著水光，似乎還能隱約看見裡頭艷色的腸肉，急不可耐的樣子。

圓碩的龜頭稍一用力就擠了進去，潘寧世重重吐出一口濁氣，眼中全是濃烈的慾望，他單手扣緊夏知書的胯部，腰猛地往前一挺。

「嗯啊……好粗……好硬……嗯嗯……」

夏知書被插得發出呻吟，前列腺直接被頂到，快感刺激得他陰莖一抽，黏膩的體液從馬眼中湧出，在空調被上留下明顯的痕跡。

「主人……主人……你在咬我，好舒服……」潘寧世吐氣，抓著戀人的細腰就開始用力撞擊。他們明明幾乎每天上床，除了上班時間大部分都是窩在一起的，可就是怎麼樣都不滿足。

他提起夏知書的腰，頂動的同時將人往自己胯下按，龜頭擦著前列腺戳進深處，直撞在結腸口上，每一回抽出都只留龜頭，再一次用更迅猛的力道跟速度重新插回深處。摩擦間的水聲越來越大，跪在床上的雙膝發軟顫抖，幾乎跪不住，整個人都快被幹近床墊裡了，偏偏腰還被提著，一下一下也搞不清楚到底是潘寧世戳進深處，還是他用肉穴吞吃肉棒。

空氣裡瀰漫著性愛的氣味，夾雜著肉體碰撞時清脆又黏膩的聲音，還有兩人或輕或重的喘息呻吟。

潘寧世最後整個人都壓在夏知書背上，他雙手緊緊抱住身下的人，雙腳抵在床墊上，用一種緊緊相貼的姿態重重頂撞抽插，肉莖幾乎可以透過肚皮上薄薄的肌肉磨蹭底下的床被。

「啊……啊啊！好脹……好棒……」夏知書幾乎整張臉都埋在枕頭裡，身上的重量壓得他有種喘不過氣的感覺，但男人的體溫跟肌肉的分量感，都令他暈眩，猶如進入某種迷醉的幻境中。

又是一個狠頂，龜頭重重撞在微微發腫的結腸口上，男人帶著淺淡酒氣的粗喘落在夏知書頸窩裡，像擁抱也像一種吞噬，纖細的身軀完全被高壯的身軀覆蓋，遠遠看去彷彿只有一個人睡在床上。

綿密的吻落在耳際、頰側還有頸側，扣在肩上的手掌往下，插入身軀與床墊間，從胸口撫摸到下腹，游移在塞滿肉莖而鼓起的肚皮上。

「喜歡我這樣摸嗎？」低啞的聲音問。夏知書的耳朵又熱又麻，絲絲癢意往深處擴散，順著血液爬滿全身。

喜不喜歡都很舒服……他迷離地瞇著眼，歪著頭與貼在自己頰邊的男人面對面，太近了，什麼都看不清楚，但又覺得自己好像可以看到男人在性愛中強勢又色慾的表情。

「我們換個姿勢……」說著，潘寧世就著插入的姿勢，抱著夏知書側身，手掌依然按壓著腹部的鼓起，另一隻手抬起對方的腿往後按在自己腰上，開始新的一輪瘋狂抽插撞擊。

「啊啊啊！會抽筋……腿、腿會抽筋啊啊！」夏知書爆發出抽氣般的尖叫呻吟，整著人猛地痙攣起來，層層疊疊的快感早讓他射得一塌糊塗，空調被濕了大半，蹂躪得皺巴巴的。

腸道因為高潮而緊縮，死死咬著青筋浮凸的肉棒，他現在的感官極度敏感，連神經末梢的感覺都強烈到發痛的地步，每一次的插入抽出，腸肉被粗長陰莖輾開的感覺，都讓他遏制不住地抽顫。

潤滑液混著各種體液在交合的部位堆起白沫，隨著猛烈的操幹繼續往外噴濺新分泌出來的體液，水聲更加黏膩，綿延不絕於耳。

又濕又緊，還總是不滿足地吸吮他的肉莖，潘寧世低吼，更用力地肏得夏知書十根腳趾都蜷縮起來，大腿內側的肌肉不斷抽搐，腹部的鼓起被慘忍地揉搓，夏知書幾乎叫破喉嚨。

「不行！這樣不行啊啊啊——」他想推開緊箍自己的懷抱，想拉開搓揉自己腹部的手，但潘寧世力氣太大了，而他又因為高潮不斷，根本沒有力氣抵抗，只能任憑男人繼續在自己體內肆虐。

又是一陣猛烈的快感直衝腦門，夏知書梗著脖子一時間叫不出來，甚至連呼吸都喘不過來，他有種自己真的死了幾秒的錯覺，等再次發出破碎的尖叫時，男人也在他肚子裡射出滿滿的精液。

夏知書兩眼一翻昏過去，失去意識前，他覺得自己連喉嚨都彷彿能感受到男人精液的味道跟熱度……

吃醋什麼的，根本無關緊要。人生的刺激可以有很多種，實在沒必要故意在順遂的感情生活裡增加莫名其妙的波瀾。

再說了，常言道：「人不一定最愛狗狗，但狗狗一定最愛主人。」這句話用在潘拉拉身上也是相同的。身為主人，夏知書對於自己被深深愛著，有足夠的安心感支撐他胡作非為的事實，沒有半分遲疑。

「不過，如果把吃醋的範圍擴大，廣義來說我應該是吃過你的醋。」將做好的早餐端上桌時，潘寧世突然開口。

顯然他還記著夜裡主人提出的不合理要求，並且想到了滿足對方的方式。

難得反省自己的行為，卻不小心又被男朋友過度寵溺而拋下反思的夏知書目光閃閃地看著潘寧世，迫不及待地等他繼續往下說。

「那個時候我們還不算真的交往，就是你剛同意我成為陪伴犬的那段時間，我就很容易擔心你被其他的狗狗吸引，不管是真的狗還是我這樣的狗，想到你可能變成別人的主人，我心裡就很不舒服。」

潘寧世幫自己倒了杯豆漿，在夏知書對面坐下，表情認真又嚴肅。雖然不是荒唐主人期待中的冷酷嚴苛，但……果然，自家的狗狗還是最帥的。

「現在也還會擔心嗎？」他壞心眼地問。

這個問題讓潘寧世沉默了好一會兒，製造問題的人卻正開開心心享用愛心早餐，嗯，蛋捲好吃，今天是菠菜起司雞肉蛋捲，雖然加熱後蛋的部分稍微過熟，可是因為有起司跟蔬菜的水分跟濕潤度，整體口感依然很滑嫩。

潘寧世的廚藝真好啊，只要是經過他的手，不管是自己做的還是買回來的，夏知書都可以毫無抗拒地把端到面前的食物吃光，最近幾個月真的胖了不少，是不是應該跟著男朋友開始鍛鍊身體？

「主人……只會有我一隻狗嗎？」

明明是很有磁性的聲音，應該讓人聽了耳朵搔癢，但現在只覺得可愛又無辜，何止耳根，連心都是軟的。

「當然，我這輩子應該找不到比你更棒的狗狗了。」這是發自肺腑的真實心情。「潘寧世，你要記得，夏知書愛你，只愛你。」

回應的是略帶傻氣的明朗笑容，什麼冷酷嚴苛、吃醋、關小黑屋之類之類，全部都不重要了。

夏知書想，雖然他們的關係也許有點不那麼正常，但有什麼關係呢？

（完）

【番外二】

平行世界：水漫金山寺

眾所周知，梧桐東街上的書鋪子掌櫃，是個年紀一大把，還沒開葷的老光棍。

說來也挺奇怪的，書鋪掌櫃姓潘名寧世表字長安，生得高大剛毅，往人堆裡一站說是鶴立雞群都算是敷衍，一張繃著的臉老實嚴肅，乍看之下沒覺得生得特別好，可相處久了，就怎麼看怎麼順眼，所以在街坊鄰里間人緣挺好。

約莫也是因為這樣，他年近四十還沒老婆的事情，才顯得特別惹眼。

也不是說無人說媒，當潘掌櫃還是個水嫩青蔥的青年人時，他家的門檻也確實被媒婆冰人險些踏破過。畢竟這世道，讀書人少，有家業不需要夫人陪著吃苦的讀書人更少，雖然沒有功名稍嫌欠分，卻也是半個城區說得上號的香餑餑了。

偏偏這樣一個香餑餑硬是放到乾扁發霉，都沒能說成一樁姻緣，多少媒人冰人的招牌都砸在潘掌櫃的褲腿下，可謂聞者傷心聽者落淚，後來就沒人敢再啃這塊硬骨頭，省得把自己後半輩子的招牌繼續砸爛，那可是攸關生死的大事。

潘掌櫃瞧起來倒是半點不焦心，每天平平靜靜過自己的小日子，一早會去習慣的小食鋪吃早飯，約莫有三四間，每日輪著吃，吃飽了就去開鋪子。

書鋪生意不算差。

因著朝堂風氣開放，任何奢靡淫逸的玩意兒都不禁，甚至還有些是朝廷暗自開辦的，除了明令朝廷命官不得進出私娼寮外，想去有牌照的青樓楚館喝酒玩樂是全然無所謂的。

這也就代表，一些過去藏著的春宮畫卷等不上檯面的淫逸玩意兒，都可以光明正大擺在攤子上賣，只要別賣給小孩兒就成。

潘掌櫃的書鋪就有一個書櫃的春宮圖，算得上是城西區品項最為齊全的了，要什麼把戲都找得著，只要價錢談得攏，潘掌櫃還能替你約到鼎鼎有名的繪師專門訂製繪卷。

可以說，字什麼的不是人人看得懂，可圖畫嘛……嘿嘿，懂得都懂。

儘管朝廷不禁，大家夥兒也愛瞧這種圖，但說出去總歸有些跌份掉價。於是後來就傳開了，潘掌櫃說不成親事的主要原因就出在這一書櫃的春宮淫逸圖繪。

畢竟，想嫁給讀書人的姑娘家多半家裡也有些臉面，也多半是寵著長大的，沒吃過什麼苦，都想找個體面的親事保後半輩子無虞。

若潘掌櫃是普通書鋪老闆也便罷，偏偏他不是，他書鋪裡賣最多的就是春宮圖，甚至有些讀書人還會刻意繞開潘掌櫃的書鋪，說進去買書有辱斯文，所以好人家就看不大上潘掌櫃了。

而家世差的姑娘又覺得潘掌櫃家清貴高攀不上，便也沒那種結親的心思，於是不上不下的潘掌櫃就徹底成了蔫在田裡的黃瓜，從此乏人問津。
可憐啊可憐……成不了親就算了，偏偏還是個沒開葷的雛，怕不是身有隱疾吧？
謠言就這樣在暗地裡流傳開來了。
「潘掌櫃，今兒是不是有新的繪卷來了？」客人一進書鋪，就走到潘掌櫃面前擠眉弄眼地問。
每三天進一次新的繪卷，這是書鋪的習慣，這年頭木板印刷已經很成熟了，繪卷多半是印刷的，但原版也會放在店裡供客人長眼，只是不能上手拿就是了。
「在那兒，老規矩。」潘掌櫃今日氣血挺足，臉上有顯眼的紅暈，也不知道是不是熱的。客人好奇地看了幾眼，但沒多問什麼。
既然還能開門迎客就代表問題不大，沒必要刨根問柢。
放春宮繪卷的書櫃在店裡較深處，即便青天白日也要點著燈才能看清楚，通常客人們都習慣了，過去翻找時就自己點燈，挑完了就把燈吹滅去結帳。
也怪客人一門心思都在今日的新繪卷上，便沒注意到除了潘掌櫃今日的臉色不對勁，店裡還隱隱可聽見模糊可疑的吞嚥及水澤聲，更別說潘掌櫃的呼吸比平日裡要沉重急促許多。
「掌櫃的，今日有漫金山先生的繪卷吧？」客人遠遠地詢問，小心翼翼地在架子上翻找。
「今日……嗯……」

潘掌櫃頓了下，重重吸了口氣，緩緩吐出後才面色潮紅地回答：「原本是有的，不過漫金山先生的繪卷要晚些才會擺出來，後頭小童子還在整理。」

「這樣……怪不得，沒瞧見原版繪卷，可惜了……」客人嘟噥，看了潘掌櫃一眼後訝異問：「掌櫃的，你怎啦？滿頭大汗，是不是熱著了？」

就見潘掌櫃臉色有些扭曲，不若平日裡那般嚴肅平靜，額上都是汗水正順著面龐往下滾落，有些在剛毅的下顎處匯總，再一滴滴落在前襟上，瞧著竟有些狼狽。

「是熱了些嗯……您別管在下，沒事的。」潘掌櫃每說幾個字就頓一頓喘口氣，這要說沒事誰信呢？

客人是不信的，但左看右看，潘掌櫃與平時一樣縮在櫃檯後頭，他不是個熱情的性子，為人雖和善卻也羞澀，向來縮在櫃檯後頭招呼客人，與眼下沒什麼差別。

大概是真的熱狠了吧？

客人看了看外頭刺眼的日頭，正當三伏天，書鋪子裡比外頭雖然涼快了不少，但也還是悶熱的，潘掌櫃又穿得端端正正，縮在那個狹窄的櫃檯裡頭，也難怪會熱得慌。

剛放下心呢，緊接著一抹怪異的水聲突然冒出來，在不算太寬敞的書鋪裡飄忽又清晰，聽得客人一愣。

這聲音吧，聽著怎麼有些熟悉？可又想不起來在那兒聽過，且不論吧，書鋪裡哪來的水啊？

疑惑地左右張望幾眼，鋪子裡除了他就只有潘掌櫃，而潘掌櫃這會兒雖然臉色潮紅、滿頭大汗、嘴角緊繃似乎咬牙切齒，可姿態還是端端正正地拿著不知道書還是帳本的東西在翻閱，就沒其他人了……

聽錯了吧？客人搔搔後腦杓，轉頭專心翻看起書架上的繪卷，他大半個月沒來了，攢了錢打算買些大的，也著實沒什麼心力去好奇那鬼鬼怪怪的水聲。

也正因此，他沒注意到潘掌櫃拿著書的手，在水聲響起的時候，用力到青筋暴起的樣子。

櫃檯底下可說是春光無限。

那頭客人已經沉浸到春宮圖的世界中，兩耳不聽窗外事，一門心思在挑選自己心儀的深夜良伴。

潘掌櫃上身瞧不出來，實際上下身的衣袍已經撩開，一桿長槍正冒著熱氣濕漉漉地坦露出來，色澤赤紅幾乎有嬰兒手臂的粗細，前端的龜頭飽滿碩大，頂上微微開闔，沁出了些許汁水，被人舔開來混著唾液水光粼粼，上頭的青筋浮起，更顯猙獰威猛。

隨著圓碩的龜頭往裡看，是顆毛茸茸的腦袋，一張小巧細緻的臉蛋粉白泛紅，挑著眉眼朝潘掌櫃露出一抹壞心眼的淺笑。

客人們並不清楚，潘掌櫃家這座櫃檯可比外表看起來要寬敞得多，下頭塞個嬌小的人進去完全不是個問題。

「你……別再繼續了……」潘掌櫃用氣聲試圖阻止櫃檯裡躲著的人，他的巨物被吞吃得又硬又脹，這會兒完全是箭在弦上不得不發的態勢，可身為讀書人他著實沒臉啊！

要真在櫃檯底下被人吃出了精，他以後哪來的臉繼續待在這櫃檯裡做生意？

底下的男人，也就是今日前來交繪卷的漫金山先生，頑皮地眨眨眼，伸出粉色的軟舌輕輕舔上直指著自己的肉莖前端，順著肉冠的邊緣舔了一圈後，含進嘴裡，刻意發出簌簌的吸吮聲。

忍無可忍便無需再忍，潘掌櫃脾氣是很好，卻不是沒脾氣。這一含一吮將他岌岌可危的理智給吸沒了，左手伸入櫃檯底下，直接按上裡頭的人的腦袋，修長五指纏繞著被抓鬆的髮髻，固定住後腰猛往前挺，肉棒子一口氣深入跪在地上的漫金山先生的喉管裡，纖細如柳條的頸子瞬間股起肉莖的形狀，長長一根恍若戳入胸膛。

漫金山因為嘴被塞滿了，面容微微有些扭曲，眼眶泛淚看起來頗為狼狽，鼻尖被壓著埋入潘掌櫃濃密的恥毛中，呼吸間都是男人特有的麝香混著一股子書香的氣味。

任誰都想不到，平日裡看起來嚴肅拘謹的潘掌櫃，竟然在大庭廣眾之下，店裡還有客人，店內的小童子也隨時會找他請示工作的狀況下，做出這檔子白日宣淫的事兒來。

怎麼說呢，人性本就有些淫邪在裡頭，無論是潘掌櫃還是漫金山先生這會兒都興奮得找不著南北了，即便被撐得厲害，拚命忍都忍不住乾嘔，漫金山依然上上下下吞吃那根巨物，把自己的喉管當肉棒套子似的，由著潘掌櫃重重深入狠頂，即便舌頭被壓得死死的，仍不時翻動一下舔拭莖身上的青筋。

潘掌櫃極力掩飾自己粗重的呼吸，這個時間來書鋪的客人不多，店裡應當暫時除了先前那位客人外，不會再有別的客人入內。他偷眼觀察了會兒那位依然沉浸在天外天的客人，心下一狠兩隻手都摸入櫃檯底下，捧住了漫金山毛茸茸的小腦袋。

「唔嗯……」漫金山眼皮子一挑，疑惑地瞅了扣住自己腦袋的男人，下一瞬嘴裡的巨物就開始迅猛地抽幹起來。

咕啾咕啾的水聲迴盪在書鋪裡其實已經藏不住了，也不知道客人是真的因為太沉醉於自己的夜間良伴而什麼都聽不見，還是明明聽見了刻意假裝自己沒聽見，但這都不是潘掌櫃現在關心的了。

深怕夜長夢多，潘掌櫃抓緊時間在漫金山先生的嘴裡抽回抽插，即便人都快被他幹吐了，不斷發出乾嘔的嗬嗬聲，他也沒停下動作，反而因為那張被自己塞得鼓起，滿布淚痕的白皙小臉上的表情，更加的狂躁興奮，加大力道狠肏了起來，直操得櫃檯都搖晃起來，發出吱呀吱呀的聲響。

「唔唔——唔呃！」漫金山這輩子也沒吃過如此大的肉棒子，他張大著嘴感受男人的力道與塞滿自己的充盈，喉管被塞得太滿，碩大的龜頭似乎已經戳進肺管子哩，他呼吸間全是潘掌櫃的氣味……既熟悉也陌生，倒是挺好聞的。

被抱住腦袋後男人操得更深，彷彿連胃都要被頂入了。

到了這時候，就是漫金山先生都有些遭受不住，潘掌櫃著實粗長得有些離譜，碩如兒臂絕對不算吹牛，他微微抽顫著，腦子像被操飛了，邊乾嘔著邊伸手似推拒似勾纏，由著男人分出一隻手扣住自己的下顎抬起，嘴與喉管成了一條直線，更方便男人捅幹，直將人幹得翻起白眼也沒停下。

「嗯……呼……再、再一會兒……再一會兒……」

潘掌櫃瞇著眼，即便到了最動情的時刻瞧起來依然有種拘禁的羞臊，他聲音壓得很低，就連櫃檯下的漫金山都聽不清楚。

但低沉的囁嚅喘息低沉悅耳，聽得漫金山確實水漫金山，褲子裡濕了一大塊，也不知道待會兒該怎麼見人？

又抱著他的腦袋操幹了好幾百下，漫金山感覺自己又洩了一次身，潘掌櫃才終於悶哼著猛一下把肉莖操入最深處，緊接著一股腦將滾燙的白精直接灌入漫金山的胃裡，把人撐得飽飽的。

喘了好一會兒，潘掌櫃的理智總算是回來了，他猛一下滿臉通紅得像是要滴血似的，慌慌張張又不敢太粗魯，小心翼翼地將半軟的粗長什物一點點從漫金山先生嘴裡抽出來。

隨著啵一聲輕響，圓碩的龜頭離開那張被操得一時間合不上的嘴，牽起一條黏膩的銀線，卻沒有流出一丁點白濁的精水。

應當是全都進了漫金山的肚子裡。

跪了許久，漫金山也有些腳軟，沒了男人肉莖與手掌的支撐，他猛一下往後跌坐在地，撞得櫃檯連連搖晃了幾下，把剛好進店的客人嚇得驚呼一聲。

「潘老闆，怎麼回事啊？」來的也是個熟客，與先前那位客人也熟，一進店裡就吸引了對方及潘掌櫃的注意。

他左右看了看先前被撞得搖晃的櫃檯，臉上都是好奇，但任憑他如何臆想，恐怕也斷不可能猜到裡頭鑽了一個人，這人是春宮圖全國首屈一指的大師，這會兒被灌了滿肚子白精，撐得有些難受，臉上都是淚水跟口水，瞧著狼狽又淫蕩。

「沒什麼，好像有蟲咬了我一口，嚇著了……」潘掌櫃臉色又紅又青，正眼都不敢瞧一下客人。

「對了，今兒是不是有漫金山先生的繪卷可以長眼啊？」客人倒也沒注意到不對勁，滿心滿眼的都是漫金山先生的圖。

「再一會兒，小童子應當就要整理好了，我去後頭催催。」潘掌櫃刷一下站起身，仔細看會發現他襠部衣物有些皺巴巴的，隱隱約約好像還濺了些水珠在上頭。

一股子石楠花的味道也隨著他起身飄散開來，所幸客人站得有些距離，這才沒嗅出什麼來。

「欸欸，好好好，我等你啊！」兩個客人異口同聲，都是喜不自勝的。

潘掌櫃陪了個笑，離開前瞅了眼櫃檯底下，與一雙笑盈盈的眼眸對上，生生瞧著對方伸出粉舌，一點點舔了舔紅潤的嘴唇，彷彿將他留下來的一些體液全舔去了。

妖精啊！

昏暗的書鋪裡只點了一盞油燈，就在櫃檯邊上，火苗搖曳著畫出一道又一道的金色光線，但在周圍的濃黑中宛如落入深海，一眨眼就消失無蹤，只能勉強照亮櫃檯這一畝三分地。

因為書籍嬌貴，書鋪的門窗都是雙層的，裡頭會另外夾一層厚實的木板，避免遇上什麼強風大雨的日子，有雨水從門縫窗縫裡滲透進店裡來，那可就損失慘重了。

也因此，一旦關上了店門與窗戶，整個書鋪就像個密封的箱子，外頭的光半點透不進來，風也吹不進來，連街邊的人聲、拉車的聲音等等各種嘈雜聲，都像悶住了般，斷斷續續的。

也顯得鋪子裡的喘息聲與呻吟聲更加震耳欲聾。

燈光又晃蕩了下，一隻在照射中纖白如玉的手啪一下落在油燈旁，五指朝下，顫抖地緊緊扣著木頭檯面，彷彿正在經受什麼嚴酷的折磨似的。

「啊……長安……」如泣如訴的呻吟乍響，語尾輕顫又甜蜜，彷彿有許多小鉤子刮搔著人的心尖，渾身都被叫軟了。

起碼潘掌櫃被叫得心軟，而當硬的地方也著實硬得不可言述。

「要……要停一會兒嗎？」潘掌櫃聲音顫抖，連連吞了好幾口唾沫，握著灌滿了熱水的角先生的手微微顫抖，雙眼完全無法從那個吞下了半根粗壯角先生的粉色穴口離開。他也不是頭一回見漫金山先生的菊穴了，可不得不說，有些人就是天賦異稟，生來彷彿就是為了情愛肉慾，否則為何連一般人髒汙醜陋的那處都能生得如此好看？

色澤粉嫩、肉瓣緊密，圓嘟嘟肉乎乎的，彷彿散發著一股甜腥的香氣……潘掌櫃又嚥了嚥口水，他這輩子也無緣見過其他人的肉菊，可他就是莫名篤定漫金山先生的肉菊應當是最為極品的那一朵。

這會兒，原本緊緊縮著的肉菊被粗大的角先生撐開了，肉褶幾乎都被撐平，一縮一縮地吮著插入大半的角先生，彷彿在吃的是潘掌櫃的什物，畢竟這個角先生是按著潘掌櫃的肉莖去作的，中間挖空可以灌熱水，讓角先生暖呼呼的更像男人真正的玩意兒。

漫金山先生癱倒在櫃檯上，側著小臉眸光迷離，恍惚地盯著隨著自己被抽插得晃動的身軀一起搖動的燈心火苗。

潘掌櫃的手又大又穩，瞧起來羞澀無措，玩起人來手上卻絲毫沒有一丁點憐惜，果斷得將剩下的半根角先生往腸肉深處頂入，雖然不是自己的東西無法很準確地戳上漫金山先生那塊敏感的地方，可因為角先生夠大，直直地輾過去依然讓漫金山先生抽搐著吟叫起來，渾圓的臀肉隨著顫抖不止，一片肉浪看得潘掌櫃眼熱。

這一熱，手上的動作愈發悍猛，但凡察覺到有什麼過不去的地方，就抽出一點角先生，用手腕轉了轉，攪鬆那一片縮緊的甬道，趁肉道剛緩過氣來，又狠狠插入，進得比先前要深，直把漫金山先生平坦的肚皮都戳出了一個鼓包來。

「啊嗯……緩一緩……輕些……」漫金山扣著檯面想往前爬，他被角先生撐得難受，稜角圓碩的前端隔著他薄薄的肚皮頂在櫃檯上，溫熱充實的感覺又舒服又可怖，彷彿要將他整個人戳穿。

好疼……又疼又癢……漫金山喘著氣，他顫抖著努力要往前爬，希望能別被圓碩的前端頂到陽穴底部的拐彎處，再往裡插入一些，他知道自己會像隻野獸般一邊尖叫一邊哭吼噴著水射著陽精攀到頂峰，那可真是太丟臉了。

意外的是潘掌櫃並沒有阻止他，握著角先生抽插頂弄的動作也緩了些許，還真讓漫金山一點點抽出了角先生，肉菊像張小嘴收縮著，也不知是戀戀不捨還是被玩得服氣了，在刻意討好那根粗長的玩意兒。

「你……緩過勁了嗎？」

潘掌櫃聲音暗啞，呼吸沉重，像一頭蓄勢待發的猛獸，正等著時機就要一口咬上獵物的頸子，把人連皮帶骨吃進肚子裡。

可惜漫金山早被角先生的抽插弄得腦子糊糊一般，壓根沒察覺到男人的山雨欲來。他又往前爬了爬，實則沒掙脫多久，畢竟他整個人癱在櫃檯上，渾身被玩弄得大汁淋漓像從水裡被撈出來似的，一點兒氣力都沒有，這會兒說是躲，反倒更像是拿角先生自瀆似的。

潘掌櫃口乾舌燥地舔舔唇，順著漫金山先生的意思將角先生抽出了一些。這玩意兒實際上比他自己的陽物要小了些，但也更粗了些，畢竟裡頭要灌熱水，得勻出一些空間來才行。

戳到底也沒辦法真將陽穴底端的拐彎給戳穿戳直，但也有一小截沒能完全插入漫金山先生的肚子裡，瞧著有些不得勁，等會兒得將整個角先生都戳進去才行……潘掌櫃暗暗下定決心。

「啊！」漫金山驚叫，潘掌櫃突然伸手將他翻了個面，一張隱忍又遍布情慾的面孔落入眼中，漫金山呼吸微微一滯，腦子裡只來得及閃過一句「要完蛋」！

下一瞬，潘掌櫃不管不顧地將手上的角先生一口氣戳到底，甚至連把手的地方都入了些許，漫金山細腰浮起緊繃，脖頸向後仰，發出哭泣般的尖吟。

啊啊啊啊！頂到了……頂到陽穴的底部了！戳開了拐彎的前端，肚皮上浮現角先生的形狀，甚至連青筋都勉強能看出來。

接下來是一連串的頂弄戳刺，擠開他因為高潮緊縮的肉道，大開大闔地頂動，幹得漫金山一時發不出聲音來，只能張著嘴眼神渙散地喘氣。

肚子裡的角先生像脫韁的野馬，啪啪啪一下一下地狠狠撞在他的陽心上，每回都將拐彎戳開一些，退開後很快又用更暴虐的力道頂回來，似乎對於進不去更深的地方感到不悅。

不成……不能再繼續了……

角先生雖然接近男人的什物，但畢竟是死物，這般粗暴地進出久了會疼，即便漫金山先生這會兒三座金山寺都能淹沒了，他心底還是有些發怵……或更坦白說，死物不比活物，他還是更想被男人的東西貫穿。

「長安……長安……」他顫抖地伸出手，想摟男人的頸子，察覺到他的意思，潘掌櫃停下了手上的操弄，溫馴地俯身上前，順著漫金山的力道靠上去，鼻尖在嫣紅汗濕的臉頰上蹭了蹭。

「用你的操我。」漫金山咬住男人的耳垂用牙尖磨了磨。

男人手一抖，角先生往深處又頂了下，最後在漫金山的悶哼中被抽走，哐噹一下落在地上。

從身後攢入的肉莖分量驚人，隨著櫃檯發出嘰呀的聲響，兒臂粗的玩意兒絲毫不客氣地直戳到底，兩顆又圓又滿的囊袋拍打在漫金山豐腴的臀肉上，顛起一陣肉浪，即便在昏黃的油燈下也白得像會發光，惹眼異常。

幾乎是將肉穴變成肉棒套子，濕滑的甬道被占得滿滿的，但因為前端龜頭被陽心底部的窄處擋住，導致男人的肉莖還有一小段並未完全肏進去。

原本就被角先生玩弄許久，高潮數次的漫金山這會兒遇上真傢伙，即便再如何慣於歡愛，也被這一肏給直接肏尿了。

粉嫩的肉莖蔫巴巴地縮在胯下，肚皮上、櫃檯上都是他射出來的白濁精液，眼下又被控制不住灑出來的尿水給沾得更加一塌糊塗，腥臊的氣味瀰漫開來，混入書鋪原有的紙張筆墨香氣中。

原本平坦的小腹也鼓起了一個明顯的突起，渙散的雙眸微微翻白，一副被操得高潮的騷浪神情。

潘掌櫃原本就長得高大，雖然是讀書人但卻也沒忘記君子六藝包含武藝，可不是什麼身子骨柔弱的白面書生，而是打小就跟著武館師傅練功，至今仍日日勤練不懈的練家子，一身肌肉精實有力、塊壘分明。

只是因為他天性溫和又拘謹，平日裡一身書生打扮遮蓋了所有悍厲的肌肉，這才整條街的人都不知道他實際上是個能跟城中威名赫赫，武功卓絕的盧鏢頭打得不相上下的高手。

也因此他有一根人間難得一見的巨碩什物，又粗又長分量沉重，青筋在莖身上蜿蜒，更顯得猙獰凶猛，輕易就能磨蹭到漫金山穴內的媚肉，每回插入都能頂在陽心上，把人肏得尖叫連連。

這會兒他一手緊緊握住漫金山的細腰，嬌小白皙的男人霎時就掙扎不了，任由潘掌櫃隨心把玩了。

儘管還有一截莖身進不去，但緊緻柔濕軟的腸肉依然吮得潘掌櫃極為舒適，線條流暢緊實的腰身快速擺動，鼓鼓的囊袋拍打在臀肉上的聲音綿延不絕於耳，黏膩又沉重的啪啪聲填滿了書鋪，伴隨著漫金山歡愉帶些痛苦的呻吟。

「啊啊……長安……長安……太快了！太沉了！好粗——唔！」

緋紅的舌尖被男人長而有力的手指抓住，骨節分明帶著墨香的手指在半張的嘴裡攪動，夾著無力閃躲的嫩舌玩弄，涎水止不住地往外流淌，將櫃檯檯面沾得更加凌亂。

從後進入原本是為了方便潘掌櫃施力，畢竟先前他倆玩角先生的時候就是從後插入的。然而死物與活物畢竟是不同的，當初做角先生的時候潘掌櫃因為害臊，沒能完全硬挺起來，只有平時的八成粗長。

可現在扎扎實實進入了漫金山身子裡，那就是十成十的分量了，若不是潘掌櫃經驗不多，也就同漫金山酒後亂性了一回，這會兒難說會不會戳穿陽心進入更深的地方。

漫金山被肏得又爽又難受，龜頭頂著他的肚皮，頂在檯面上，又麻又疼泛點爽過頭的疼，原本小巧可人的肉菊已經被撐得邊緣緊繃泛白，也不知道他那麼小一朵肉花怎麼吞進如此龐然大物的，每回抽插間都會往外噴水，熱騰騰濕漉漉的，像戳破了一包溫水皮袋子。

「慢些……唔啊啊——慢些……」書鋪裡不斷有哀求的呻吟響起，然而啪啪的肉體交歡聲，與咕啾咕啾的水聲都沒片刻停下。

高大男人宛如野獸般覆蓋在漫金山身上，隔著裡衣單薄絲滑的料子，肌肉鼓脹精悍地收縮與滾燙的熱度，都令漫金山哆嗦得停不下來。那柄肉槍沒什麼高深的技巧，就是勤勤懇懇地戳入抽出，僅僅如此就能次次將漫金山給送上高潮，翻著眼崩潰尖叫。

每當潘掌櫃往裡頂動一下，都讓漫金山先生朝前蹭一小下，再被抓著腰拖回來，朝深處再頂一下，漸漸地雖然儘管陽心依然難以戳穿，可潘掌櫃那截沒能進去的肉莖，竟也一點一點地被整個吞沒了。

漫金山眼前閃動著油燈的火苗光暈，腦袋暈乎乎地幾乎喘不過氣來，他有些懊悔自己今日過於挑釁潘掌櫃了，可誰能預料到，平日裡蕭瑟拘謹的男人，在床笫間能這般孟浪凶猛呢？

簡直聞所未聞……

「唔啊啊啊啊——」又是一陣慘然的哭喊，漫金山再次張著馬眼高潮了，只是他這回連尿水都沒有，徒然地收縮著那個粉嫩的小孔，半晌才滴滴答答流淌出些許不知道是尿液或精水的東西。

整個櫃檯包含兩人的衣物都濕漉漉亂糟糟的，潘掌櫃還沒射，瞧起來也還很有餘力，大抵是背對著一晚上膩了，潘掌櫃沒等漫金山緩過氣，順手在肉莖抵著陽穴的姿勢下，將人從櫃檯上整個托起，雙臂架著兩條腿彎，讓人背靠進自己懷裡，就這樣拋著人上上下下地幹。

「別……別啊——長安……停下……快停唔呃——」漫金山身形不穩，那種被微微拋高又落下的感覺宛如懸空，更別說落下時肚子裡那根巨物進得更重更深，他徒勞地一手抓撓潘掌櫃壯實的小臂，另一手顫抖地向後摸索著搭在男人後頸上，眼睜睜看自己的肚皮被一次又一次頂出肉莖的痕跡，陽心幾乎快要失守。

「傻子……你這是要玩壞我……啊——」漫金山雙眸渙散翻白，滿臉的淚痕，都不知道自己究竟在喊些什麼了。

噗滋噗滋聲不絕於耳，潘掌櫃喘著粗氣，目光泛紅宛如猛獸，一刻不停地肏幹肉穴，那種肉屌被濕滑緊緻腸肉從四面八方吸吮討好的感覺實在過於舒爽，他絲毫沒有停下的意思。

很快漫金山被幹得半昏半醒，連哭喊都微弱了許多，身子無法自控地抽搐顫慄著，像個快被玩壞的人偶，悽慘又嬌豔，那看似被撐到極限的肉穴，仍貪婪地吸吮著粗硬的肉莖。

「呼……明禮兄……明禮兄……」男人低啞的喘息與懷中美人無意識的呻吟交織纏綿，混合嫩肉被肏開的汁水聲，任誰不小心聽見都會面紅耳赤，腫著下身落荒而逃。

終於，一連串沒有絲毫停歇的操幹使得漫金山連喘氣都喘不開，被架住的雙腿也開始痙攣顫抖，層層疊疊的歡愉讓他踢著腿像失去水的魚拚命掙扎，腦子都要被操壞了。

他好不容易嗚嗚咽咽地哭求著男人放過自己，他雖喜歡淫穢之事，卻也是個肉體凡胎，總該讓他喘口氣的。

潘掌櫃蹙眉，他已到了最終關頭，偏偏懷裡的人扭得像條魚讓他很難抓住，興致上頭的男人哪裡來的憐香惜玉可說？他雙臂再度使勁扣死了懷裡的人，挺腰的動作愈發狂亂狠戾，幹得懷裡的人哭喊得愈發悽慘，拚了命想逃卻偏偏掙脫不了，只能被按著肏，腸肉都被操成潘掌櫃的肉莖形狀。

「噫啊——喝喝啊啊啊——」漫金山吐著舌頭發出沒有意義的聲音，仰著頸子渾身猛烈抽搐，早已什麼都射不出來的陽物也跟著抽動，馬眼收縮幾次又逼出了幾滴似尿非尿的液體，腦子像煮糊的粥亂糟糟地空白一片。

在肉穴內的粗屌又脹大了幾分，勇猛地往深處猛衝了幾十回，最終一個深頂，圓碩的龜頭前端穩穩頂開了陽心深處的小口，滾燙的精水開始瘋狂往裡灌射，沖刷著痙攣紅腫的腸肉，最後一滴都沒有往外流，全鎖在肚皮深處……

漫金山先生本名夏知書，表字明禮，不過這些年來叫他表字或本名的人屈指可數，久得他自個兒都會忘記自己姓啥名誰。

今日，他從小倌館叫了個龜奴陪行，同時瞞著好友雇了一輛牛車，打算從西門順著西長街一路晃到東門去，途中會經過兩個街市，還會經過衙門前。當然，他不是心血來潮摟個男人逛街，自然是另有所圖。

「你說，為什麼非得找個龜奴？」

身為好友，葉盼南從幾天前就在碎念這檔子事了，他想方設法要阻攔漫金山的奇思妙想，可惜最終折戟沉沙，只能摸著鼻子幫著忙前忙後。

「沒有什麼比實際試試看更有用的。」漫金山搖著蒲扇，不穿內衣只著一件外袍，用一條細腰帶鬆鬆束著，雪白胸膛若隱若顯。

葉盼南看著那大敞的領口，眉頭險些沒夾死蒼蠅，伸手緊了緊，嘟囔道：「前陣子風寒不是才好，怎麼還不怕著涼？」

漫金山笑吟吟地任由好友替自己整理儀容，閒適地端起茶盞啜了口。並不是多名貴的茶葉，入口舌根發苦不回甘，喝久了倒也別有一番風味。

大門這時被敲響，兩個好友對視一眼後，由葉盼南打開門，漫金山踩著木屐踢踢踀踀跟在他身後，探頭看門外的人。

那是個很高的男人，穿著一身深藍儒衫，布料看起來不特別名貴，姿態端正宛如寒松，神態嚴肅拘謹，整個人透出一股子書卷味，看起來完全不像小倌館裡的龜奴。

葉盼南愣了下，門外的人很眼熟，可他一時竟然想不起來在那兒見過這個人，但顯然不是他前兩天去找的龜奴。他還記得那個龜奴，身量也算高大，可透漏著一股猥瑣諂媚的勁兒，看人都鬼鬼祟祟的，渾然不像眼前人目光澄澈清亮。

「你是……」葉盼南用肩膀攔了下探頭探腦並打算上手的漫金山，目光狐疑地上下打量眼前男子。

究竟是誰呢？面相看起來倒是挺親切的，就是想不起來……

「請問，這裡是漫金山先生府上嗎？」男人瞧起來很緊張，拱起的手似乎都微微顫抖，甚至都忘了回答葉盼南的問題。

「是，你找我？」漫金山終於突破好友的阻攔，笑吟吟地站在高大男子面前，一雙杏子眼上上下下打量了男人幾圈，目光猶如點上了火。

別的不好說，漫金山先生閱男無數，就算包得嚴嚴實實，他還是能瞧出來這穿著儒服看起來文弱的男人，實際上一身的腱子肉，他都想上手摸一把那鼓囊囊的胸口了，一看就是兩大片肌肉，指不定多麼彈手。

這個龜奴挺不錯的，葉盼南雖然不玩男人，眼神還是挺毒辣的。

「您便是漫金山先生？久仰久仰……」男子嚥了下唾沫，又伸手拱了拱，臉頰泛紅，「在下……」

「走吧，牛車已經到了。」

漫金山擺擺手，他對龜奴的名字並不大感興趣，就怕叫熟了將來惹得一身羶。即便眼前的龜奴瞧起來端正清明，但也難保不是刻意擺出來的架式。

再說了，就是玩玩，叫什麼名字著實無關緊要。

「牛車？」

龜奴愣了愣，顯然沒聽懂他的意思，清澈的眼中流洩出純粹的茫然。

看得漫金山心頭搔癢，這人確實懂得他的癢處，也不知道葉盼南從哪的小倌館找來的大寶貝。

「望春沒同你說清楚嗎？來，咱們車上仔細說。」

漫金山轉頭隨意用眼神與好友道了別，順手牽了龜奴的手腕就往牛車走，渾然不覺葉盼南臉上突然出現「糟了」的神色。

牛車挺寬敞，這是漫金山特別挑的，車廂裡上下左右都舖了一層軟墊子，無論要怎麼翻滾挪騰，外頭的車夫都聽不清楚，裡頭的乘客也不用擔心撞著傷著，懂行的人一瞧就明白這輛牛車平日裡是用來做甚的。

龜奴一臉茫然無措，上車就端端正正地坐在下首的位置，拘謹得像個木雕人像。

「來，咱們要從西門出發，穿過西大街然後上東大街最後停在東門再回頭，就這樣走兩圈。你應當明白要怎麼做吧？」漫金山長話短說，左右中途經過何處都不重要，重要的是他們要做的事情。

「呃……」龜奴眨眨眼，臉頰依然紅融融的，一動也不敢亂動，讓漫金山有種強迫良家好男兒的錯覺……這樣也挺不錯，他還沒玩過這種把戲呢！

過去也不是沒有裝得單純無知的龜奴，但在察覺他是屈於下首的人後，真面目就藏不住了，花樣玩得可謂百花齊放、目不暇給，也多虧那些龜奴，漫金山的春宮繪卷才能在全國乃至外邦都備受推崇。

「你不脫衣服嗎？」漫金山漫聲問，將自己腰帶的一端拎起，在龜奴面前晃了晃，「想替我脫衣嗎？」

這問題問得，龜奴的臉瞬間紅得恍若滴血，連眼白都隱隱泛出紅光，無措地瞄一眼漫金山雪白的胸膛，又連忙挪開，接著又忍不住偷瞄一眼，再次慌張地閃躲開，看得漫金山忍俊不禁，把衣帶塞進龜奴手掌心。

「喏，憑君採擷。」

那龜奴手抖得像發了羊癲，彷彿他手中握的不是柔軟的布料，而是燒紅的鐵塊，都不知究竟誰採擷誰了。

「怎麼？想讓我上了你不成？」

眼看牛車都快進入西市坊了，漫金山也有些耐不住性子，倒不是覺得眼前的龜奴矯情，而是這人宛如從自己的心尖上長出來的，無論是那半垂的腦袋、紅透的耳朵頸子以及那張臉，或者是仍挺拔如松的身姿，都搔得他心癢難耐。

男人猛抖了下身子，顫巍巍地抬起頭，紅著臉神色糾結，似乎有什麼難言之隱，眉頭都皺起來了。

漫金山先生從來是個憐香惜玉的主，一看小……大美人遇上了難處，瞬間就心疼了，也顧不得太多伸手摟了過去，把自己塞進對方懷裡，塞得滿滿當當。

「有什麼難處就說說，別浪費了今兒的好春光。」雖說時節已經進入夏日，但牛車內仍然春光無限啊。

「這……咳咳……」男人雙手不知道該怎麼擺放才好，凌空挪動了幾次，最終小心翼翼地放在漫金山的腰後，虛虛摟著，聲若蚊蚋：「我有些大……」

大？哪裡大？漫金山先生杏眸一轉，目光就落到龜奴的褲襠去了，確實鼓起了分量不小的一包。

他笑開花來，「無妨，我就愛大的。」

男人的那什物向來是越大越好，漫金山先生也偏愛大的，他春宮繪卷裡頭的上位者，每一個都又粗又長，保證能讓看客呼吸急促、心跳如雷，恨不得自己就是畫中的承受者，感受一下被又粗又長的玩意兒燙滿肚子的感覺。

但畫裡是畫裡，現實是現實，總之即便是萬草叢中過的漫金山先生，也著實沒親眼瞧見過如此大的肉莖。

龜奴的褲頭是被他硬拽下來的，春光正好，路途通暢，城西到城東也不過一個多時辰的距離，扭扭捏捏的太浪費光陰了。可不是他看著龜奴那張端正嚴肅的面龐開始泛紅，看得他心頭震顫，這才沒忍住動手的。

於是一根布滿猙獰青筋的巨大肉屌就這麼彈出，頂端如鵝蛋大小，微微上挑著，熱氣跟沉重的分量險些打在漫金山臉上，他險險往後縮了下才沒被肉莖搧巴掌，但那股子男人特有的滾燙鹹澀的麝香氣息，在他頰側跟鼻腔裡都留下了濃墨重彩的痕跡。

漫金山先生盯著那根微微晃動的肉莖，不由得嚥了嚥唾沫，心頭癢得更加厲害了。他還是頭一回瞧見如此巨大、粗長宛如兒臂、又生得如此好看的什物。更別提那微微上挑的弧度，聽聞此種形狀的性器最是凶悍，輕易就能頂到肉穴中的敏感處。

看來，今兒別說水漫金山了，就是漫了大庸朝半壁江山都不在話下啊。

龜奴被漫金山先生熱切的目光看得臉色潮紅，他慌慌張張地伸手想遮擋自己暴露的下體，這若不是漫金山先生打得他措手不及，哪可能被硬生生脫了褲子呢？

青天白日、大庭廣眾的，哪兒來的臉見人？

漫金山說道：「別遮遮掩掩的，今兒小爺叫了你來，就是想和你共赴巫山瞅瞅大好風光，你不想嗎？」

想的！自然是想的！龜奴臉色紅得宛如滴血，可雙眼晶亮藏不住心中渴求。男人哪裡有對性事沒興趣的？差別在於有些人羞臊些，有些人大方些罷了。

眼前的龜奴顯然是特別羞臊的那種人，他期期艾艾地放開手，卻好像不知道接下來該當如何，手足無措地瞅著漫金山，又羞羞怯怯地垂下眼皮，一副任君採擷的模樣。

即便從來都是下位者，漫金山先生還是狠狠心動了。是個男人都承受不了對方這種任憑處置的模樣，更別提還是個外貌端正拘謹的高大男人。

又嚥了嚥唾沫，漫金山先生略一思索便有了計量。他今兒倒是可以主動些，但那與他想嘗試的繪卷內容不相同，得想辦法勾得眼前的龜奴餓虎撲羊才成。

且不論眼前究竟誰才是那頭餓虎誰才是那頭羊，套著羊皮的漫金山先生向後靠在軟墊上，撩起了自己寬鬆衣袍的下襬，露出了筆直卻粉嫩的性器，在透過窗上竹簾的日光下，令高大的男人咕嘟一聲嚥了口唾沫，雙眼發直完全挪不開視線。

儘管這玩意兒自個兒也有，還挺耀武揚威地裸露在外，可男人就是覺得漫金山先生的肉莖特別好看，彷彿都散發著甘甜誘人的香氣，口中的唾沫一下子分泌出許多，牙根癢絲絲的，恨不得低頭把那根粉嫩的東西含進嘴裡啜。

想是這樣想，男人此時卻動都不敢動，只敢用眼神小心翼翼又熱切地舔舐那片粉色與雪白。

漫金山很滿意自己看到的，龜奴點了火似的目光讓他渾身發燙，更迫不及待了。

於是，漫金山調整了下坐姿，半躺下去，兩片雪白豐腴的臀肉也展現在男人面前，同時還有臀肉間那朵肉嘟嘟的粉菊若隱若現。

男人猛地抽了口氣，又是咕嘟一聲，原本半軟的肉屌，一下子硬得直指肚皮，前端凹陷微微沁出幾縷水痕。

「好弟弟……」漫金山先生輕柔地喚了聲，他知道龜奴年紀都不會大，眼前這個就算看起來老成，大抵也不會比自己年長，那聲甜蜜蜜的好弟弟叫得悠揚婉轉，混合上男人愈發粗重混亂的喘息聲。

他也聽硬了，敷衍地搓了幾把自己的肉莖，便刻意用手緩緩地撥開了兩片臀肉，接著用手指在細密的肉菊褶皺上畫著圈揉弄，隱隱地似乎有輕微的水聲在嘈雜的市井叫賣聲中響起。

啊，牛車已經進入西市大街上了。

龜奴彷彿沒聽見牛車外的聲音，目光灼灼地盯著那朵嫩生生、肉嘟嘟的地方，雙手緊緊捏成拳，額上一片的汗水，微微爆起青筋。

「漫、漫金山先生……不可……萬萬不可……」

「不可什麼？」漫金山半躺在靠墊上，直勾勾盯著男人的面龐，語氣挑逗又帶點藏不住的得意：「不可這樣？」

說著，細長的手指塞了一節進入肉穴中，他先前挖了一片指甲蓋大小的油膏，恰好趁機抹進肉穴裡免得乾澀。

龜奴的呼吸又沉重了幾分，他張著嘴卻發不出聲音，雙目錯都不捨得錯一下，盯著那朵被撐開的粉菊。

明明是用來作骯髒事的部位，為何會這般好看？只見菊穴褶皺間隱隱約約透出些許嫣紅細膩的穴肉，因為用上了油膏，顯得濕漉漉的，隨著細長手指的抽動，嘖嘖出聲。

漫金山也跟著輕柔地呻吟起來，他叫得並不特別淫穢，也半點不放蕩，細細軟軟地哼著，甜滋滋的像一團蜜糖糕。

很快，又一根手指沒入菊穴中，漫金山微微抽動了下，呻吟也亂了幾分，也許是指尖磨蹭到某個私密又敏感的位置，他仰著頭緩了好一會兒，才又繼續慢吞吞地抽動。

泛紅的肉褶纏在指根上，一絲縫隙都沒有，只隨著抽插的動作蠕動吸吮著，足以想見這口肉穴到底有多緊，肯定能將男人粗壯的肉莖也這般牢牢吮吸住。

手指的動作開始漸漸快了起來，一進一出之間帶出了晶亮的淫汁，男人的後穴是能流水的嗎？看得雙眼發直的男人腦子不禁疑惑，但很快就被噗滋噗滋的水聲，以及飛濺出來險些噴在自己衣襬上的汁水勾去了心神，喘著粗氣握緊雙拳，想上又不知道該如何做才好。

臀肉很快被透明的水光潤濕了，漫金山恍若發出細密的嗚咽聲，小腿微微抽顫著踢了踢，那張粉白的小臉更是布滿嬌豔的慾色，看得人頭昏心癢，什麼禮義廉恥都忘得一乾二淨了。

「好弟弟……快，好弟弟……操我……」

肉穴中的手指猛地抽出，同時帶出了一片汪洋，嫣紅的肉穴半張著，濕漉漉得讓人恨不得把自己戳進去，最好能塞得滿滿當當，讓這張小嘴再也吞不下為止。

一雙大手終於動了，龜奴高大的身軀前傾，一手握住了其中一片滑膩的臀肉，粗大的拇指擦過半張的穴口，引得漫金山一聲吟叫。

「好弟弟……快入我……」

漫金山微微挺腰，肉穴微微縮了縮，臉上是挑逗的淺笑……

但很快，他就笑不出來了。

無論多麼光風霽月的男人，上了床，就是個牲口。

先前還羞臊得不知該如何是好的男人，一動起手來就沒個輕重。分明臉紅得要滴血般，神態仍殘留著生澀與無措，卻已經懂得用手扣住身下人的細腰，把分量沉重的什物往水淋淋的肉穴裡塞。

不過，這龜奴應該當真是個雛，他幾次要往漫金山穴裡塞肉莖，可總差了一些，多次從濕滑緊緻的肉穴外滑開，碩大的龜頭焦躁地左蹭右蹭，輾得已經被手指玩弄過的細密肉褶更加通紅鼓起，難耐地收縮著。

「好弟弟，別急……你這樣蹭得哥哥心裡肚子都癢……」數次後漫金山也有點受不住了，他這會兒也是箭在弦上，就怕這一鼓作氣的氣勢再而三、三而竭，再找這個雄壯的雞兒可就難了。

男人高大的身軀覆蓋上來，額頭抵著他的肩頭，粗熱的喘息噴在裸露的肌膚上，燙得像一簇簇火苗。

漫金山愛憐地攬住身上的人，伸手握住那根硬得硌手的莖幹，帶著他將圓碩的龜頭抵在早就裡外都準備妥當的菊穴外，挺腰蹭了蹭，「就這樣，慢慢插進來……」

龜奴總算插進去了一個頭，愣了愣似乎在感受那種滑膩又緊緻的壓迫感，又彷彿是盯著那一圈被自己擠壓著撐開後，肉褶全部撐平中心泛白接著往外越來越嫣紅的美景……漫金山正想再動一下腰催促男人，下一瞬就見龜奴一咬牙像頭從睡夢中醒過來的猛獸，精悍的腰莽撞地朝前一頂，直接將大半根兒臂般的肉屌插入。

「啊！」一聲慌亂的吟叫從漫金山口中滾出。

他本以為自己的後穴夠濕了，沒成想龜奴的玩意兒大得出奇，也硬得出乎意料，雪白的身軀被這惡狠狠的一下，插得往後仰倒，雙手胡亂地扯著靠墊及毯子，嘴唇微微哆嗦，「好弟弟……緩點……太、太大了……」

「你說你喜歡大的……」

龜奴又羞又帶點氣惱，將下意識要夾起卻只能卡在他腰側的白細雙腿掰得更開，用了蠻力使勁入得更深，一身的腱子肉顯然不是擺設，繃起的線條蘊含力量，隨即「啪」

一聲，髂部撞上了漫金山先生的腿根。

「嗯啊啊——」

尖吟控制不住地高亢，游刃有餘的漫金山先生如願以償被大肉屌操了個滿滿當當，卻又因對方是個雛，後穴及肚子裡火辣辣的微微泛疼。

他抬手環住男人的肩頸，微微顫抖地喘著氣，努力張開雙腿放鬆身子，好讓那超過八寸的粗長什物盡入自己的肚皮裡。

兩人同時都被刺激得臉色潮紅、額際汗濕，粗重的喘息交融成一片。

漫金山先生的肉穴被撐得無法再更滿了，連肚皮都隱約浮現出男人肉莖的形狀，一丁點空隙都沒留下。

這才剛進入呢，陽穴就被直接戳頂上，層疊的軟肉瘋狂抽搐吸吮，汁水更是氾濫成災，淹得法海都救不了金山寺。

「啊……好弟弟……好弟弟……入、入到最深了……嗚……」漫金山大腿根部抽顫，拚死壓下幾乎衝口而出的尖叫，嗚嗚咽咽地小聲呻吟，那種難耐又不得不忍的模樣，讓本就因頭一回操人，腦子被銷魂滋味搞得神智不清的男人，更加理智全無。

健壯的腰無師自通地擺動起來，一開始還是緩慢地摩擦，漸漸速度快了起來，抓著漫金山的細腰，雙眼發紅宛若凶獸，癡迷瞅著自己的巨物在雪白雙腿間進進出出，夾帶著噗嗤水聲。

也不知道為什麼男人能噴出這麼多水……龜奴腦子不清楚地想，隨著他的抽插，大量淫水擠出穴口，噴得到處都是，有些甚至都濺上了他的胸口，一股腥甜的氣味擴散開來，堪比春藥。

彷彿有什麼琴弦一樣的東西在腦子裡啪的斷了，龜奴扯去身上已經亂糟糟的儒衫，底下白色的單衣被汗水浸得半濕，那一身與外表不相符的精悍肌肉若隱若現，隨著操幹的動作收縮鼓脹，任誰看了都眼熱心跳。

身為一個剛開葷的雛，龜奴壓根不懂什麼淫行巧技，只懂得用蠻力橫衝直撞地聳動操幹，好幾回都將漫金山肏出哭叫，混合著牛車外市集的鼎沸人聲，漫金山只能拚死咬著嘴唇，直咬出血來都不敢輕易放鬆。

漫金山只覺得自己的肚子像被燒紅的鐵棍貫穿一般，強烈的快感不斷沖刷他所剩無幾的理智，腦子幾乎像鍋煮糊的粥，好幾次都想開口喊叫，所幸牛車的搖動跟窗外的人聲還讓他保留最後一絲清明——就是不知道還能撐多久就是了。

「別這樣……」龜奴很快看到那抹血紅，猛地停下撞擊的動作，骨節分明的長指輕柔地撫過被咬得斑駁的嘴唇，在漫金山鬆開齒關喘氣的時候，突地將手指塞進他嘴裡，「咬我，別咬自個兒。」

這簡直了……漫金山不由得用舌頭舔了舔塞在齒關間的手指，意外地並沒有一般龜奴的粗糙，溫度很高帶點鹹澀的味道，他彎了彎眼，啜得嘖嘖響。

男人猛喘一口氣，眼神沉了下去，單手扣著漫金山的腰發狂似地狠肏，強悍地頂動每一回都會直直撞在敏感的陽心上，幾乎鑿出一道口子，往更深的窄處前進。

塞在漫金山嘴裡的手指也勾纏把玩著那條頑皮的嫩舌，唾液全然含不住地往下流淌，呻吟也全被堵得嚴嚴實實的，偶爾才會溢出些許破碎細弱的聲響。

太深了……真的太深了……但好舒服……漫金山腦子糊糊地想，他就算遍覽群英，這會兒也被幹得肉穴充血微微外翻，神色茫然雙目無神，不由自主地哆嗦著抽搐著，早就聽不到牛車外的聲音了。

男人的腰腹力量驚人，散開的褻衣間可以看見塊壘分明的八塊腹肌，每一回挺腰猙獰的巨物就會撞在漫金山的最深處。

在此等粗暴到近乎狠厲的操弄下，漫金山幾次要尖叫哭喊，偏偏嘴裡塞著兩指翻弄，聲音全被堵在喉頭，吞不下也出不來，那無處宣洩的快感全化作永無止境般的愉悅，幾乎把人逼死。

腰部被痙攣的雙腿緊緊夾住，連帶著被肏得水潤的肉穴也跟著緊縮，裹得男人爽利無比，更是往死裡肏身下的人。

只見漫金山平坦的小腹被男人的巨根肏得一下下鼓起，人也被擠壓在車廂上，軟墊都快兜不住男人的力道，開始發出嘰呀嘰呀的聲響。漫金山哆嗦地抓住男人的手臂，上身緊繃成弓形，渾圓的臀肉被撞擊得啪啪響，一口氣幾乎要喘不上來。

「要……呃唔唔……要……操……死……」他拚命用舌頭頂出嘴裡的手指，也不知道自己是想求饒還是怎麼著，他腦子早就都亂了。

「好，一定操死你……」龜奴聞言露出一抹淺笑。

完蛋！漫金山還想說什麼，可下一瞬嘴裡的手指抽出，臀肉被兩隻手死死握住，男人操幹的速度更加狂猛，又凶悍又粗暴，肉屌在濕滑糜爛的穴裡狂頂數百下，直肏得牛車都顛簸起來。

外頭似乎有人察覺這牛車不對勁了，開始議論紛紛。可車中兩人卻什麼都聽不見，耳中只有漫金山的尖叫與肉打肉的啪啪聲。

「啊嗚嗚嗚——不行……快、快停下啊啊啊——」

「別怕，別怕……操不死你我不停……」龜奴俯身親了親漫金山微微吐出的舌尖，接著含進嘴裡啜了啜，隨即被緊縮的肉穴夾得悶哼。

他爽快地仰起頭，臉上滿是征服的快感，他深喘了幾下調整姿勢抬高漫金山的一條腿，速度不變但力道加重地再次衝撞起來，粗暴蠻橫地將自己九寸偏上的大肉莖塞滿了漫金山單薄的肚子，同時用手掌輕柔地在鼓起的肚皮上揉按。

「啊！別、別這般……啊啊！」

這下可把漫金山弄崩潰了，他哭喊著要推拒男人的手掌，想用另一條腿去踢他，四肢卻痠麻痙攣得完全使不上力，只能任憑男人把玩。

在一陣又一陣激烈狂猛的抽幹中，漫金山終於生受不住，在層層疊疊的痠澀酥麻快意中，他仰著腦袋張嘴無聲尖叫，白眼一翻被操暈過去了。

漫金山先生是在第二天才知道自己以為是龜奴的人，實際上是梧桐東街上，名為斑斕堂的書舖子東家，兼幹掌櫃的活兒，也是全城西區春畫繪卷最豐富的一家書鋪。

更簡單的說，那位龜奴，也就是潘掌櫃，實際上是漫金山的衣食父母。

這應該算是捅破天了吧？

一江春水不單單淹了金山寺，還把南天門都淹了個一片汪洋。

那日牛車沒能順利到達城東門，而是在剛經過衙門前不久，就在大街上被捕快攔下了。據稱是因為有路人察覺牛車的震動不對勁，還聽見有人的哭喊聲從車窗傳出，喊著饒命什麼什麼的，聽得人膽顫心驚，索性就報了官。

車夫真的努力阻擋過了，可他一介平頭百姓，面對捕快們又能怎麼辦？總不能當真跟官爺們在大街上拉拉扯扯吧？萬一被說是妨礙公務，被抓進牢裡吃幾天牢飯，那就太得不償失了。

於是乎，假意抗拒了幾次後，車夫雙手一攤任由捕快們扯開車廉，一股淫靡的石楠花氣味撲面而來，兩具交纏的身軀也闖入眾人眼中，那簡直……在場誰不是見識過風月的？當場就知道眼前發生了什麼。

漫金山與龜奴──也就是潘掌櫃──還正自被翻紅浪，這會兒高大的人一雙大手，正死死抓著纖細男子的腰──那真是一把好腰，柔軟纖細緊實，所謂的蛇腰大致就是這麼回事──腰上烙著被抓出來的指印，顯得肌膚更加白皙透粉，就這樣任由男人把著上上下下擺弄。

啪啪的肉打肉聲從車廂竄出，迴盪在每個人耳畔。纖細男子眼神渙散，張著嘴仰著柳條般的頸子，喉結顫抖地滑動著，張著嘴卻只能發出細微的喀喀聲，臉上糊滿了淚水、汗水及口水，明明狼狽得狠，卻也宛如一朵盛開到極致即將要凋零般的濃豔淫靡花朵，美得令在場的幾個捕快都不由自主吞了吞唾沫。

就算對男子不感興趣，這當下也實在想湊上前親親那張半張的唇，勾勾白齒間粉色的舌尖，肯定甜蜜得緊。

似乎察覺了外人的目光，高大男人當即臉色一冷，把原本對著車門的人往懷中一帶，用後背擋住了那些觀望帶著些許慾望的眼神，霎時間，捕快們眼中艷麗勾人的景色，就換上了陽剛味十足、塊壘虯結的肌肉，隨著肉體拍打的聲音，收縮、舒張、緊繃又放鬆，小麥色的肌膚光滑緊實，浮著一層汗水顯得光燦燦的。

雖沒有先前纖細男子那般勾魂攝魄的魅力，卻還是讓幾個捕快下意識地又吞了吞唾沫，有種下腹痠癢的感覺，幾個大老爺們都不禁在心裡罵自己有損男子氣概，卻又忍不住心頭撓癢。

於是乎，大街上，牛車前圍了四五個捕快，雙眼通紅、額上冒汗地盯著車內的兩人進入最後的交纏。

只見得漫金山被壓倒在靠枕與被辱間，嘶啞地呻吟著，一隻手胡亂在潘掌櫃的後背上抓撓，另一隻手死死扣著被子邊緣，除了一雙腿都被男人壯實的身軀擋得嚴嚴實實。

即便是那雙長腿上，也能看到幾個被啃咬吸吮過的痕跡跟牙印，先前還在踢動著，眼下緊緊夾著男人精悍的腰身，圓潤的腳指頭一下子縮緊一下子鬆開，顯然已經到了最後關頭。

潘掌櫃覆在漫金山耳側似乎說了什麼，隱隱約約好像帶了點低聲的淺笑，他身下的漫金山就抽噎著呻吟得更激烈，又會抖著嗓子求饒，一看就是被人給欺負狠了。

究竟是怎麼個欺負，捕快加上車夫都捨不得別開眼，一瞬不瞬地張望著。就見得潘掌櫃猛一下往前挺了腰，夾在他腰上的兩條腿也跟著緊繃，十根腳趾頭痙攣般蜷曲著，接著漫金山的哭喊猛然拔高。

他張著嘴，向後仰著頸子，身子抽搐得四肢都甩動起來，可潘掌櫃身形高大，宛如一座高山重壓在他身上，說什麼都掙脫不開，穴口反倒再次被撐大了幾分，肚子裡滿滿的都是男人碩大的肉屌。

「不成了……不成了……哈啊……太脹了……你快、快點啊啊——」

汗水從男人肌肉上往下滾落，隨著抽動的速度飛散。他眼神泛紅，嘴上呢喃著哄著：「乖，快了……就快了，再忍忍……」一邊加快了操幹的動作，精悍的腰蠻橫地往深處狂捅，次次都狠插到底，簡直像頭發狂的猛獸。

「啊啊啊！好弟弟、好弟弟……饒了我……求你饒了哥哥吧……」

每一次重重的貫穿都讓漫金山宛若瀕死般尖叫，他早忘記了自己身處市街上，也根本不知道車簾被掀開，這會兒半條街的人都聽見了他被操得哭喊的聲音。

他真覺得自己要被操死了，腦子糊得跟爛糊的粥一樣，肚子裡又燙又舒服，但這種舒服往四肢百骸鑽，隨著血液一下一下衝擊到每根經脈的頂端，彷彿他整個人都像個肉套子，被男人操幹把玩，愉悅得連自己是誰都記不清楚了。

狂猛到極致的操幹綿延不絕，不只漫金山神智全無，就是潘掌櫃也神色扭曲，額頭冒汗喘著粗氣，扣在拱起的細腰上的手收得死緊，微微上翹的大屌往深處狂搗，粗大猙獰的莖身凶悍無比地鞭笞著痙攣不已的柔嫩腸肉，一次一次把縮緊的地方捅開，幹得漫金山幾乎喘不了氣，人都快被幹死了。

漫金山含糊地喊著什麼，聲音嘶啞，被撞得斷斷續續，身上的男人一邊胡亂地說著「快了快了……」、「再讓我疼疼你……」等不知羞恥的話，隨後猛一下戳到最深處，堅硬粗脹的肉屌抵著陽心在濕熱抽搐的肉穴裡畫著圈，一邊搗弄抽送，最後幾個猛頂，龜頭撐開了陽心深處的小口，也把漫金山的肚皮給撐出鼓脹的痕跡。

緊接著，兩顆囊袋肉眼可見的收縮顫抖，粗大的莖身也跟著在漫金山肚子裡跳動幾下，瞬間一股滾燙的濃精滿滿地灌了進去……

一切塵埃落定，漫金山被男人強而有力的精水射得四肢亂揮，又一次達到頂點，仰著頸子張著嘴無聲喊叫，肚子彷彿都被射凸了，身子即便在男人抽出了肉莖後依然抖動著久久不能平復。

肉穴已然被操出一個合不攏的開口，盛不下的精水往外流，白灼液體幾乎沾濕了整個肉乎乎的臀部，甚至噴濺到腿根上。

潘掌櫃還來不及說什麼，也來不及伸手拿一旁準備好但現在已經亂成一團的乾淨布巾替漫金山淨身。

就聽身後一個男人喝道：「拿下！」

光溜溜的潘掌櫃，就這樣被幾個捕快拖下牛車，按倒在人來人往的長街上。

呃……冤枉啊！大人！

（完）

【番外三】

平行世界：狼人吸血鬼

銀盤一樣的月亮懸掛在暗夜中。

月亮真大啊……

他想讚歎幾句，可惜開口只能噴出一些血沫跟噶嚕噶嚕帶著雜音的呼吸聲。

下手真重啊……他試著起身，想查看自己身上的傷，卻完全動不了，連像一隻蛆蟲的可能性都被剝奪了。

月亮真亮啊……

狼嚎聲遠遠地傳來，聽起來是一頭孤狼，無人應和，跟他一樣……

死應該是不會死吧？也許他可以相信一下對方的愛情，儘管偏執扭曲，但應當是極有重量的。足以，與他的生命相等的重量……這麼一想，似乎又有點不妙了。

狼嚎又高又遠地響了起來，是不是比剛剛近了一些？這片曠野上還有狼嗎？說起來，這片是對方的地盤，應該不會允許任何與狼有關的東西出現在這片土地上才對。

一個小心眼又神經質的領主，殘忍又吝嗇，傲慢又嚴苛……唉……傷口真的好痛……說起來，痛死跟流血致死，到底哪種比較好接受？他需要冷靜下來思考這個問題，不能再逃避了。

也許對方的愛是真實的，也確實是沉重的，卻也是冷酷而病態的，死掉的戀人不會離開，那也許弄死了比較好。

他突然苦笑了下，血沫噗噗地往外噴了噴，隨之引發一片嘶啞的咳嗽，還有急促細弱的喘息聲。

狼嚎聲又傳來了。

這頭孤狼還挺無聊的，既然沒有同伴，又是在這麼危險的領地中，為什麼還要持續嚎叫呢？是在搜尋夥伴，還是在祭奠被領主驅除殺害的同伴？可憐的傢伙。

喀沙喀沙喀沙……

他愣了愣，不可置信地動動耳朵，深怕是自己聽錯了。

喀沙喀沙喀沙……

是腳步聲！不是他熟悉的領主那矜貴冷漠的貴族步伐，是一種陳舊的皮長靴踩在曠野硬土地上的鞋音。

喀沙喀沙喀沙……

越來越近，直至停在他耳側，一道陰影如山般籠罩下來，遮去了大半個夜空，還有半個碩大的月亮。

取而代之的，是一張臉。

屬於狼人的，半異化的臉。

「吸血鬼的孩子？」對方觀察了他幾秒，開口問。聲音很低，語尾有些乾澀，應該是平日很少說話的緣故。

但，非常溫柔，像吟唱的低音大提琴，在他耳中留下一片令人痠麻的震動。

「嗨……」他沒有回答是或不是，只能勉強自己回了個招呼。畢竟他脖子跟前胸都破了那麼大的洞，這是他能做到的最禮貌的行為了。

「多大了？」狼人在他身邊坐下，一條又長又粗毛茸茸的大尾巴擺動了下後，蓋在他身上。

刺刺的，毛很硬，聞起來有野獸的羶味但不重，更多的是肥皂的清爽味道，還有薄荷涼涼的氣味。

真是隻愛乾淨又有禮貌的狼人。

像毯子一樣的尾巴讓他感覺到了溫暖，胸口跟脖子上的傷似乎也好了不少，手腳跟身體也沒有之前那麼僵硬了，於是他稍微動了動，勉強把自己縮進狼人的尾巴底下變成一小團。

「幾歲了？」那張毛茸茸的狼臉上有一雙湛藍如海洋的眼睛，幾乎過半的狼人都是藍眼睛，但這麼沉靜平和的顏色還是第一次看到。

他盯著那雙眼睛看得失神，沒在第一時間回答問題。

「幾歲了？」狼人也不急，等了等見他在發呆，很溫和地又問了一次。

兩根纖細白皙的手指從狼尾邊緣露出來。

狼人皺起眉，「兩百歲？」

不是，兩千了喔。

但他說不出話，只能搖搖頭。

狼人的眉心皺得更緊了。

「二十？你竟然只有二十歲？」

呃……不是，我今年兩千歲了……可能比你年紀還大吧……可惜他說不了話，還因為太溫暖加上傷口正在癒合，而昏昏欲睡。

看小吸血鬼點了點腦袋，狼人的表情更凶惡了幾分，尾巴上的毛都炸開來。

「血月領主也太惡毒了，連這麼小的同類都不放過……」

尾巴根被藏在底下的小孩磨蹭到，痠麻感從尾根一路竄到頭頂，狼人抖了下耳朵要挪開尾巴，但看到那張完全沒有血色，連嘴唇都是慘白的小臉，還是硬生生忍住，任由小吸血鬼蜷縮在他尾巴的庇護下。

「你叫什麼名字？」血腥味很重，重得狼人完全嗅不到曠野上原本該有的氣味，也是這股血腥味把他引過來的。

吸血鬼打著哈欠，睏倦地眨眨眼沒有回答，雖然狼尾巴的覆蓋沒有棺材那麼讓人舒適，但也不錯了，挺有安全感又溫暖，還毛茸茸的。

他喜歡毛茸茸。

「對了，你現在應該說不了話……」狼人反應過來自己做了蠢事，訕訕地抖了抖耳朵，「我叫潘，是個八百歲的狼人。」

吸血鬼又眨眨眼，當作問好。他試圖張開嘴說點什麼，又很快閉上，把血沫噴到狼人尾巴上就太不禮貌了，而且他的名字也沒什麼好說的。

終究只是一晚的萍水相逢，明天早上日出前他要是沒能找到地方窩起來，傷好了也是當骨灰的命。

「你要不要跟我走？」

狼人問得彷彿很隨意，但吸血鬼覺得自己看到皮毛下的皮膚好像紅了。

「雖然我不喜歡吸血鬼，但也不能把你這樣年輕的孩子放在血月的領地上不管。」

更重要的是，這孩子傷得太重，離日出也就剩幾小時了，能不能在那之前痊癒到能動，還得在這曠野上找到藏匿的地點，都是大問題。

狼人與吸血鬼雖說是世代血仇，血月這種大領主還會刻意獵殺狼人，但對一個二十歲的孩子，潘也沒辦法下什麼死手，再說，他狼人的血統本來也沒那麼純，才會一直都孤身一人。

吸血鬼眨眨眼，又眨眨眼，輕輕抽了抽鼻子嗅聞狼人的氣息。他對血的味道當然是很敏感的，即使在自己的濃重血腥味中，他也能聞得出狼人身上的氣息……

一個八百歲的狼人，身上竟然沒有屬於殺戮的氣味，更沒有專屬於吃人種族身上的腥臭味……真是個奇奇怪怪的狼人啊。

「要嗎？」潘又問了一次。

吸血鬼這次輕輕地點了頭，露出一抹淺笑。

夏知書身為少見的雙黑吸血鬼，一身本就雪白得透明的肌膚，被眼珠跟髮色襯托得更白皙，用潘的話來說，像是一個豬脂肪雕刻的小人。

夏知書一臉無語地不知道該怎麼回應才能既表達自己的想法，又不傷害「爸爸」的心情，最終只笑而不答，當作沒聽見。

距離第一次見面不小心過了一百年，夏知書看起來還是十幾歲少年的模樣，已經完全見不到當年讓他靜養了三年才養好的傷留下的半點疤痕，甜美得像顆糖球，總讓潘心裡甜甜的，愈發寵愛自己這個養子。

潘多了一百歲也沒多大改變，他本來就一臉嚴肅，外表看起來成熟穩重，身上的血腥氣依然很輕，都是些狩獵魔物留下來的味道，即便是月圓之夜，他也未曾襲擊過人類，更別說吃人了。

夏知書端著一個精工玻璃高腳杯坐在窗臺上往外看，裡頭盛有八分滿的鮮血，外頭的月色猶如江水般潑散在大地上，差一天就要月圓了。

狼人的本性讓潘這幾天極為焦躁，往常這種時候他都會徹夜在外獵殺魔物以撫平本性中的殺戮慾念。當然，也不是說這種欲望只能靠殺戮抹平，找個什麼生物上床也可以宣洩掉大半，不過這裡有個問題，潘雖然下半身是禽獸，腦子卻是人類的，還是那種修道院教出來的人腦。

這就代表，他寧可殺戮魔物，也不肯隨便找人上床，他有守貞的觀念。

夏知書第一次聽到這種消息時，驚訝得嘴巴大張，半天都合不起來，彷彿聽見一個吸血鬼告訴你：「我是素食主義者。」

「所以你是個八百歲的處男？」夏知書控制不住地倒吸一口氣，其他魔物如何他不清楚，但人形魔物來說，吸血鬼跟狼人都是性慾跟食慾等重的種族，任何生物不吃東西都會死，而他們不做愛也會死……準確說，是生不如死。

唯一比他們更重視性慾的，只剩下淫魔了，但淫魔的做愛是為了吃飯，嚴格來說他們沒有性慾，有的只是食慾。

怎麼能有狼人八百年不找人上床呢？啊，現在變成九百年了……夏知書啜了口鮮血，隱隱感覺自己的身體也有些癢絲絲的燥熱。

一百年沒做愛，他是怎麼忍耐下來的？想想都要為自己掬一池塘的淚水。

只能藉血消愁了……難為他親愛的爸爸為他找來美味又新鮮的血液，搞得好像他的小虎牙不存在一樣，這一百年都沒什麼機會咬破誰的脖子，牙根都癢癢的。

正品味著這杯有著十八歲年輕女性芬芳氣味的鮮血，比前兩天喝到的十六歲少年的鮮血少了些野性的味道，但同樣生氣勃勃，每顆細胞都飽滿圓潤，女孩的血比較醇郁，男孩的血比較活潑清新，都很美味……

他瞇著眼陶醉了幾秒，突然鼻尖抽動，嗅到一股腥臭黏膩的血腥味，儘管距離還很遠，仍然破壞掉他唇舌間鮮血的香氣，染上了一絲難嚥的苦澀。

夏知書一口乾掉杯裡的血，跳下窗臺衝向大門。

幾乎是他剛到門口，大門就被推開了。

一道高大的身軀在屋裡頭射入長長的影子，幾乎覆蓋了大半個玄關，以及吸血鬼嬌小的身軀，破舊皮靴的腳步聲平穩沉重，一下一下擊打在吸血鬼耳膜與心口上。

滿身浴血的狼人半張臉都被血汙跟亂髮遮擋，在注意到小吸血鬼沒有穿鞋，赤裸著雪白的腳踩在沒有地毯的木板地上時，目光猛得銳利如刀。

「爸爸！」吸血鬼彷彿沒看到狼人凶惡的眼神跟一身狼藉，歡呼一聲撲上去，手腳並用地掛在高大的身軀上，依戀地用臉頰磨蹭滿是鬍碴還血乎乎的臉頰。

「你終於回來了，夏夏好想你。」

縈繞在狼人周身狠戾的氣息一下子散掉，他下意識要伸手攬住身上的小樹懶，突然想起自己手上也沾滿了血汙，好像還有誰的腦漿跟碎肉的殘渣，再看看懷裡乾乾淨淨的人，一時間舉著手不知道該怎麼辦才好。

畢竟他身上現在就沒有一個地方是乾淨的。

「快下去，都弄髒了。」用字很嚴厲，語氣卻溫柔得像一杯熱牛奶，顯然不可能起到任何作用。

「我不要，我們可以一起洗乾淨。」盤在狼人腰上的腿又用力夾了夾，一雙纖細的手臂也不動如山地繞在肌肉虯結的肩頸上。

狼人拿他一點辦法也沒有，反正確實也弄髒了，一起沐浴也很正常，對吧？

至於為什麼他們會親在一起，男人滿是血汙碎肉的髒衣物從玄關一路蔓延到浴室門外，最後一件落地的是小吸血鬼身上寬大的白襯衫，那就真的誰也說不清楚了。

脣舌交纏的聲音親暱又黏膩，狼人此前並未與人接吻過，他的守貞是方方面面的，連修道院的修士都自嘆不如的程度。

但，性慾對生物來說是本能，親吻只要有嘴跟舌頭就能辦得到，狼人巨大的雙掌捎著吸血鬼翹挺圓潤的小屁股，控制不住地連連掐了柔軟的臀肉好幾次，把人捏得哼哼唉唉個不停。

大概是天生的關係，即使已經一百二十歲了，他懷裡的小吸血鬼全身上下無論哪裡都小巧玲瓏、精緻可愛，包含正被他含著的嘴唇跟吸吮的舌頭。

小吸血鬼手臂顫抖，緊緊抱著狼人的脖子，乖順地任由長而靈活的舌頭在自己唇間及口中舔吻攪拌。

他的舌頭被吸得有些發癢發痛，讓吸血鬼幾乎滿足地喟嘆出聲。

與狼人冷厲嚴肅的外表不同，他的吻激烈黏糊，舌頭幾乎舔進吸血鬼纖細的喉管裡，吸血鬼纖細的下頜被迫張到最大，整個口腔裡都被狼人的舌頭塞滿了，臉頰隨著舔吻的動作鼓起，嘖嘖作響。

吸血鬼也不是單方面承受這個吻，論經驗他可比狼人多太多了，即便口腔中空間有限，依然轉動著自己的軟舌回應這個略顯粗暴的吻，吸吮著對方舌面有著明顯肉刺的舌頭。激烈地吻了片刻，夏知書被抱著親得臉色潮紅，呼吸變得困難起來，身體也整個軟成一團窩在狼人厚實堅硬的胸肌上，腦子昏昏沉沉的。

血汙中，有某種熟悉又陌生的香味，似乎就是這個味道讓守貞了九百年的狼人，終於順應了自己的本能。

微微的窒息感中，他的感官既清醒又模糊，刺激到瀕臨極限的快感，讓他下腹滾燙，犬齒也漸漸伸長，刮破了狼人的舌頭，新鮮的血液氣味瞬間蔓延開來，帶著年份極佳的陳釀那種甘醇濃厚的香氣。

他近乎貪婪地吸吮吞嚥著混合血液的唾沫，以及那條堪稱美味的長舌，瞳孔泛紅。

「爸爸……爸爸……」他甜滋滋地呼喚著，用自己勃起的陰莖磨蹭男人塊壘分明的腹肌。

「嗯……」狼人含糊地回應，孜孜不倦地用自己的舌頭去舔拭小吸血鬼狹窄纖細的喉管，以及那兩顆尖銳的長牙，血腥的氣味也讓臨近月圓的狼人進入狂暴中。

他想，下一步，就是把自己的舌頭，舔進小吸血鬼更隱蔽的部位了吧？

沒有什麼味道比鮮血與狼人野性的氣味更能勾動性慾了，至少對吸血鬼來說就是這樣。好不容易結束了又深又重的吻，口腔中瀰漫著狼人的鮮血與唾沫，吸血鬼貪婪地吞嚥著，哼哼著想繼續吸吮那條又長又厚的舌頭。被舔吻摩擦咽喉的感覺太過舒服，不像人類有嘔吐反射，吸血鬼可以單純享受著細窄的喉道被粗糙厚舌塞滿的快感。

狼人舌頭表面有一層軟刺，真奇怪啊！明明是隻狗，舌頭卻更像貓，纏繞吮舔間在細嫩的口腔及咽喉黏膜上製造出許多細小的擦傷，又痛又麻又癢的讓兩人彷彿服用了禁藥般飄飄欲仙。

兩人的衣物被粗暴地撕開扯掉，散亂地丟了一地，浴室的空間很寬敞，幾乎接近小型的公共澡堂，浴缸大得像泳池，水氣蒸騰地氤氳了兩人的視線，即便對方的呼吸就在自己鼻端，眼中的人卻有些許模糊。

但話說回來，現在這個狀況，看不看得清楚對方有什麼差別嗎？

吸血鬼啃著狼人的舌根想，他親愛的爸爸現在應該也沒精神看自己的模樣了吧？禁慾了一百年，差不多到達極限了，今天必須把這段空白通通彌補上才行。

嘩啦啦……嘩啦啦的水聲迴盪開來，夾雜著喘息與細微的抽噎聲，還有兩具身軀彼此摩擦時發出的響動。

兩具赤裸的身軀在花灑下交纏，其中一個人身高接近兩公尺，渾身肌肉虯結，但不是那種過度誇張的肌肉塊，塊壘分明同時也緊實精悍，他面對貼著羅馬風格藍白橘色瓷磚的牆面，花灑淋下的熱水夾帶著絲絲血紅，從頭頂一路蜿蜒順著男人結實卻不誇張的背部肌肉，流向緊繃窄緊的臀，接著被男人腰臀擺動的力度震碎，水花四散翻飛。

他當然不是對著牆面自瀆，仔細看會發現一個嬌小的人影蜷曲在他臂膀、胸膛與牆面圈起來的空間裡，是個纖細白瘦的青年，正因為男人衝撞的力度渾身顫抖。

身高差異巨大的關係，青年的雙腿幾乎離地，只剩腳尖岌岌可危地踮在地面上，隨時都會打滑摔倒一般。

青年腰上環著男人健壯的臂膀，要不是有這條手臂，他應該早就被顛到狼狽摔倒，而眼下他的處境也不見得比較好，肉體拍擊的聲響越來越激烈密集，迴盪在寬敞的浴室中，他踮著的雙腿抖得像颶風中的柳條，終於撐不住滑了一下，直接被凌空端起，後背重重壓在磁磚拼貼牆上，兩條腿被撈起掛在男人雙臂上，被狂野的衝擊撞得在半空中顛動搖晃。

「爸、爸爸……拜託輕一點……嗚嗚……求求你……我、我下面會腫起來，會裂開的……爸爸！」

究竟狼人粗大的陰莖，是怎麼插入吸血鬼圓潤小屁股間粉嫩緊密的肉穴中，已不可考。但因為月圓之夜即將到來，加上那股不知名甜膩香氣的影響，狼人早就喪失所有理智，只靠本能行動。

他原先曾想過要溫柔些，畢竟他的養子太嬌小、太年輕，在他這個九百歲的老怪物眼中，跟受精卵的差別不是很大，他是真擔心自己那根粗長到駭人的玩意兒會弄傷弄痛養子。

但是……狼人晃了晃腦袋，試圖抓回一點神智，他垂著腦袋，額頭抵著已經被熱水及兩人體溫氳得滾燙的磁磚，皺著眉頭盯著仰著腦袋、半張的唇，露出細白牙齒與嫣紅舌尖的小吸血鬼。

虎牙已經長出來了，看得他想用自己的舌頭去頂那四顆銳利又可愛的牙尖。

「忍著，讓爸爸多疼疼你……」狼人知道自己說出來的話很畜牲，但他是狼人，本來就是野獸。

包裹著粗壯陰莖的肉穴邊緣是爛熟果子般的濃豔紅色，被撐開的柔軟腸肉又燙又腫，原本就狹窄的空間變得更加緊緻，努力配合著吞吐來回貫穿的肉龍。當龜頭又一次重重摩蹭過離穴口不遠處的栗狀腺體時，小吸血鬼猛地倒抽一口氣，微微瞪大眼，淚水隨著噴濺到身上的熱水一起往下滾，鼻尖、臉頰、耳垂、眼眶都紅了。

他喉間發出嗬嗬的喘息聲，渾身繃直地抖了片刻，才剛恢復一點就伸手死死摟住男人的背脊，掙扎地攀爬上男人的身軀似乎想掙脫開那根在自己體內肆虐的肉莖。

狼人當然不可能如他所願，一隻手臂扣緊了小吸血鬼的腰，把人鎖在原處一公分都挪不開，另一隻大掌則拍打了兩下青年人渾圓又顫巍巍的臀肉，情色地揉捏又往外掰開，讓本來就幾乎被撐到極限的肉穴，又分得更開了些，能吞進他愈加粗壯的根部。

接下來的動作可以說是肆無忌憚，吸血鬼的身體很強悍，儘管夏知書年紀還小，但種族天賦放在這裡，一百年前他就算被血月領主貫穿了肚腹都沒死，現在也不會隨便被一個狼人的陰莖幹死。

腰胯頂動的速度加快了，力道也變得更大，每插入一次，狼人就會愉悅地瞇起眼，喉頭發出爽快的低啞喘息，而被堅硬粗大龜頭狠狠戳上體內柔軟敏感的部位，吸血鬼就會抽搐著哭泣。

那不是痛苦的抽噎，而是飽含完全隱藏不住情慾與快感的呻吟，狼人聽力很好，他聽得懂那可憐兮兮嗚咽中的情緒，也很清楚類人魔物的性慾有多強烈，就算只是個一百二十歲的吸血鬼都不可能逃避天性。

狼人沉黑的眼眸看似平靜，實則隱藏瘋狂，深深地看著繃著白細脖子，仰頭對著自己哭泣呻吟，還用可愛的四顆犬齒軟軟威嚇自己的養子，腰上的動作暫時停下，立刻收穫了個一閃而逝困惑又不滿足的眼神。

他心頭癢癢的，唇角不自覺勾起淺淺的弧度，將懷裡的人往上掂了掂，讓對方的雙腿死死環繞在自己腰上，從花灑下離開。

「嗯……爸爸……不要這樣……好癢、好癢啊……幫、幫夏夏揉一揉好不好？」小吸血鬼把紅撲撲的臉頰，貼在狼人沾著水氣的肩膀上蹭了蹭，哼哼唧唧地撒著嬌，哪有剛才可憐掙扎的模樣？

走動的時候，狼人並未把自己的陰莖從養子的小屁股裡抽出來，隨著腳步移動，陰莖一次一次地往內磨蹭又微微抽出些許，每一回都會頂上體內那敏感的栗狀腺體，很快就把那處戳得紅腫又癢又痛。

短短幾步路，小吸血鬼就掛在狼人身上顫抖地高潮，被擠壓在狼人腹肌上搓揉的陰莖噴出精液，就這樣抹了養父滿肚皮。

「爸爸……我、對不起我……」小吸血鬼臉蛋脹紅，似乎害羞得快哭出來了，不停用臉頰蹭著狼人的肩膀。「放我下來，我要洗乾淨……」但他肉穴裡還有根粗壯的東西在抽插著，剛高潮的身體哆嗦得更厲害。

很快兩人來到浴池邊，狼人又掂了掂懷裡的人，小心翼翼地捧著養子的小屁股進入浴池中，靠著邊緣坐下，也讓小吸血鬼就著陰莖插入的姿勢，坐在自己大腿上。

「寶貝，我的夏夏，讓爸爸好好疼你好嗎？」

有多疼？不管是身體還是心裡的「疼」，兩千一百歲的大血族都忍不住在心裡偷偷期待，他本來就喜歡粗暴的性愛，應該說，魔物誰喜歡溫柔的性愛？本性上就溫柔不起來，也只有魅魔這種在人間混吃混喝的種族才懂得表面上的溫柔。

尤其是吸血鬼，受傷到瀕死，性愛中見血，那簡直是至高無上的快感。

可惜，在修道院長大，受修士教養薰陶的狼人養父，沒能感受到養子心裡那些陰暗的小癖好。

他是被本能控制了沒錯，但整整九百年延續下來的克制也早就變成本能之一了。他會讓自己受傷來滿足養子對血液的嗜好，但讓對方受傷絕對不在他的計劃範圍裡。

他頂多想把對方操個小死幾回，而不是真的瀕死。

粗長的陰莖因為姿勢的緣故深深地戳入吸血鬼白皙平坦的肚子，狼人的性器在所有魔物中都算數一數二的有分量，三十公分長、直徑五六公分，簡直就是凶器。

龜頭的部分與人類的圓鈍不同，是犬類尖尖的三角形狀，特別適合突破某些本來不該被頂開的部位。

「爸爸……好脹……好撐……你要撐死夏夏了……」吸血鬼摀著鼓起一條陰莖形狀的肚皮，幾乎連龜頭的位置都能看得清清楚楚。

隔著薄薄的腹部肌肉，狼人感受到一隻小手捏住自己被腸肉緊緊包裹吸吮的肉莖，雙重快感讓他低喘不已，又更硬了幾分。

小吸血鬼顯然很不安分，他剛剛高潮又被進得極深，狼人的龜頭已經抵在結腸口的窄門處，頂端的馬眼開合，結腸口的細嫩部位就像被咬了一樣，又痠又麻又癢又爽。

「不要咬我……爸爸好壞……嗚嗚嗚……」吸血鬼一手隔著肚皮握著輕微抽插的肉莖，另一隻手軟軟地環在養父肩頸上，小屁股不安分地挪動，似乎想把肚子裡過粗又過燙的東西抽出來，好獲得一些喘氣的空間。

至於咬是哪裡咬，狼人愣了愣後眼神倏然凶戾起來，一手握著養子的後腰，一手撐開夾著自己腰的一條白細長腿，猛一下把人往自己懷裡撞。

「啊——」一聲驚叫後，夏知書雙眸從瞪大到失焦地微微瞇起，嫣紅唇瓣半張著，唾沫從嘴角滑出，緊繃仰起的脖子上秀氣的喉結滾動著發顫，身體也跟著細微抽搐，原本夾著養父壯實腰際的雙腿鬆開來，十根腳趾頭都因為快感而蜷曲起來。

酥麻的快感占據了整個腹腔，過度強烈的感覺讓曾身經百戰的大血族腦子都空白了。他的結腸口並沒有被頂開，只是有種五臟六腑都被牽動摩擦過，燙得頭暈目眩。

嬌小的身軀幾乎整個被狼人過於壯碩的身軀包裹住，水蒸氣中兩人眼前都有些模糊，吸血鬼不確定自己是爽過頭了才這樣，還是煙霧真的有這麼濃，他只覺得極端的滿脹感讓自己喘不過氣，他像隻受傷的小野獸，剛能呼氣就把自己的臉埋進充滿狼人氣味的頸窩裡，用長出來的犬齒叼住狼人緊繃的肌肉與皮膚，撒嬌又像洩憤地磨牙。

狼人任由他啃咬自己，雙手摟著青年還正在顫抖的腰，開始狂猛地插幹起來。

如同兒童手臂粗的肉屌深深埋在肉穴中，撐到幾乎要失去彈性的肉壁下意識收縮，然而這點微不足道的反抗及抵禦，在面對狼人時毫無作用，半點緩衝的時間都沒有。他被鎖在一堵炙熱的懷抱裡，體溫甚至高過熱水的溫度，大腿內側緊緊地被按在男人腿上，彷彿可以感受到肌肉的收縮。

大開大合的衝撞中，吸血鬼被搖晃得視線飄搖，他的喘息與可憐兮兮的抽噎噴在男人頸側跟耳畔。同樣的，狼人野性又熾熱的呼吸，與同樣燙得嚇人的嘴唇，也隨著擺動時不時擦過夏知書的額際或耳尖。

粗重的喘息中，夾帶著男人低沉性感的悶哼，吸血鬼明明肚子都被塞滿了，還是覺得不滿足，他知道自己這樣是在找死，但那又怎樣？他的養父這麼誘人，滾燙的血液在頸動脈下，像被幫浦擠壓過的水流，嘩嘩地衝刷著，聽在他耳中簡直是兩千多年來最美妙的聲音。

「爸爸……嗚嗚……肏我……多疼疼我……拜託……」他叼著狼人頸上的皮肉含糊不清地哀求，牙齦癢得不行，他好想咬斷那流動汩汩鮮血的動脈，狼人的恢復力很好，他咬下去不用多久傷口就會癒合，絕對不可能被自己咬死。

頂多缺血……但……捂在肚子上的手下意識地又按了按，堅硬如鐵都不算形容算白描的肉莖撐開自己，劇烈地抽插頂動，快感還在不停疊加到吸血鬼恍惚的地步。

萬一缺血後軟了怎麼辦？

他沒跟狼人做過，可不敢跟與吸血鬼上床時一樣隨便亂咬。

腫大的肉棒被狹窄的小穴緊緊裹挾，腸肉軟而溫暖，又滑又嫩，猶如無數張小嘴正在吸舔吮啜粗暴進出的肉莖，讓狼人爽得青筋勃發，快感一陣陣從尾巴根部順著脊椎衝上腦門，被修士調教出來的理性又消散了些許。

他現在已經維持不了純粹的人形，尾巴跟耳朵都跑出來了，銀灰色的皮毛油光水滑得簡直堪比絲綢的色澤。

小吸血鬼最喜歡在冬天的夜裡，逼爸爸露出尾巴給自己當抱枕。而今在浴池中，尾巴濕淋淋的沒有往常蓬鬆，但還是充滿了力道，粗得很有存在感。

狼人失控地加快抽動速度，他一翻身把養子擺成背對自己趴在浴池邊緣的姿勢，對著翹起的小屁股啪啪啪猛烈挺胯衝撞，肆意侵犯養子令人神迷的銷魂身體。

狼人的力氣很大，每一次衝撞都讓被結結實實按在浴池邊緣的青年受不住般抽噎哭叫，然而哭是哭了，哀求是哀求了，身體卻完全跟嘴上的反應不同，討好又貪婪地不停吸吮收縮，不願意輕易放開肆虐的肉莖，體液也在抽插中越流越多，最後甚至從兩人交合的地方隨著抽出的動作往外噴。

「夏夏長大了……」狼人一個深頂，尖尖的龜頭就抵在結腸口外，那處已經被操得紅腫，現在又被磨蹭得痠癢，吸血鬼哼哼著回不了話，只是動了動被操得發紅的小屁股，也不知道是無心的還是刻意挑釁。

肌肉緊實分明的手臂緊緊環在吸血鬼的細腰上，高大沉重的身軀直接覆蓋在單薄纖細的背脊上。

數個滾燙細密的吻落在鮮豔泛紅的肩膀上，留下更深的印子還有兩三個牙印。

「嗚嗚……爸爸不要咬……別咬夏夏的肚子……」吸血鬼神智不清似地張口哭求，每一呼吸都比燒熱的水更加滾燙，吹動了墜在他睫毛上的汗水與淚水，既可憐又讓人想狠狠玩壞他。

他說的是肚子裡的肉莖，那壞透的馬眼又再次咬上結腸口紅腫的部位，似乎想趁機一點點把龜頭塞進那過分狹窄的部位。

「明明長大了，卻還是跟小孩子一樣，又窄又小還愛撒嬌……」狼人對他的求饒聽而不聞，繼續落下一片細密的吻，精壯的腰也漸漸往下沉，屬於犬類的龜頭此時展現出天生的優勢，已經將結腸口擠壓地往內縮，眼看就快要突破這道防線了。

夏知書趴在大理石浴池邊，臉頰酡紅輕側著想往後看，但他被壓得太牢了，甚至連一根手指都由不得自己動彈。

眼尾的淚花、微張著的豔紅濕潤唇瓣，現在正細聲喘息著，狼人在他臉頰上咬了一口，舔去睫毛上跟眼尾的水珠，緊繃著下頷道：「夏夏，原諒爸爸好嗎？」

什麼原不原諒的，吸血鬼根本反應不過來。

他嗚嗚地哭著，撒嬌哼道：「爸爸……好深……嗚嗚……操得太深了……夏夏會壞掉的……」

不管究竟在修道院裡被教育了多少年，不管是否是唯一一隻守貞的狼人，潘都只是個雄性，身上雄性該有的劣根性他半點都不少，只是平常藏得很深，用理性控制起來罷了。面對養子哭泣的小模樣，他只想放縱自己。

「乖，夏夏長大了，絕對不會壞掉的。你看，你的小屁股可是把爸爸吸得這麼緊，一點都不肯放開呢。」

說著，狼人握起養子纖細的手腕，把那隻隔著肚皮握住自己陰莖、想阻止巨物進得更深的手扯到身後，逼著他撫摸兩人連接在一起的部位。

小小的肉穴已經被撐得皮肉微微透明，所有摺皺都被撐平了，卻依然貪婪地吸吮著那根粗壯到需要雙手合攏才握得住的肉莖。

吸血鬼像被燙到般猛地抽回手，指尖上都是兩人剛剛瘋狂做愛時噴出來的各種體液，帶著濃重的野獸氣息，這要是真的把精液射進肚子裡……夏知書嚥了下唾沫，被自己的想像害羞到——他肯定會從裡到外都被爸爸的味道給浸染，猶如野獸標記自己的領地那樣。

「想不想爸爸繼續幹你？」被本性掌控的狼人，什麼亂七八糟的話都信手拈來，牙齒在吸血鬼泛粉的頸側上留下幾個牙印。

「嗚嗚……爸爸好壞……欺負夏夏……好壞……」當然想啊！但吸血鬼還是可憐兮兮地抽著鼻子哭，趴在浴池邊的身體拚命往狼人懷裡塞。

「小惡魔……」

這種說一套做一套的欲迎還拒狼人也接收到了，帶著情慾地笑罵出聲。

就聽見養子帶著鼻音哼哼回答：「我是吸血鬼，才不是臭惡魔……」

但都一樣欠操就是了，狼人在心裡惡狠狠地回。大手摟緊了有些鼓起的小肚子，粗暴地擺動起胯部，加大了操幹的力道，對著那個渾圓的屁股就是一頓狠戾粗魯的撞擊。

但隨著男人低沉的喘息，與青年似真似假的哭泣求饒，粗長的陰莖快速進出豔紅糜爛的肉穴，一大股黏膩腥甜的體液被擠得噴出來，在摩擦間浮出一層白沫，又因為重力順著肉莖及臀肉往下滑，最後一點點落入溫熱的洗澡水中。

原本被撐得發白的穴口，在不斷撞擊的摩擦下越顯靡紅，深處的結腸口被撞開了一點，討好又不肯配合地小口吸吮男人龜頭尖尖的前端，吸得狼人雙眼發紅，動作粗暴快速得幾乎只能看見殘影。

兩顆裝滿精液的囊袋又飽滿又極具分量，啪啪拍打在挺翹的臀肉上，留下一片曖昧的紅印子，也讓青年隨著每次戳頂抽搐哀叫，不停叫著爸爸。

加緊了攻勢的狼人沒有任何顧慮，把愛子壓在身下發狂般地操幹，結實的背脊起起伏伏，肌肉間流淌而過的水都被震得碎開四濺，寬敞的空間裡瀰漫著性愛與野獸帶著血腥味的氣息。

肉體拍打聲，與各種各樣水流攪盪或摩擦的聲音蔓延開來，又被大理石牆面反彈回來，不管是誰聽了都很難不臉紅心跳。

「嗯啊啊啊！爸爸！好深，要頂穿了！肚子要被你戳破了！爸爸！」吸血鬼軟膩的哭叫迴盪在浴室中，這要不是鄰近百公里內都沒有鄰居的莊園，而是城市中的公寓，早就被鄰居敲門警告了。

「小壞蛋，你不喜歡爸爸這樣操你嗎？小嘴咬得爸爸都痛了，欠修理的小壞蛋。」嘴上說著，身下的動作也沒有收斂，潘身體整個趴覆在青年背上，手則繞到前方撈起抽搐個不停的細腰，把吸血鬼硬擺成了上身緊貼在地，屁股卻翹得高高的姿勢，方便他重重地由上往下幹。

男人的肌肉隨著動作收縮繃起，虯結又塊壘分明，古銅色的皮膚被汗水浸潤得有些油亮，屬於野獸跟雄性的美感勃發，性感得讓人腿軟，還好吸血鬼現在被按在地上什麼也看不到，否則他大概會噴得更歡快，高潮到停不下來……不過，他現在也確實高潮了好幾次，囊袋都射空了。

夏知書粗喘著，呼吸間都是屬於狼人的味道，濃烈的麝香並不是那麼好聞，太有攻擊性，混合著一抹甜膩的香氣，很淡，但即使他們在浴室這種相對密閉的空間中人幹了好幾場，各種體液跟精液的氣味混雜，加上狼人的費洛蒙氣味，都蓋不掉這股甜香，反而好像更加有存在感了。

吸血鬼張著嘴，舌頭歪在唇外，整個人呈現一種被操到茫然失神的模樣，哭叫聲都小了許多，但呻吟裡的顫抖與身體的抽搐卻愈發明顯。

「啊啊啊——」倏地，夏知書猛然尖叫，語尾的聲音都破碎嘶啞了，他渾身劇烈顫抖，要不是壓著他的是狼人，早被他掙脫開來掀翻在地。

「爸爸！爸爸！不行！夏夏會死、夏夏好怕……啊啊啊——」

狼人已經把尖尖的龜頭硬生生擠入狹窄的結腸口，肏進細窄的乙狀結腸中，差點把腸子都給操直了，青年雪白的肚皮鼓起一個誇張的弧度，還能看到狼人抽插的起伏。

尖銳的哭喊很快變成無聲的喊叫，吸血鬼被狼人堅硬的肌肉壓著，踢蹬著雙腿不停抽搐，雙眼翻到幾乎只剩眼白，整個人都崩潰了。

一股腥臊的味道蔓延開，狼人隨手抹了一下，發現是自己的養子被操尿了，他露出滿足的笑容，一口叼住青年脆弱的後頸，一次比一次用力地幹進結腸裡，幹得整間浴室都迴盪著讓人心驚肉跳的啪啪聲。

用粗俗些的說法，狼人潘恨不得把自己捧在掌心裡疼愛的吸血鬼養子夏知書幹進大理石地面裡，他現在換了個面對面的姿勢，雙手掰著夏知書的大腿根，吸血鬼雖然嬌小，全身上下該有肉的地方卻一點都不會少長，豐腴的大腿肉從狼人指縫中溢出，隨著操幹的動作晃動。

吸血鬼用手臂橫在自己眼睛上，張著嘴卻發不出什麼聲音，只有嘶啞的嗬嗬聲，嫣紅的嫩舌在細白齒間顫抖，時不時被養父湊上去吮舔一番，親得幾乎窒息才被鬆開。

「不行了……真的不行了嗚嗚嗚……」他哭哭啼啼地求饒，聲音含糊不清的，就算是狼人聽力卓絕也幾乎聽不清楚。

「乖寶寶，就快了……就快了……」大約四十分鐘前狼人就這樣哄過他，四十分鐘過去了，他依然被按著肏。

潘才不管他的掙扎求饒，繼續用蠻力一次次打開夏知書的身體，將肉道操成他的形狀也不干休，每一吋穴肉都快被過於粗硬的肉棒給幹透了。

「啊啊啊……」吸血鬼細腰一緊，嘶啞的尖叫後攤在地上渾身痙攣，又一次被幹到高潮。

而在這瞬間，狼人也終於到達頂點，深插入吸血鬼肚子裡的龜頭猛然脹大，抵在被操得爛熟的腸肉上，無數滾燙的精液噴灑而入，隔著肚皮彷彿都能聽見那噴射的聲音。

一邊射，狼人還將寬厚炙熱的大掌按在青年漸漸鼓起的肚皮上，揉弄擠壓，弄得夏知書叫都叫不出來，雙眼失神渾身哆嗦，小腿觸電一般痙攣地胡亂踢踹。

「不知道你能不能生一個孩子給爸爸……」狼人目光晶亮得可怕，說出口的話也很可怕。

吸血鬼被肚子裡的精液燙得一直哭，但也不忘指正爸爸：「我們有生殖隔離，笨蛋爸爸。」

各方面都「吃飽喝足」、身心愉悅的吸血鬼夏知書，穿著一件寬鬆的絲綢睡袍，露出頸部、鎖骨、肩膀、大腿、小腿乃至腳踝上的各種牙印、吻痕、指印跟已經癒合到看不出來曾經受傷，但他為了炫耀，偷偷用自己的指甲重新刮傷的痕跡。

潘還在睡覺，倒不是體力上吸血鬼贏了狼人，狼人現在的沉睡其實源於被下藥後的反彈。

要說是藥也不盡然，那是一種屬於魅魔的費洛蒙，可以隨便浸染在他想感染的人身上，激發對方的情慾並壓制理性，後遺症就是會在滿足後陷入為期約半年到十年不等的沉睡，鑑於潘這個狼人年紀大能力強，夏知書猜測自己的爸爸大概頂多睡兩個月。

這種費洛蒙通常會被魅魔用來狩獵，就是當他們看上特別喜歡的獵物，打算從頭到尾、從皮膚到骨髓都吃乾抹淨時候，就會故意用這種費洛蒙去促發獵物的性慾，至於是否陷入沉睡，這對魅魔來說完全不是問題，在夢裡做愛也是魅魔的能力之一，只要還有一口氣，只要還能有反應，是不是醒的根本沒差。

這麼危險的魔物，本來被潘見到是一定要殺掉的，唯獨有個例外……

夏知書打個哈欠，坐在窗戶大開的窗臺前，背後枕著靠墊，兩條修長的腿曲起後翹著二郎腿，在上面的腳丫子凌空搖晃著，腳踝上的牙印跟手指捏下的印子都晃得人心裡一股氣。

或者該說，一股子氣的只有某個人，而那個人現在正表情難看地坐在不遠的沙發上，端著一杯熱騰騰的可可，半天都沒喝上一口。

「對不起啊，我本來想招待盧叔叔咖啡的，但是爸爸說小孩子不能喝咖啡，我只能請你喝我的熱可可了。」夏知書一臉歉意，但小腳丫還是愜意地晃呀晃，睡袍因為他不羈的姿勢全滑落在胯骨上鬆鬆地堆疊著，兩條腿赤裸裸地展現在魅魔面前，招來兩道堪稱怨恨的目光。

「叔叔不喜歡喝熱可可嗎？」

魅魔皮笑肉不笑地抿了下唇，放下動都沒動一口的杯子，往後靠進沙發裡，挽著雙手冷笑。

「為什麼找我來？」身為潘最好的朋友，也是在夏知書這個吸血鬼出現前狼人唯一的魔物朋友，盧淵然這個魅魔怎麼看夏知書怎麼不順眼。

吸血鬼聞言眨眨眼，在七八個軟綿綿的靠枕包圍中，他側身與魅魔面對面，白皙小巧的臉上先是一股受傷的不解及無辜，但在看到魅魔給自己的白眼後，倏地笑開來。

「當然是炫耀啦，我以為盧叔叔會懂。」

「我為什麼要懂？」

「當然是因為，你故意用魅魔的費洛蒙去浸染爸爸呀，本來你是打算在半路上把爸爸打包回家的吧？」吸血鬼也不管他的否認，俏皮地眨眨眼。「哎呀，我了解盧叔叔的想法，爸爸確實很美味呢。」說罷，用嫣紅的舌尖舔過水潤的嘴唇。

換成任何一個人，都會被吸血鬼這甜滋滋的小動作勾得心癢難耐，恨不得親親他那張看起來就很美味的小嘴，以前他遇過的魅魔基本上也都躲不過他這些挑逗的小動作。

但盧卻是不一樣的。

他皺著眉看起來心情很差，卻沒有反駁吸血鬼的言論，而是仔仔細細打量了一番那具半遮半掩在絲綢睡袍間的纖細軀體，主要是上頭那些狼人留下的痕跡。

完全看得出來，九百年才終於第一次跟人做愛的狼人，在性愛上有多熱情到近乎粗暴的地步，原來那看起來規矩嚴肅的傢伙，解放天性的時候是這副模樣的嗎？

越看心情越煩悶，魅魔嘖了一聲，挽在胸前的雙臂完全是防禦姿勢，似乎一秒都不想跟吸血鬼繼續待在同一個空間。

「為什麼？」但他還是忍不住想問，魅魔的費洛蒙威力強大，通常浸染只需要十分鐘就可以讓被浸染的人理性全無，陷入情慾當中，魅魔想幹什麼都可以。

他真的一輩子沒想過會在潘身上滑鐵盧，根本就不合理！

狼人可以說是本性最強烈的魔物之一了，原本甚至都不需要一個魅魔用到費洛蒙浸染，光是普通的呼吸就可以聞到屬於魅魔的費洛蒙，然後直接發情了才是正常狀態。

要知道他可是浸染了對方半小時啊！從被獵殺的魔物家裡回到這座莊園，就算搭配交通工具加上狼人的奔跑速度，都要一個多小時，他浸染了半小時後，眼睜睜看著對方如同沒事人一樣，滿心只想回家，怕家裡的小朋友遇上麻煩，或者一個人在家寂寞，連盧約他去喝一杯都被拒絕了。

簡直是對魅魔的費洛蒙最深的污辱！

吸血鬼又俏皮地眨眨眼，挪動了下喬了個更舒服的姿勢，似乎才想到來者是客要禮貌一點，伸手整理了下睡袍下襬，總算將兩條腿遮住，也更凸顯露出來的腳踝上那些曖昧的痕跡。

「大概是因為我今年只有一百二十歲，對爸爸來說還是需要照顧的小寶寶，人類一般不會把寶寶獨自放在家裡。」

你要不要聽聽看自己在說什麼？魅魔沒控制住翻了個白眼。

「我沒看過哪個寶寶跟自己的爸爸上床。」

「別這麼說，你這次不就看到了嗎？也算對你漫長的人生增廣見聞了，對不對？」說著還故意揉了揉自己的腰，臉上抱歉，「對不起啊盧叔叔，昨天爸爸好粗魯，我的腰有點拉傷了。」

魅魔想，自己的種族優勢不在肉搏，否則一定捏死眼前這個不要臉的吸血鬼。

「我以為你找我來除了炫耀，還有別的話想說。」盧本來並不想赴約，他太清楚會看到什麼。

昨晚他送潘進家門，他們明明相處了起碼四百年，但一見到養子後，狼人直接就把他這個朋友忘在腦後，別說邀請對方進家門喝口茶，他甚至連再見都沒說就關門了。

盧並不想承認，但那時候潘應該已經被他的費洛蒙影響，雖然還沒完全展現出異狀，但本能已經被屋子裡的養子完全吸引，其他存在就被視作紛雜的亂因，可以不用在意了，即便是費洛蒙真正的主人，都是閒雜人等了。

「本來沒有，我只是想請盧叔叔喝個可可，然後跟你炫耀一下爸爸有多厲害，又有多疼我，好心情應該要分你一些才對，畢竟你是我們的邱比特嘛。」

魅魔認真地思考，他有沒有辦法一擊殺死吸血鬼？畢竟對方才一百二十歲……呵呵，才怪，只有潘那個木頭腦袋才會覺得他的養子是個一百二十歲的小孩。

誰不知道血月領主曾有個相愛多年的戀人，後來那個戀人失蹤，一個誰都沒見過的吸血鬼就出現在潘身邊，除了潘跟他以外，夏知書根本不出現在任何人面前，但凡有點腦子都該推測出大概的情況了。

盧不是沒提醒過潘，他的養子可能是血月領主失蹤的戀人，那個戀人可是大血族，據說跟血月一樣，起碼活了兩千歲。

但潘一直認為這都是盧多想了。

「我知道你不喜歡夏夏，但夏夏真的只是個孩子，他不可能是血月領主那個老傢伙的戀人。」潘是這樣說的。

「你知道人類有句話是這樣說嗎？『得了便宜還賣乖』。」盧真的越看越覺得吸血鬼礙眼，他想，該找機會把夏知書的存在透露給血月領主了。

「我想到我有什麼話想對盧叔叔說了。」

夏知書坐直身體，攏好了睡袍的前襟，臉上還是帶著可愛的笑容，眼睛卻微微泛起紅光，一種令魅魔都不舒服的壓迫感油然而生。

魅魔控制住自己想側身閃避的動作，皺著眉硬生生與吸血鬼對視。

「爸爸我已經收下了，你的爪子最好不要再繼續亂摸。吸血鬼對自己所有物占有慾特別強，我不希望爸爸連唯一的朋友都消失了。」

一段話說完，夏知書眼中的紅光消散，又是那副無辜可愛的模樣。

「身為爸爸最好的朋友，盧叔叔難道不應該給我們祝福嗎？」

盧皮笑肉不笑地勾了下唇角，終於端起熱可可啜了一大口。

那就希望夏知書這個吸血鬼，承受得起魅魔的祝福吧。

（完）

【特別收錄】

紙上訪談第二彈，精采幕後花絮不容錯過

Q9：黑蛋白老師您好，想請您針對第二集的劇情來談談，這本突然爆字數，是什麼原因讓您靈感大爆發，寫了這麼多字？因為這本又是拖了一年才交稿，很好奇有沒有為了哪段劇情構思很久或修改很多遍才寫出來？

A9：其實本來我沒想到會爆字數，有追我噗浪的朋友應該知道，我七月的時候就說剩下六回結束，然而六回之後又六回，六回之後又六回，等我發現的時候，不但已經十月了，字數也已經狂飆到我控制不了的地步了……主要還是因為我很掙扎大香蕉潘拉拉的家庭故事，一開始我想給他一個純粹幸福的家庭，但我覺得小倉鼠的過往經歷，一個純粹幸福的人好像太理所當然了，總覺得差了點什麼，所以就……大家可以去看看，我對社畜潘

寧世幹了什麼嘿嘿嘿嘿。

潘寧世的過去我從頭到尾大概擬定了四到五種，一開始兩種是純粹幸福的，後面幾種是充滿磨難的，但總是難以自圓其說，還好最後終於找到最優解了！希望大家也能愉快品鑑～

Q10：不免俗地又要問問，第二集有沒有您個人寫來特別滿意的橋段或對白？覺得最具挑戰性的地方？有沒有礙於篇幅要忍痛刪掉的劇情？或是有來不及寫出來的情節嗎？

A10：第二集我個人最喜歡的是結尾。說來也慚愧，我這兩年的作品幾乎都沒有完結，總是越寫越長然後各種因素下卡文、時間不夠又有新的腦洞想寫，導致產出不算少，完結的作品卻不多，說真的對編輯跟讀者們都很抱歉。但是！我這次終於沒再讓大家失望，有好好完成這篇故事！

另外，這本書的結局在國際書展上，我寫出了很多自己以前對「作者」這個職業的憧憬跟夢想，那個閃閃發亮的舞臺，自己的創作被人喜歡，與許多可愛的讀者神交，那種被看到、被了解的感動等等。

其實我在寫這套書的時候，開頭完成後結尾就已經想好了，既然是編輯與作者、翻譯間的故事，那國際書展這個夢之舞臺是多好的結束啊！

我很開心自己有完成這套書。

Q11：當初在討論本集封面時，老師您有指定繪製的場景地點，能聊聊為什麼想特別指定畫這個地方嗎？對故事劇情或對您個人有什麼特殊意義嗎？

A11：第二集有很長的篇幅發生在日本，原本的大綱其實是沒有這個計劃的。但，基於某些戲劇化的需求，也是因為跟朋友聊到臺灣的印刷技術，六色印刷機的歷史，突然很想拿這種小小的業界故事來發揮一下，於是就把場景挪到日本去了。

剛好，夏知書的人生有大半也在日本生活，他的愛情在日本盛開、死亡又再度盛開，我覺得是很美好的輪迴，而我幫他選定的地點，是我在日本留學時非常喜歡的地方——湘南海岸。正確來說是鐵道江之線沿途。

大家如果有去東京玩，時間允許的話務必要搭乘江之線玩一兩天，除了有非常美麗的海之外，山景也很美，是個山海交界的地方，歷史文化豐富，還有灌籃高手的取景地，各方面都令人著迷。

所以我把夏知書的少年時代設定在這個我熟悉也喜愛的地方，會讓我想到當年自己在日本留學時，因為太過寂寞，認識了PPT，接觸了大B版，開始了我的網文生涯，也開始使用「黑蛋白」這個筆名。

可以說，日本的留學經驗，跟我的創作生涯有很強烈的關聯，如果沒有因為留學認識了幾個很好的朋友，我不會在他們的介紹下知道大B版，也不會在大B版認識更多其他創作者，更不會因此發現自己過往寫作的缺陷進而改正，慢慢走到今天。

讓潘寧世跟夏知書走進這個地方，走過我去過的每個角落，那種感覺就好像我終於能跟當年的自己說：妳看，我們終於努力出一點成果了！

他們的愛情也終於，有一點成果了，哈哈。

Q12：雖然這個大香蕉和小倉鼠的系列結束了，但老師還欠了很多書稿，能談談接下來的寫作計劃嗎？這個系統有可能再寫其他續作嗎？

A12：這個問題讓我瑟瑟發抖啊><

接下來這年我首先要全力完成《鯤鵬3》，然後可以的話再開一套新書。

這個系列我其實挺想摸摸藤林月見跟盧淵然這對神經病的，他們的故事充滿性、血腥、欺騙跟一點點微不足道的真心，想想就很開心啊！

我最近寫的故事主角都太正面了，我需要寫點不正常的主角哈哈（親友表示：妳胡說八道什麼？妳哪個主角正常？）

說起來，他們兩人原本有條伏筆，但礙於第二集字數真的爆炸得太嚴重，

不得不刪除，畢竟他們也不是主角，雖然可惜還是要有取捨。我個人很希望有機會讓這條伏筆出現在大家面前。

Q13：感謝您的回答，最後請跟買書的讀者說幾句話吧！

A13：謝謝大家的等待！我這幾年身體一直反覆出問題，每次好不容易決定全力寫作的時候，身體就會來打個驚天動地的招呼，不讓我在醫院躺幾次是不滿意的。

年中我去拜訪了一位朋友，他幫我算了紫微，說我二〇二五年轉運，會比這十年要好很多（不過吧，我本質是個運氣不算好的人哈哈），希望接下來能越來越穩定！讓大家經常看到我的書！

到時希望大家不要審美疲勞～～～

最後要謝謝拿起這本書的你，因為有你讓我終於能摸上那個閃閃發亮的舞臺，謝謝！

（完）